MINGUO TONGSU XIAOSHUO
DIANCANG WENKU

太平花

民国通俗小说典藏文库·张恨水卷

张恨水◎著

中国文史出版社

小说大家张恨水（代序）

张赣生

民国通俗小说家中最享盛名者就是张恨水。在抗日战争前后的二十多年间，他的名字真是家喻户晓、妇孺皆知，即使不识字、没读过他的作品的人，也大都知道有位张恨水，就像从来不看戏的人也知道有位梅兰芳一样。

张恨水（1895—1967），本名心远，安徽潜山人。他的祖、父两辈均为清代武官。其父光绪年间供职江西，张恨水便是诞生于江西广信。他七岁入塾读书，十一岁时随父由南昌赴新城，在船上发现了一本《残唐演义》，感到很有趣，由此开始读小说，同时又对《千家诗》十分喜爱，读得"莫名其妙的有味"。十三岁时在江西新淦，恰逢塾师赴省城考拔贡，临行给学生们出了十个论文题，张氏后来回忆起这件事时说："我用小铜炉焚好一炉香，就做起斗方小名士来。这个毒是《聊斋》和《红楼梦》给我的。《野叟曝言》也给了我一些影响。那时，我桌上就有一本残本《聊斋》，是套色木版精印的，批注很多。我在这批注上懂了许多典故，又懂了许多形容笔法。例如形容一个很健美的女子，我知道'荷粉露垂，杏花烟润'是绝好的笔法。我那书桌上，除了这部残本《聊斋》外，还有《唐诗别裁》《袁王纲鉴》《东莱博议》。上两部是我自选的，下两部是父亲要我看的。这几部书，看起来很简单，现在我仔细一想，简直就代表了我所取的文学路径。"

宣统年间，张恨水转入学堂，接受新式教育，并从上海出版的报纸上获得了一些新知识，开阔了眼界。随后又转入甲种农业学校，除了学习英文、数、理、化之外，他在假期又读了许多林琴南译的小说，懂得了不少描写手法，特别是西方小说的那种心理描写。民国元年，张氏的父亲患急症去世，家庭经济状况随之陷入困境，转年他在亲友资助下考入陈其美主持的蒙藏垦殖学校，到苏州就读。民国二年，讨袁失败，垦殖学校解散，张恨水又返回原籍。当时一般乡间人功利心重，对这样一个无所成就的青年很看不起，甚至当面嘲讽，这对他的自尊心是很大的刺激。因之，张氏在二十岁时又离家外出投奔亲友，先到南昌，不久又到汉口投奔一位搞文明戏的族兄，并开始为一个本家办的小报义务写些小稿，就在此时他取了"恨水"为笔名。过了几个月，经他的族兄介绍加入文明进化团。初始不会演戏，帮着写写说明书之类，后随剧团到各处巡回演出，日久自通，居然也能演小生，还演过《卖油郎独占花魁》的主角。剧团的工作不足以维持生活，脱离剧团后又经几度坎坷，经朋友介绍去芜湖担任《皖江报》总编辑。那年他二十四岁，正是雄心勃勃的年纪，一面自撰长篇《南国相思谱》在《皖江报》连载，一面又为上海的《民国日报》撰中篇章回小说《小说迷魂游地府记》，后为姚民哀收入《小说之霸王》。

1919 年，五四运动吸引了张恨水。他按捺不住"野马尘埃的心"，终于辞去《皖江报》的职务，变卖了行李，又借了十元钱，动身赴京。初到北京，帮一位驻京记者处理新闻稿，赚些钱维持生活，后又到《益世报》当助理编辑。待到 1923 年，局面渐渐打开，除担任"世界通讯社"总编辑外，还为上海的《申报》和《新闻报》写北京通讯。1924 年，张氏应成舍我之邀加入《世界晚报》，并撰写长篇连载小说《春明外史》。这部小说博得了读者的欢迎，张氏也由此成名。1926 年，张氏又发表了他的另一部更重要的作品《金粉世家》，从而进一步扩大了他的影响。但真正把张氏声望推至高峰的是《啼笑因缘》。1929 年，上海的新闻记者团到北京访问，经钱芥尘介绍，张恨水得与严独鹤相识，严即约张撰写长篇小说。后来张氏回忆这件事的过程时说："友人钱芥尘先生，介绍我认识

《新闻报》的严独鹤先生，他并在独鹤先生面前极力推许我的小说。那时，《上海画报》（三日刊）曾转载了我的《天上人间》，独鹤先生若对我有认识，也就是这篇小说而已。他倒是没有什么考虑，就约我写一篇，而且愿意带一部分稿子走。……在那几年间，上海洋场章回小说走着两条路子，一条是肉感的，一条是武侠而神怪的。《啼笑因缘》完全和这两种不同。又除了新文艺外，那些长篇运用的对话并不是纯粹白话。而《啼笑因缘》是以国语姿态出现的，这也不同。在这小说发表起初的几天，有人看了很觉眼生，也有人觉得描写过于琐碎，但并没有人主张不向下看。载过两回之后，所有读《新闻报》的人都感到了兴趣。独鹤先生特意写信告诉我，请我加油。不过报社方面根据一贯的作风，怕我这里面没有豪侠人物，会对读者减少吸引力，再三请我写两位侠客。我对于技击这类事本来也有祖传的家话（我祖父和父亲，都有极高的技击能力），但我自己不懂，而且也觉得是当时的一种滥调，我只是勉强地将关寿峰、关秀姑两人写了一些近乎传说的武侠行动……对于该书的批评，有的认为还是章回旧套，还是加以否定。有的认为章回小说到这里有些变了，还可以注意。大致地说，主张文艺革新的人，对此还认为不值一笑。温和一点的人，对该书只是就文论文，褒贬都有。至于爱好章回小说的人，自是予以同情的多。但不管怎么样，这书惹起了文坛上很大的注意，那却是事实。并有人说，如果《啼笑因缘》可以存在，那是被扬弃了的章回小说又要返魂。我真没有料到这书会引起这样大的反应……不过这些批评无论好坏，全给该书做了义务广告。《啼笑因缘》的销数，直到现在，还超过我其他作品的销数。除了国内、南洋各处私人盗印翻版的不算，我所能估计的，该书前后已超过二十版。第一版是一万部，第二版是一万五千部。以后各版有四五千部的，也有两三千部的。因为书销得这样多，所以人家说起张恨水，就联想到《啼笑因缘》。"

不论张氏本人怎样看，《啼笑因缘》是他最有影响的作品，这一点毫无疑问，可以随便举出几件事来证明。《啼笑因缘》发表后，被上海明星公司拍成六集影片，由当时最著名的电影明星胡蝶主演，同时还被改编为戏剧和曲艺，在各地广泛流传；再有《啼笑因缘》被许多人续写，迫使张氏不得不改变初衷，于1933年又续写了十回，张氏在《我的写作生涯》中说："在我结束该书的时候，主角虽都没有大团圆，也没有完全告诉戏已终场，但在文字上是看得出来的。我写着每个人都让读者有点儿有余不尽之意，这正是一个处理适当的办法，我绝没有续写下去的意思。可是上海方面，出版商人讲生意经，已经有好几种《啼笑因缘》的尾巴出现，尤其是一种《反啼笑因缘》，自始至终，将我那故事整个地翻案。执笔的又全是南方人，根本没过过黄河。写出的北平社会真是也让人又啼又笑。许多朋友看不下去，而原来出版的书社，见大批后半截买卖被别人抢了去，也分外眼红。无论如何，非让我写一篇续集不可。"这种由别人代庖的续作，出书者至少有四种：惜红馆主《续啼笑因缘》、青萍室主《啼笑因缘三集》、康尊容《新啼笑因缘》和徐哲身《反啼笑因缘》。虽然远不如《红楼梦》续作之多，但在民国通俗小说中已经是首屈一指了。张氏在《我的小说过程》一文中还说："我这次南来，上至党国名流，下至风尘少女，一见着面便问《啼笑因缘》。这不能不使我受宠若惊了。"

《啼笑因缘》使张氏名声大振，约他写稿的报刊和出版家蜂拥而至，有的小报甚至谣传张氏在十几分钟内收到几万元稿费，并用这笔钱在北平买下了一所王府，自备一部汽车。这自然不是事实，但张氏当时收到的稿酬也有六七千元，的确不能算少。这样，他就可以去搜集一些古旧木版小说，想要作一部《中国小说史》。就在此时，日寇侵华的"九一八事变"爆发，张氏的希望随之化为泡影。作为一位爱国的作家，在国难当头的状况下自不会沉默，张恨水在1931至1937的几年间，先后写了《热血之花》《弯弓集》《水浒别传》《东北四连长》《啼笑因缘续集》《风之夜》等涉及抗敌御侮内容的作品。

1934年，张恨水到陕西和甘肃走了一遭，此行使他的思想发生了很大的变化。张氏在《我的写作生涯》中说："陕甘人的苦不是华南人所能想象，也不是华北、东北人所能想象。更切实一点地说，我所经过的那条路，可说大部分的同胞还不够人类起码的生活。……人总是有人性的，这一些事实，引着我的思想起了极大的变迁。文字是生活和思想的反映，所以在西北之行以后，我不违言我的思想完全变了，文字自然也变了。"此后，他写了《燕归来》，以描写西北人民生活的惨状。

抗日战争全面爆发后，张恨水取道汉口，转赴重庆，于1938年初抵达，即应邀在《新民报》任职。抗战八年间，他除去写了一些战争题材的小说外，还有两种较重要的作品，即《八十一梦》和《魍魉世界》（原名《牛马走》），均先于《新民报》连载，后出单行本。抗战胜利，张氏重返北平，担任《新民报》经理，此后几年他写了《五子登科》等十来部小说，但均未产生重大影响。1948年底，张氏辞去《新民报》职务。1949年夏，他患脑溢血，经过几年调治，病情好转，张氏便又到江南和西北去旅行。1959年，张氏病情转重，至1967年初于北京去世，终年七十三岁。

张恨水一生写了九十多部小说，印成单行本的也在五十种左右。说到张氏作品的总特色，一般常感到不易把握，因为他总在不断地变。其实，这"变"就正是张恨水作品最鲜明的总特色。

张恨水是一个不甘心墨守成规的人，他好动不好静，敢于否定自己，这正是作为开创者必须具备的素质。读一读张氏的《我的写作生涯》，就会发现他总是在讲自己的变，那变的频繁、动因的多样，在民国通俗小说作家中实属仅见。……待到《金粉世家》《啼笑因缘》相继问世，张恨水的名声已如日中天，他在思想上的求新仍未稍解，他说："我又不能光写而不加油，因之，登床以后，我又必拥被看一两点钟书。看的书很拉杂，文艺的、哲学的、社会科学的，我都翻翻。还有几本长期订的杂志，也都看看。我所以不被时代抛得太远，就是这点儿加油的工作不错。"

追求入时，可说是张恨水的一贯作风，不仅小说的内容、思想随时而变，在文字风格上也不断应时变化。仅就内容、思想方面的变化而言，在民国通俗小说作家中也很常见，说不上是张氏独具的特色，但在文字风格上也不断变化，就不同于一般了。张氏在《我的写作生涯》中经常提到这方面的事例，譬如他曾提及回目格式的变化，他说："《春明外史》除了材料为人所注意而外，另有一件事为人所喜于讨论的，就是小说回目的构制。因为我自小就是个弄辞章的人，对中国许多旧小说回目的随便安顿向来就不同意。即到了我自己写小说，我一定要把它写得美善工整些。所以每回的回目都很经一番研究。我自己削足适履地定了好几个原则。一、两个回目，要能包括本回小说的最高潮。二、尽量地求其辞藻华丽。三、取的字句和典故一定要是浑成的，如以'夕阳无限好'，对'高处不胜寒'之类。四、每回的回目，字数一样多，求其一律。五、下联必定以平声落韵。这样，每个回目的写出，倒是能博得读者推敲的。可是我自己就太苦了……这完全是'包三寸金莲求好看'的念头，后来很不愿意向下做。不过创格在前，一时又收不回来。……在我放弃回目制以后，很多朋友反对，我解释我吃力不讨好的缘故，朋友也就笑而释之，谓不讨好云者，这种藻丽的回目，成为礼拜六派的口实。其实礼拜六派多是散体文言小说，堆砌的辞藻见于文内而不在回目内。礼拜六派也有作章回小说的，但他们的回目也很随便。"再譬如他在谈及《金粉世家》时说："以我的生活环境不同和我思想的变迁，加上笔路的修检，以后大概不会再写这样一部书。"诸如此类的变化不胜列举。

张氏的多变还体现在题材的多样化。他说："当年我写小说写得高兴的时候，哪一类的题材我都愿意试试。类似伶人反串的行为，我写过几篇侦探小说，在《世界日报》的旬刊上发表，我是一时兴到之作，现在是连题目都忘记了。其次是我写过两篇武侠小说，最先一篇叫《剑胆琴心》，在北平的《新晨报》上发表的，后来《南京晚报》转载，改名《世外群龙传》。最后上海《金刚钻小报》拿去出版，又叫《剑胆琴心》了。"第二篇叫《中原豪侠传》，是张氏自办《南京人报》时所作。此外，张氏还写过仿古的《水浒别传》和《水浒新传》，他说："《水浒别传》这书是我研究《水浒》后一时高兴之作，写的是打渔杀家那段故事。文字也学《水浒》口气。这原是试试的性质，终于这篇《水浒别传》有点儿成就，引着我在抗战期间写了一篇六七十万字的《水浒新传》。""《水浒新传》当时在上海很叫座。……书里写着水浒人物受了招安，跟随张叔夜和金人打仗。汴梁的陷落，他们一百零八人大多数是战死了。尤其是时迁这路小兄弟，我着力地去写。我的意思，是以愧士大夫阶级。汪精卫和日本人对此书都非常地不满，但说的是宋代故事，他们也无可奈何。这书里的官职地名，我都有相当的考据。文字我也极力模仿老《水浒》，以免看过《水浒》的人说是不像。"再有就是张氏还仿照《斩鬼传》写过一篇讽刺小说《新斩鬼传》。张恨水的一生都在不停地尝试，探寻着各色各样的内容及表达方式，他甚至也写过完全以实事为根据、类似报告文学的《虎贲万岁》，也写过全属虚幻的、抽象的或象征性的小说《秘密谷》，他的作风颇有些像那位既不愿重复前人也不愿重复自己的现代大画家毕加索。

张恨水写过一篇《我的小说过程》，的确，我们也只有称他的小说为"过程"才最名副其实。从一般意义上讲，任何人由始至终做的事都是一个过程，但有些始终一个模子印出来的过程是乏味的过程，而张氏的小说过程却是千变万化、丰富多彩的过程。有的评论者说张氏"鄙视自己的创作"，我认为这是误解了张氏的所为。张恨水对这一问题的态度，又和白羽、郑证因等人有所不同。张氏说："一面工作，一面也就是学习。世间什么事都是这样。"他对自己作品的批评，是为了写得越来越完善，而不是为了表示鄙视自己的创作道路。张氏对自己所从事的通俗小说创作是颇引以自豪的，并不认为自己低人一等。他说："众所周知，我一贯主张，写章回小说，向通俗路上走，绝不写人家看不懂的文字。"又说："中国的小说，还很难脱掉消闲的作用。对于此，作小说的人，如能有所领悟，他就利用这个机会，以尽他应尽的天职。"这段话不仅是对通俗小说而言，实际也是对新文艺作家们说的。读者看小说，本来就有一层消遣的意思，用一个更适当的说法，是或者要寻求审美愉悦，看通俗小说和看新文艺小说都一样。张氏的意思不是很明显吗？这便是他的态度！张氏是很清醒、很明智的，他一方面承认自己的作品有消闲作用，并不因此灰心，另一方面又不满足于仅供人消遣，而力求把消遣和更重大的社会使命统一起来，以尽其应尽的天职。他能以面对现实、实事求是的态度对待自己的工作，在局限中努力求施展，在必然中努力争自由，这正是他见识高人一筹之处，也正是最明智的选择。当然，我不是说除张氏之外别人都没有做到这一步，事实上民国最杰出的几位通俗小说名家大都能收到这样的效果，但他们往往不像张氏这样表现出鲜明的理论上的自觉。

张恨水在民国通俗小说史上是一位名副其实的大作家，他不仅留下了许多优秀的作品，他一生的探索也为后人留下了许多可贵的经验。

目　　录

自　序

　　民国二十年，我和上海《新闻报》写第二部长篇小说《太平花》。书的内容是以当年的内战为背景，搜罗材料，布置局面，自信是费了一点力气；可是书成七回，九一八事件发生了。那个时候，全国人心一反往日厌恶内战、不愿谈兵的态度，大家急起救亡，恨不得全国皆兵。觉得我在报上发表的小说，不断形容内战痛苦，充满了非战意味，简直违反舆情。自然，报社里人有这个感觉，我也有这个感觉，于是把原来的意思完全推翻，从第八回起改为抗日的写作，由内战变到御侮。这一个大转变，不是易事，我整整想了一个礼拜，才能动笔，而已往搜罗的材料都没有用了。这是第一阶段。

　　到了民国二十二年春，该书全部完毕，共三十六回。我觉得形容内战的那一阶段仍无必要，前后删去了八回，补写两回，共缩为三十回，在上海出版，这是第二阶段。

　　去年百新书店主人由上海内来，说是这部书为了反日，是被伪方禁止的，将书交给我，请我审查一过，准备在内地印行。我无事之时，把自己的书重新看过一遍，每为之哈哈大笑起来。因为书里所写抗战的军事幼稚得太可笑了。当二十二年的时候，不但我们书生没有对外战事经验，就是国内的军事专家，也不见个个有现代化军事经验，我当时所写，自然百分之百是外行。于今看起来，把书原封不动出版，让那有抗战八年经验的国民看了，岂不笑掉人家大牙？因此我决计再修改一次；但因文债苦多，一时无从着手。样本搁在手边，几乎有一年不曾动手。最近，百新方面催促得很勤，我就破除了一个月工夫，把本书做个第三次整理。我觉得那成为笑话

1

的对外战事既不是事实，也太觉外行，干脆，都把它删掉了吧。这样，可以把意义着重在停止阋墙，一致对外，仍回到当年内战削弱国本的场面。又因为事隔十几年，当年内战时代的民生疾苦也浮光掠影不大记得，只好不复写了，内容就让它成为主角故事的发展。主意既定，把回体改成章体，将三十回删去了十回，又重新写六章，共变成二十六章，就是现在和读者相见的书了。这是第三阶段。

最后，我得赘述几句。抗战已接近全盘胜利的阶段，国家也早有复员的计划。旧金山会议更在谋全世界的永久和平。所以在将来战后，我们一方面要追叙全国将士和武装人民无数的可歌可泣故事，而一方面我们也不可太忘记了当年内战的祸害。不是长期的内战，国家元气不过分削弱，抗战时代，也许是另一个局面的。因此，我这样地修改《太平花》，虽是未能十分完善，也许不是毫无意义可取的吧？书成，叙其实在的经过如此。

民国三十四年五月十八日
张恨水记于南温泉

第一章

此地有三种宝

　　四月杪五月初的时候，大江以北，还没有到酷热的程度。天气很是温和，山上的树木，青叶子完全长了起来，远远望去，给大山穿上一件新袍子了。庄稼地里，新种的高粱和玉蜀黍，长得有一尺长上下，平原地上，一望皆绿。在这绿毯子上面，有一条曲折赭黄色的痕条，划破了平芜，那是一条人行大道。由这大道一直上前，是一丛堆成绿山的树林。只在绿树里，左露出一截围墙，右露出一双屋角，遥遥地听到两声继续的鸡叫，这可以知道那里有一个村庄了。在这村庄五里路以外，有个小地名，叫作三岔口，是邻邑往来三条大道分岔之处。

　　在这路口上，也开有六七家乡店。来往的行人到了这里，都要打尖歇腿，替牲口上草料。每到太阳正中和太阳落山的时候，几家乡店却要忙碌一番。这是一个正午的时候，乡店屋顶上的烟囱，向半空里直冒着青烟，正忙着煮午饭呢。路上的行人，远远地望了这烟囱，想到烟囱下面，黄米饭正煮得香味扑鼻，不由得要赶上一程路，因之不多大一会儿的时候，这几家村店都坐满了行人。

　　靠向路东的一家茶饭店，门口支着一个芦棚，棚下横七竖八，摆了几张桌子。芦棚对面没有人家，一丛高过于人的野竹子，半环着一口野塘。塘里的水让风吹着，皱起鱼鳞似的波纹，几双鹅鸭在水里来回游泳，很有个意思。

　　这时，由路南来了一个少年行人，他穿了一套西式的猎装，一顶荷叶边的呢帽斜侧着戴在头上。肩上背着一个温水瓶，手里提了

1

一个照相匣子，一步一步，用左手拿着一根粗手杖，在地上点着走了过来。他后面跟了一个脚夫，挑着一担简便的行李，走到这里，向四围看了一看，却叫道："李先生，我们就在这里打尖吧。过了这一家，这三岔口就没有店了，至少还要赶上五里路。我肚子实在饿了，有些来不及。"那李先生看了看这个小饭店门前风景不错，便点头道："那也好，我们就在这里歇一会儿。"

饭店里的小伙计看到来人是穿西装的，是个上中等客人，就由芦棚里迎了出来，问道："二位吗？我们这里有刚出来的馍馍，滚热的。该打尖了，什么时候了！"他说着话，将这里二人引了进去，代为将东西放下，连忙泡了一壶茶出来，一见这脚夫和穿西装的坐在一处，便笑道："你先生倒是讲平等的，怎么不雇头牲口骑着？"

穿西装少年也笑道："牲口有了毛病，在前面一站打发回去了。看你不出，你倒知道'平等'二字。"

伙计见他很随便，拿起茶壶给他斟上两杯茶放到他面前，笑问道："看你先生这样子，是赶到城里去的，由京里来的呢，由……"

那人笑答道："远了，我们由京里来的。"

伙计道："由京来的，是了，我们这里也常有，谁不知我们这里安乐窝有三件宝？"说着，便哈哈一笑。在店里头有个人喊道："刘小二，你该照应买卖，怎么又谈上天了？"看时，店里灶头边钻出一个蓬头妇人向外边望着。刘小二喂了一个字，回身照应买卖去了。

少年喝了两杯茶，又把刘小二叫了来，问："还有什么打尖的？"

刘小二道："除了馍馍，就是大锅饼，恐怕你先生不能吃。"说着望了那少年的脸。

少年道："出门的人也不管那些了，有什么菜没有？"

刘小二道："现成的只有咸豆腐干、盐鸡蛋，还有煮的咸菜。恐怕你先生不能吃。"

那少年指着对面一个座位上道："那一位面前摆了那一大碗肉，你怎么不照样卖一点给我们？"

伙计道："那是人家自己带的路菜，不是我们这里卖的。你先生若要吃肉，我们这路口上有个肉案子，我去给你先生买来现做。"

他们这边说话，那边座位上一个老先生，面前摆了一大碗肉，用筷子搛了起来，将馍馍掰开，搛着肉送进嘴里咀嚼着。他向这边看来，又望了一望碗里的肉，于是将碗端了过来放在少年桌上，笑道："我吃饱了，再走二十里就到家了。这里还有大半碗咸菜，若不嫌吃残了，就请拿去下饭。"少年站起来推谢着，就和老人隔了桌子谈起话来。

伙计端上馍馍、鸡蛋、豆腐干，少年也就带吃着。

那老人问道："刚才听你先生说，是由京里来的，到此贵干？"

少年道："我是新闻记者。"

老人听了这四个字，倒有些不懂，偏着头想了一想道："这四个字怎么写？"这少年因为方言的关系，怕解释不清楚，就在身上掏出一张名片，送到那边桌上去。老人接过名片一看，上写：北京《黎明报》旅行记者李守白。

老人笑道："哦！明白了。你是报馆里先生，到敝地来做什么？敝地并没有什么新闻啦。"

李守白看了芦棚下的人，又望了望那老人，微笑道："我们当旅行记者的，不一定要打听什么新闻，凡是游历所到的地方，人情风俗也是可以记下来的。"

老人道："若是人情风俗都能记的话，那我们这里就大有可记了。不要说别地方，离这里五里路的地方有个安乐窝，有三件宝贝，现在就是最好去玩儿的时候了。"

李守白道："刚才这位伙计说了什么三件宝，我不曾问得，现在你老先生又谈起这个，不知道这三件宝究竟是什么？这第一件宝呢？"

老人道："第一件宝，是太平花。"

李守白道："什么，太平花？这种花我知道的，现在统中国境内，只有北京故宫里面有几棵，你们贵处哪里来的这太平花？"

老人将手一摸胡子，微笑道："这就因为这种花不容易有，所以安乐窝里有了这个便称为宝了。这几天，正是花开到茂盛的时候，你先生来了，不能不看。再说第二宝，你先生却猜不到，也是太平花。"

李守白道："这为什么也是太平花呢？"

老人道："这个太平花是听的，可不是看的。原来这安乐窝的人，天生有一副好喉咙，都会唱歌。唱的歌，又要算《太平花》唱得最好。我们这前后几县，无论男女都学了《太平花》的调子唱歌。是照着一个小村庄上说来，有了这样出色的东西，总也可以算是一宝了。"

李守白道："原来如此，但不知道这第三件宝贝又是什么？"

老人道："第三件宝吗？还是太平花。"

李守白笑道："这就奇了，三件宝都是太平花，第一件是看的，第二件是听的，这第三件，又当什么用？"

老人笑道："这第三件宝吗？既不是看的，也不是听的，但是也可以看到，也可以听到。"

老人这样一说，芦棚下的人全笑起来了。旁边就有人道："老先生，你说明了吧，不要让这位客人慢慢去猜了。"

老人才笑道："李先生，我告诉你，这安乐窝有个韩先生，从前是在省里当教员的，膝下无儿，只有一个姑娘。这姑娘在这一乡，真是数一数二的人才，乡下人给她起一个别号，叫'太平花'。这在我们乡下，能说不是一宝吗？"

李守白笑道："就是这样三件宝，你们贵乡真足以自豪了。不过我虽常在北京，但是故宫里的太平花我总没有赶去看。现在这地方也有太平花，不知道和故宫里的有没有分别？我倒想去看看。"

老人道："你先生若是到县里去，绕道由安乐窝去，也不弯什么路，何不去看看？这花长在他们村庄后山上一座庙里。这庙叫极乐世界，风景也很好的。"李守白说着话，把一餐馍馍吃饱了，看看手表，已是两点钟将到，便将自己和老人的茶饭钱一同付了。说话的老人看了这种情形，知道也不容推却，只管道谢，因道："我也是贪

4

说话，忘了走路，再图后会吧。"拱了拱手，自提着包裹先走。李守白问明了路径，丢了大路，也就改上小道，向安乐窝而来。

约莫走了三里多路，远远望到一排形势平缓的小山，下山来约有一里路，一丛绿树簇拥着一座山庄，这山庄后面有一道小沟，弯曲着通上一道小溪河。这溪水穿路而过，路上架了一座平的木板桥，桥洞下，北高南低。水由上而下，流得潺潺作响。李守白走到桥头上，向下一看，见这桥下的水也不过一尺深，浅的地方只有二三寸水，水流在大的鹅卵石上，激起一层一层的小浪，翻着雪白的浪花。环绕着鹅卵石长了许多水草，隔着水看，分外的绿。那长的水草，被流水终日带着向下，柔软得像绒一样。绿的水草，白的浪花，非常地好看。

李守白只管看了出神，却舍不得就走。在他这样沉吟的时候，有一种和缓低微的声音夹着水声传来。听那声音，抑扬中节，分明是一种歌声。那歌的音韵仿佛是落在六麻韵里，大概这就是《太平花》歌词了。三种宝，先将第二件宝不期而遇，倒不要错过，总要细细地听上一听，听这歌儿唱得怎样的好。于是回转身来，对脚夫摆了一摆手，叫他不要响动，然后自己背了两手，静听那歌词。恰好上风有几阵微风将歌声送了过来，仔细听着。那歌是好几折，唱的人周而复始地唱着。唯有那第三折，总算听得清楚，那词是：

> 太平花，太平花，年年开在山底下。去年花儿真正好，今年花儿也不差。春光恼坏了女孩儿家，去年花开他偷看我，今年花开寻不着他。我眼里看着花，心里念着他，莫不是人儿留住了他，莫不是病儿缠住了他，莫不是他的心儿变了卦？虽然说起来羞答答，叫我心里怎样放得下……

李守白一字一字地玩味起来，这歌儿果然有些意思。虽然是些男女思慕之词，不登大雅，但是乡下的田歌，有句俗语，叫作无郎无女不成歌。这《太平花》的歌儿当然也不会例外的。听这歌声抑扬婉转，分明是个女郎所唱，莫非这唱歌的女郎，就是外号"太平花"的？顺着歌声，沿了溪岸，向上走去。只见溪岸上一棵卧倒的垂柳树，柳树下有一块周围见丈的树荫罩在水面上，水边上有一块平正的大石头直伸到水里去，石头上跪着一个垂辫女郎正在搓洗衣服。看那女郎的背影，身子很是苗条，虽然是穿的一身蓝布衣服，然而她那垂着的辫发，黑得像一条黑缎子一样，看去是很整洁。她耳朵上，用两根线穿了两块绿玻璃片垂着。她两手搓衣服，身体一上一下，那两片玻璃耳坠子在腮边肩上打秋千一般也是摇摇不定。

李守白一想，只看这种姿势，决计是"太平花"了，因站着岸上，远远地喊道："姑娘，我要惊动一声。请问，到安乐窝去，是走这一条路吗？"

那洗衣的姑娘听了这话，果然放了衣服，站了起来。迎面一看时，她却是一张枣子核的脸，上下两头尖，长了许多麻子。倒是另外一个女郎，因有人问路，却笑容可掬地答道："是的，先生，那前面就是安乐窝。"

李守白道："这村庄上住着有位姓韩的先生吗？"

那姑娘道："是的，我也是姓韩。"

李守白哦了一声，点头说"多谢"，依旧走回大路，和脚夫一路走向安乐窝来。过了小桥，那树林子下，闪出一道横墙，接上在树缝里露出几重屋脊，再走上去，便是一道长长的瘦竹林子。环了那竹子竿的腰，用竹缆编着，成为一个篱笆的形式，竹子对过闪出一道人行大路。脚夫停了脚道："先生，我看慢一点走吧！我们挑了一担行李，糊里糊涂，闯进人家村庄里去，不怕人家见怪吗？"

李守白也觉得一直地进去，有些冒昧，就让脚夫将担子歇下，自己也把照相匣子、温水瓶放下，然后轻装走进村去。

一看这竹林子里，一道一丈多高的围墙，转了大半个圈子，却看不出哪里有人家。在围墙上开有好几个大小的门洞，这正是黄河两岸的习惯，筑起土圩子，来防强盗土匪的。李守白看那正南向，有个突出人家屋脊的四方土楼，楼的四方墙上，挖着方方圆圆许多墙眼，楼顶上，四周仿了城垛的样子，显出严重的形势来，这是土圩子里的斥堠。遇到有什么不平静的时候，就派了人登楼，四周瞭望，防止敌人进袭。土圩子里有了这种东西，这村庄的风俗可想而知。

李守白走到门楼外，不敢擅自进去，徘徊了一阵，又退了回来。正在这时，村外有个五十上下的老人，面上略有短须，穿了一件蓝布长衫，腰上系着板带，将布衫提起底襟塞在板带里，光着头，背上背了一顶大草帽，右肩荷了一支大渔竿，左手挽了一只大提篮，一步一步走了过来。他一见李守白这种徘徊不定的样子，又看这种情形，远远地就向他拱了一拱手道："这位先生是寻找哪个的？兄弟可以引路。"

李守白道："兄弟是过路的新闻记者，听说这个地方有个极乐世界，现在正是太平花盛开的时候，特意前来瞻仰瞻仰。庄子外边还歇着一挑行李呢。"

那人听说，向李守白先打量一番，哦了一声道："原来是报馆先生，好极了！"说着，放下鱼篮，伸着右手比了眉毛，挡住阳光，向天上看了看太阳，便道："时候不早了。这个时候去，怕来不及。依我说，不如在敝庄暂住一宿，明日一早，兄弟陪你到庙里去看。那庙里和尚，兄弟倒也认识，我明天对他说，叫他预备一壶茶，让你先生细细赏玩一番。"

李守白见这人说话非常的慷爽，不像乡下那一流土著，便道："那就好极了。只是萍水相逢，不好叨扰。"

那人笑道："乡下人又没有什么东西敬客，顶好是烫上两壶酒，煮上几个鸡蛋，谈不上什么叨扰不叨扰。"

李守白道："我还不曾问得老先生贵姓。"

那人道："敝庄上的人，十停之八九都姓韩，兄弟也姓韩，草字乐余。村庄上的人，因为兄弟喜欢钓鱼，由字讹音，都叫兄弟作老渔。你老兄也叫我一声老渔吧。尊驾在哪里？可以跟着兄弟一路进庄去。"

李守白看他这人倒也潇洒脱俗，头上的太阳已经是偏了西，要想在此地看一看太平花，似乎也不能匆匆地来了，匆匆地就走。好在此地去永平县县城不远，明天就是晚些动身，也老早地赶到了，与正事是无碍的。当时就依了韩乐余相邀，督率脚夫挑了行李，一同进庄去。

这土圩子里面，人家参差建筑，屋中间一些空地，或是种菜，或是种瓜豆，园圃间杂，自也有些意思。东向一矮竹篱笆门，由篱笆上伸出一排垂柳，风吹柳动，里面闪出一排很整齐的房子。

韩乐余笑着用渔竿一指道："那就是舍下。虽然乡下人家没有城里那样好，但是比大路上的饭店却干净多了。"说话时，门里跑出来一个黄脸汉子，接住了他的钓鱼家伙。韩乐余道："二秃，你姑娘呢？你说客来了，快叫她去烧水泡茶。"

二秃道："姑娘说，还有一块地的晚蚕豆不曾收割完，她摘豆荚去了。"

韩乐余道："那么，你就去烧水吧，先打些水让二位洗脚。"一面说着，一面引李守白主仆进了家门。他笑道："先生，堂屋里屈坐一会儿，好用些茶水。"于是接过脚夫的担子，歇在屋檐下。

李守白见这堂屋，正中四块白屏门不加油漆，中间挂了一幅耕织图，旁边一副对联：开轩面场圃，把酒话桑麻。下面一张琴桌，上面只放了三样东西：一只旧胆瓶，插了一丛野花；一只铜鼎；一个大四方竹斗。堂屋正中，随放着几张旧藤竹椅，虽然简朴，却不像平常人家供神供佛那一股子俗气。宾主坐定，那二秃首先打了一盆热水来，请主仆二人洗抹手脸，又拿脚盆来，倒了一盆热水烫脚。二秃自将水拿去泼了。

李守白擦抹干净了，韩乐余自提了一壶热茶、几只杯子放在桌上，又端了两碟南瓜子盐炒豆出来，让二位客人下茶。他自己也就来陪客，彼此坐下来闲谈。李守白说是由北京《黎明报》派出来的旅行记者，韩乐余大喜，说一向就爱看《黎明报》，难得遇到《黎明报》的先生，格外显着殷勤来。

约谈了十分钟的工夫，只听到天井外一阵脚步声，接上就有一个姑娘，由外面三脚两步踏进堂屋来。那姑娘的鹅脸蛋儿让太阳晒得红红的，头上掩着一块蓝手帕，没有掩住额顶，将面前的刘海发，蓬蓬地露出一大丛来。胸前系着一块黑围巾，两手抄了围巾底摆，向上一提，好像这里面兜了许多东西似的。她一进来，看见有个穿西装的少年坐在这里，她不免一呆，靠堂屋门斜站着，望了李守白，两只乌圆的眼珠一下也不会转动。

忽然哗啦一声响，她拿围巾角的手一松，把一兜子蚕豆荚子撒了一地。

李守白也很惊讶的。这地方哪来的这样一位活泼姑娘？等她那里豆荚一撒，自己也不知如何一起身，只啊呀一声，却把自己面前放的一杯热茶泼了一桌子。这一下子，也不知是手滑了，也不知是袖口将茶杯带倒的，然而无论是怎样将茶杯带倒，总是失仪的一件事了。这时，已不能管人家姑娘撒了豆荚是怎样收拾。桌子面前这一摊水淋淋的怎样弄干净，也是没有法子，只好站起身来，向旁边一闪。倒是韩乐余用话来安慰他，连说"不要紧"，赶着跑进内房拿了抹布，自来揩抹。

李守白站在一边，没有个作道理处，及至再坐下时，那个撒了豆荚的姑娘已经是不见了。自己心里想着，韩乐余对二秃说了一声"姑娘"，大概这位姑娘就是他的女儿。他虽然是乡下人，并没有那种小家子气象，她的父亲以礼相待，刚才见面，应该和人家打个招呼，可惜自己不留心，把一杯茶打泼了，在人家面前有点失仪。心里这样凝着神，那姑娘却又出来了。她头上已经去了那块蓝布，胸前也去了那个围巾，身上换了格子布褂，这虽然在城市里已是过去的装饰，然而她穿得整整齐齐的，又不是刚才在山溪下遇见那个村姑可比了。

她走了出来，一见客人抬头，却又向后退了一步，不曾说什么，先笑了。

韩乐余便点着头道："过来，见见这位北京来的《黎明报》李先生。"

她过来一步，叫了一声"李先生"，随着一鞠躬。

韩乐余对李守白道："这是小女小梅，乡下人学城里人规矩，恐怕有点不像，李先生不要见笑。"

李守白当人家行礼的时候，也站了起来回礼，然而她已是先行礼完毕了。李守白和她点着头，她已掉过脸去对她父亲道："爹，你看这位先生好面熟，像我们在哪里见过。"

韩乐余笑道："你这叫胡说了，这位先生他是由京城里来的，你哪辈子到过京，会过人家呢？不要说闲话了，屋子收拾好了没有？我们这堂屋里，晚上可不好安顿客住。"

李守白道："这就已很打搅了，不必再费事。"

韩乐余笑道："不瞒李先生说，十年前，曾在省城小学堂里做过几年黑板生活。剩下来的几本破书，留着消消遣，也有一间屋子摆着它。勉强说一声，也就算是书房吧。"

小梅道："书房已经收拾好了，其实是几张破椅子，也没有什么可收拾的。"

韩乐余笑道："见了生客，还是这样呆头呆脑地说话，不怕人家见笑吗？你这也就可以见事学些礼节了。"

小梅听了父亲的教训，笑着望了父亲一望，突然一转身就走开了。韩乐余就吩咐他家里的二秃招呼脚夫，自引着李守白向书房里来。

李守白心里先想乡下的书房，大概真不成个样子。及至到了书房以后，只见临后院开个推窗，土墙以外，正对着一排青山。一张白木书桌上面蒙了洁白的桌布，除了笔砚而外，没有别的东西，仅仅放了一盆蒲草，可以说是窗明几净。左一排三张书架，摆满了的书，居然还有几十本西装书在内。右一排，略略挂了几轴字画，却有一个卍字格子，上面高高低低，也陈列六七样古董，虽然不外乎铜瓦器，却也古色斑然。另有两个圆盆子，用水供着苍苔活石，还在壁上挂了一柄琵琶。只这几样东西，便见得主人十分不俗，真不期找安乐窝三件宝，会寻出这样一个雅人。自己情不自禁地点了两下头道："很是幽静，正是读书的地方了。"

韩乐余微笑着，也不再置可否，继续地泡着清茶，陪他闲谈。

到了傍晚的时候，小梅先送进一盏灯来，随着用托盘托碗盏来，都放在桌上，乃是一碟咸肉、一碟咸蛋、一碗嫩芥菜、一大碗带汤汁的鲜肉，又是一碗烧得热腾腾的肥鸡，竟似为留客宰的。她放上碗时，却笑道："简慢得很，来不及多做菜了。"

韩乐余一看，只有两副杯筷，便道："李先生是个文明人，不必闪避了，你也就到一处来吃。"

小梅没有答话，转身连忙走了。

李守白一想，本来一个乡村女子，如何让她学着城里人来交际，这话自然是有点唐突了。正这样想着，只见小梅右手拿了碗筷，左手拖着一张方凳子，笑嘻嘻地进来了。她将方凳子放在桌子横头，先坐下来，然后才放下碗筷。

韩乐余道："远客来了，怎么也不取一壶酒来？"

小梅哦了一声，转身就跑，咚的一声，把坐的那个方凳子带倒了。她也不及去扶凳子，一刻儿工夫，手上拿了一方抹布，托着一瓦壶热酒来，笑道："我放在灶眼里，把瓦壶都烧红了。这酒滚热的，兑上一点凉的吧？"她取了一个茶杯，提着瓦壶，就满满地斟上了一大杯。那酒斟下去，先不要看那热气，早有一股浓的酒香冲入鼻端。小梅两手捧了酒杯，远远地撮着嘴唇，呼呼地连吹了几口气。韩乐余对她以目示意，因道："放下就是了，那酒自然会凉的。"

小梅这才两手一伸，将杯子放到李守白面前，笑道："有点烫嘴，小心一点喝吧。"李守白只道得两个"是"字，自接了那杯酒过来。韩乐余也自斟了一大杯，向客举了一举，笑道："我并不客气，随便吃菜。"

李守白道："老先生这样殷勤款待，还说是不客气，做客的人更难为情了。"

韩乐余道："不瞒你说，敝庄四五十户人家，虽然都是安分的人

11

民，可是认识几个字的人，除了我而外，只有个教蒙馆的先生。这位先生所知道的，又只是唐尧虞舜的历史、金木水火土的科学，实在谈不拢来。有几个可以说话的朋友，都散居一二十里之外，有时他们来访我，有时我去访他们，总是连说带吃，一过好几天。万分无聊，我也到山上去找和尚谈谈。只是他不谈唐虞三代，又谈些荒唐不经的佛祖升天，也不痛快。你先生是个从京城来的人，又是个洞明人事的新闻记者，所以我非常地欢迎你。我们住在乡下的人，就是一样苦恼，不容易看到报纸。遇到报纸寄来了，这个朋友借给那个朋友，当小说书看，简直把大小广告都看遍了。"

李守白笑道："我倒不料贵处是这样的欢迎新闻记者。有些地方，说报馆里人是多管闲事的，我真不敢说出履历来呢。"

小梅已是盛了一碗饭，在一边陪着吃，却接嘴道："我们这地方，有什么事情可以登报的吗?"

李守白点着头先说了一声"有的"，然后向着韩乐余道："这件事别人不知道也罢了，像韩老先生这种人，不应该不知道。"

韩乐余道："敝地实在没有可做新闻材料的事，就是山上几棵太平花，这也由来已久，登在报上，不是新闻，是旧闻了。"

李守白正端了酒要喝，听他这样说，于是将酒杯向下一放，在桌上按了一按，装出很郑重的样子道："若是真不知道，我倒不能不细细告诉一番。现在贵省要打仗，老先生听到说没有?"

韩乐余道："仿佛听见说的，但是敝省打过几次仗，与敝地都离得很远。我们这里本来不是什么用军之地，所以有战事无战事，不去管他了。"

李守白将酒端起来，呷了一口，摇着头道："不然，不然。老先生，不知道这回打仗的冷巡阅使和万巡阅使是棋逢敌手，不像平常打仗吗? 据我们新闻记者从新闻上得来的经验，知道冷巡阅使的战法是回避铁路战的。万巡阅使也是一样，喜欢用侧击和暗袭的。他两家军队打仗，我们用平常的眼光去观察，一定会错误。敝报为了这事，花了不少的钱，用了不少的心血，现在才略微知道一点消息。

贵县已经在战事范围以内了，兄弟也不知道战线在什么地方，因为得了这一点消息，就特意到贵县城里，先去察看形势，然后找一个适当的地方安身，看军事在哪里，然后再跟到哪里去。"

韩乐余手上拿了一个酒杯子，也不拿起，也不推开，只管扶着，眼望着李守白，沉吟了一会儿道："据李先生的话，我们就要大祸临头了。这件事不是哪一个人的事，我得和全村子人商议商议。明天我起一个早，把全村子里人找了来，大家商议一下。"

李守白道："老先生，我看你还是不忙说明，说了出来，事实不能证明，新闻记者又有造谣言之罪了。"

小梅在一边吃饭，只管让他二人去谈打仗，并不怎样理会，一口气就吃完了饭，将饭碗一推，斜侧着身子，用一双手撑了头，望了她父亲。

韩乐余道："你不要以为这是一件平常的事情，马马虎虎过去了。离乱年间，第一就是小姑娘们令人挂心。李先生是个新闻记者，这几年对于战事上的记载，当然见的不少，不信，你就问问看，战祸可不比平常闹土匪，闹两天躲过去就算了。打起仗来，真会连地皮都划起三尺来。你还只当东风吹马耳，毫不在乎呢！"

小梅道："在小说上我也看到说打仗，是很平常的样子，并没有什么灾难。到了现在，那就不同吗？"说时，望了她父亲微笑。

韩乐余道："唉！你这孩子，真是不知天地之高低，古今之久暂。希望真打起仗来了，也像你这样清闲自在才好。"

小梅道："你老人家不要替我担忧，真打起仗来，我也是不怕。古来花木兰，还代父从军呢。"她说时，站了起来，将自己用的饭碗先行拿走。

这里宾主二人依然杯酒谈心。韩乐余正催着小梅拿饭来，只见她笑嘻嘻地拿了一支旧式的引线猎枪来，笑道："我们还有一支枪呢，这也可以防防身吧。"

韩乐余笑道："你真是越扶越醉，打仗的时候，这样打兔子不死的东西，还打算防身呢。"

李守白看她不知利害的程度一至于此，也不禁是扑哧一笑。他不笑倒罢了，只他一笑，小梅也难为情起来，倒拖着枪出去了。

她去了，这里就换了二秃来伺候。饭毕，韩乐余又陪着谈了一会儿，说是行路人疲倦，应当早早休息，就让李守白在书房里安歇。他也实在是倦了，展开行李，就一歪身躺下。因为次日上午是预备看太平花的，也用不着早起，就安心睡觉。直待自己醒了，还拥了被在床上躺着。

就在这时，只听到那个二秃由外面喊了进来道："天呀！这是哪里说起？我们村庄子上到了兵了。庄门口关王庙做了衙门，架子枪架子炮好多架，由里朝外架起来，真怕死人！"

韩乐余由里向外迎道："你不要胡说，怎样一点响动没有就来了兵了？"

李守白听了这话，再也忍耐不住，一个翻身坐了起来，套了衣裳，手上拿了领和领带就向外走。恰好遇着韩乐余，他道："把李先生惊醒了，怎样还不睡一会儿？"

李守白道："贵管家说兵到了。据我看这是真事。冷时雄的行兵是这样神出鬼没的。不过来得这样快，不见得是正式军队，也许是便衣队。"一面说着，一面打好领带，也忘了洗脸了。韩乐余也忘了招待他洗脸，一面说着，一面就向外走。

李守白心想，所谓到了大兵，这也不过是少数的几个零碎部队，绝不会是整队的人马，及至奔出圩子来看，倒大吃了一惊。

原来那人行路的两边，都支盖了大的圆顶帐篷和小的箱柜式帐篷，重重叠叠，竟有半里之遥。帐篷的尽头原是村里的关帝庙，庙门口，这时有四个背手提机关枪的卫队，分站在两边。

在庙门口迎面插了一面三角红旗，红旗里面有一行白字，是"中华民国共和军第二路第八旅"。这时朝气平和，一点风没有。旗子静静地垂了下来，在庙里也不见一点什么动静。再看那些帐篷之外，除了几个兵士守卫而外，其余便是在水溪里汲水洗菜的兵士，却不见整群整队的兵。

李守白点了点头，对韩乐余笑道："老先生，这是你村庄上的幸福，来的这一支军队，是冷军里面纪律最好的一部分。他们的旅长包去非是我的同乡，最善将兵。你不要看帐篷以外散散漫漫只这几个人，若是帐篷里的人一拥而出，不知道有多少人呢！"

　　韩乐余听他说了，还不曾答言，只见那庙里飞步走出两个武装兵士，一直向李守白而来。

　　只看他们灰色的布衣上紧束着一根皮带，胁下斜挂了一个皮带子，里面正是手枪。背上斜背了一把大刀，那刀柄挑着一块红布，直伸出肩膀外，是表示那种雄赳赳的威风。

　　韩乐余闲居多年，从不曾与武人接触，兵士扑了过来，呆望着他们，却不知怎么样去应付。他不去应付兵，兵也不来理他，走到李守白身前，一边一个对着他道："我们团长请你去。"

　　李守白还不曾答话，庙里又跑来两个武装兵士，对他道："去去去！去见我们团长。"不容分说，前后一围，若是不走，大有强拉的意思。

　　李守白道："去就去，何必做这种形式？"回头对韩乐余道："老先生，我那脚夫……"后来的那两个兵推了他便去，一直入庙而去。

　　韩乐余眼睁睁地望他送入虎口，却无可如何，兀自呆立着。

第二章

太平花外摆战场

韩乐余眼睁睁地见两个护兵将李守白捉去，又没有法子去挽救回来，竟自站呆了。那庙门边守卫的兵士，见他站在那里徘徊着，便喝道："干什么的？你也要我们一齐提了来吗？"

韩乐余也不敢惹他们，就垂头丧气地走了回家。二秃在一边看到这事，早跑着回去报告了。

韩乐余只走到半路上，小梅已是迎了出来，老远地就叫着道："爹，这是怎么了？那个李先生……"

韩乐余映着日光，向了她一阵乱摇手。小梅走上前，拉着韩乐余的大袖子，顿了脚，皱了眉道："那个李先生让人捉去了，不想法子去救他吗？"

韩乐余道："军官把他捉去了，我们一个乡下人，有什么法子！"

小梅道："我们去看看也好。"

韩乐余看了他姑娘满脸忧愁的样子，便有恻隐之心，只得同了她再向关帝庙来。只走了几步路，恰好军队里吹着一片集队的号声，各帐篷里的兵如群蜂出巢似的拥了出来。太阳光底下，高处一望，只见人影滚滚，地下的浮土，随着脚步撒黄烟似的由下向上涌，这些兵手里都是拿着枪的。

小梅有生以来哪里见过，左手掩了口，哇的一声怪叫，右手拖了韩乐余就向回跑，一直跑到庄门口，才停住了脚。

韩乐余道："你这是做什么？大兵当前，不是玩儿的。"

小梅拍着胸道："看了那些个兵，我有些怕。"

16

韩乐余道："你既知道怕，为什么还要我去救人？你看这种情形，我有那大的能力去救人吗？"

小梅不作声，噘了嘴，跟着父亲回家。一走到堂屋里，就在一张椅子上坐下也不说话，也不做事，一只手靠了椅背撑着头，只是纳闷。

韩乐余将两手背在身后，在天井内踱来踱去，因道："是昨日认得的朋友，本谈不上什么共患难，可是很奇怪，我见他被捕了，我心里非常难过。"

父女二人，一个在天井里走，一个在堂屋里坐，都是皱眉不展。

小梅猛一抬头，忽然跳起来，笑道："哎呀，回来了。李先生回来了！"说着由堂屋里向外一跑，但是走到堂屋门口，她忽然停住了。韩乐余一回头，也笑了起来，抢上前一步，执着李守白的手道："李先生，你怎么回来了？我们正在这里替你发愁哩。"

李守白是从从容容走到堂屋里来，笑道："我就为了怕韩先生挂心，所以先回来通知一声。原来那个团长故作惊人之笔，要吓我一跳。我一见了面，和他都笑起来。原来那团长是我的老同学铁中铮。我只知道他在冷巡阅使部下，可不知道他已经调到前线来了。他介绍我和他们的包旅长见了面，倒很赞成我给他们宣传宣传，这正是贵乡之福。这一支军队不但不会祸害你们，他们最好的是一点虚名，说不定还要在贵乡留下些德政呢！韩先生可以转告贵乡人，没有什么事了。"

韩乐余笑道："那就好极了，小梅，你赶快去预备早饭，吃了饭，我好陪李先生去看太平花。"

小梅惊吓了一早，这才笑嘻嘻地就下厨房做饭去了。

饭后，韩乐余陪着李守白提了相匣到极乐世界去看太平花。

出了庄子，向后山而去。这山恰是左右两峰向前迤逦而下，右峰环抱过来，到左边露出一个山口，两峰之间包着一个小山岗，若在山口外远处望，只有一点山巅露出外面，走到近处，反而一点形迹都没有。及至走进了山口，一重圆圆的高岚迎面而起。右峰下一道小瀑布，上面在岚头上露出一片白色，一直到这高岚脚下，才露出一道由高向下奔流的山涧来。这涧上的泉水，冲到下面七八丈低的一个水潭里去，水滚着雪龙似的，隆隆作响。潭子三面高起，石壁上挂着许多青藤，映得潭水青隐隐的。一面下缺，却是一条缓缓平坦下来的水道。水在山涧里，上下触着石头，曲曲折折地流到左峰脚下。左峰怀里也有一道平沟，只流着一线清水，有时藏在青草里，有时又浮在白沙上，却在山口和石涧的水合而为一。两涧相会的所在有一道石板桥，通到高岚脚下。

李守白走到这里，连叫了两声好，笑道："这就不必看什么太平花，单是这一点景致就是一幅画图了。我在贵庄看这里的山势绵延，横展到两头看不见，这样的景致，大概不少吧?"

韩乐余道："那倒也不多。这里还有一样好处，出口便是敝庄，可以上大路。由这山里向上走，也有一条平缓些的山路，可以通到邻县去，这附近百十里路山脚，没有像这条口子里面深而平的。据父老相传，从前这山里有许多强盗落草为王过，有了这个庙，朝香的人从山那边凿了一条山路通到这边，开了后路了，所以就太平下来。不过这话是不见经传的，是否靠得住，可不能说。"

两人说着话，踱过了石桥，就踏着石阶一步一步向高岚上走。石路两边，竹子和松树不成行列，夹杂地生着。在树下竹子下，乱草长得有上尺深，那草里面，左一丛右一丛的杜鹃红如火一般地开着。在这清静的山境里，增加了无限的幽媚。李守白见一样，称赞一样。步行到了那个庙门口，一带修篁，露出一条曲折的台阶，高处圆庙门耸峙着，一方直匾写着"普渡寺"。

进了庙，第一殿弥勒佛顶上，一块横匾就是"极乐世界"四字了。走了这些路，身上不免出着汗，口里也微微地喘着气。但是一到这里，一点声音也不听到，只觉一阵幽凉的空气扑上身来，精神为之一爽。寂静的空气里，仿佛有一点佛香气味，在空中盘旋。但是看那香炉里，只有一丛香棒，并不曾燃一根香。眼望殿后，一棵高出殿脊的樟树，遮得阴沉沉的。树枝下垂着一两根蜘蛛丝儿，丝上粘着半片落叶，打着回旋，渐渐地向下沉。树上有一只不知名的山鸟，横在小枝上打盹，人来了也不知道，真是人物两忘机了。

由弥勒殿穿过，再进一重院落，便是大佛宝殿。大殿之后，更有一幢小殿。在小殿前，一个四方的院子中间有一座大花台，远远望去，丛丛的白色在绿丛堆上荡漾。李守白不用韩乐余告诉他，知道这就是太平花了。这花不同梨花、李花，更也不同梅花，分开四瓣，其白如雪。那丛生的柔枝，上面簇拥着比柳叶短、却比柳叶宽的叶子。那叶子现着春气勃勃的嫩绿色，由这堆雪的花瓣一陪衬，仿佛那绝色的美女略穿一点清淡的绸衣，真是"却嫌脂粉污颜色"，飘飘乎欲仙了。清和的日光下扇着微风，早有一阵幽香带着微风拂面，令人想到一种说不出的美感。数了那花台上的花木，一共是五棵，李守白笑道："贵乡很可以自豪哇！这样可宝贵的东西，全国找不到几株，这一个地方就有五株，那真不能说是少数了。"

韩乐余笑道："这也幸而是在敝乡这一种不大出名的庙里，若是交通便利的地方，这花未必还能保留。"

李守白听了他的话，不住地点头，觉得他这话很有一种道理。背了手，绕了这花台，不觉连走了两个圈圈。空气里面似乎有幽兰之香，又似有橘柚之味，令人闻到头清醒一阵。点着头道："好！这花确是好，不能生在宫殿里，就应当生在深山古刹。唯有这样才不玷辱这一个'宝'字。"

韩乐余笑道："若是这样，这弯子更转大了。要有宫殿，就要有个太平元首，要有古刹，就要有个通慧的和尚。"

李守白笑道："我们这话不能再向下说了。有地利，有人和，还得要天时，现在的时节是开太平花的日子吗？"

说到这里，二人都不觉笑起来了。他两人一笑，把这庙里管香火的净修和尚笑出来了，由大殿上走去，对着二人深深打了一个问讯，笑道："原来是韩先生，好久不上山，今天难得来的，这太平花开得正茂盛，我泡壶茶来二位赏花吧。"

这和尚一张圆圆的脸，皱了许多纹，看出他有五十开外的年纪，两道眉毛尖上各涌出一撮长毛，倒有些寿者相。

韩乐余笑着将李守白介绍了，又告诉他村子上已经到了大兵，这里不久要打仗。

净修来不及由衫袖里伸出手来，只将两只大袖子比着，连说了两声阿弥陀佛。依着和尚，要请李守白到方丈室去拜茶，韩乐余说就是花下好，于是净修催着小和尚，泡了茶来，放在花台上，端了几张椅子，在花边放下。净修将一只蓝花瓷杯给李守白先斟了一杯茶送过去，笑道："这茶叶还是小僧去年朝普陀，归路经过杭州，在龙井狮子峰上带来的。这水是这庙后一道清泉，总也不能算坏。"李守白端了一杯茶，沾着杯子沿正要缓缓地尝这茶的滋味。忽然将杯子一放，偏着头，侧望着天上，仔细听了一听。听了许久，便道："是的，是的，是这东西来了。"

韩乐余和净修都不知道他命意何在，倒呆望着他。他且不理会二人怎样，昂头对天空四周一望，将手向西一指道："二位看，飞机来了。这不知道是这边共和军的，也不知道是那边定国军的。是共和军的，倒无所谓；若是定国军的，就怕他们带了炸弹来，那可不是玩儿的。"

韩乐余和净修都不曾知道这飞机的厉害，都问飞机在哪里，争着抬了头向上看。李守白向西一指道："哪！那不就是飞机？"二人看时，果然见半空里有个大蜻蜓样子的东西远远而来。

李守白道："这里有什么地方可以望着远处，而且自己还可以藏得起来的？"

净修道："这后面石台上，靠着石洞就好。"

李守白连忙请他引路，绕过后殿，就走上石台来。这里向下一望，那安乐窝全林犹如一个小模型放在远处。看得明白西方飞来的飞机，这时一共有三架，到了村子附近突然改了方向，在天空里远远地绕着一个大圈子。

韩乐余离城市文明很久了，却未料到战场上的飞机是什么性质，见飞机这样绕着圈子，看了却也有味。正看得出神，只见安乐窝村外，有几十阵白烟向半空里冲了起来，轰通轰通有一阵响，大家全呆了。过了一会儿，那飞机一点响声都没有了，才定了一定神，问道："李先生，果不出你所料，这是那边的飞机，若是驻扎这里的军队真和他打起来，那多么可怕？"李守白微笑道："这就可怕吗？这不过给贵村子里一点消息罢了。现在飞机走了，这片刻之间总是太平的，赶快吧，让我把这太平花照两张相下来，也许飞机第二次再来，赏这花一个炸弹……"

净修耸了耸眉毛上那两撮长毛，连道："阿弥陀佛！先生不要说这种话，佛地菩萨保佑，我想他们不来的。"

李守白道："现在不要说笑话，我们还是去看看村庄上的情形，让飞机吓了一下子，闹成什么样子。"

韩乐余也是很惦记家里，急于要去看看，于是李守白拍了两张相，二人就匆匆地下山来。到了安乐窝时，只见满村庄的人，大家都在场地里纷纷议论，看见韩乐余，都抢着报告道："这真吓死人，村子外许多兵拿了枪打飞机，子弹乱放，倒幸而是没有伤人，现在这里的旅长派人告诉我们不要怕，明天一早他们就走，今天在这里耽搁一天。叫我们一家预备一百个大馍、三斤咸菜，限在下午三点以前都要送了去。他还说只要东西送了去，绝不派人进村子里来的。"

韩乐余听了，就向李守白道："这一百个大馍，要多少面？我们这村子里还不少穷人，这件事怎样担任得起？"

李守白对他所说，只是微笑而已。到了韩家，就笑对他道："韩先生，一百个大馍、三斤咸菜，你就觉得穷人担任不起吗？我觉得这是天字第一号的好军队了。"

韩乐余笑道："这或是因为这里的团长旅长都是你的好友，而且已经托你和他们宣传，所以谈到他们就是好了。"

他二人这样说着，小梅身上系着一条蓝围巾，手上拿了个擀面棍儿，噘了嘴走出来道："刚刚做完了饭，这又要做馍给人吃，真会气死人。"一回头看见李守白身上还挂了一个照相匣子，便笑道：

"李先生，这相可以随便照的吗？"

李守白笑道："越随便越好，就是这个样子，我和你照一个。"一面说着，一面就打开镜匣子，上好胶片。小梅笑道："说照就照吗？你等我去换一件衣服来。"她一手扶了堂屋门，一手拿了擀面棍儿，只这么一招，正待回身，李守白扭着匣子的快门，嘎的一声，已经把相照了，笑着和她点点头道："已经照好了。"

小梅道："我知道相片子还要经药水洗过一道才看得见的，你哪一天可以拿给我看？"

李守白道："我只能照，我可不能洗，我今天下午到贵县县城里，那里一定有照相馆，若是照得不错，洗好了之后，我就派人送了来。"

小梅道："怎么样？你今天下午就要到县里去吗？"

李守白道："昨天就该去的了，今天算是耽搁一天哩。"小梅听了他这话，就像失落了一件什么东西一样，脸上立刻现出不痛快的样子来。

二秃由堂屋后面走出来道："大姑娘，这一屉馍馍已经蒸好了，还要蒸多少？请你去看看。"小梅听了这话，垂着头自向厨房去了。

李守白也觉韩氏父女款待太好了，就这样恝然而去，未免在人情上讲不过去，因此闲坐在屋子里，却没有预备着走，也不曾吩咐脚夫去收拾行李。

到了下午，军队里已经派了几名兵士，挨家征收馍馍咸菜，临时又向各家要草秆豆子，拿去做马料。村里人望着他，谁也不敢作声，只呆望了他们拿去。征收东西到了韩乐余家的时候，李守白韩乐余正在堂屋里谈话，二秃将咸菜馍馍一齐送到堂屋里，死也不肯再送上大门口去。

韩乐余只好亲自将一大藤箩馍馍和一大瓦罐咸菜一齐送到大门口。只见有三辆大车停在门口，车板上都用柳条圈子围起来，在圈子里的白馍黑馍像堆石头一样，堆得有三四尺高。有些馍馍不曾凉透，还是热气腾腾的。忽然一阵风来，卷着一阵黄沙向馍馍头上一盖，全沾在上面了。韩乐余看有十几个兵士，都背了枪，站在大车两边，就像没有看到这事一样。驾着大车的三匹骡子，倒有两匹同时撒起尿来。第一匹骡子正当了大门，稀里哗啦一阵，犹如大雨中的檐水溜一般，水花四溅，靠近骡子的一个大兵，手里正提了一只篾篮子，篮子里装满了咸菜，骡尿溅了不少在内。他看了过意不去，便道："老总，你站开一点吧，菜里头溅了脏进去了。"那兵一回头就笑道："你就是说溅了骡尿了吧？到了火线上的时候，想这种好口味还想不到呢，你尽管说这是骡尿腌的菜，你看有人吃没人吃？"他说着，老实不客气，就伸了篮子过来，接过瓦罐，将咸菜倒了下去。同时和另一个兵提了那篮馍也向大车上一倒，倒得快一点，有几十个馍，向地下乱滚，滚到骡尿里的，和尿带土，加上一层黑漆。那兵将空箩向旁边一丢，口里骂了一句"他妈的"，于是将那地上干净的湿的所有的馍一齐捡了起来，向大车馍堆上加了上去，嘚儿一声喝着骡子，拖了车子就走了。

韩乐余站在大门口望着他们，连摇了几摇头，提着空箩空篮回家来。因道："我们虽然破费一点，看了当兵的是这样的吃苦，那就周济周济，也是恻隐之心了。"

李守白道："他们为对外战事这样受苦，当然怜惜他。现在对内作战，不过为他们的领袖争权力，他受苦也算活该。"一说之后，滔滔不绝，竟忘了时间。

小梅提了一大菜筐子新鲜菜，刚从山涧里洗过，由外面进来。

韩乐余问道："晚饭预备了什么菜没有？我和李先生还要喝两盅。"

李守白哎呀了一声，忽地站立起来，又将手表看了一看，对着天井的天道："天色真不早，我是淡忘了。今天还得赶到县城呢，怎么来得及？"

韩乐余道："今天是当然来不及，就请在我舍下再谈一晚，明天再去也不迟。好在并不是赶什么新闻，怕落后了。"

李守白道："虽不用得赶什么新闻，然而徒然在这里闲过了日

23

子，在自己天职上却也说不过去。"

韩乐余道："好在总是一晚的工夫，也绝不能说是徒费工夫的。"

李守白好像是为人家的问词所穷了，只是含着微笑，却不能再去驳诘他的话。

他们在这里说话时，小梅提了菜筐子，站在堂屋门边，呆呆地只管听着，等他们说完了，低了头一看，筐子里却漏了自己一鞋子的水，她哎呀了一声，提着菜筐子回厨房去了。

韩乐余笑道："我这孩子真是淘气，但是她不过粗鲁一点，还没有平常妇女们那种虚伪的习气。"

李守白道："这种天真烂漫的态度，我就很钦佩，都会里的姑娘，这种爽直的未尝没有，但是有了这种爽直的人，可禁不住都市物质的引诱，那是很容易流入浪漫一途的。"

韩乐余笑道："据李先生这样说，她倒成了个全才。然而我只有这个孩子，也很敝帚自珍哩。"说着，用手不住地去摸他的胡子。

李守白见韩乐余赞他的女儿，自己也觉有一种愉快似的，心里只管回味小梅那种憨嬉的样子，似乎也就觉得比研究战争、赏玩风景都较为有趣，自己也忘了是个战地的外勤记者了。这晚上，不免又和韩乐余夜话很久。次日一早，二秃又和昨天一样，大叫着兵来了，韩乐余已经有了一天的经验，就镇静得多，到门外来看，只见两个兵牵了三匹大马站在门口。见韩乐余出来，却笑着点了点头道："请问，你这里有个京城里来的李先生吗？"韩乐余鉴于昨日事情，却不肯贸然答应，犹豫了一阵子。那兵道："你不用狐疑，我们不是坏意，我们包旅长有了一封信送给李先生，请他到前方去看看。"说着，便在身上掏出一封信来递给了他。

韩乐余一看，果然写着"专送"的字样，便拿了进来递给李守白。他看了一看，笑着拍手道："这算大功告成。韩先生，我要告辞了，你请看这信。"

韩乐余接过信看时，上写是：

守白先生阁下：

　　……昨日晤谈甚快。戎马倥偬，无可招待，当能原谅！敝部于昨夜开拔，今晨三时，安抵尚村。据探报，敌亦正向此路进犯。敝部现与永平中路军队联络，不分星夜构筑防御工事。在三五日内，敌当不能前来，正式接触，似尚有待。先生欲观前方状况，最好于即日来此，既可从容研究，且无危险。现派秦余两护兵前来欢迎，乞简装命驾为盼。倚马成书，草草不恭，诸容面叙，即颂文安。

弟包去非顿首

　　韩乐余道："他们真走得有这样快，此地到尚村有五十里路，不知他们是什么时候开拔的，三点钟就到了。到了还不算，已经有了军事上的布置，而且又派人走回五十里，送信来了，哪有这个样子快！"

　　李守白笑道："我们这位老同学铁中铮团长是喜欢开玩笑的，不要是和我闹着玩儿吧？"一面说着，一面向外走。

　　那两个护兵认得他，便问他去不去。

　　李守白道："我当然去的，不过昨晚上好半夜，你们的军队还在这里，怎么现在就到这样远的所在去了，而且二位又回来了？"

　　那护兵笑道："莫非李先生不相信我们的军队走了，你且到林子外边去看，这里还有我们的一个弟兄没有？"

　　李守白也要看个究竟，当真邀了韩乐余一同走出村庄来。只远远一看，昨天大路两边所扎的那些帐篷果然一点痕迹都没有，一切都恢复了原状。

　　好几千人突然来了，大家不知道，突然去了，大家也不知道。这种军队的训练，绝不是一朝一夕之功，今日看到，令人不能不佩服。

　　李守白站在村门口，连连赞叹了几声，军队不坏，只可惜枪口朝内。因对韩乐余道:"他们这种军队的作战法,一定是与平常军队不同的,我的运气好,恰是和他们的军队相遇,又得了他们将领的许可,让我去参观战地,这是一个极好的材料了。我所有的大件行李就都存在老先生这里,我只带一点轻便东西马上就走。"说着,和韩乐余一同进屋,将脚夫打发走了,便告辞韩氏父女出门上马。

韩乐余和小梅都送到林子外,两个护兵骑马在前引导,李守白一人骑马在后随着。走了许久,回过头来,见韩氏父女兀自在村外立着,将手上的马鞭子举起,在日光里摇了两摇,让他们进去。然而他们始终不曾先进去,只是马走远了,看不见而已。

走了一二里路,两个护兵在马上笑问:"可能快跑?"李守白一想,平常的人怎样可以和军队里人比马术,只笑说是不能跑。但是那护兵说:"若是慢慢地走,那就比害病还难受,稍微快一点走吧。"李守白也不愿太示弱,就依了他,稍稍快起来。在路上走了一半路的地方,休息了一会儿,吃点东西,一直到下午三点才到尚村。

那地方是一带平原之中,高起一块土坡来,土坡里面便是村庄。村庄外两边都是树林,更连着高粱地。两个护兵到村外陪着李守白下了马,还不曾进村子,只见村子里的乡人,男女老小不分,背的背,抬的抬,将箱笼柜器纷纷地搬走。那些人脸上的颜色都成了死灰,只是搬了东西走,并没有什么人说话。见着李守白进村去,都远远地避到大路边,让他们牵着马进去。

有个妇人怀里抱着小孩,手上牵着小孩,含着一包眼泪。怀里的小孩哇哇乱哭;走的小孩子左手提了一笼鸡,右手牵了一只羊,那一笼鸡有五六只,小孩子不过七八岁,走一步将笼子在地上拖一下。后面牵着那只羊又极是淘气,沿路地吃青草,不肯上前,小孩子拼命地拉着。还有一个老头子,约莫有七十多岁,背弯着,左手扶了一根短拐杖,右手提了一篮子瓦缸瓦罐之类,背上却背了一大卷破棉絮,走一步,哼一步。

李守白看了,老大不忍,看着他们向村外鱼贯而行,倒呆住了。那些逃难的乡人直走到村子外老远,才回过头来向村子里看,走了一些路，又回过头看看，那种依恋不舍的情形，好像也就是自己别离家乡一样，恨不得一个一个上前安慰他们一顿。两个护兵看出来了，便笑道："李先生，这还算好的啦。设若我们陡然在这里和敌人遇到了，乡下人逃得出村去就算幸事，还能这样从从容容搬东西吗？"

李守白垂头不语，和他二人进了村子。一个护兵取过包裹，一个护兵先上前去通知，那铁中铮团长就由里面迎了出来，握着李守白的手笑道："在战场上和老同学在一处，这是多么痛快的事呀！这个时候，我们旅长闲着，我陪你先去谈一谈，以后他就没有工夫会客了。"说着，在前引导，将他引到一丛矮树的所在。这树外是一个菜圃，地里的北瓜王瓜藤正沿着架子长得不见天日。在瓜棚下，高高的有一个土堆的，堆一面，开了一个小门，约莫有三尺多高。门外两个全副武装的兵夹门而立。那兵和铁团长行了军礼，铁中铮便对他道："你进去报告一声，那位李先生来了，在哪里会？"一个卫兵进去，包去非却由门里迎了出来，笑对李守白道："李先生难得来的，请参观参观我的办公室。"说着，向门外一闪，让他进去。

李守白走进，原来是个大地洞。由门内下了几层土阶，下面开阔起来，约莫有五尺高、见丈宽的一个洞。这洞一直正中，一个尖角，折转向右，又是另外一个洞，洞边斜斜地向外开着两个窟窿，放进光线来。一个很大，可以走人，似乎是另外一个小门了。洞中有四五根大树干，当了柱子，柱子上托着厚板，衬住了洞顶。洞中两张小方桌子并了一个公案，上面铺了好几张地图和一副文具。一个军用电话机由地洞上牵了许多线到桌上。桌上倒放了三个耳机，桌子边放了两条板凳，大概是旅长自用的。土洞的四周、壁上都刮得很平正，还有几张标语。宾主相见，谈了几句话。电话机响，包去非便亲自接话，铁中铮和李守白都避出洞来，走到洞外。包去非也追了出来，笑道："李先生，我们正面的战壕，已经有一处完事了，你若是愿意去参观，我请铁团长陪你去。"李守白自然是赞成，就跟着铁中铮走。

经过一丛矮竹篱，马上现出一条大横沟。这大横沟之中，有一道宽三尺、深约五尺的沟，挖成了大波浪式，渐次向前。据铁中铮说，这就是交通沟了。后方有什么东西要运输到战壕里去，都是走着这一道沟的。由这一道沟，钻过了村外的土坡，约有五十步路便通到了战壕。这战壕比交通沟又宽上了一两尺，一个人在沟里站着，勉强可以伸出头来望着对面。沿沟壁向外，突出去挖着四方的大洞，洞上面堆着二三尺深的土，土上又盖着面板，这便着盖沟了。洞朝前的地方，刚刚高出地面的所在，就挖两个小窟窿，乃是向外放枪的。

李守白在洞里看着，便道："真快呀！怎么就造成盖沟了。"

铁中铮道："这是一个样子，做了让民夫照样盖的。全部成功恐怕要半个月。我们对于这防御工事，也只好做到哪里算哪里了。你且上沟来看看。"

李守白果然爬上沟来，这一望不打紧，不由他不吃一惊。这左右两边，拉长一条线，在地上挖战壕的民夫就如蚂蚁一般，挖的挖，堆的堆，非常忙碌。正看着有点感慨，只听见一片喊声："大家散开，敌人飞机来了！"只这一声，就见那些民夫满地里一阵乱跑。

李守白立刻也听到了飞机轧轧之声，抬头一看，远处一个黑点，越飞越近，正是飞机到了。看到这个，立刻抽身就想飞跑。铁中铮一手将他拉住道："千万跑不得，你还跑得赢飞机吗？"一面说着，一面将他拉进地洞来。

李守白也不知道是如何走进洞来的，这时定了一定神，只听得那飞机轧轧之声，已经飞到了头上，接上轰的一声，大风扑了一身的沙土，似乎这地都有些震动。接上又是哗哗一阵民夫惊号之声。

在这种声音之下，李守白不能不心里跳起来，远远地离着前面那个窟窿，向外面张望，偏是不先不后，飞机上第二个炸弹又落了下来。那炸弹所落的地方，也只好离着这盖沟十来丈远，狂风一卷，满眼烟灰。一时身上觉得麻木，向盖沟里复跌进去，人就昏了。

铁中铮抢了上前，两手将他扶住，向他身上看时，见满身都是土屑，脸上也黑了一块，连忙问道："守白，你受伤了没有？"

李守白靠着他站了起来，也问道："我哪里中了弹？"

铁中铮仔细看了一看，他身上却是没有中弹，因笑道："你不要害怕，没事，飞机已经走了。"

李守白听时，果然轧轧之声已远，手扶了洞壁，慢慢地站定，然后才拍去身上的土，勉强向着铁中铮微笑道："生平第一次，我不料飞机有这样厉害，我真吓糊涂了。这真是个笑话。"

铁中铮一手握着他的手，一手拍着他的肩膀，微笑道："朋友！你幸运啦。幸是有这盖沟，不然，我们早无葬身之地了。现在没事了，我们出去看看。"

李守白淡笑着，望着他摇了一摇头。

铁中铮笑道："我说没事就没事，你尽管出去，你不听到外面许多人说话，这就是大家恢复工作了。"

李守白虽然听到，又在沟眼里向外张望了一下，这才随着铁中铮走了出来。果然民夫们又在挖壕了。一看战壕的前后两方都有一个地穴，有桌子宽大，凹下去有三四尺深。这便是炸弹落下来炸的大洞。

李守白望了那块穴出神时，铁中铮呀的一声惊呼起来。

第三章

征人夜话

李守白也不知为了何事，倒反而望了他。

铁中铮道："守白，你看，你的裤脚黏着大腿，都让血水浸透了。刚才你一定受了伤，自己不知道。"

李守白低头一看时，果然自己左裤脚下面，连袜子和裤腿湿了一大片。低头用手摸时，摸了满手鲜红的血，吓得脸色都白了，向铁中铮道："我怎么了？我怎么了？"他问话时，弯着腰倒直立不起来。

铁中铮向前搀着他道："不要紧的，不要紧的。如果你真受了重伤，还有自己不知道的吗？你坐在地上休息一会儿，我自去找担架队来，抬你到村子里去，让军医看看。"李守白真也不想遭了这意外的打击，竟是身不由主地便坐到地上来了。

铁中铮身边站得有兵士，就告诉他们找了担架队来，将李守白抬到村子里一所破旧的民房里去。这里先有军医等着，立刻将他放在地面铺的草席上，周身检查了一番，对他道："这倒无甚紧要，只是膝盖以下，受了一些石块撞扑的微伤，敷上一些药膏就可以好了。只是怕脑筋受了震动，最好是暂时静静地安睡几天。"

铁中铮在一边插嘴道："这已经到了最前线了，怎能静静安息几天呢？守白兄，你在安乐窝不是有朋友家里可住吗？你还回到安乐窝去吧。"

李守白听说自己脑筋怕受有震动，想着此地不久就要开火，既不能工作，这倒不如回到安乐窝去的好。当时就答应了铁中铮的话，可以回去。

铁中铮站在一边，看着军医将他的腿伤洗擦敷抹好了，让李守白暂住一晚。次日一早，也不敢用运输汽车，派了四名担架队，让他们换班抬着担架床，将守白抬回安乐窝来。

到了韩乐余家门口，担架队一个人进去报信，李守白睡在担架床上，早听啪啪的一阵脚步声响，只见小梅一手拿了扫帚，一手拿了簸箕，面孔红红的跑了出来。看到李守白睡在担架床上，啊哟了一声，将扫帚簸箕一抛，又转身向屋子里跑。

当她进去的时候，恰是韩乐余走到屋子外面来，两人顶头撞了一个满怀。韩乐余瞪了眼望了她，她倒嘻嘻笑了。

韩乐余出来，看到守白并不怎样的难受，便道："请抬到里面去吧。"

小梅向担架队招着手，自己在前面走，将他们引到书房里去。这里为李守白所设的床铺还不曾撤了去，小梅跪到床上，将三个枕头叠在一处，让它高高的，然后拉开被来，方始下床，向担架队点头笑道："多谢各位老总，把他放到床上去吧。"

等大家将李守白放下了，她就匆匆忙忙地跑出去，似乎又去拿什么去了。一个担架队兵向李守白道："先生，这位姑娘是令妹吗？"李守白随便点着头。

果然不到一会子工夫，她又提了一把茶壶、两只茶杯进来。那担架队向小梅笑道："你哥哥没有什么伤，好好地静养一会子就行了。有你这样的妹妹来伺候，比在战地医院那要好得多了。"

小梅究竟是个乡下姑娘，忽然让人叫起哥哥妹妹来，倒有些不好意思，低了头没有作声。好在韩乐余随后就进来了，才把话牵扯开去。他引着担架队到外面堂屋里去休息，将话问得明白了，这才放了心。

李守白到了这里，第一是减少了许多意外的恐怖，要茶要水又十分的便利，心里一安宁，精神就好得多了。这天下午，自己睡了一觉醒来，只见韩氏父女都在屋子里坐着，立刻坐了起来，向韩乐余拱拱手道："老先生，我这次回来，实在是冒昧。一个负伤的旅客，怎好随便地就到别人家里来安歇？今晚暂在府上借住一宿，明天……"

韩乐余摇手道："李先生说这话，未免太见外了。漫说我们是一见如故的朋友，就是今天有个生人不舒服，要在舍下休息一下，我也乐得做点人情。李先生要搬到别处去的话，再也休提。"

李守白苦笑着，又皱了眉道："我何以为报呢？"

韩乐余道："我又不曾花费什么，谈什么报答？"

李守白道："不必花费，就是老先生这一番盛情，万金难买。"说着又向小梅拱拱手道："先前那些兵大爷说错了几句话，大姑娘不要计较。"

韩乐余倒为之愕然，问小梅道："他们说了什么？"

小梅眉毛一扬，向父亲笑道："那些兵大爷说错了，他说李先生是我哥哥。"

韩乐余哈哈笑道："这也没有什么关系……"他不曾说完，却站起来向李守白连连作了两个揖，笑道："惶恐，惶恐！我虽然有几岁年纪，怎好随便就说出这种话来。"

李守白道："这没有关系，老先生这样大年纪，只怕比先父的年龄还大些，我就以长辈相待，也不能算是分外的恭敬吧？"

韩乐余笑起来，摸着胡子道："岂有此理，难道我长了几根胡子，到处就可以占人家的便宜吗？提起这话，刚才李先生怎样说是先父？"

李守白道："我的命运最是不好，三岁丧父，九岁丧兄，现在仅仅有老母在堂。"

韩乐余道："这样说，李先生远游，老太太在北京，不感到很寂寞吗？"

李守白道："不！我还有个妹妹，陪着老人家。"

韩乐余道："除此以外，府上再没有别的什么人了吗？"他说到这里，就回头向小梅道："去把我的水烟袋拿了来。"

小梅听说，听得很有味的，父亲叫她去拿水烟袋，两手按了方凳子，待要起身时又坐了下去。

韩乐余道："你这孩子，我叫你做一点事都叫不动了。"

小梅缓缓地站起身来走了。一会子工夫，她就提了水烟袋来了。然而她虽来，却又不肯立刻走进房来，只在房门外悄悄地站着。只听到韩乐余问道："这却难得，我虽很久不到都会上去，可是看到报上登着，青年人总是成双作对的。"

李守白道："成双作对，那不是我们的事，我们是个劳工，昼夜不得闲，哪有工夫陪着女人去游公园看电影呢？"

小梅听了这些话，又想进去，又想不进去，只在门外边踌躇着。

韩乐余在门里头看到她的影子一闪，就叫道："烟袋找着了吗？找着了，就快拿进来呀！"

小梅听了这话，将头伸进屋子里头看了一遍，才笑着将烟袋递给她父亲。她也不知道是何缘故，在这屋子里有点坐不住了，走了开去，找着二秃，因对他道："你进去问问看，那位李先生要不要喝稀饭，若是要喝稀饭，这就该洗米了。"

二秃皱了眉道："我们家里好好的来上一个养病的，也真算倒霉。"

小梅道："你快不要胡说。出门的人哪个保得住没有三灾五病。若是出门的人都没有人收留，应该在露天地里养病吗？"因之这一下午，倒是不断地向书房里去送东西。先是茶水，后是稀饭，晚上还搬了一张茶几摆在床头边，用了一个高烛台插了一支烛在上面，再由书箱里搬出一叠书来，放在茶几边，请李守白挑好了几本书，再把书送回原处。

李守白心里可就想着，这样招待宾客，自是体贴周到，这绝不是这样一个粗人可以想得到的，便问他道："二哥，你实在费心，将来我一定要谢谢你，你也认得字吗？"

二秃道："我不认得字。"

李守白道："你不认得字，怎么知道送书我看呢？"

二秃笑道："我哪里晓得这些，这都是我们家大姑娘出的主意。"

李守白向门外看了一看，低声道："你们这村子里，有个姑娘叫'太平花'的吗?"

二秃伸了一伸舌头，连忙将手向他摇了几摇道："千万不要提起这个名字，我们姑娘听说，她要生气的。"

李守白笑道："这样说，你们姑娘就是'太平花'了。"

二秃微笑道："乡下这些混账人和她起了这样的名字。我们姑娘叫小梅。"

李守白还不曾跟着说第二句，只听到小梅在外面堂屋里连连叫了几声二秃，他就跑出去了。

李守白这才断定了，小梅果然就是"太平花"。心想"太平花"这三个字，不见得就是侮辱了她，然而她不肯接受，也可以知道这姑娘是没有虚荣心的。若是城市里的女人，她正好借了这好名好姓去博个人的享受了。他安安稳稳地这样在床上睡着，过了一天觉得脑筋并没有受什么伤，昨日那番惊吓，自己也是过于害怕了。慢慢地坐了起来，也觉得一切如常，只是腿上有些微微的痛罢了。

二秃听到屋子里响声，便进来伺候茶水，韩乐余也进来问身体怎么样了。他除了说没有损伤而外，就是不住地向人家道谢。下午的时候，自己蒙眬地睡着，却听到一种细细的歌声在窗子外边。翻身看时，乃是小梅穿了一件细窄的布衣，弯了腰在那里扫地。

她斜侧了脸，见那掩着耳朵的乌鬓下，正斜插了一朵小小的黄花，遥遥看去，真个是别有一种风致。她听到屋子里有响声，抬起头来，向李守白一笑道："李先生，你好些啦?"

还不得人家答复，她就扭身走了。以后倒很少见面，见面也就是"好些了?"一句问话。

过了两天，李守白很相信，身上并没有受什么震动，腿上的伤也好多了。因就告诉主人不能耽搁，马上就要走了。

韩乐余道："现在四境草木皆兵，李先生腿上又受了伤，要到哪里去呢?"

李守白道："越是紧张，我越要出去采访。我想这永平城内，是共和军的中路，当然有许多情形可以记载，我要去看看。"

韩乐余道："这城里的师长王虎，外号王老虎，是杀人不眨眼的凶神，你怎好去找他？"

李守白笑道："那要什么紧？我不是他的仇人，我也不是他的敌人，他杀我做什么？而且我的职业是冒险的事，我怎能退缩呢？"

韩乐余因他提出了职业两个字，当然就不能再拦阻他，只是说他有伤，还留他过两天。

李守白也觉得再休息一两天，腿会更好些。这安乐窝村子实在也有人留恋的意味。

又过了两天，前线已十分紧张，由尚村向这里经过的难民便是络绎不绝。据难民口里说，飞机天天到村子天空上来轰炸，实在是不能安居了。李守白也走到村子路上来，天天向难民口里得着消息。觉得战事已经爆发，自己的战地通信还只写过两三封，这很不对，决计到永平城里去打听一些新消息。只是这个时候，乡下的牲口和车辆都藏躲了个干净，免得被军人抓了去。小车也一样的难找。自己脚上有伤，怎样上道？这样踌躇着，又过了一天。

这天下午，有个兵士拿了铁中铮一张名片来，说是铁团长问候李先生。李守白就问他，可不可以想法子找一头牲口。

那兵士叫金得胜，他道："我们原是押两辆车子到永平去的，李先生要去，马上就可以走。"

李守白觉得这个机会是十分难得的，立刻收拾简单的行囊就要走。他在屋子里收包裹的时候，小梅一个人怔怔地在窗外立着。

李守白一抬头，笑道："叨扰了多天，我立刻要走了。"

小梅道："我听说了。你若是不绕道的话，将来回家去，还走我们这儿过呀。"

李守白道："那是一定的。这几天姑娘很忙，老见不着。"

小梅脸上带一点红色，微笑道："我有些不便。"说毕，一扭身就走了。

李守白心想，怎么忽然不便起来了呢？是了，那天晚上，老先生曾盘问了我的家世，大概为了这个不便了，怪不得她一说话就走开。正如此想着，抬头看时，她又悄悄地站在那窗户外了。最妙的就是她鬓云上，又新加了一朵野蔷薇。她微微地笑着，那朵野蔷薇正可以象征着她为人。

看得正出神呢，二秃进来了，他道："李先生走吗？那几个赶车的人发急呢。"

李守白看窗外时，小梅已不见了，于是请二秃代拿了东西，向韩乐余告辞。

韩乐余随着身后，送到大门口来，握着手，约了后会。这时大门外路上停着两辆大车，前面一辆堆着行李，后面车上坐人，除了金得胜外，还有一个身挂手枪的。李守白上了车，骤夫鞭子一扬，车子向庄门出发。

在大路上走了三四十步路，只见小梅手挽了一只空的菜筐在那里站着。李守白坐在车上，不能起身，取下帽子，招了几招，说是打搅。小梅轻轻地答了两声，说什么没有听见。李守白正倒坐着，一步一步地看着离开了小梅。

出了村，向北走，正是一片平原，将落山的太阳在远远的树林子梢上射来一道黄光，似乎给这寂无人声的战场上加了一层惨淡的颜色。前面一个兵、一个骤夫，后面一个骤夫、三个乘者，都默然无语。只有那车轮的笨重滚动声和骤子偶然打着的喷嚏声，此外都很沉寂的。太阳越发下沉了，已不见整个的日影，只有一大片红光，由树林子下面烘托上来。两边天色如此，其余三方，天色都慢慢地昏暗，天上的归鸦很单调的，偶然有一只两只由头顶上飞了过去，它们似乎也觉得这一天很侥幸在战场上度过了。虽在这寂寞的环境之下，忽然有生物过去，虽不是人，却也引起了人的注意，因之大家不约而同地都将眼睛射到了那天空的飞鸟上去。

那个兵首先开口了，他道："打仗的年头儿，人就不如鸟，谁能够自由自在的，爱上哪儿就上哪儿。昨天尚村那一场恶战，我们的亏吃得不少呀。我有个朋友和一连人冲锋上去，只回来了一个人，真是命大。"

李守白道："老总，你也上过火线吗？"

他道："上过火线多次了，穷命，死不了。去年几仗，打得最厉害，挂了两回彩，现在还活着。"

李守白道："挂了两回彩？自然是打了胜仗了，应该得有奖赏了。"

他道："赏下来了，一回是军人荣誉奖章，二回是军人勇敢奖章。"

李守白笑道："名誉为人生第二生命，你得了奖章，多么有面子。"

他冷笑一声道："名誉算什么？反正是自己人和自己人火并，就是打了胜仗，又有什么名誉呢？我是得了一块奖章了事。我两个兄弟都是那回阵亡的。唉！他们的尸骨也不知道，不要说奖章了。"

李守白笑道："马革裹尸，那是军人荣耀的事情呢！哪个人不死？死要值得。"

他道："值得，他们这两条命死得连狗屁不值。值得的只有上面的人，干了这一仗，得了两省地盘，做上巡阅使了，家私无数，小老婆论打。在打仗的时候，他可离着战线上千里地呢。赢了，他升大官；输了，他妈的一拍屁股，脚板擦猪油，向外国一跑。"

李守白道："你老总说这话，不平极了。但是究竟人生一世，草生一春，要做点事业才对。就是不幸阵亡，也落个豹死留皮，人死留名。"

他道："留名，要枪口对外呀！自己揍自己人还有名吗？"

金得胜笑了起来道："朋友，你倒说得痛快，我虽没有你那样苦，闹了这几年，可没闹出个好儿来，现在还欠着四个月的饷。"

李守白道："我有一句不通的话要问二位了。既然说当兵闹不出好儿来，为什么还要往下干呢？"

"唉！没有法子呀。"杨振春和金得胜不约而同地说这两句话。

这一说，前后两乘车子上的人难得他们异口同音地有一个答复，不觉大家都笑了起来。

这车子越向前走，天气是越发的昏黑，西边那一片红色慢慢地只剩了一线，天空已黑遍了，连西方也黑了，两个骡夫都将车把上两个白纸灯笼点上，各人手上也提了一个走路。夜色深沉了，更看不见四方。大家因为无聊，这话越谈得紧。那个兵身上带有烟卷，在这黑暗中，见他影子边有一星火光，分明是他也感着无聊，在抽烟卷了。那火星微微地闪烁着向上升，这可以知道杨振春极力在吸烟，想什么想得很沉着了。

李守白道："杨老总，你说你没有法子才来当兵，究竟是怎样没有法子呢？"

杨振春叹了一口气道："这话说起来可就长啦。反正摸黑走着也是怪难受的，我说着给你解解闷。我家里弟兄三个，原是种田的，上头有个老娘，我也娶了媳妇两年啦。就他妈这几年年年闹内战打仗不停，我家里就遭了殃。第一年兵来了，把我家两头牲口、一辆大车都抓去了。好在这是冬天，倒个百儿八十块钱的霉，也就算了。到了第二次，这一下子要了命，由三月清明节下打起，打到九月霜降，你说，庄稼地里这还有什么收的？我们全县穷得精光，这还不算，先是东边军队打来，连收了我们两年的钱粮，家里没有钱，和村子里借一点押一点，凑合着先缴一年，后来借不动押不动，只好拿粮食算钱去缴。他妈的那些叫花子军队，除了人肉不要，什么都收下，我们家里算完了个干净。这还是夏天，在地里弄些野菜吃吃，勉强度命。到了秋天，东边军去，西边军来，他们不要钱粮了，要什么地亩捐，每一亩地要捐十块钱。这个时候，十块钱？十个铜子也拿不出。我兄弟三人种了自己十多亩地，就要拿出一百多块来。我老娘一急，一索子吊死了。我想这也没有什么可惜的，这年头儿留下老命是活受罪，倒是死了干净，把我娘抓把土埋了。我对我媳妇说，家乡活不成了，只有把这十几亩地丢了不认，省得出地亩捐，

38

各逃生命。你呢，另找主儿去，我也养不活。我媳妇算有良心，第二天，就跳了河。可怜，她肚子里还怀着五个月的孩子呢……"说到这里，他的声音哽起来，顿了一顿，只见一星火光一抛。他在黑暗中，把那烟卷抛了。

李守白道："这样说起来，实在可怜，你就是那样当了兵吗？"

杨振春道："没有，还早啦。那西边来的军队也觉得我们太穷了，找不出油水来，不久开走了。地方上穷人太多，又没有事干，听说山里头土匪黄小狗子还能到别处抢些来吃，村子里去的人不少。我们弟兄三人倒也想去，偏是事情巧，黄小狗子带了一千多人正打我们村子里过，说是出县去找点东西回来。我们连第二个主意也没想，就跟了他们去。在土匪里混了两年，虽然没有什么好处，倒是走一处吃一处，也不挨饿。到了这时，第三次大仗又干上了。我没有回家乡去，也不知道家乡是什么样子，可是东西两边军队都在拼命地收军队，这边许黄小狗子做纵队司令，那边许黄小狗子做师长。当土匪的，倒弄得大家都欢迎啦。后来还是为着可以得一万块钱现洋，黄小狗子干了这边的师长，我们跟着当了兵，就到了现在了。"

李守白听了他这一篇话，才知道在军阀手下当兵有这样的委屈，便道："据杨老总这样说，那真也是没有法子，但是不能打一辈子的仗，将来太平了，你还可以回去种地的。"

杨振春道："太平？瞧着吧，就是太平了，回家去种地也不容易。你想想，犁耙种子，哪一样不要钱去办？回了家，就算有房子盖头，家里头一份安家的东西又是要一笔钱的。我只有望再打两回死仗，也许我不死，上官知道我有功，一步一步给我升上去。大官我也不想干，但干个营团长，就能发一个小财。到了那个时候，回家也成，不回家也成，无论到哪里去，就有饭吃了。"

李守白听着，觉得这些话又可算得是一种特别的辩论，心里如此揣想，未曾答言。前面那个押车的兵在黑暗中就搭起腔来了。他道："老乡，我们是一样命苦呀。我也是种不了地出来的，就是没有混到土匪里面去。他妈的，就是苦在当兵不容易出头，设若我能干一天营团长，我算没有空苦半辈子，死了也甘心。"

杨振春忽然转了一个话锋了，问道："老乡，你们那儿发过几回饷？"

那兵答道："开拔的时候，发了一个月，到现在为止，谁也没有看见过一个钱。老乡，你呢？"

杨振春带一点笑音道："这要算我们走运，驻防在城里头，一到县城里就得着半个月，听说是由商会里垫出来的。他怕我们自己动手呢。哈哈！"

杨振春说到这里，竟自笑起来了。金得胜忍不住了，插话道："当兵只有我们这里不值，动不动就是什么军纪风纪，可是要说到发起饷来，比哪处也要少。说倒说得好听，将来国家太平了，我们自然有饭吃，现在吃一点苦，这不算什么。李先生，你念的书比我们识的字还多，你想这话说着，我们可能相信，将来太平了，国家都会给我们当团长旅长吗？"

李守白笑道："这样说，你是根本误会了。你们旅长说的天下太平了就有饭吃，乃是说的做百姓的，可以各安生业。就是当兵的，也能回去做别的事，不必吃苦打仗了。"

金得胜道："要是等打完了仗，等太平了，再回去找饭吃。那么，大家不打仗，不自然太平吗？丢了事不干来打仗，带累有事干的也干不成，打完了仗呢，还是让人干自己的去。为什么打这个仗？我真糊涂死了。"

杨振春道："不打仗，师长哪里升得了督军，督军又哪里升得上巡阅使呢？"

金得胜道："这样说，你不想升团长了？"

杨振春道："怎么不想？能干不能干是一件事，想不想又是一件事，坐汽车住洋楼，搂着姨太太，我哪一样不想。"

金得胜道："太太还没有，就想姨太太吗？"

杨振春道："我做了团长，自然一娶就是两三个，总有姨太太的呀。太太上头，不加上这个姨字，就像没有味似的，所以我一说起来，就是姨太太了。哈哈。"

"别说了，说着说着，引起老杆的瘾来了。咱们今天进城，找个小娘儿去吧。"前面押大车的兵，操着一口纯北方话，这样突然地向大家提议起来了。

金得胜道："我倒也赞成，但是身上没钱，可想不到人家。"

前面那个兵道："这些臭娘儿们是真没有她的法子，只有给她们霸王硬上弓，有一天我们可以自由一下子，我一定得去由上两个。"于是前后几个人都哈哈大笑起来。

李守白听他们所说，渐渐有些言不及义，便不是自己所愿听的了，因转过话锋来问道："漆漆黑的这样摸着走，到县还有多少路了？"

骡夫答道："路还多呢，哪有这样子快，你们有话谈，尽管放心说，你不必问，遇到了步哨的时候，那自然快到了。"

李守白看着天上，只有满天星斗，却没有一线月色，四周一看，都是些黑巍巍的影子。那草地里生的矮树，远望去一个孤立的直影子，倒像是个步哨兵。晚上已是起了一点风，风过之处，将影子吹得摇动，更像是个活东西。所幸同道的人多，若是一个人真会疑心这是鬼物，不敢上前了。

那骡夫拉着大车，大概也是久经战争，精神有点不济事了，几乎是数着四个蹄子走路。那车轮子转着车轴，让不平的地一阻碍，一碰一跳，转了晃荡起来，敲着车板子，嘚儿嘚儿地响着。骡夫手上还提着一只小纸泡灯笼，在这沉黑的夜色里，照着车子附近，有几尺大小的一片火光，那火光是昏黄的，照见车上几个人影子，若有若无地在光里晃荡着。

那杨振春没有话可说，便会感到寂寞，点了一根烟卷，又冒出一星火光，继续地抽起来。

李守白也想抽烟，自己掏出一盒烟来，见金得胜没有烟，就送一根烟给他抽着。三个人坐在大车上，身子左一摆右一摆，和车轮一滚一动，互相呼应起来。这自然是大家都没有精神去支持身子，只是让车子去摇撼了。倒是各人衔的烟卷红星灿灿，显着大家的烟都抽得很紧张。闷着无聊又谈到军事上来，守白问："城里现在驻有多少兵，有尚村多吗？"

杨振春道："比尚村多了，城里有一旅一团，城外还有一团，人数都是挺足的。这永平县城里，也不过两三万人，来了这些个兵，城里陡然就加上一倍的人了，多么热闹。"

李守白道："城里既然只有这些个人，陡然加了这些兵，兵在哪里住哩？"

杨振春打了一个哈哈，笑起来道："你不用和他们担心，他们自然找得到地方住。我告诉你，你准不会相信，我就住在一个新娘子房里。据街坊说，新娘还没有满月哩。"说着又打了一个哈哈，正待说话，在车子前面，黑暗中忽然有人喝了一声。

金得胜连忙也喝了一个字，接着答道："我们尚村来的。"那边听得口号对了，就有一个兵迎上前来，问道："都是些什么人？"

杨振春跳下车来道："是王老五吗？"说着话，顺手拿过骡夫的纸灯笼，举起来有头这样高，向前面照着，果是王老五。他将各人盘问了清楚，埋怨着道："你们的胆子太大了，今晚上消息紧得很，放步哨多出来五里地。我老远地看见这两个灯笼，听到你们一路说说笑笑地来了，我才放心。敌人是波浪式作战，不定在哪里钻出来，你们赶快走吧，若是在路上走着，我们开了火，那可是个麻烦。"

别人听了这话还罢了，李守白在大车上听着，心里又禁不住乱跳，因为自己一点战事不懂，而且衣服又不同，无论遇到哪一方面的兵也是死，在车上发呆，作声不得。有人熄了灯笼都下了车来走，前面又有人喝着口号。走上前，又有兵盘问了一道。

李守白一看这里不是一个兵，有六个兵了。因为自己是个非军人，盘问得更紧，挨过了这里，不到一里路，更遇着许多兵士露营。他们将枪架着，都坐在地上，月光下照着，还列有机关枪，这就是所谓连哨了。他们照样盘问了第三道，那连长也说快走，恐怕马上要开火了。连长命令下来了，大家不敢怠慢，在黑地里乱打着骡子前奔，同时也有人在地下将大车推的推，拉的拉，减去骡子的力气。然而他们也只刚走四五里，身后已经有了枪响了。

第四章

王老虎与他的骄兵

这战场上的响动不像别处。每每微细的动作可以惹起全场的注意。尤其是黑夜，连一点抽烟卷的火星都不让它露出来的。

这时在大家戒备森严的时候，忽然有一声枪响，把全线都震动了。大家立刻拿着枪，对了那枪响的地方回击过去。这两辆大车前后的人，车和马都不能顾了，大家不约而同地齐齐向地上一伏。

果然一下枪声并不是误会，乃是敌人的军队暗袭过来了。这里枪一响，那里更不客气，噼噼啪啪，回敬过枪来。

李守白以前虽然到了战场，只是遥遥听着枪炮声，不曾亲自加入火线。这时将身伏在地上，抬头一看，只见远远的黑影里，不时向外冒着火球。火球带着无数光条，在轰然一声下，火光四散落地。由这里向前看去，正是一片平芜，两边的枪炮对着向中间放去，越来越紧密。月下隐约可以看出那是一片麦田。这枪炮的声音虽然与旧历年除夕放爆竹的情形差不多，但是放爆竹的声音，却不能这样激烈宏大。对面的枪弹总还不见得射到面前，只是这边放过去的枪炮，都由人头上射了过去，却令李守白没有经过战场的人异常惊骇。尤其是那子弹在空气中穿过，发出那呜呜唧唧之声，十分惨厉。自己昏迷之中，仿佛听得金得胜叫道："李先生，这里危险，后方有一条沟，你赶快滚了下去。"他听说，糊里糊涂，果然就向下一滚。自己这一动身不打紧，身子团团转向下，滚了个不歇。及至滚定了，才发现是条干沟，接着上面又滚下来三个人，正是杨振春、金得胜和前面那个押车的兵。听口音，却没有那两个赶大车的。大家伏在沟里，头就聚在一处说话。

李守白问道："还有我们两个车夫呢？"

杨振春道："他们这两个傻瓜，大概是完了。"一言未了，只听哗啦一声，一个炮弹正打在沟岸上。尘土和头盖下，李守白心肝脏连着肌肉一齐乱跳。

金得胜似乎知道他受吓，用手拍了他的肩膀，轻轻道："李先生，你别害怕，这里已经是很安稳的了。"

李守白哪里作得出声来，不过勉强镇定着，可以不叫哭出来罢了。过了许久，一阵喊杀之声突然而起。这边守军的炮声停止，突突突，全是机关枪扫射和步枪连放之声。这杀声也就只这样喊了一阵，以后就没有了。后来双方的枪声慢慢稀少，以至于完全沉寂。

金得胜道："这样子，敌人是退了，可是现在刚过战后，外面的情形怎样完全不知道，出去准是死。我们都忍耐着，到天色大亮，我们大大方方地出去，就不要紧了。我们索性在干沟里睡上一觉吧。"

那两个兵也很同意他的提议，并没有出沟去，他们究竟是惯经战事的健儿，说睡就睡，一刻儿呼声大作。

李守白一来睡在地上，随处都是石子硌着肌肉，十分难受；二来这野地里的饿蚊子，不时地向着这一队人来进攻。李守白哪里睡得着，睁眼熬到了天色发亮，把睡在干沟里的人一个个叫醒。大家爬上岸来一看，李守白不由得先哎呀了一声，同坐来的两辆大车，有一辆已经不见一点踪影，满地的零星物件和一些碎木片；有一辆车子打翻了半边，拉车的骡子躺在地下，断了一条腿，滚在一摊血里。两个赶车的，一个还有全尸，一个却只剩了下半截。

金得胜道："这两个傻瓜，活该！若是稍微活动一点，跟着我们滚下沟去，也不至于白送两条命。"

李守白走上车前，翻翻大车上的东西，自己所携带的已经毁去了一大半。自己清理了一阵子，所幸带的照相匣子和一些胶片完全没有坏。找出一块布，把这些残余的东西包好了，依然和着杨振春一行人向前走。所幸在这前线已有了许多熟人。李守白又有护照，大家安然地通过防御壕，向永平县城而来。

过了一道防御壕，算是由枪口上转到枪后来，李守白先干了一身汗。这里通到县城，已是一条大路。大路两旁，菜园子坟地夹杂着一些零落的民房。这民房也有草屋，也有瓦屋，绝对没有一个老百姓，只偶然发现墙上贴了的纸条，写着某营某连的字样。那些房屋，有的坍了屋顶，有的倒了墙洞。屋旁的绿树有些也劈开了许多枝丫，留下炮弹的遗痕。但是树上空立的鸟巢，却不见一只飞鸟。倒是东边天上的太阳，不知道什么是战事，依然照在人头上。城里送给养的大车，一连四五辆，扑突扑突，车轮子在鹅卵石的路上走着。拉车子的马只管低了头，一步一点头。旁边赶大车的几个夫子也是一点人气没有，在车子一旁，相随走着。倒是押车的三名大兵，倒背了枪，口里还哼哼唧唧地唱着小调。

他们看到李守白一人穿了西装，都有些诧异的样子，一路望着他走过去。李守白再向前走，已经看到一座城楼从一排人家屋顶上涌了出来。这人家是城外一条街，所有店户住宅一齐关着两扇门，有两处人家也坍了一二堵墙。似乎这地方还没有受多大兵灾。

由这里再向前，就到了城门下。城门关了一扇，一扇虚掩着，可以让一个人走了进去。这城门之外，站了十个大兵，分排两旁。兵的手上，有拿着步枪的，也有拿着手提机关枪的，就是那个领队的，身上也背着好几颗手榴弹和一柄手枪。若不是在尚村已经亲自尝试过这种武装的威严，真有点不敢走上前去。

李守白先让三个兵走前两步，然后才走上前去，也不用他们盘问，老老实实地先就将身上藏的护照掏了出来，让那些士兵去查看。

好在这里站着许多兵，却只有一个兵认得字，他将护照翻了一翻，大概还有许多字迹看不出来，专看护照是不行的，就仔细盘问了一番，料着是有点来历的，这才让他进城去。

进了城之后虽不见得像城门口一般的杀气腾腾的，但是首先就感到一层困难的便是向哪儿去找个栖身之所。进城的第一条街，也是像城外一样，家家都将店门紧闭，虽然有一二家还开着店门的，也只是开了一扇，望那店里是黑漆漆的。还有的店铺索性不开门，只在店门上开一个小窟窿，像这样的店，都是卖油盐杂货的小本营生。稍微大一点的，都是双扇紧闭。在这种情形下，寻找一家旅馆恐怕是不容易的。到了这里，不能不早自为计。

这时，三个兵散了两个，只有金得胜还在一路，因道："这件事不能不烦扰你一下子了，请你把我引着到王师长师部里去，我要去见一见王师长。"金得胜把舌头伸了伸，摇了头望着他道："你要见他，我劝你省一点事吧。他是有名的王老虎，一句话不投机，他就什么都做得出来。"李守白道："不要紧，我孤身一个客人，突然跑到这里来，若不是先去见见他求得一点保障，将来惹出乱子，那更是不好。好在我这里有包旅长的名片，我自己添上介绍几个字，大概他不能怎样难为我。"

金得胜见他自己信有把握，就大了胆子带他到师部来。李守白拿出一张包去非的名片，自己用自来水笔写上"新闻记者李守白"，预先拿在手上，到了师部门口，金得胜远远地就站住了脚，向那大门指了两指，低声道："李先生，你自己去吧，我不能惹这个乱子。"李守白手上提了两个包袱，便镇定了自己的颜色，从从容容走过去，先把那两个包袱放下，然后故意露出手上的名片，向背着枪的卫兵迎上去。自己也怕那兵不认得字，先说了是尚村包旅长介绍亲见王师长的。那兵听说是旅长介绍来的，先对他身上望了一望，然后望着他身后放的两个包袱，问道："那是什么？"李守白告诉那是简单的行李，还有一个照相匣子，卫兵笑起来道："你能照吗？回头给我照一个瞧瞧。"李守白当然不能拒绝，答应见了师长以后就给他照。于是一个卫兵拿了名片进去传达，两个卫兵检查包袱，检查以后，让李守白在守卫室里候着。

这个王老虎师长果然和别人不同，不到五分钟的工夫，马上就派了传令兵出来，将李守白传见。

原来这个师部并不是一个衙署，却是本县的福民寺改设的，王师长本人就住在大雄宝殿的佛像脚下。李守白转过了前面的弥勒佛小殿，就看到殿上的一块直匾上临时糊上了一层红纸，上面写了四个大字"王老虎殿"。殿的石阶上，一面斜站着八个大兵，每个兵都扛着一样古代的兵器，也有大刀，也有长叉，也有画戟，别具着一种威武。那大殿门的两旁，并没有什么机关枪和挂手枪的卫兵，却有两个武器架子插着古代的十八般兵刃，这和台阶正中那个铁鼎相配，却也别有风趣。正在这里打量，却有一阵哈哈大笑的声音自殿里出来。抬头看时，一个穿蓝布军衣的横肉胖子由殿里走出来，最妙的是拦腰系了一根皮带，却在皮带上斜挂了一柄绿套子的宝剑，不必揣想，这一定是王师长，若是别人，不能如此装束自由。李守白远远地就向着这人一鞠躬。王老虎左手按了挂的剑柄，右手老远地伸出来，和李守白握了一握，笑道："看不出你年轻书生，有这样大胆，敢到战场上来见我王老虎，你跟我进来坐。"

李守白走进来时，只见佛殿当中佛案上香炉烛台完全移开，上面摆了戒尺笔砚，正中摆了一把太师椅。王老虎老实不客气，竟自到正中椅子上去坐着，却指着桌子旁边的一张方凳子，让客去坐。王老虎笑道："我最讨厌的是干报馆的人，什么事都得给人登上，大概你不知道王老虎是哪个，'王老虎'三个字你总听到了，我不是好惹的，你来见我做什么？"

李守白在未见之先，已经计量着要怎样对答，见了他之后已经知道他是怎样一个人，便笑道："崇拜英雄，大家都有这个心思的，我听说王师长是个英雄，怎么不想见见？"

王老虎笑道："不要胡扯，背后哪个不骂我是浑小子，你不是来看英雄，你是要来看看我王老虎是怎样一个大浑蛋吧？要不然你怎么知道我是个英雄？"

李守白道："原来我也只知道有个王老虎，不见得是英雄，但是前两天听说尚村被围，王师长这边带了兵去，一仗就把敌人打跑了，又快又厉害。我觉得名不虚传，果然是个……"

王老虎笑道："果然是一只老虎，对不对？你倒要看看这老虎是怎么一个样子。"

李守白笑道："我觉得是一员虎将，虎将是百年难遇的，所以我昨天冒着万险进城来瞻仰瞻仰。"

王老虎道："你就先为了来看看我吗？"李守白道："还有一层，就是我的职业关系，我要把王师长这种为人登到报上去，让全国的人知道。"

王老虎摇摇头道："向来报上都是骂我的，说我是土匪，说我是军阀，说我是魔王，所以我恨报纸，你独能在报纸上恭维我吗？"

李守白道："并不是恭维，不过愿把王师长的实在为人介绍给全国人知道。从前报纸上对王师长误会，就因为新闻记者见不着王师长，大家传说是王老虎，他们也就相信是王老虎了。"

王老虎笑道："这样说，倒是我的不是，我为什么不早早和新闻记者见面呢？那么，干报馆的倒也不见得就是坏人。好吧，我就重托你了，在报上可以多多为我说些好话。你别瞧我没念过书，我现在也认识许多字。你看我这一柄宝剑，不含糊，真是一把宝剑，是在古坟里掘出来的，有人考古，是汉朝的东西。我现在一天到晚挂着，我这人不也是很高雅吗？"

李守白见说话也算投机，索性跟着他的话锋转，王老虎十分的欢喜，便道："你在永平，恐怕找不到旅馆，住在我这里，怎么样？"

李守白还未答言，他自己笑起来道："这当然不妥当，军营里吃喝住拉，什么也不能随便，我叫人送你到一家客栈里去住。咱们交个朋友，我这里你随便来，现在军营里都有宣传处，请你就代办这件事。"

他说着话，一回头，在神龛下面拖出一只小皮箱子放在桌上，拿了一张黄绸条子出来，接着在箱子里取出一方圆章盒。三个指头抓了一块石头圆章，向盒内蘸着叽叽作响，然后提了起来，向黄绸条上扑通盖了一颗印，就交给李守白道："这上头没字，你自己填上'通行'两个字，以后要进我师部里来，挂上这黄绸就得。"

李守白心里虽然好笑，嘴里还是极力地道谢。走出来到了守卫室，王老虎已经派了一个马弁跟随出来，代他提了包袱，就上街去找旅馆。刚一出大门，那守卫的卫队还不曾换班下去，就笑着道："这位先生，你不是和我照相吗？别忘了呀。"

李守白已经答应在先，只好解开包袱，取出相匣子，和他照了一张。因道："等我在城里找着照相馆，将片子冲洗出来，然后再送给你。老总尊姓？"

那兵指着胸前的符号道："我叫江得禄，在守卫室里，总可以找着我的。"李守白笑着和他告了别，跟了马弁去找旅馆。

这师部前后一条街，左右人家全让大兵给占住，有些人家门口站着兵，有些门口束着马。就是无马无兵，门口也贴了字条，上写"某团某营某连"的字样，几乎无一家是居民了。走过这条街，穿上大街去，还是和进城时所看到的一样，十有其九的关着门。找到两家大些的旅馆，一家门上贴了一张字条，上写"师部军医处"，一家又是"粮秣采办处"，那马弁笑起来道："哦！我想起来了，城里的旅馆差不多都占用了，哪里有地方呢？除非到小巷子里去，找家小旅馆吧？"于是转一个弯，走到一条小巷子里去。有一家白粉墙的黑门楼，门楼下蜷卧着一条精瘦的黄狗，看到人来，睁着狰狞的眼睛，望了人一眼，又把尖嘴插进两条腿缝里去。这个人家倒像是家旅馆，因为粉墙上有"安寓客商"的字样，门上有半幅横匾，还留着"老店"两字，那老店上的字号却是破坏了。

那马弁道："这就是一家了。"说着伸手拍了几下门，许久的工夫，才有人慢吞吞地在门里问是谁，马弁答应是歇店的，门里人道："这样兵荒马乱，歇个什么店？我们不做买卖了。"马弁喝道："废话，我们是司令部来的，你开门不开，不开我就打了进去。"门里人听说，不敢作声，窸窸窣窣，似乎在门缝里张望。过了一会子，打开了门，却是个六十上下的老者，穿一身蓝布褂裤，补了许多补丁，赤脚拖了一双破鞋，脚背上露出许多青纹来。

李守白也觉他是憔悴可怜的人，不忍难为他，便点了一个头道："老人家，我不是军营里的人，我也是个老百姓，不过由王师长派这位老总送我到这里来歇店。房饭钱应该出多少，我一文也不能少出。你看我，岂不是一个斯文人的样子？"马弁手上提着两个包裹，已经走了进来，那老人看这样子，料是抵挡不住，只得让着他进来，引到上边客房里去。所谓上边客房，乃是黄土砖壁子糊了不成片段的白石灰，还露着许多窟窿在外。

老人将门推开来，先不用看里面，便是一阵很浓厚的霉气扑入鼻端。李守白闻着，向后退了两步，马弁道："怎么着，李先生不要住这屋子吗？"李守白道："这屋子里霉气太重。"马弁笑道："小县份里的客店都只有这个样子，你还打算像天津上海一样，可以找大洋楼住吗？"老人道："这上房就是小店最干净的一间房子了，日久没有打扫，或者有点霉气，开了窗户透透风也就好了。"李守白因为旅馆很不容易找，也只得将就着，走了进去。只见正中是一张土炕，上面乱铺着一些麦草。后面墙上，由椽子下垂下两道黄迹，正是雨漏的。下方墙边，放了一张破面桌子、两条白木小条凳，以外就什么都没有了。倒是白粉墙上，左一行，右一行，许多人题着字，什么"一为远客去长沙"，什么"大雪连天，回家过年"，文言与白话并出。

马弁放下东西，对那老人道："这位李先生是我们师长的朋友，你得好好地招待，你是老板吗？姓什么？"

老人道："我字号是'鸿升老店'，人家都叫孟家老店，我就姓孟，这店就是我开的。好几个月没有生意，伙计们都走了，招待一定是好好招待，不过家里没预备什么，这位李先生若要吃好一点的东西，可要到外面去买了来。"

李守白又当面说了："只要能安身就行了，并不为难他。"马弁安顿着去了。他首先拿出两块钱来，交给孟老板道："你放心，我决不能无故扰你的，这个钱你拿去，先给我买一点吃的东西来。"孟老板见他已拿出钱来，先放了一半心，笑道："照说，是不该先收下钱来的。但是小店也真是穷，我先给你收拾这屋子吧。"于是他将前后的窗户一齐打开，屋子立刻光亮起来，接着就拿了一把笤帚进屋子来扫地。

李守白道："这个你都不必忙，我昨夜一晚没睡，又一直饿到现在，请找点吃的喝的来，肚子饱了，我好先睡一觉。"孟老板就对着后面窗子外喊道："贞妹，你看家里还有什么吃的没有？这位先生还没有用过饭呢。"

便有一个女子答道："还有几个馒头，客人吃吗？"说着话，那个女子走了出来。李守白一看，约莫有十八九岁，虽然皮肤不十分白，长圆的脸，倒也五官端正，头发光光的，梳了一条长辫子，黑溜溜的一双大眼睛，一口细白的牙齿，竟是内地少有的。她猛然一抬头，看见这窗户里站着一少年，向后缩了一步，因看到父亲在这里，便站着等话。

孟老板笑着对李守白道："先生，现成的只有我自己家里吃的黑面馒头。"李守白道："饿极了，黑面也是好的，有菜没有？"孟老板笑道："打仗打得乡下人不能进城，新鲜菜不容易找，要吃酸腌菜倒还可以给你炒一碟子。"贞妹道："我们家里还有几个鸡蛋，炒给这位先生吃吧。"孟老板道："我问过你们几次，都说没有，怎么今天突然又有了鸡蛋了？"贞妹笑道："自己若是吃了，今天哪里拿得出来让客人吃呢？"她说毕，掉转身做饭去了。这屋子里，等到孟老板收拾干净去了，那贞妹就用一个提盒子，提了食物来。她站在门口，顿了顿，望着李守白道："先生，你就在屋子里面吃吗？"李守白道："就在屋里吃吧。"贞妹低了头，提着食盒子进来，一样一样搬到桌上，乃是一大壶茶、一碟腌菜、一碟炒鸡蛋、一大盘子黑面馒头。她放齐了，在身上拿了一块白布手巾，将筷子擦了一擦，然后放下，低声笑道："街上买不到东西，先生将就些。"说着，拿了一个粗瓷杯子，斟了一杯茶放到李守白面前。

李守白知道她是老板的女儿，让她招待倒有一些不过意，坐下来，一边吃着，一面问道："姑娘，你自己出来照应，不敢当。家里没有伙计吗？"贞妹道："原来有两个伙计，都散了。"李守白道："难道你也没有哥哥兄弟吗？"贞妹皱着眉，叹了一口气道："我有两个哥哥，都让大兵拉夫拉去了，到如今生死不明。"

李守白道："是哪个军队拉去的？"贞妹望了一望，却没有答复。

李守白笑道："我明白了，一定是王老虎的军队拉去了，你以为我与王老虎有什么关系吗？"说着，就把自己到永平来的用意一一告诉了她。她在一旁听着似乎很有味，见李守白左手拿着馒头，右手拿着茶杯，不知不觉之间，将一杯喝完了。贞妹就走到桌子旁，给他再斟上一杯。李守白说完了，贞妹笑道："我们在战地里的人，恨不得早一天能逃了出去，你先生倒要向这里头跑，胆子可不小哇。"

李守白道："我吃这一行饭，也是没有法子，好在这里王老虎待我不错，大概没有什么危险。将来我有机会，和你打听打听，看你哥哥是拉到什么地方去了。将来我或者可以讲个情，把你两个哥哥放回来。"

贞妹道："先生，你若是有这样的好心，我一家子忘不了哇。就是我自己也要一辈子记得你的。"

她说了这话，脸上可微微发生一点红晕。李守白见她有些难为情的样子，想着她平常是不惯招待人的，这也是不得已，便笑道："你不必害怕，我和王老虎实在一点关系也没有，你家若是嫌我住在这里有些不便，要我搬开也可以的。"

贞妹笑道："哟！笑话，怎样能够让先生搬开呢？"她一面说着，一面收了碗去。

李守白实在也疲倦了，将包袱做了枕头，在炕上便酣睡起来。这一觉真个是睡得十分香甜，醒来时，一看身上表，已是三点多钟了。打了一个呵欠，坐了起来，推着窗户，向天上看看太阳。一回过头来，只见桌上放了一双小瓦香炉，里面插了几根佛香，一条白布手巾蒙着一把瓷壶，这倒正合心意。有了香，屋子里可以去点气味，盖了布，可以不沾苍蝇，但不知道这是谁为代做的。只见这时，贞妹却捧了一盆水进来，笑道："李先生睡够了吗？洗脸吧。"

李守白道："你这样招待，我有点不敢当，你父亲呢？"

贞妹道："我父亲身上有病，我不愿他多劳动，所以自己出来做事。伺候得不周到，你包涵一点。"

李守白笑道："这就很好了。你母亲呢?"

贞妹望着他微笑道："我没有妈。我伺候你不要紧的。"

李守白见她如此说，也就不推辞。他在永平城住了一星期之久，贞妹伺候得十分周到，彼此也十分相熟。客边有这样一个女子招待，也就感到一种安慰。

一天，就把张黄绸条填上"通行证"三个字，挂在身上，然后带上了些零钱和照相匣子，走上街来，看看城中的情形。在城中走过几条街，觉得这永平县也是个中等县份，规模大的店面也很有几家，只见除了让军队占驻而外，其余的也多半不做生意。他除了这些情形外，最注意的便是电报局、邮局以及照相馆。邮电机关当然是有的，但是照相馆在这内地县城里，却非必要的商店，因之找了几条街，并没有找着，回家之后，便向贞妹打听："这县城里有照相的地方没有?"

贞妹笑道："这个年月，谁还有这兴头子?"

李守白道："我并不是高兴，我照相也是为了职业的关系。"因把照相当新闻的意思告诉了她。

贞妹道："我们这县里，没有照相馆，有做照相生意的，住在客店里做生意。我们这里，以前也住了一个照相师，现在不知道哪里去了。你要是冲洗片子，找他也许找得着。"

李守白道："你倒也很内行，大概是跟那个照相师学的，你有相片吗?"

贞妹道："我舍不得钱，没照过。"

李守白笑道："现成的照相机器在这里，顺便照一照，好吗?"

他觉得这位客店里的姑娘，倒也别有风趣，让她站在天井里，捧了照相机子，正待和她照相。只听到隔壁人家突然哇的一声，有人哭将起来，接着有人骂道："小婊子养的，你再多一句嘴，老子们打死你。"说着啪啪几下，好像是打人的声音，接着那开口哭喊的人，声音更凄惨了。

贞妹听了这声音，人都吓呆了，突然叫道："爹，派捐的来了，派捐的来了。"说着就向家里头跑。

李守白也不知道是什么原因，便留心看是怎样。不到五分钟的工夫，咚咚一阵门响，这个孟老板上前去开门，就见四个兵士，两个背着钱袋，两个背了枪，直闯进来。

两个人不约而同地喊着："拿钱来。"

孟老板道："老总，是什么捐？我们该出多少钱呢？"

这四个人中的领班周超人道："上个礼拜缴的铺捐，应该缴多少钱，你还不知道吗？你老糊涂了。"

孟老板道："是铺捐吗？前几天已经缴了。"

周超人在右肩拉下钱袋，向台阶石板上一放，只觉哗啦一阵洋钱铜板砸着地上响。他将两只拳头互相搓了一搓，然后板了脸，翻着眼向孟老板道："你是拿钱不拿钱？"

孟老板看着他那种凶样子，可不敢多说了，先进了内房，转身又向李守白屋子里走来，见着他笑了一笑道："李先生，对不住你，我要和你借两块钱纳捐，你交给我的钱，还不够呢。"

李守白道："我听你们所说，是一个礼拜缴一次款，难道这铺捐是论礼拜的吗？"

孟老板道："唉！不要提起，我们这里，捐的名堂都记不清，单说我这种穷店，还摊到十三种捐款。"

李守白道："十三种捐款吗？这名目怎样的安法？"

孟老板道："你听我说，我住房子要出房捐；开了铺子要出铺捐；我开的是饭店，要出保安捐；饭店里就许卖酒卖烟，要出酒捐烟捐。这都罢了，我们家两口人，一个女的，一个老的，都不能上阵帮忙，要出一笔义勇捐，算是我们尽了一份责任。还有……哕！"

"拿钱的人拿到现在还没有出来，打算逃走吗？"这就是那个收捐的领班在前面喊叫出来的，大概有些等得不耐烦了。

李守白交了两块钱到孟老板手上，一路和他走出天井来。孟老板走上前一步，正待将钱取出递了过去，周超人提起脚来，向着孟

55

老板大腿上，就是一脚尖，骂道："老子倒要伺候你这个杂种。"

孟老板哎哟一声，人向地下一蹲。一个兵俯了身子，将他手上拿的四块钱，顺手摸了过去。孟老板两手摸了两个大腿，站起来道："老总，这还是我借来的钱哩！有多的钱，请你找回我。"

那兵道："有什么零头找，留着下次算就是了。钱是算你捐了，我还有一句话要告诉你，从明天起，驻在城里的兵士要你们送一餐饭。每家摊派供养三位，你要明天一早预备下一笼馒头，足够三个人吃的。到了下午我们有车子上街来，打着锣收饭，你若是不办的话，那就把你抓起来，让你知道厉害！"

孟老板听说，皱了眉道："真的吗？明天的日子，应该出三笔捐，再加上一笼馒头，要命了！"

周超人笑道："要命吗？恐怕真要你的命哩。"

他这样说着，见李守白远远地站着，脸上很有些不以为然的样子，就喝道："呔！你这小子干什么的？"

李守白见他开口就伤人，更是不高兴，便道："你收你们的捐，我又不碍你们的事，你开口就骂人做什么？"

周超人抢上前一步，正待一伸手打了过来，后面跑过来一个兵，将他的手拖住，叫道："不要动手，他是我们师长的朋友。"

周超人手虽不打上前，口里已骂出来了，他道："你是什么东西，妈的，你敢碍老子的事。"

后面那个兵道："你不要乱骂，他真是师长的朋友。"

周超人这回算够清楚了，被拉着的一双手，慢慢垂了下来。

李守白认得那个兵，是师部门前守卫的江得禄，和他还照过相，便向他点点头道："原来诸位是师部卫队，是自己人了，我有什么事得罪了各位？将我臭骂一顿，还打算要打我，我得去见见你们师长，讲一讲这个理。"说着，他就把那黄绸条挂在胸襟上，做一个要走的样子。周超人将路一拦，不让他过去，很和缓地道："你不要走，我们讲一讲理。"

李守白见他已软化，料着他们居心有愧，便道："我和你们讲

56

什么理？能讲理，你们就不乱打人了。"便问孟老板道："这铺捐是怎样摊法的？"

孟老板道："我们这县里原是由商会里出面，每月派捐的，后来会长逃走了，县知事已经派过我们一批军饷，一县城共是十万，乡下还不算。这批饷过去了，料想不要钱了，偏是添了许多捐，有县里派的，有师部派的，也有保安队派的，哪处派的归哪处收，原是月捐，但是不过一个多月工夫，十三项捐，没有哪项不是收过两次以上的。像这种铺捐，连一个礼拜也不到，就来收了。"

李守白道："都有收据吗？"

孟老板望了望那几个大兵，可不敢说。

李守白道："不用说，这房捐是没有收据的了。王师长为人最是爽快，绝不能这样，我去见他问一问。"

那几个兵一齐都软了，将路抵住着，不让他过去。江得禄凭着他和李守白认识在先，便笑着问他道："这个你还有什么不明白的，我们无非是瞒上不瞒下，这是军需处长的主意，说是压住收据，老百姓也没有什么法子，落得多收两届。李先生若是对我们处长一说，处长先不得了。这孟老板的收据，我们今天就给他，今天的钱也退还他。不敢驳回您先生的面子。"

李守白道："钱的事还在其次，你们为什么到一家打一家？这孟老板见你们来了，乖乖地把钱拿出来，也就不错了，为什么还要先踢他一脚？他是一个年老的人，身上又有病的，若是这一脚把他踢死了，你们怎么办？"

江得禄赔笑道："也是我们这位周军需员脾气急一点。"

李守白道："原来是个军需员，就发这样大的脾气，若是个军需处长那还得了？"

周超人忙走过来向李守白一立正，行了个举手礼，笑道："对不住，这事是我错了。"那几个兵见他都行了军礼，更是不敢说什么。

李守白原是一时气愤，想要去见王老虎，至于自己去说以后，有没有把握，却是不得而知。他们既是前倨后恭，也就不追究了。

57

便问道:"这件事算完了,刚才隔壁人家为什么有人哭?"

周超人道:"那是一家豆腐店,他不肯纳捐,我们要收他一些豆腐吃,他们老板自己吓得哭的,其实我们也只收了他两块钱捐款。"

李守白道:"一家小豆腐店,他一天能挣多少钱?你一回拿他两块,三四回就是七八块,一项捐是七八块,十几项捐就是上百块。你们各位不见得生下地就是当兵的,设若你们从前干别的,官厅在你们头上抽这样重的捐,你又觉得怎样呢?我也知道你们是奉了命令,不能不来,但是能拿到钱就行了,何必火上加油,去难为老百姓?"

他这样说了一遍,几个大兵都是一点反应没有,哼哼喳喳地答应着。李守白道:"我听隔壁老板娘哭得可怜,和你们讲个情,把钱也送还她,行不行?"

周超人道:"这是小事,都行,只求你先生不要去对我们师长说就行了。"

李守白道:"我这个说话只要说出了口,绝不反悔的,请你们放心。就是王师长罚了你们,与我也没有什么好处,我又何必呢?"

几个兵见他真没有为难的意思了,这才称谢而去。这两边店里的钱也都退回了。这一场小风波总算告一结束。

第五章

强迫民女者的怯懦行为

这天晚上，李守白由外面采访新闻，回得孟家老店来，正躺在床上想新闻稿件怎样动笔，却听得门外噼噼啪啪打门声很厉害。心里也有些奇怪，什么人叫门这样子凶猛，便侧耳听着。

里面的孟老板也不过是刚刚落枕安眠，忽听得外面一阵紧急的敲门声，不开门恐会发生意外，只得走了出来，先隔着门问了一声"谁"，有人答应说是找李先生的。

孟老板道："是哪一位要找李先生呢？"

又一个人大声答道："你开门就是了，问许多话干什么？我是个营长。"

孟老板哦了一声道："原来是师部里来的，请进请进！"

他说着话，呀的一声将门开了。这晚上天色黑暗，并没有一点星光，孟老板分不出是什么样的人，只见两个人影子而已。便道："二位请等一等吧，等我到里面去拿个灯亮来。"两个人也不理会他的话，一直跟了进去，站在天井里。只见正面一个窗户放出一片淡黄色的灯光来，显然那屋子里是住着有人的，走向前，就用手推了一推门。门并没有插上闩，只一推就闪开了。

李守白听到人进大门了，又在纳闷，不料索性走了进来。看时，见是一个穿军衣的和一个穿便衣的，站在房门外，这倒不由得他不吓一跳，踏着鞋迎上前道："找哪个的？"

那便衣人道："李守白先生，是我呀。下午我来过一趟的。"

李守白这才记起来了，是白天收税款的那个周超人。因问道：

"你又来做什么？"

周超人道："这位是常振林营长……"说着，抢进一步，将一只手掩了半边嘴，低声道，"他喝醉了酒，要我把他引到这里来，我却拗不过他。"

说时，那个常营长也不用别人介绍，随着周超人进来，见桌上放了一把茶壶和一个茶杯，他五个指头按着茶壶抓起来，嘴对嘴，咕嘟咕嘟向下喝。李守白一想，彼此并不认识，这个人进了屋子来，还是如此无礼，拿了茶壶就喝，便不住地用眼睛望着他。

他把一壶茶喝完，表示喝得很痛快的样子，哎了一声，才将茶壶放下。见旁边有椅子，向下面一坐，两脚向前一伸。周超人觉得把一个生人引进人家屋子来，还是如此无礼，实在有些说不过去，就对李守白先点了点头，很无聊地又介绍说："这是常营长。"

李守白经了人介绍，自然不能再装麻糊，就向常营长点了点头。不料常营长对他这一点头就像没看到一样，倒掉过脸来向周超人问道："你不是说这里有个花姑娘吗？这花姑娘呢？"

周超人不觉脸一红，望了李守白，既不敢答应这一句，望了常营长又不敢否认这一句话，勉强地笑了一笑。

常营长道："你这无用的东西，我知道你也怕得罪人，让我来办！"便喊着道，"店老板哪里去了？"

孟老板看他的来路就知道不善，这时他在屋子里喊叫起来，不敢不理会，只得硬了头皮走了进来。常营长道："这里有个大姑娘，是你什么人？"

孟老板偷望了他一眼，低声道："是……是……是我家姑娘。"

常营长笑道："好哇，我住在你店里，总算是一个客人，你得好好招待，把你们那位小姑娘，请出来我看上一看。"孟老板一听这话，心里只觉得扑通乱跳，心想："什么人如此多事，竟把我家有姑娘之事，告诉了他呢？"

他心里这样盘算着，脸上自然就现出一种犹豫不定的神气。常营长见他并没有答应的意思，就喝了一声道："你为什么不作声？我一个营长见你家这毛丫头，就是大大地给你面子，你为什么还要推三阻四的？你看，我身上带的是什么东西！"说着将手在胸前手枪皮套子上一拍。孟老板心里跳得更厉害了，由心里连累得浑身的筋肉也有一些跳，两只脚如弹琵琶一般，竟有些站不住了。常营长见他依然不作声，索性在皮套子里掏出手枪来，在桌上一拍，问道："快把她叫出来，不然我要动手了。"

李守白看到这种情形，实在也忍不住了，明知道这种人手里拿的是杀人的武器，决计没有法子和他讲理的，他既是王老虎的部下，王老虎的护身符总应该认得，且不说话，把王老虎赏给的那个绸条先挂在身上。然而只是他这样一耽误的时候，常营长凭空一跳，已跑出了房门，口里骂道："反正也不过是在这所房子里，你不肯让她出来，难道我不会去找她吗？"说着，就向里头一进屋子走。周超人看到事情不妙，趁空一溜烟地走了。

原来拍门之时，贞妹在自己屋子里也听到了。心想，这样紧急的时候，冒夜有人来敲门，这绝不是一件细小的事，不要是王师长有什么事来找李先生吧？果然对李先生有什么不便的话，那可糟了。她心里想着，自然也就情不自禁地站到天井里来听听，及至常营长说了那篇话，才知道这件祸事还是由自己身上而发，心里也是扑通乱跳，不知道如何应付才好。

等到常营长跳到房门外来，自己赶紧就向里面跑。常营长眼快，早已看到一个人影子一闪，由前向后跑。站在天井里，昂头打了一个哈哈，笑道："只要我看见了，不怕你会飞上天去。"一面说着，一面追到后进来。贞妹原是和她父亲比屋而居，住在一间厢房里，门是向着天井开的，她一跑进门去，噗的一声，就把房门关住了。她不关房门常营长还不知道她在哪间屋子里，经她这一声响，这明明是告诉人家，已经有人刚藏住在这屋子里的了。他就拍着门道："小姑娘，你不要害怕，我虽然身上带了枪，又不是见人就打的。要说到卖弄风流，哪个不会？哈哈，你打开门来，让我看看，我也不一定要怎么样。只要你放我进去谈谈，我这人心肠最软不过，你好好地和我说句话，说不定我并不为难你，一拍腿就走了。"

他说了这一大串，那门里却一点声息也没有。常营长将皮鞋在门上踢几脚尖，叫道："开门了，你不要惹得我火起。"说着说着，紧紧靠了门站定，侧着身子，只管用肩膀去撑着门，撑得那门连木隔窗都摇撼起来。

贞妹在屋子里看到，连忙端了一把椅子，将椅背门上一撑，自己坐在椅子上，加重了这门抵抗的力量。

常营长道："咦！你真要和我较量较量吗？什么手枪炸弹我都对付过去了，不见得就对付不了你这样的一个毛丫头。"说时身子向后一退，一抬腿，轰通轰通，向门上踢了两脚，立刻，门的下半截踢碎了一块板，便露出了一个大窟窿。常营长踢得高兴，索性在窟窿的两边又加上了两脚，那个窟窿就更大了。他不用脚踢了，将手枪向皮套里一插，两手伸到木窟窿里，抓住木板摇撼着，只管把板子一块块搬了下来。窟窿大了，已经可以从窟窿伸进手去，他口里妈、祖宗的一阵乱骂，手里还是不停地拆门板……

贞妹在屋子里回头一看，门板已拆去了一大半，决计支持不住的，掉转身来，飞转向床底下跑。

常营长在夜暗中张望亮处，很是清楚，见她站起身来，大有要走的样子，就从窟窿伸手向前一抓，把她的衣服抓住，口里嚷了一声道："你打算走吗？你躲到哪里去？"

贞妹力量小，让他这一抓，就走不动了。常营长一只手伸在窟窿里，抓住她的衣服，一只手就极力将门一推。这门究竟是木制，经他这一阵暴烈的摇动，转斗一活，倒下一扇了，他一迈步就要向里走去了。贞妹摇摆着身体，想要脱开他的手，却是丝毫也展动不得。就在这一刹那间，只是扑突一下响，常营长的身子向后一仰，倒了下去。

李守白站在房门口，微微地喘着气，便向贞妹道："没有吓着吗？"

贞妹答了一个"没"字，突然将身子向下一蹲，在常营长手上夺过一只手枪，站起来，交给李守白。他手上捏了大半截酒瓶子，将半截酒瓶子抛去，接过手枪。那常营长倒在地上，满头满脸和两肩上都让酒泼个淋漓尽致，睁开眼来看看，复又闭上。

李守白手上拿着手枪对着他道："你给我滚起来，我们一路到王师长那里去说话。在这个地方，现时我们哪个手上有枪，哪个就有理。"

常营长的头上猛然让人砸了一酒瓶，不免眼前一黑，晕倒过去，这一阵痛过了，人也渐渐地苏醒了。先看到李守白拿了自己的手枪，已经不敢再暴烈，再慢慢地爬起来，用手缓缓地抹着两肩膀的酒，虽是不敢正面向李守白，然而他的眼光总是不断地向这里瞟过来，看看他究竟持什么态度。不料在这么偷看之下，便发现了他的胸襟前挂了一方绸条。这不是王老虎最相信的人是得不着的，越发软了。

李守白也看出他的神气来了，便道："你不用望着我，这个地方，我说我有理，你说你有理，我们两个人无论如何也是讲不清，我们可以同去一个好地方讲讲理。"

常营长道："你阁下干什么的？"

李守白道："你不用管我是做什么的，我们要讲理，只管哪个有理无理，用不着问谁干什么的。你若一定要问我干什么的，那么，就算我是干打抱不平的吧。你走不走？不走我就开枪。"说时把手枪微挥了一挥，做个要预备放的样子。

常营长听他说出如此强硬的话，想他一定是个非常的人物，若一味和他强项，也许会惹出更麻烦的事来，因之微笑道："一个人在外面玩笑，这也很算不了什么，何必生这么大的气呢？我瞧这件事，也很小的，我得罪了这位小姑娘，你也重重地打了我一酒瓶，我们算是双鞭换两锏，把这件事揭过去了。你把那手枪交还我得了，我那是管家东西，不能丢开的。"

李守白笑道："算你是聪明人，把手枪交给你，你就可以挟制我了。"说时身子向旁边一闪，把枪口向他摆了两摆道："你先走出去，大概总用不着我不客气了。"

常营长一看这情景，料看是万万躲闪不掉的了，只得两手向裤袋里一插，垂了头先走出去。李守白紧紧地在后面跟着，口里一路喊着走天井，出大门，出街口。常营长竟不知道李守白是个什么高级军官，而且手枪在人家手里，人家一生气，真许开起枪来，光棍不吃眼前亏，当然也只好取不抵抗主义的了。

在这巷口一家杂货庄上，正住了一对兵士，这是早接过王师长的命令，对于李守白加意保护的。店门口守卫的士兵，在昏黄檐灯下，看到两个人走出巷口，一面喝着站住，一面提了罩子玻璃灯高高举起，向来人照了一照，笑道："原来是李先生。"

李守白笑道："我和你们贵军一个营长打上官司了，马上要去见师长，请你推几位弟兄出来，一路陪我到司令部去一趟。"

那个兵士又拿灯向常营长照了一照，可不是一个穿营长制服的人嘛。同时看了李守白还拿着手枪，这倒有些愣住，怎么真和一个营长纠缠起来了？便笑问道："真的上那里去？"

李守白笑道："你不要以为我是说笑话，他强奸民女，让我捉去了。他是一个营长，身上带有武器，我不敢和他私休，我要和他一路去见一见师长。"那兵士听了这话，这才明白是他找别人的错处，他是王师长特别看得起的人，没有把握，他也是不敢随便捉人，因之兵士就走进店里去报告队长，派了四名兵士一齐到师部里来。到了传达室，一个传达兵向李守白道："今天李先生来得不是时候，师长正在发脾气。"李守白心想，既然和他一齐来了，若不见就退回去，更显得是我胆怯，便挺着胸脯道："师长在生气也不管，我们的事也紧急得很，要见他定了。请你上去回一声。"传达知道李守白很让王师长看得起，他自己都愿去见，不敢不报，只得硬着头皮进去了。过了一会子，他走出来笑道："李先生，你真是和我们师长说得来，我们师长听说你来了，赶紧就让我请你进去，还说是有话要和你说呢。"

李守白听了这话，倒不过如此。那常营长心里正怀着鬼胎，心

64

想大家都是称他李先生，他在师部里，不过是个客卿，他未必有什么能耐可以对付我。这时听了传达如此说，便料得自身有些不妙，然而身已入笼，要逃也是无可逃的了。

李守白到了王师长那里又办公又见客的佛殿上，只见那长案上高点着两盏白瓷大罩的煤油灯，桌上摆了茶具，一根雪茄烟架在一个铜书架上，青烟袅袅向上冒着。他本人穿了那身怪短衣，一手按了那挂的剑柄，一手插在裤子兜里，在大殿上开着大步，由东到西，由西复东，只管走过来走过去。他一回头，看见了李守白，猛然将脚步停住，一顿脚道："气死我了！我王老虎打了一辈子的仗，没有这样泄过气。气死我了！气死我了！"说时，又连连顿了几下脚。

李守白看他一张黑脸都变了紫色，两只眼睛露着凶焰看人，两道眉峰尖都皱将起来。知道这气大了，料着吃了一个大败仗，但是这种话不便去问他，只道："军情有什么变动吗？"王老虎道："不关打仗的事，仗打得挺好。我就是不相信这种邪气，中国人怎么就是那种贱骨头，专怕外国人。哪怕是天生的金刚，见着外国人，都成了棉絮团儿，难道外国人多一只手，多两只脚吗？"说毕，又顿了几下脚。他这样无头无脑地嚷上了一阵子，李守白一点不知他命意之所在，不免望了他发呆。还是王老虎自己在斜面一张椅子上坐下，用手指着对面的椅子，叫李守白坐下，因道："今天顺庄退回来一团和一营人，都是我瞧得起的弟兄们。若说上火线干的话，准能抵抗一阵。可是今天退回来，我问是打败了吗？不是；逃命吗？也不是；战略上有什么意见吗？也不是。问来问去就是因为有几个修电线的日本兵，对他们说了几句大话，就把他们吓跑了。这个姓马的团长，跑来见我，我把他拘留起来了。还有个姓常的营长，不知道溜到哪里去了，若是逮着的话，老子自己拿了刀去砍他的脑袋。"

李守白心想，原来这位常营长已经是犯了死罪的，我若再奏他一折，他更死得快，这就不说也罢。因道："王师长部下会有这样的事吗？不会吧？大概情形上在外交方面有些困难。"

王老虎道："外交，屁的外交！中国对人家讲交情，人家并不对中国讲交情，交些什么？我气疯了，说话有些颠三倒四。这一档子事，现在你让我来说，说个三天三晚，准也是交代不清楚，还是把那个姓马的浑蛋叫来，让他自己来说吧。"

于是吩咐随从兵把马团长叫来，他来了向王师长行了个举手礼。王老虎道："浑蛋，这位是报馆的李先生。"

李守白一想，妙哇，倒叫明了浑蛋是李先生。他又道："我给你介绍，把你干的好事对人家讲一讲，也好给咱们军队露脸。"

马团长行着军礼，李守白鞠躬相还。有师长在这里，师长不叫他坐，他是不敢坐下的了。就站在一边，把常营长绕路躲开日本兵和日本兵要求顺庄的驻军撤退情形大致说了一遍。王老虎摇摇头道："你们自己说的话就有些靠不住，你站在这里，我要找一个人来和你对质一下子。"便向随从兵道，"把那个老头子带了上来。"

随从兵答应着，带了一个头发苍白、满腮白胡茬子的人进来。他披了一件没有纽扣的蓝布褂子，用根布条子将腰束了，光了两只腿，上面一条一条的血痕和泥浆染成了一片。他一走上殿来，立刻双膝落地，就打算磕头。王老虎却站了起来，口里连说"扶起，扶起"。眼里却望了随从兵。于是随从兵很快地抢上前去，把他扶了起来。王老虎坐下，向他点点头道："老头子，我问你话，你只管说。你说你是怎样来当夫子的，怎样到了顺庄，怎样遇到日本兵，怎样进的城。你说明了，我不但放你回家，而且有赏。可是一层，你不许撒谎，你要撒谎，我就打断你的狗腿。"

那个老人战战兢兢地四处看了看，又望着王老虎的脸色，才道："是，是！我叫王守民，是小王庄的人，经营小生意买卖，没有什么气力。有一天，在外县贩了丝线带子回来卖，就让老总们拉了我当夫子了。"

王老虎道："你贩的东西呢？"

王守民道："老总把我拉住，就把我背的一只藤箩抛掉了。东西是怎样下落，我不知道。我在小王庄挖了两天战壕，倒没有什么。就有一天打仗，要我搬子弹，我力气不够，又不许我歇，我吐了两口血，后来倒休息了几天。有一天下大雨，我们一营人由小王庄开到顺庄来。我们原是宿在民房里的，号兵拿着号在门外一吹，藏在各家人家里的士兵都拿着枪械跑了出来，就在雨地里站着。那天上的雨点向下筛着，下面的烂泥地，脚踏得如稀粥一般。身上的衣服猛雨淋着，全贴了肉。"

随从兵在一旁拦道："挑好的说，这些不相干的话，要你说做什么？"

王老虎道："让他说。要这么着，他心眼儿里的话才会全说出来的。王守民，你只管说。"

王守民看了看王老虎又接着道："我们一班有几十名夫子，挑挑抬抬的，就在大雨里跟了队伍走。我们挑了百十来斤重的东西，在泥浆里哪里走得动。可是那押解我们的老总手里都有鞭子，走慢一步，就是一鞭子。路上有两名夫子摔在泥浆里，爬不起来，就过去了。走了上二十里路，望望快要到顺庄了，可是大路上，有一面太阳旗子摇出来，有十几个修电线的东洋兵在那里摇动着旗子，就是不让我们过去。"

听到这里，李守白插言问王老虎道："此地有东洋兵吗？"

王老虎道："有的，原来这里有一条电线，是中日合办的名义架设的。架设之日，不过是订约的人用了一点手续费，事实上都是日本独自经营。每到中国内乱事情发生的时候，日本就将驻在北京天津的军队分批地沿着电线路出发，明说的保护路线，其实他们前来一方面调查风土人情，暗下测绘地图，一方面他们又故意闯入战线。若是中国人的无情子弹伤了他们一根毫毛，他们就要借这个缘故，来和中国要求相当的条件。他们虽是人少，料着中国军队一见太阳旗就如见了招魂幡一样，不敢招惹他。纵然中国军队招惹了，他们也就情愿丢了几条命，好让他们国家做个口实。所以在中国人看来，他们是二十分可恶，然而比中国人舍了性命和自己人枪刀相见，又是可以钦佩的了。王守民你说吧，他们招着旗子，你们怎么样？"

王守民道："我们就打住了。"

王老虎道："东洋兵有多少人呢?"

王守民道："只有十一个人。"

王老虎道："咱们有多少人呢?"

王守民道："这可数不清,反正一营人带几十名夫子。"

王老虎道："他不让你们过去,就不过去吗?"

王守民道："我们站在烂泥地里,派人去和他说合来的,说了半天,他那十一个人总不让我们过去,我们只好丢开大路绕着小路,到了顺庄。"

王老虎听到这里,两手按了桌子,叹了一口气道："嘻!丢人!到了顺庄又怎么样呢?"

王守民道："我们正休息着呢,到了晚半天的时候,也不知哪里来的消息,说是东洋兵杀进来了,糊里糊涂地,我们跟着队伍就是一跑,就这样进城来了。我说的都是实话,别什么我可不知道。"

王老虎回过头向马团长道："这下面一节该你说了。说,究竟为什么原因你就跑了?"

马团长立站一边,听了王守民说的那些话,身上已是抖颤个不止了。王老虎再一指明着要他说,他更是没有了主张,就抖颤着道:"这事情马立也是不得已而为之。"

王老虎道："什么不得已?大不了,是要了你一条狗命吧?你就舍不得那条狗命。不得已,什么不得已?你说出来。"

马团长只得报告道："当常营长开进庄子以后,兵夫的衣服都湿透了,就在空场上烧柴草烘衣裳。可是庄子外的东洋兵看到,以为我们有什么举动,就派人到庄子里,要我们把军队撤退,如若不然,他们就进攻。他们庄外交通兵不过百十人,如若我们出去迎战,不难把他们全数消灭了。可是那样一来,非办大交涉不可,部下怎敢负这重大责任。反正只要他们不攻进庄子来,我们先撤退,那也没有什么关系……"

马团长只说到这里,忽然间轰通一下,犹如放了个大炸弹。

第六章

不是平常的客人去了

原来王老虎听了马团长的供词，大为震怒，站起来将桌子一拍，两手一掀，把桌子掀得打了几个翻转。喝道："浑蛋，你活活把我气死！"向随从兵喝道，"把他带下去！"

随从兵将马团长带下去，把桌子搬好。王老虎依然坐下。李守白望着，不免发了呆。心想：这个团长，经了这一番问，恐怕是祸多福少。常营长比他地位低，比他罪过多，若是再抓来一番问，公私两罪俱发，有死无疑。刚才愤愤不平，打算告发他的心事算是根本取消，就根本不便开口了。王老虎道："你冒夜来找我，一定有什么事，我是气糊涂了，不曾问得你，有什么事，你只管说。我生气是生气，办事还是办事。"

李守白看看他的脸色，似乎和平了许多，便笑道："据师长的意思，像马团长这种错误，应该怎样办他？"

王老虎道："这有什么客气，不砍脑袋就是枪毙。"

李守白道："还有那常营长呢？"

王老虎道："他吗？哼！我先砍他两刀。他犯了事，倒是不在乎，军队开到了城外，倒会见不到人了。"

李守白一想，人已经抓到了师部，绝瞒不了的，只有把他调戏幼女这一节和他掩饰过去，或者可以给他减少一点罪过。便笑道："这人和我住在一家饭店里，我知道他做的事，觉得有些丢军人的脸，劝他自己来见师长解释解释。他想明白了，就跟着我来了。我现在去把他引了来吧。"说毕，走到前面会客厅里，是来宾等传见的

69

所在，门口四个带枪的紧紧把守。常营长一个人坐在屋子里，面如死灰一般，在一盏小煤油灯摇闪的黄光下照看，更是凄惨。李守白走进来，轻轻地对他道："朋友，你和马团长见了日本兵，不战自退，你们师长气极了。饭店里的那一件事，我没有敢说，只说你是让我劝了来向师长解释解释的。也许师长气消了，对你不怎样为难。现在我们同去见师长。"

常营长呆坐着，半晌，冷笑了一声道："我知道了。"说毕，突然跳着站立起来。说了一个"走"字。李守白知道他已是下了一种决心，然而事已至此，自己也转圜不过来，默然不语地在前面引着路，一齐到了佛殿上。常营长刚一举手，行着军礼，王老虎便一跳道："把他带下去，明天再说，不用和我提了，这种丢人的事，我越听越生气！"说毕，将手向他乱挥。那几个卫兵知道师长的脾气是不能违拗一点的，马上把常营长带着走了。李守白站在一边，眼见常营长前途不妙，虽是他孽由自作，究竟是自己不好，不该多事把人家活活地送入死地，打算和王老虎讲情。然而看来这事情，仿佛在军律上是很重大的，糊里糊涂一讲情，也许连自己也闹上个不是来。因之呆站了一会儿，才想出一句话来，问道："王师长，明天还得详细问他们一问吧？"

王老虎嘿嘿地笑了一声道："问总是要问的。这件事，请你不要当着新闻，也不必对人去说，这叫作家丑不可外传。时候已经不早了，请你回去睡觉吧。"

李守白自也不敢多说，就告辞出来。心里可就想着，这个王老虎倒是一个汉子，居然知道被外人屈辱了是一件可耻的事。本来粗人的眼光往往是天生的公道主张，只是粗人意志薄弱，又往往受不住外界来的势迫利诱。所以在势力下的粗人，让他做坏人是极容易的事情。现在看看王老虎，在势利场中居然明白是非，要惩办媚外的部属，总算是不可多得的事。

自己如此想着，只管低头走路，忽然一个感觉，应该到饭店的巷口了吧。猛然一抬头，可不是走过来好几处店面，正待要重新转回身去，忽然迎面有人叫道："来了来了！这不是李先生吗？"

李守白听那声音，知道是饭店里的姑娘贞妹，连忙答道："是我。外面街上漆漆黑的，姑娘你出来做什么？"

贞妹还不曾答言，孟老板也在后面插嘴道："李先生去了，我们很不放心，现在没有事了吗？"

李守白道："你们放心，没事了，关起来了。"

孟老板抢着回家去，两手捧了一盏煤油灯迎将出来。贞妹低了头，紧紧跟随李守白后面走。他进了大门，贞妹就关上大门，他进了房，贞妹也挨身进来。他一回头，贞妹脸一红，向后退了一步，靠住了门框。李守白道："姑娘，你可以放心，现在没有什么事了。"

贞妹道："为我的事，要李先生去跑一趟，我心里很不过意。"她说话时，两手牵了自己短衣的下摆，用力地牵扯了一阵，低了头看着地上，见桌子下面，落了几页日记本上的纸片，便上前弯腰捡了起来，叠得齐齐的，放到桌上。在她如此叠纸的时候，她就低声笑道："李先生，肚子饿了吗？给你用开水泡点爆米吃，好吗？"

李守白摇头道："不饿，不饿，我晚上向来不吃东西的。"

贞妹道："来来往往，你也跑得腿酸，给你泡壶茶来喝。"她说到这一层，也就不再征求他的同意，拿了茶壶泡了一壶茶来，拿过一个茶杯，倒了一杯茶，放到李守白面前。看看桌上的煤油灯灯头不大，伸手拧了一拧灯钮。李守白见她迟迟其行，以为她或者有什么话要说，便道："姑娘你可以放心，他让王师长关住了，要重办他的事。刚才你没有受惊吗？"

贞妹道："在这样兵荒马乱的时候，我们本来也就是打算过一天是一天。一天大数到了，闭了眼睛等死，也没有什么害怕。"

李守白笑道："你这话对了，就是我们男子也是如此。若是怕死，这战场上就动脚都是死地，哪里还有心做事。"

贞妹道："李先生说到这一两天要回安乐窝去，准的吗？"

李守白道："本来昨天就要去的，只是这两天路上不大好走的，天气又不好，所以我又停住了。"

贞妹道："为什么要走呢？"

李守白道："这城里现在住得很太平，有一天打起仗来，把城包围了，的确是不太方便，第一报馆要我采访的新闻，我没有法子报告了。我千里迢迢跑出来干什么的呢？安乐窝离战线远一点，我可以随时写信，也可以随时到别的地方去。"

贞妹叹了一口气道："我们有家在这里的人，明明知道这城要被围，也是逃跑不了，这只有听天由命了。"

说到这里，房门碰了壁子一下响，孟老板伸了头进来，看了一看道："姑娘，现在可以去睡觉了吧，你也是累了。"

贞妹碍了父亲的面子，自是不能不走，向着李守白点了点头道："明天早上见了。"说毕，她走到房门口，又回看一番而去。

李守白一人想着，这也真是想不到的事情，今天会这样大发脾气。这姓常的经我送去之后，大概是没命的了。好好地送了一条命，心里真觉懊愧得很，睡在床上，翻来覆去，倒想了大半夜。到了次日清早起来，只一开房门，贞妹站在天井里，首先就笑着点头道："李先生，你起来了。"便走进房来，将脸盆和漱口盂子拿了去。待孟老板送了洗脸水来，她又抢着来拿茶壶泡茶。李守白也觉今日她的行动有异于平常，只是不便开口去拦阻她；然而不拦阻她，她只管加倍地殷勤，又令人有些不好意思，只得站在天井里暂避其锋。

在这个时候，只见同到永平来的那个金得胜匆匆地跑了来，立定了，行了个举手礼。然后前后看了几看，似乎有点怕人偷听的样子。李守白很注意他全身的形式，就放下脸来，低声道："金老总有什么事和我商量吗？"

金得胜沉着脸道："李先生，我得到一个不好的消息，不能不来告诉你，这仗打不成功了。"

李守白道："这是好事呀，不打仗，天下就太平了，那还不好吗？"

金得胜道："李先生，你以为是大家不愿打仗了吗？我们这边什么都预备好了，就只等着日子动手，全线总攻击，不料，海岸边近

72

来开到了许多东洋兵，把许多村庄都占领了。这海岸一带是我们的左翼，是敌军的右翼，有了外国人在中间，本来仗就不好打，可是日本人还说我们打仗，怕他的侨民受累，要把这靠海的二三十县一齐划归他们保护。在一两天之内，恐怕就有东洋兵开到这里来。我们王师长那股子劲你是知道的，他吃软不吃硬，昨天晚上，听说对马团长大发脾气，你想他能让日本兵进城吗？这里恐怕有一场恶战，所以我特来报告你先生一个信，请你趁着现在能走，赶快离开这永平县城吧。"

李守白道："你从哪里得了这个消息？"

金得胜道："我有个朋友在电信处，刚得来的电报，绝不会错的。我念起李先生是个好朋友，所以特来报告李先生一声。"

正说到这里，他忽然站定了脚，侧着头用耳朵去听了一会儿，呀了一声。李守白道："你有什么事这样的吃惊？"

金得胜道："你没有听见这号声吗？这号声我们自己听得出来的，是枪毙人。"

李守白抓住他一只手道："真是枪毙人，不会错吗？"

金得胜道："我们在军营里混了许久，难道号声还有个听不出来的吗？"

李守白道："果然是枪毙人的话，是不是马团长和常营长？"

金得胜道："恐怕是他两个人，因为这两天并没有什么军事犯要办。"

李守白听了这话，心里难过了一阵，望了金得胜，半晌说不出话来。金得胜道："也不一定是他两个人，李先生可以自己去打听打听，我有事，在这里也不敢多耽搁。这消息还很秘密的，请你不必告诉人。"说罢，掉转身子就走出去了。

李守白真不料突然之间会生出这样重大的消息，若果有其事，无论如何，要去求得王师长的许可，赶紧打一个电报回报馆去。不过要去问王师长，他要追求消息的来源，又不免要牵涉金得胜，岂不坏了人家的事！但是新闻记者得了一个重大的消息，这和买奖券的人中了奖一样的快活。若是按住在肚里不发表出去，犹如中奖所得的支票不能兑现一般。这一份难过，甚于得不着消息，还要抑郁多少倍。李守白犹豫了许久，还是决定了去见王师长，征求他的同意。

当他走到师部门外的时候，左边一方空场地，正放了两口白木棺材在地上，有四五个人在那里预备杠索，有抬走的形势。当时忽有一个穿军衣的人由那里抢步跑了过来，向李守白浑身上下打量了一番，突然地问道："你先生贵姓是李吗？"他不曾考量，便点头答应了一声"是的"。那人昂着头冷笑了一声道："那就很好，算我认得你了。"说毕，依然回到空场那边去，帮着料理捆绑棺材的杠索。李守白心想：这是个什么人，倒有些猜不透。是了，这两口棺材一定是收敛了常、马二人尸首的。这个人多少与常、马有关，以为常、马的命送在我手里，所以要认识认识我。我又不永久跟着军队的，你认识我又怎么样呢？想了想，自觉无事，自去见王师长。

王老虎今天的脾气似乎更大些，并不在屋子里坐着，一人跑到院子里去，靠在那只铁鼎上，半坐半站着，鼓着腮帮子，一言不发。他看到了李守白，就举手向他招了一招，李守白走过去，他一跳，走上前一步，又一拍手道："老李，反了！东洋兵杀来了！"于是把金得胜所告诉的消息也说了一遍，因道："你肚子里的墨水横竖也比我多，我要问你几句话你老实告诉我。我得了报告，他们要抢我的永平。我王老虎打一生的仗，不晓得什么叫逃走。人家干我一下，我非干人家一下不可。不过我们又没和日本宣战，我真要和东洋兵打起来，巡阅使若打电报叫我退兵的话，我应当怎样办？"

李守白笑道："这问题太重了，我怎敢乱说？但是我们果然站在公道上面说话，就是和他抵抗一阵，冷巡阅使纵然怪下来，全国的老百姓会赞成你。我说一句不知进退的话：情愿这一座城池炸成了灰，也不能白送给日本人。"

王老虎跳了起来，抓着李守白的手，连连摇撼了几下。笑道："你几句话，说到我心坎上去了，我就是这样子办。"

李守白故意沉思了一阵子，忽然一挺胸，好像一件什么事情想得结果一样，便道："这一件事情太大了，第一点就是我们要引起全国人注意。"

王老虎道："要办这件事，只有重托你了。不过有一天，这里被围上了，邮政自然是不通，无线电也保不稳总可以通。"

李守白一想，为了自己的职业，对不起这个粗鲁的朋友，只好用些诈术，便道："我想安乐窝的地方，形势很险要，离城又远，或者不会受东洋兵的糟蹋。让我先到那里去布置布置，布置好了，我可以两边跑。"

王老虎道："你果有这大的胆子吗?"

李守白道："既然是到战场上来找事做，就预备丢了这条命。"

王老虎道："好，事不宜迟，你马上就走，我这里派四名骑兵保护你去，你可以找小路，一直地走。你先回去收拾行李，马上就派四个骑兵带了一匹马到饭店里去送你。"

李守白不料一宝就押中了，很高兴地告辞回饭店去。到了屋子里，连忙将零碎物件抢着在一处归并了，身上掏出钱来，正待要打发房饭钱，贞妹手上提了一壶开水，挨着门走了进来，很低声地微笑道："李先生为什么收拾东西，真要走吗?"她说着话，表示未进房以前好像并不知道李守白要走，所以提了壶来，要和他泡茶。这时，拿了茶壶掀开盖来，看了一看，里面的茶叶都倒得光光的。李守白微笑道："姑娘，多谢你，不用泡茶了，王师长派着送我的人到了，我要走的。"

贞妹手提了瓷的茶壶盖略略地提起，一个不留神，茶壶忽然向下一落，打着壶口当啷一声响，轻轻地道："吓了我一大跳。"

李守白见她脸上通红的一阵，不觉说了一句"不要紧"，其实这茶壶是饭店里的，贞妹要打破她自己家里的东西，要紧不要紧，哪用得着别人来安慰。在他说过这句话之后，也曾觉悟到自己的错误，然而要想更正，已是来不及的了。

随着孟老板也来了，站在房门口，抱着拳头向他拱了拱手道：

"李先生，师长的马队来了，你这就要去吗？"

李守白道："我就要走，在贵号多有打搅，我这里有点款子送上。"说着，将预备好了的一小包现洋就塞到他手上。孟老板用手向外一推道："这样不太平的年月，有一碗饭大家吃，吃完了，大家逃难去，要钱有什么用？李先生这人太好，我就觉得招待不周，何况昨天李先生救了我们孩子一条命，我大恩还没有报，怎么好受你的钱呢？你千万不要这样，若是这样，就是看我们做生意的人不起。"

李守白听了他这话，这就不便一定送钱给他，只得拱拱手道："不久，我还要来的。这样说，我就余情后感了。"

贞妹在一旁插嘴道："李先生还要来吗？什么日子准来呢？"

李守白道："我们当新闻记者，不能说哪个地方准到，哪个地方准不到，说不定三两天之内就来，说不定一两个月之后再来。"

贞妹道："至多也不过两三个月吗？"

李守白一想，微笑道："对了，至多也不过两三个月。"

贞妹道："就怕那个时候，打着仗，你走不过来。"

李守白道："这就难说了。也许三天两天之内，就会停了战呢。"

贞妹道："那倒不好。"

孟老板道："停了战，怎么倒是不好呢？"

贞妹道："李先生是为了打听打仗来的，若是不打仗，他就用不着来了。"她说完了，见孟老板笑着，忽然想到自己的话恐怕是太着了痕迹，红着脸笑道，"我这是笑话，哪有不望天下太平之理。"

说话时，一阵皮鞋响，已经有三个穿军服背马枪的军士走了进来。看见李守白便行着礼，问"是李先生吗"，李守白答"是的"，一个兵道："那就请走吧。"

李守白道："也不急在一刻工夫，诸位先喝一杯茶，用些点心去。"

贞妹道："对了，我们家里今天蒸了许多菜馅馒头，拿出来请各位吧。"门口还有一名骑兵，孟老板索性请了进来，围着一张桌子坐下，将茶碗分斟了五杯茶。贞妹连着笼屉，端了一笼馒头放在桌子上。一看各人面前还没有筷子，连忙抽了一把筷子，一个人面前放了一双。李守白面前的这一双筷子放在最后，掀起自己的围襟角，将筷子擦了一擦，斜视着他，抿嘴微笑，然后低了头，将筷子用一双手捧着放下。李守白当她走近前的时候，微微地嗅到她身上一阵头发油香，心里不觉一动，忖道：人家如此待我，我毅然决然地走了，倒有些对不住人。心里正如此想时，口里已是情不自禁地道了一声"多谢"。贞妹向后退了一步，手牵了牵围襟，笑道："怠慢得很，李先生不要见怪了。"

李守白正要说什么时，她父亲在里面高声叫着，她匆匆地去了。贞妹到了后院里，问父亲有什么事，她父亲在厨房里答道："那些个大兵，躲着他们也来不及呢，你为什么总在那里站着？"

贞妹道："我不怕兵，兵也是个人，他能吃了我下去吗？"说时，站着靠了进后院的门框。抬了头，只看西边墙上那太阳照的日影，这墙上对着别家的屋角涂了一块白粉，白粉上画了个太极图，那由屋顶上斜照过来的阳光，恰好映着太极图的一半。贞妹望了那太极图，记得每天太阳全照着的时候，就送饭给李守白去吃，今天全照着的时候，他就走远了。望着那阳光，见阳光里有一根小游丝，一伸一缩在光里照着，只管向上飞腾，一直飞到屋顶，以至于不看见。

孟老板走过来唤了一声道："姑娘，你什么事发呆？"

贞妹还在注意天空里那根游丝，并不曾听到父亲叫她。

孟老板道："看太阳影子吗？时候还早哩，今天李先生走了，我们也不忙。"

贞妹看了太阳影子，还是不作声。

孟老板将她一拍道："你怎样不作声，老看着阳光？"

贞妹被他一拍，醒悟过来了，一回头，板着脸道："你为什么冒冒失失拍我一下，骇我一大跳。"

孟老板道："人家李先生要走了，你送一下，说两句客气话吧。这不是平常客人，人家救过你的。"

贞妹听说，呆了一呆。孟老板道："你去不去呢？"

77

贞妹道："怎样不去，你先去，我一会子就来。"

她的脸朝着墙，却反过一只手来推孟老板走开。孟老板对于这个姑娘是养得很娇惯的，姑娘如此推送，不能还站住，只得先走开了。贞妹等父亲走远了，这才回转本身，将围襟重新擦了一擦脸，又伸手一摸头发。而且对了空处，一个人自笑了一笑，然后才很快地跑上店堂里来。她走出来，不觉大吃一惊，原来刚才围了桌子坐的人，一个人也看不见了。赶紧跑出大门去，只见四个兵都骑在马上。李守白牵着一匹马的缰绳，却站在大门外石头上和孟老板谈话，眼睛可是不住地向着门里头。看他的目光正自呆着。忽然看见贞妹走出来，似乎吃了一惊，身子突然向后一退，贴近了马腹。贞妹原是走得很快的，然而让李守白看见了以后，也不知什么缘故，脚步就自然地缓起来了。离大门还有三四尺路，就停止了脚步，向他点着头，微微地笑道："李先生，这就走吗？再见了。"李守白也点点头道："多有打搅，今天还要你忙上一阵呢。"

骑在马上的兵道："李先生，你不会上马吗？我来帮你一点忙吧。"

李守白道："不用的，我会骑马。"说时，向贞妹又点了一点头，然后手搭着马鞍子，突然向上一跳，就骑在马背上了。他回过头来，贞妹望着他笑了一笑，既而觉着笑得不对，便向孟老板道："猜不着李先生这样会骑马。"

李守白在马上点点头道："孟老板、姑娘，再见了。"在他说这话时，前面四匹马已经向前开步走开了。他两腿一夹马腹，马便跟着向前走。贞妹由大门口走到巷子中心，那马已快到巷口。李守白再一回头，一转马头就不见了。贞妹站在巷子中间，许久不能作声。

孟老板道："进去吧，老站在门外做什么？"

贞妹生气道："你就让我在门外站一会子也不要紧，死命地追着我进去做什么？"孟老板真也不知道姑娘今天这样大的气。既是不能叫她，也就不叫了，自己一个人先转身回去。贞妹见父亲进去了，也只得默然不语，走将进去。她到了天井里并不踌躇，就向李守白的屋子里走，一直走到屋子里去，看见是一所空屋，心里突然明白了，这才转身走了出来。孟老板看见她走进李守白先住的屋子去，便跟来问道："你还到这空屋子里来做什么？"

贞妹道："这屋子闹得这样乱七八糟的，也让我来收拾收拾呀。"

孟老板道："屋子里的事，让我来收拾吧，你进去。"

贞妹走到后头院子里去，靠了那过堂门框，又望着那粉壁墙上的太极图一味地出神。因为太阳的阳光已把那个太极图完全照着，在往日正是给李守白送饭的时候了。

第七章

马上黄昏与灯前红晕

李守白随着四个骑兵一路向安乐窝而来。他坐在马背上，一路中，只看到老少男女的百姓拖拖扯扯不断地由东向西走。最可惨的便是一个苍白胡须老人，挑着一副挑子，一头是零用物件，一头却是个瞎眼婆婆。他挑着走了几十步，便歇一肩。又在一丛干麦田边，看到一个中年妇人，要在那里生产孩子。问这些难民时，都是海边上的，怕东洋兵，弃家逃走了。李守白看了，非常之感慨。转念又想着，假使日军真开到永平，那贞妹一家人也不是和这些难民一样要四处逃命？今生今世就不会重逢了。今天我上马的时候，我看她送到大门口，眼圈儿红红的，那真有一番深情，真不料在永平这个地方有这样一种奇遇。

记得住在孟家饭店的第三日，白昼太阳照在街檐上，显着日子是很长，将一篇通信写完了，自己精神很是疲倦，放倒头来，伏在桌子上要睡，无如那苍蝇飞来飞去，只是扰人的清梦。睡着模糊不稳的时候，不住地抬起手来挥打苍蝇。也不知道她如何发觉了，悄悄地走进屋来，手上拿了一把蒲扇，将屋子里苍蝇赶出去了，然后悄悄地将房门给带上。为了这样，自己睡不着了，就悄悄地走出屋子来，看她哪里去了。只见她端了个小凳子，在屋檐下阴凉地方坐着，一手托了腮，一手在膝盖上搓着她的衣襟角，不用说，是想什么想着出神了。她后来猛一抬头，就向着自己笑了一笑。在她这一笑之中，自己很受了她一种感动，也就跟着她笑了。她抬起两手，想伸一个懒腰，猛然想到有些不便当，于是又把手放了下来。当时自己无话可说，就无中生有地问了一句说："姑娘，你很累，也应该休息休息了。"她笑着说："我有什么累的？坐在家里做大姑娘，总是舒服不过的。"我就问："孟老板不在家吗？"她说出去了，当她说到这句话的时候，眼睛对人一瞟，笑着向人低了头下去。自己在那个时候，也不知是何缘故，立刻心荡神摇起来，这就向她说："你怎么也不去睡一会子中觉呢？"她笑着说："全不管事了，李先生有什么事的话，哪个来招呼呢？"我又说："这就不敢当了。姑娘，你真能干呀！婆婆家是本城吗？"我突然说出这话来的时候，自己一鼓作气地说出来倒无所谓。说出来之后，心里却是十分的后悔，何以对个大姑娘很唐突地说出这种话来。可是她并不见怪，只笑着把头低了下去。我看她不见怪，胆子更大了，便说："大概是本城的吧？"她就笑着扭了几扭身子道："你不要瞎说，我没有，没有。"我就不由得扑哧一声笑了。自此以后，我就常和她谈些闲话。说闲话，就怦怦地心跳起来。

李守白在马上想着极得意的时候，忽然身边那个骑兵问道："李先生，一个人笑什么呢？"李守白这才明白了，自己还骑在马上旅行，便道："不相干，我想起一件无聊的事来了。"于是打断了他的念头，和兵士谈些战地生活，继续地前进。眼看快到安乐窝了，太阳向西，已是很快地沉下去。半边天的红霞反映着行人道前后左右的村庄树木，都有一片模糊的红色。景致是非常的好看。可是这又回想起在孟家老店的事情来了。

有一次，又是无人的时候，正近着黄昏。孟家老店对过是一个小菜园，园子里种了几块菜地而外，也有几棵树木。最好的是一棵极大的垂杨，树枝伸到短墙外来，长条拖到街中心来。自己因为烦闷不过，一人走到菜园子里树下去徘徊。眼看不到那西下的太阳，那太阳可有黄金的光泽，涂抹在杨柳枝头。清凉的晚风摇摆着柳条，送到自己身上来，令人神志为之一清。就在这个时候，贞妹提了个菜篮子到菜园子里来挖菜。然而这几块地的菜，早让兵士们挖空了。她挽了一个篮子进来，打算挖些什么呢？她进来了，故意装出猛然

81

一惊的样子，笑问着说："李先生，你也到这里来玩玩儿？"我看她头发梳得光光的，换了一件新的花褂子，袖子卷起来几层，又露出她那圆圆的手臂来。在这四月天气，靠着黄昏的时候，天气是不会怎样的热，然而她却仅仅穿了一件单的花褂子。在花褂子上面领圈下露出一条红色丝条，围在颈下，这是表示着她衣服里面穿了一件带吊带的抹胸。在旧妇女社会中，这是一桩富有挑拨性的东西。我不知道她何以会有这种装束，而且会在这地方会着了我。我当时心里又跳了，就笑着向她说："心里闷不过，到这里来玩玩儿。姑娘，你闷不闷呢？"她抿了嘴笑着，只摇了两摇头。于是乎她没有话说了，我也没有话说了。这个时候，一切旧礼教的言语都不能拘束我，我心里只想着，我要借怎样一个机会上前，去抓住她的手，然后很大胆地和她谈几句心里所要说的话。然而我又想着，假使她生起气来了，叫唤起来了，我怎么办呢？她虽不是守住绣房门的千金小姐，然而她是一个纯粹的旧式女子，用对新式女子那种求爱的行动，她不会接受的。然而对旧式女子求爱要怎样呢，我不知道。而且对旧式女子，根本上或者就无所谓求爱。我心里在那里彷徨的时候，眼睛就全射在她身上。她当然有些知道我的心绪，她又不像纯粹的旧式女子，并不肯做表示。她却忽然地向我扑哧一笑问我说："李先生，你老望着我做什么，不认得我吗？"我还不曾答复她这句话呢，遥遥地听到她父亲叫贞妹，她扭转身就跑走了。听到她走进自己的大门口，在答应她的父亲。自己在那菜园里，直站到月亮上了树梢，方始回店来。在灯下她和孟老板一同送饭来吃，只是含羞答答的，低头微笑。那时，我心中不知道是愉快，是恐慌，或者是其他，只是昏沉沉的。

到了第二天，我恨不得立刻到了黄昏时候。到了，我就溜到菜园子里去，可是她并没来。第三天，又是雨天，却不能出门。第四天呢，孟老板曾当面夸奖自己忠厚老成，是难得的青年。于是到了黄昏时候，自己便有些犹豫，等着自己到菜园里去时，她已由那里回来了。在街中心垂杨枝下，二人碰着，相对着微微一笑。当晚就发生了常营长那一件事。她惊慌之余，自此之后，一人就不敢出来，于是把这机会错过了。错是错过了，可是事后一想，错过得好，自己总算很纯洁帮了她一个忙。可是话又说回来了，纯洁只是在形式上，论起良心来，何尝纯洁呢？现在是离开她了，当了这黄昏晚景想起她来，却是令人有些恋恋。看她今天送我那番情形，是很留恋的。不知道在今天黄昏时节，她作如何感想。

他一路如此地在马背上想着，低了头，简直忘了抬起来。忽然马一闪蹄，停了不走，抬头看时，骑兵都不走了。有一个骑兵回过头来道："这里刚才有大批队伍过去，我们倒不能不谨慎一点。"

李守白问道："何以见得？"

一个骑兵道："你不看这路上的人脚马蹄印？好在我们有护照的，走着看吧。"于是一行五匹马顺了大路向安乐窝从容走去。然而这一条路上，正也是人足马蹄印不断。到了安乐窝，天色已是黄昏。只靠西边一片红霞的反光射着路上是亮的。一行人跳下了马，各牵着马绳，缓缓地走到韩乐余门口，李守白将马在矮杨树桩上系了，请四个骑兵在门口等上一等，然后才走了进去。

他这一进门，倒有一件事很让他惊异一下。韩乐余家现在忽然添了一个大脚老妈，那人穿了一件黑布褂，长到膝盖上，左一条右一条的黄色灰痕，一张黄脸有许多黑迹。头上包了一块蓝布，遮到眉毛上头。下面穿了大脚蓝布裤子，拖拖沓沓，罩平鞋口。脚下穿了一双破男鞋，用许多草绳子捆上。她手上拿了一把大扫帚，正在扫地，抬头看到李守白，忽然哟了一声，丢了扫帚迎上前叫了一声"李先生"。李守白听了她的声音，这才明白了，正是韩小梅，也失声呀了一声，站着脚定了定神，才点头道："令尊在家里吗？"

小梅随手一把将头上的蓝布包扯了下来，将蓬下来的头发，继续着向耳朵后面顺了过去，接着又伸手摸了一摸脸上，扯了一扯衣服，看了她现出十分不安的样子来。

李守白见她不作声，又跟着再问一声道："令尊大人在家吗？"

小梅笑着点了点头道："在家。"

她只说了这一句话，人就向里面一跑。李守白看了她这情形，倒不明她用意所在，只好呆呆地站在过堂里静静候着。过了一会儿，韩乐余披了一件长衫，一面扣纽襻，笑着迎了出来道："难得难得！李先生居然来了。"拱着手，连连说请。

李守白见韩乐余满面春风，一想这老头子真是和气，隔了许久的日子，见面之下，还是初次相逢那样亲热，便笑道："我这大门外边还有四个护送的骑兵，我得安排安排人家。"

韩乐余道："那不算是外人，赶快请进来，让他们吃了便饭去。"

他说着话，径自将这四个骑兵拱手让到堂屋里来。他除了自己招待茶水之外，连忙吩咐二秃就预备了一餐面食，让四人饱餐而去。在这种主客应酬之间，韩小梅并不曾出来，李守白心里自然是纳着闷。他家里一切都如常，为什么她一个人就糟蹋到那种样子？难道她是为了避闲人的耳目，故意装出那个样子吗？不过心里如此怀疑，嘴里却不便问出来。

韩乐余陪那四个骑兵谈话，他也陪那四个骑兵谈着话。韩乐余陪那四个骑兵吃喝，他也陪着四个骑兵吃喝，心里只觉有一件什么事情没有办。仔细想起来，实在也没有什么事不曾办，只是不安而已。这时天色早已晚了，黑洞洞的长空里，大小鼓钉似的，密密排着星斗。

二秃亮上一盏灯放到桌上，重泡了一壶新茶，对面坐下，韩乐余先斟了一杯茶，两手送到李守白面前，笑道："我们慢慢谈一谈。这次，李先生不会像上次那样是匆匆要走的了？"

李守白道："来了就要韩先生盛情招待，心里过不去。"

韩乐余叹了一口气道："这样内忧外患的年头，身家性命今天保不了明天，上午保不了下午，有些吃喝，不和朋友快活一下子，岂不是枉过了？这两天忽然又传说日本兵要来了。我们军队内战，日本帮着，已往是有过的，不像这次这样明目张胆呀。我们村子外大路上，整天过着大军，百姓又惊慌起来。我听说尚村一带，百姓跑了一个精光，我们住在这里，总算还没有遭难。好在我们家里也没有什么贵重东西，哪一天打到这里来了，哪一天我们就丢家逃上山去，所以还守着这个寒家。就是敝村子里，胆小的也都早已走了。我们父女住一刻是一刻。请想，家里这些东西留着做什么？"

李守白道："这次日本兵并不帮助哪一边，是要从中捞便宜。韩先生虽然是胆大，究竟这个办法不好。军事变化不测，战场上的事，上午这块地是后方，下午变了最前线，乃是常事。而且军队进退，也不能通知老百姓。假使一边军队退了，和那一边追过来，双方军队正好对了中间打，要逃也来不及了。"

韩乐余道："我本来也想走，无如小女有些傻气，她舍不得丢了家里这些东西，我想一个小姑娘都有这种胆量，我还怕什么，所以就没有走开。"

李守白道："果然的，大姑娘胆子不小，今天这大路上过兵，我又带了四个骑兵进来，她一点不怕，倒在大门里扫地。"说着不觉一笑道："我突然相见，几乎都不认得了。"

韩乐余笑道："究竟是孩子气，她故意弄成这个样子来。天天用荷叶泡水洗脸，糟成一副曹操面孔了。"只说到这里，却听到小梅在堂屋里叫了一声爹。

韩乐余道："什么事？你不会出来说。"

小梅道："瓜子豆子炒好了，你端出去。"

韩乐余道："你端到堂屋里还不能端出来吗？李先生又不是生人，怕什么？哦！明白了，你因为脸上糟得那样不好意思见人，对不对？但是李先生已经看到的了。"

小梅在堂屋里叫道："你端出去呀，你不端去，我就放在堂屋里了。"

韩余乐听她如此说，自己只好走进堂屋去，只听他在堂屋里道："淘气，既是这样，为什么倒不出去呢？我端碟子出去，你把开水壶提了来吧。"

韩乐余先端了两碟瓜子炒豆来，随后小梅也就提着一壶开水来了。她已经不是扫地时候弄成一位老太婆的样子。脸上擦得白净净

85

的，头发梳得溜溜光的，身上也换了一件蓝布长衫，那长衫虽是旧的，却一点皱纹也没有。脚上那双大鞋也换了白底子扁平的青鞋了。她一手提了壶，一手可抬起溜圆的光手臂来，挡住了眼睛，一路笑了上前，走到桌子边，索性将手上的开水壶放下，咯咯地笑将起来。突然一转身，竟跑回去了。

韩乐余道："这是什么意思，我真不明白，弄成那怪样子，不好意思见人，换了本来面目，又不好意思见人。"说着话，自己向茶壶里冲上了开水，自提着开水壶进去。过了许久他才走出来谈话。小梅这回也跟着出来了，端一张方凳子，正着脸色坐在一边灯背后。这灯是白瓷的大罩子，光亮很足，照见她那脸上泛起了一层红云，垂着长睫毛挡住了她的眼光。李守白见她不作声，自己不好意思也不说，便先开口道："大姑娘倒很会化装，先前我走了进来，几乎不认识。"

小梅听了，依然正着脸色，忽然扑哧一笑。先将身子一扭，然后又侧过来，摇了一摇头道："这不算什么，我们村子里的姑娘都是这样，我也是跟别人学的。"

李守白道："这件事，我倒是初次听到说，这倒很有趣。"

小梅道："这也没什么趣不趣，到现时逃难的日子，把脸遮盖起来，是不得已的一件事呀。"

她说这话时，低了头，脸孔更红得厉害，把两只脚在地下画着，又笑道："对不住，我不会说话。李先生，我问问你在城里的情形吧。你在城里，住在什么地方？"

李守白借着这个机会，也就打算把话锋转了过去，因道："提到了这件事，那是很困难的事了。还是靠了师长的面子，才找到一家关了门的饭店住了几天。"

韩乐余道："关了门的饭店，自然没有伙计，也不预备茶饭，怎么样可以住呢？"

李守白笑道："那店老板父女两个待人都算不错，我住在那里，就像一家人一样，而且我住了许久，还不曾掏出一个房饭钱来呢。"

因就把寄居在孟家老店的情形大概说了一说，及说到常营长冒夜闯进饭店去的一件事，就说得有声有色。韩氏父女先是静静地听说，等他说完了，小梅就突然插嘴道："那个姑娘长得一定是很好看的了。"

李守白道："那也不过中等人才吧。"

韩乐余道："一个开饭店的姑娘，有这样的本领，总算不错。"

小梅道："这是做姑娘应该做的事，也不算什么能耐。"

李守白提起茶壶，斟了一杯茶，端着杯子，慢慢地喝茶，眼睛却向着小梅看了不作声。韩乐余道："小梅，天不早了，你可以去做晚饭了。家里还有点酒，可以预备出来，我和李先生痛饮一场。刚才吃点心，我看李先生好像有什么心事，饭不曾吃饱。"

小梅道："这样天长日子，不吃饱饭哪行？"说着话，她就走了。

李守白看了这位姑娘忽然不肯出来，忽然笑着见面，忽然逃走，忽然又板脸坐着，忽然表示不满意，忽然又同情起来，顷刻之间，态度倒变了好几变。胸里一点事情都搁不住，假使我要找个对手方，我一定要向这种女子去求爱。只有这种女子没有一点狡诈，很容易对付。这样的女子真可以送她一个"太平花"的徽号。他正如此沉思着，坐在对面的韩乐余看着很奇怪，以为他的脸上何以一时变几样颜色呢？李守白一抬头，不觉和他对着眼光，心想我如此着想，未免欺侮了好朋友，于是立刻一正胸襟，重复谈起话来。谈了一小时，小梅送着酒菜来了。看时，桌上摆着有煎小鱼、炒鸡蛋两个碟子，一大碗红烧鸡块，一大碗黄瓜丝，便笑道："又是这样费事，实在城里人到乡下来，多煮些素菜给我吃就很好了。"

韩乐余道："要别的东西没有，要吃素菜那很容易，不过我们那总不成敬意。"

李守白道："韩先生，你有所不知，城里所卖的菜蔬由乡下运了去已经有一两天了。在菜摊子上，又说不定要摆多少天，才能到人家厨房里去。所以那种菜只是用水浸着维持原样，简直没有菜味了。乡下的菜现摘现煮，那种鲜味城里人是不容易尝到的。"小梅突然站起来向李守白道："请你慢慢地喝两杯。"说毕，她一按筷子就走了。

李守白不明白她什么用意，不便问得，韩乐余知道这姑娘的脾气，也就不去理她。李守白喝了两杯酒，小梅却端着一碗青椒炒茄丝放在桌上，坐下笑道："别的什么菜来不及做了，这茄子倒是很嫩的，李先生可以尝尝看。"说着，扶起筷子，便挟了一筷子，放到李守白面前的煎鸡蛋碟子里。韩乐余笑道："我的姑娘，敬菜这件事，已经是俗不可耐了，偏是你所敬的又是炒茄子。"

李守白笑道："不然，大姑娘是一番热心，她听到我说乡下菜好吃，所以希望我赶紧尝尝。"说着便吃了几筷子，连说好吃，又说小梅做得好。

小梅笑道："不但是我做的，还是我种的呢。"

李守白道："人生在世，应当这样。城里大姑娘只知道怎样穿衣服，怎样涂脂抹粉，菜是怎样由土里长出来的都不知道呢。"

小梅笑道："可是乡下姑娘，也不知道城里的事，她是中国人，可不知道中国有多少省，差得更远了。"

韩乐余笑嘻嘻地喝了一口酒，放下杯子来，望了小梅道："你说这话很自负，以为你知道有多少省呢。"

小梅一笑，李守白见她头微低着，脸上又微红起来。李守白也不解何故，这位姑娘倒老爱害羞。可是姑娘的羞态是令人可爱的，尤其是在灯下。不过自己心里已经警戒了自己了，决不当人家的父亲大谈正经，暗地里却醉心人家的姑娘，觉得有些穷于应付。正不知如何说才好，忽然呜呜一阵军号声在天空里吹过。李守白立刻丢了闲话，侧耳听着，问道："啊哟！哪里来的军号声？"韩乐余倒不惊慌，微微地向他一笑。

第八章

意内情人意外仇人

韩乐余倒笑嘻嘻的。李守白道："老先生，这是军营里点名的号声，这里又住有军队吗？"

韩乐余道："我们只管谈话谈得投机，我把这里住有军队的事都忘了告诉你了。这军队不是别人的，就是上次过去的包去非一营，现在又退回来了。我拿一样东西你看看。"说着就到书房里去取出一张大稿子，双手递给李守白。他这时已吃完了饭，接过来看时，却是墨笔写的布告，那布告上写的是：

我们亲爱的同胞，请不要惊慌，让我报告几句话。我们奉了冷巡阅使的命令，出师永平一带。虽然抱定不骚扰老百姓主义，但是老百姓总不免受点连累。这是我们很抱歉的。所幸我们战事很顺利，也许不再连累老百姓了。不料日本趁我内乱，突然引兵入境，占据沿海几县，而且着着进逼。此事可能扩大，引起全国注意。我们内战胜利了，又有什么好处？所以冷巡阅使看透了这层，毅然决然命令我们退出前线，已经国内贤达共电定国军方面，呼吁同息内争，以御外侮。敝部现经本地小住，并非作战，望大家镇定，以免发生意外。

共和军第二路第二旅旅长包去非布告

李守白一拍手道："痛快！他们肯自动息争，那好极了，怪不得老先生胆子大了。他们的军队就驻在村外吗？"

韩乐余道："他们今天下午来的，就住在原来驻扎的那个地方。那个铁团长记性真好，亲自到我这里交了十几份布告给我，说是他们没有印刷的东西，又来不及誊写，他希望我多写几张送他，让他们去盖印。"

李守白道："好极了，明天我就找他们。我可以得着好消息了。"

当晚大家谈了一阵，韩乐余依然安排李守白到书房里去安歇。次日清晨起来，立刻走出村子，就向包去非的营幕方向来探访铁中铮。好在包旅兵士还有些训练，李守白经过几个守卫盘问之后，就有兵士把他引到一架营幕前来等候。兵士进去报告着。不一会儿，铁中铮笑着出来，和他握着手道。"幸会幸会！你的消息真灵通，怎么就知道我们到这里来了呢？"

李守白若说韩乐余告诉的，这事情就不新奇了。于是笑道："我在永平听到王师长说的，特意赶了来了。"

铁中铮道："我们是同室操戈，一变为合作御侮了。我不敢胡乱说什么，引你去见旅长吧。"于是引着他向旅长的营幕里来。帐幕里有一张可以折叠的活腿桌子，已经撑起来，又放了一张活腿凳子。桌子上堆着电话机、地图、笔墨、望远镜之类。包去非见李守白进来，站起来和他握着手笑道："佩服佩服，李先生又赶来了。我们这回撤兵，就是你们善于推测的新闻记者也猜想不到吧？"

李守白道："那布告我已经看见了，这种精神我很佩服。贵军退出尚村之后，那防地……"

包去非笑道："当然定国军如入无人之境了。他们有一通无线电给我，请你看看。"说毕，在桌上取了一张电稿交给李守白。看时，那电道：

> 去非旅长勋鉴，顷据探报，贵部因抵御外侮，相率东
> 向，缓急有时，殊堪钦佩。唯两军防地，向系犬牙相错，

尚村一带，既见空虚，若他部乘间进据，则一有误会，纠纷愈甚。现已令敝师陶旅，即日前进，随时接收防地，以免意外。果阋墙之争可息，则敌忾之念自深，卫国爱民，执忠不敢后人，苟军事所可尽力，全军绝无遁词。尚乞不吝珠玉，时惠福音，专此布达，即颂勋祺。

定国军第七师师长强执忠谨启

李守白笑道："就着这信的字面说，还不算是恶意。"

包去非道："哪里有什么好意？他趁着我们撤兵，我们让一处，他就收一处。"

李守白道："假使包旅长退出了安乐窝呢？"

包去非笑道："他客气什么？自然就来占领安乐窝。不过这里两边的军队没有撤，他们孤军深入，也是很危险的，或者也不敢来。"

铁中铮站在一边看，听李守白问这话，知道他别有用意，便向着他微笑。

包去非道："铁团长笑什么？"

铁中铮笑道："这山上有个庙，庙里有几棵稀世之花，叫作太平花。李先生是个风雅之士，他总挂记着这花，怕军队经过，会毁坏了它。"

包去非道："人民还大遭其殃，何有于花！"

铁中铮道："只是这花的名字太好了，我们假使能保存着这花，天下就太平了。"

包去非笑道："那么，我们现在去抵御外侮，也不妨说为太平花而战，将来历史上载下一笔来也可以创造一个名词，就是'太平花之役'。听起来，倒是响亮。"说着，哈哈一笑。

铁中铮笑着摇摇头道："若是这样称呼起来，恐怕李先生有些不愿意。"

李守白笑道："铁团长，我们虽然是老同学，对于旅长可是生朋友，不要开玩笑。"

包去非不懂这话，望了铁中铮。他笑道："旅长有所不知，此地有三种太平花，一种是真花，一种是歌曲，一种是人。这个人……"说着一笑。

包去非笑道："哦，我明白了。"于是抢步上前，和李守白握着手摇撼了几下道："不知者不罪，我刚才的话未免孟浪了。"

李守白笑道："虽然是有这样一个人，但是和我也没有什么友谊。请想，我刚到这安乐窝来有多少天，和一个原不相识的姑娘能谈到什么问题上去吗？"

包去非笑道："所谓什么问题，又是什么问题呢？"说毕，不觉又哈哈大笑。接着他又笑道，"为了免去外祸，也许我们真个不内战了，那么就花好月圆了。我们有一张布告，请你带去，多多抄上几份……"

李守白道："这个我已经知道了。"

包去非道："那就好极了。安定人心的事请你多多帮忙。"

李守白不便在此打扰，就告辞回韩乐余家来。只到村口，二秃就迎出来了。他道："我们大姑娘听说军队开走了，怕你也跟着走，叫我追着来看看。"说着，又一笑道，"但是我们大姑娘只叫我来看看就是了，也不让我说是她叫来的。"

李守白笑着点了点头，跟着二秃一路到韩家来。韩乐余抢着问他："有什么消息吗？"

李守白道："我看那情形，大概自己不会再闹内战了，只希望日本不来捣乱，你们这里就太平无事。"

二人正商议着，却有一个骑兵在外面喊着。二秃出去，拿了一张包去非名片进来，李守白接过来看时，上写"敝部即日开拔向和平村，兹将盖印二十张空白纸送上，请将韩君处存留撤军御侮布告，多抄数份，送各村张贴"。他看了，追出来要问那骑兵的话，已是不见。再跟了出村子四处观望，静悄悄的旷野无人，包去非的部下已不知去向了。走回来对韩乐余一说，他点头道："中国军队未尝没有

92

好的。"

李守白道："这位旅长自己很得意地作了那道布告，要我找人分抄起来替他去贴，这虽然是帮他的忙，究竟也是唤醒民众的事，我不能推诿的。"

韩乐余看了道："村子里的人，这时人心惶惶，哪里还找得出安心替人写字的来？找不到了，我和李先生两个人分着写吧。"

李守白一想，这话也是，就和韩乐余分工合作，因为纸张占的桌面大，韩乐余在堂屋里写，将李守白让到书房里去写，小梅也不肯闲着，在两边研墨展纸，两头跑着，忙个不了。李守白在书房里靠窗的那张书桌上低头写字，写到第四张的时候，精神感到有些疲倦了，放下笔来两手向上一抬，伸了一个懒腰，忽然看到小梅斜靠了墙壁，侧着身子，拿了一锭大墨，在砚池里慢慢地擂着，因道："我这人写字写得真糊涂了，有个人在身边帮忙，我全不知道。多谢多谢！"

小梅道："谢什么？我是和你帮忙，你是和包旅长帮忙，包旅长是和谁帮忙呢？"

李守白笑道："你这话我明白了，但是你总要算是帮我出一份力量的了。"

说着话时，身子向后靠了椅子背，眼光就射到她脸上。她半侧着脸，那光线斜拂了脸，正露出她那黑白分明眼睛外的长睫毛来。

小梅忽然低了头一笑，李守白低头写了几个字，看她一眼，她又微扭着身子一笑。李守白正了面色问道："姑娘，你不想到都会里去升学吗？"

小梅接着了他写的布告道："和爹商量过的。"

李守白道："要说街城里好玩儿，只有上海和北京。你也愿意到北京去吗？

她拿了一锭墨，只管擂着，擂得那砚池里墨水发出了一条一条的花纹，手上有两个指头都染了一小截黑迹，便放下墨，低头在字纸篓里捡出一张字纸，左手拿着，只管向右手两个指头上去擦抹。

眼光并不望人，笑道："你越说北京的风景好，我越想去，但是我怎样能去呢？"

李守白道："这有何难？和令尊商量商量，可以到北京念书去。"

小梅摇了一摇头道："这叫梦想了！漫说我只粗认识几个字，不配到那种地方去读书，就算是能够去，我这家庭李先生也看得出来，哪里出得了那些个钱让我到北京花去？而且家父跟前，就只有我一个，我也不忍离开他。"

李守白点点头道："大姑娘这话说得是，但是这种事也不是没有法子补救的，我在北京城里和令尊找一个教书的地方，这件事不就完全解决了吗？"

小梅道："呀！这样好的事，我也不能做主。"

李守白两手一抬，刚要伸个懒腰，两手只抬着与肩相并，却又放了下来，笑道："现在这种时代，为什么自己不能做主呢？"

小梅不觉脸一红道："我是说家父为了讨厌城市，所以到乡下来住，现在又要他到最热闹的北京城里去，恐怕他不愿意。"

李守白用一百二十分的勇气说出那句话来，现在又忍了回去。笑道："是的是的，我也是这意思。韩先生恐怕是不肯去的了。"

小梅侧着脸望了他，抬起手来，慢慢理着她的鬓发笑道："他老人家是很喜欢我的，假使我愿意到北京去，十成也就拿个八成主意。"

李守白笑道："是的，韩先生是十分疼姑娘的。"一面说着，一面拿起笔来，又低了头写布告。小梅站在一边，见他那支笔管头只管在空中摇撼，写得很快，大家又默然了。想说话也不知从何说起。又在砚池里擂墨，擂了一阵子，她忽然笑道："李先生口渴吗？我去替你倒一杯茶来喝，怎么样？"她说到那"怎么样"三个字，声音低了一低。李守白一抬眼皮，正对着她的脸，便笑道："大姑娘，你若有事，就请便，老是在这里照应我，我就不敢当！"

小梅笑道："我就不大问家里事，我做的事，都是我自己爱做的，我若是不做的事，家父也不指望我做。"

李守白只抄了四五行布告文，这时，又停下笔了，笑道："大姑娘是个很痛快的人，但不知平常喜欢什么？"

小梅不擂墨了，两手环抱在胸前，对着李守白摇了一摇头道："我说不出。"

李守白道："一个人心里喜欢什么，自己就会时常放在心里的，怎么会说不出呢？"

小梅道："我爱吃梨。"

李守白笑道："这是很小的事情了，而且也断乎不能天天吃梨，这不能算是一种嗜好。"

小梅道："这就更不好说了，我不像父亲天天出去钓鱼，我又不会赌钱，我也不会……啊哟，不会的多了，不必细说吧。"

李守白道："虽然这不会，那也不会，我知道大姑娘会一样事情。"

小梅笑道："对了，我明白了，你说我会种菜。"

李守白连连摇着手道："这话越说越远了。我知道……"说着一笑。小梅身子一闪，望了他道："你知道，知道什么呢？"

李守白笑道："当我初到宝庄的那一天，在村子外头，我就听到姑娘们唱的歌儿非常好听，词儿也编得顶好。我想着你一定会唱，不但会唱，而且一定唱得很好。我这话对是不对？"

小梅先摇着头，然后又微点点头。李守白不看她的表示倒也罢了，看了她的表示，更是不明白，因笑道："唱是会唱的，不过没有到那种时候，大姑娘是不肯唱的罢了。"

小梅笑道："像你们在北京城这种大地方住过的人，什么好音乐没有听见过，倒要到乡下来听这种小歌不成？"

李守白笑道："不是那样说的，各种歌都有各种好处，要听个人是怎样的唱法？而且是一种什么人唱？"

小梅微笑着，站立了许久，并不答应他的话，然后一转身道："我去看看那边砚池有墨没有，我得给家父去擂墨。"说毕，又是微微一笑走了。李守白不能再抄布告了，坐在椅子上，两手环抱着，

95

只是发呆，自己用许多话来试这姑娘的口风。这姑娘只是含糊答复，你说她懂，她简直不知人家问话的命意所在；你说她不懂，她又含羞答答，似乎要答复又不便答复似的。她固然是随了此乡风俗打破男女界限的女子，然而她一片天真烂漫，是看到儿女之情，并不足十分介意。如此想着，只管静坐在椅子上发呆。不写字，也不走开。心里计划等着她再来了，必定鼓着勇气，再明白些问她两句话。他如此计划定了，但是小梅一去之后，却始终不曾来。一直到了天气昏黑，二秃却走进来道："屋子里看不见了，李先生不必写了，我们老先生请你出去谈一谈。"

李守白虽未曾写字，坐在漆黑的屋子里，也是烦闷不过，便走了出来。堂屋里只有韩乐余一人坐着，并不见这位姑娘，心里倒有点不安。准是自己说话说得粗鲁，把她冲犯了。人家总是一个乡下的姑娘，怎样可以把她当着城里的交际之花看待？人家父女以一片血诚相待，在这里兵荒马乱之中，人家求生救死不惶，自己倒有这种闲工夫去谈儿女爱情，已完全是自己不对了。如此想着，当时立刻把闲情逸致抛开，陪着韩乐余只谈些此地的乡村形势，好作为军事通信的材料。晚饭后李守白要了一盏灯，倒安心抄了几张布告，作了一篇通信。

到了次日将抄的布告共数了一数，有二十多张，这也算对得住包旅长的嘱托了，就交给二秃雇了两名乡下的农夫，在附近乡村镇市上去张贴。过了一天，没有得到前方什么消息，村子里却也没有什么活动，李守白一想，这几天，正是千钧一刻的时候，战事消息是全国人所注意的，自己要想法打听前方一点消息才好。加之这里的邮差是隔一日经过一次的，在邮差未来之前，必定要作好一篇详细的通信，才不负读者之望。这种事是无法和韩乐余商量的。想到这里，觉得独自一个人在人家里寄住，也是烦闷不过，就步出韩家，闲着在村子里散步。

这庄门外一带野竹林子绕着半塘池水，那碧绿的竹叶将池水都带映着成为绿色，是李守白最爱休息的一个所在。这时步行到竹林

96

外，就在一片青草地上，靠了几竿竹子坐下，眼望着池水倒映着青天，有一群鸟影横飞过去，一闪即灭。心想："为人有为人的快乐，做鸟兽有做鸟兽的快乐。在这种杂乱年月，就不如做鸟的好，它们爱到哪里，就飞到哪里，并不受什么拘束。就是爱上前线，也尽可以飞到前线去的。"正如此想着出神，忽听到身后有几个山东口音的人带说带骂地走了过来。有一个人高声道："这大概就是安乐窝了，俺们不要乱走，先打听打听姓李的那小子住在哪合儿，打听好了，我们给他一个猛不提防，突然跑了上去，将大门堵死，不怕他会飞上天去。"李守白听了这话，心里吃了一惊，有人寻找姓李的，不要寻找我的吧？于是隔了竹竿子向草里一伏，由竹子缝里朝外望去，外面一共有七个人影子，都是穿灰色短衣的军人。心想，这个村子上，只有姓韩的一族，这几个大兵前来找姓李的，却有点不对，恐怕十之七八是要找我。如其果然是找我的，我若挺身而出，未必能用好手段对付我。但是不出去，又怕他找到韩乐余家去，向韩乐余要人，未免连累朋友。自己如此想着，倒觉得十分为难，站起身来将要走出去立刻又伏下身子去。

这时，有一个人道："一个村子里，有百十户人家，俺们到哪合儿去找人，莫不如叫一个人出来，问明白了，俺们一块儿跟他去。"

又有一个人道："好！俺就去。"

李守白一想：即使他找人出来问话，不如就在竹林子里等着，听他们说些什么。因之伏着不动。那几个兵在竹子外边，咕咕地说着闲话，声音却是很低，有一个人说："俺看见他先抽他三十鞭子，让他认得俺，俺的大哥，若不是他送到师部里，哪里会送命。"

李守白听说恍然大悟，这个人大概是常营长的兄弟，他要找着我和他哥哥报仇了。这个人我并不认识，他何以知道我在安乐窝？无论如何，他是来意不善的，与他见面，有死无疑。自己如此想着，立刻心里乱跳，呼吸也短促起来。过了一会子，听到有阵脚步声，似乎是大兵由村子里找一个人出来了，这时就有人问道："俺问你，你这村子里，有外路人叫李守白的吗？他是干报馆的。"李守白听了，心里更跳得厉害，果然不出所料，是仇人到了。

村里人答道："我们村子里，人家不少，谁家也有来往的人，这样慌慌乱乱的日子，我们可没有留意。"

那人又问道："你是不肯说，你怎样会不知道。这个姓李的是俺的好朋友，我特意跑了一二十里路来会他，见不着，可是倒霉。"

村子里人答道："老总，我实在不知道，你若是不放心，可以找一个人来问问。"

那人道："这话也是你村子里人告诉俺的，要不我活见鬼几十里路跑来跑去，干啥？"

村里人道："我委实不知道，什么人告诉老总，说这里有个姓李的，把那个人找来问一问就明白了。"

那人道："你这里有人到刘格庄去贴告示，俺一看那告示，问是谁叫他来贴的，他就说是一个姓李的替包旅长写的，住在这村子里韩先生家，俺听说明白了，就跑了来找他。哪里知道，这一村子人全姓韩呢。"

村子里人道："你要找他，那也很容易，到了村子里，一家一家找去，总会找得着。"

那人道："要找就去找，也不怕你村子里人会把俺吃下去了，俺大家都去，走哇！"只这一句，一阵脚步声，一群人都走进村子去了。

李守白听得一点声息没有了，然后爬着坐在草地上，心里只管忐忑不安，静想了许久。不知道进村子去的这一批军人现时是作何情况，假使他们真寻到韩乐余家去了，恐怕不能马虎放过去，好汉做事好汉当，我岂能连累别人因我吃亏，无论他是和哥哥报仇也罢，和我为难也罢，我总可以和他辩论几句。一面想着，一面站起身来，便顺脚走向竹林子外来。然而走到竹林子外来，自己一想，情形竟是不妙：他说了是几十里路远找了我来的，找到我之后，绝不能够仅仅说我两句就罢了。轻则是饱打我一顿，重则把我杀了，我岂不是白白送死？如此想着，先站住定了定神，然后又向竹林子里边一缩，在竹林下又站了一二十分钟，自己一挺胸脯，咬着牙，放开大步就向外面一奔，转着身子便向庄门里边走。他这是下了决心去和仇人见面的了。

不料刚刚一到庄门，有一个军官带着几名弟兄冲了出来，李守白站住，和他们一点头道："诸位不是要找新闻记者李守白吗？我就是！"

当头一个军官，嘴唇上面略微有点短胡子，行了个军礼，笑道："我是包旅长部下一个参谋，叫鲍虎宸，我们旅长派兄弟和李先生有点事情接洽。"

李守白一听，这倒奇怪起来，刚才听得清清楚楚，他们是刘格庄来的，是常营长的兄弟来报仇，怎么会是包旅长手下的参谋呢？心里如此想着，眼睛射到他胸面前悬着的那黄布章号上，虽然有半截放在口袋里，由口袋外面几个字看来，正是第二旅的字样。

鲍虎宸见他如此注意，便笑道："李先生，你疑心我在说谎话吗？"

李守白道："不是的，这里头有点原因，刚才兄弟在这竹林子里面休息，有几位山东口音的老总在外面说话，他说要找我报仇。"

鲍虎宸向跟着他的几个士兵望了，微微一笑，再向李守白道："你听听我们说话，不都是直隶省口音吗？刚才说要报仇的，当然不是我们了。这几个人我倒是会着了。现在我们已不是敌人，多少讲点面子，我先和李先生调解调解，由我和李先生保镖，料着没事。别什么话不用说，先把他打发走了，免得令友受惊。"

李守白道："鲍参谋在哪里会着他们的？"

鲍虎宸笑道："李先生不必问，到了那里，大家一会面，你自然明白了。"

李守白正是怕韩乐余受了连累，鲍虎宸说是可以调解调解，心里自是十分安慰，进了庄门，大家直奔韩乐余家。

在门外已经听到里面有一种笑骂的山东口音。及至走进去，堂屋里有六个兵士、一个下级军官，都架了腿坐着。那个军官将军帽放在桌上，人也坐在桌上，身上挂了一柄皮套的盒子炮，皮带束得紧紧的。脚下穿了黄皮宽头鞋，裹腿布由膝盖向下，裹得很坚实，两只脚只在桌子下面摇撼着，手上拿着一根细竹鞭子，在空中乱舞，唰唰作响。他一张黑脸，两条吊眉，一双麻黄眼睛，配了腮上几道横肉，真是凶恶怕人。

李守白见他之后，脑筋里一个印象，突然恢复起来了，这不就是那天在永平城里尸场上所遇到的一个人吗？那人对我曾冷笑着，说是后会有期，原来他是成心报仇的，今天果然遇见了。他正如此想着，那人由桌子上跳了下来，将鞭子向李守白一扬，笑道："你是好汉，居然来了。"

李守白道："你这老总，为什么这样子对待人？"

那人道："俺叫常德标，常营长是俺大哥，俺和你在永平见过一面，你不用装糊涂。"

李守白哦了一声，正待向下说，鲍虎宸便走上前向常德标摇摇手道："常连长，有话我们慢慢地说，先别生气。你说你要找李先生讲理，你只管讲，他是我们旅长的朋友，你和我都是自己弟兄，我一碗水向平处端，可以和你们评评这理。你先说。李先生，你坐下。"

他说着话，拖了一条板凳向自己几个弟兄身边一放，和李守白一同坐下。常德标和他几个兵士因对着参谋不便坐下，鲍虎宸对常德标笑道："咱们这会子是朋友，你也请坐。"常德标侧着眼睛望了李守白一眼，抬着肩膀，冷笑了一声，用脚上的皮鞋勾着一只小方凳子，于是坐下了。鲍虎宸道："我们军人时间是很要紧的，有什么话，请你就说，说完了，各办各的公事。"说罢他也用一个指头去抚摸上嘴唇的短胡子，正着脸色，也有一种不可侵犯的神气。

常德标将手上的竹鞭放在桌上，一点头道："鲍参谋，俺虽然是个粗人，也不是一点不讲理。俺大哥为了没跟日本人交手，退到永平去，就算不对，也是俺们军队里的事，和他干报馆的人什么相干？要他把俺大哥带去见师长做什么？他只图在师长面前立功，就不管俺大哥送了命。"

鲍虎宸点头道："你虽然没有把话说明，我已经明白一个大概，李先生没有做这件事便罢，若是做了这件事，他一定能说出一个缘由来的。"

李守白道："这话果然，我也是出于不得已，至于常营长退兵的事，我是一点也不知道。"因把当日孟家老店的事情道了一遍。

鲍虎宸道："常连长，你听见没有？一个做营长的人，做出这种事情来。当兄弟的应该怎么样？李先生也不过和你大哥到师长那里去讲理，他哪知道他就犯了罪。"

常德标道："无论怎么样子说，那饭店姑娘也不和他沾亲带故，又要他出头管闲事做什么？"

鲍虎宸突然站起来道："你这不是军人应该说的话，那天没有我在那饭店里，若有我在那里，我一样地要干涉。这件事，李先生没有做错，你几十里路跑了来，打算对他怎么样？"鲍虎宸越说越急，两眼向常德标瞪着。李守白也是在一边望着，站将起来。

鲍虎宸见凳子空着，便用脚一踢，把凳子踢到一边去。常德标看到，倒吃了一惊，不能独坐着，也站了起来，笑道："鲍参谋，你不是做公道人来评理的吗？这样子，俺还说什么？今天总算这姓李的有造化，遇到了你，俺算让他了。"说毕，在桌上拿起了帽子戴上，又将鞭子拿在左手，然后举着右手，向鲍参谋行了一个礼，对他带来的兵道："我们一块儿走吧。"那几个兵士见事主都不敬声，他们还有什么可说的，自然也跟着走。常德标走到天井里，回转头来，将鞭子向一撮栀子花树叶上连扫了两下，冷笑一声道："活该！好的！又算俺败了。"

他说到"好的"两个字，可就向李守白瞪了一眼，那七个人脚步错落，就一拥而去。当他们说话的时候，韩乐余坐在一边发呆，觉得没有发言的余地。这时，见寻事的人已走了，才向李守白拱拱手道："老弟台，刚才真把我吓着了，这一班人走了进来，不问三七二十一，开口就问姓李的在哪里，好在这位鲍参谋先来了，他一看到有穿军衣的在这里；才没有动野蛮。鲍参谋出去寻你，把他们留在这里，他们说的话是真厉害，说是一看到你就开枪。我又不敢离开他们一步，只好暗下叫二秃子出去找你，阻住你，不让你回来。不知道这东西跑到哪里去了。"

李守白皱了眉道："我正因为他们跑来这村子里寻仇，怕连累了老先生。看他们那情形，绝不能就此与我甘休，可惜我忙中有错，不曾和他说明一句，我们不过是朋友交情，以后不要上韩家。"

鲍虎宸笑道："这事说过去也就过去了。李先生以后可以跟着我们军队走，料他不奈何你的，他再胡闹，我们去个公事，就要了他的小八字。"

李守白摇摇手道："冤仇宜解不宜结，让了他吧。现在倒另发生问题要明白，鲍先生怎么会突然地来了？又有什么新闻吗？"他笑着说出原因来，李守白倒是一喜。

第九章

去一佳客来一恶客

原来包旅长要在这安乐窝设一个后方运输机关。先在这里看看形势，有没有妨碍。今天听到好几个侦探的报告，强执忠的军队要开到这里来接防。当然，要是他们的军队开到了这里，包旅长就不能有什么后方的布置了。此外就是省城和京里的新闻界，听说这里发生了外交问题，组织了一个战地采访队，有一批新闻记者快要到这里来。包旅长说，派鲍虎宸来和李先生接洽，一切会同办理。

李守白突然站了起来，两手一拍道："这就妙极了，我一个人在战场上过了这种孤单的日子，寂寞非凡，而且一个人采访消息也很是感觉忙不过来，而今有了大批同志来合作，那就妙极了。"

鲍虎宸笑道："李先生连说两个妙极了，想必心里真以为妙极了，不过这里面有点困难。"说着将声音低了一低道，"若是这地方落到定国军手里去了，我们招待一方面就很有困难。现在我们只有一个法子，赶紧打电报去，请新闻记者团绕道过来，不要经过定国军的防地。"

李守白踌躇着道："这可有点难，我们吃笔墨饭的人和军人不同，不辞辛苦到战场上来，已经是绝大的牺牲，现时更要他们丢了大路不走，在甲乙两种军队面前绕道走。若是走错了，更易使人疑惑态度不光明，未免带点危险性。"

鲍虎宸想了一想道："李先生这话也说得是，除了这个办法，要怎样招待，我也不敢做主，这只有回到和平村去，向包旅长请示。"

李守白道："鲍参谋今天就去吗？我跟着去，行不行？"鲍参谋当然一口答应，韩乐余走出天井来，抬头向天上看了一看太阳。因笑道："天气还早，这里到和平村，四十里路不满，请李先生和鲍参谋，还有各位老总，都在这里吃了饭再走。"

李守白还不曾答言，鲍虎宸道："既是要请我们吃饭，我们也不客气，可是请你快一点预备。"

韩乐余答应着，一直就向菜园子里走，见小梅手扶了一棵小柳树，低着头，正在那里出神，便道："不要发傻气了，李先生马上要到和平村去，快去做点吃的，好让人家赶路。"

小梅道："兵荒马乱，这时候能去吗？你怎么不拦一拦？"

韩乐余道："人家有公事要去，我怎么敢拦人家？"

小梅两手扑了一扑身上的灰，很快地走到厨房里去。韩乐余叫了二秃来洗菜烧火，小梅在厨房里忙着刀勺乱响，一小时之间，就把饭菜做好。在她做饭时候，不时地走出厨房，隔了后面天井的花路门，只管向前面堂屋里看去。见李守白只管和鲍虎宸说话，并不向着后面看来，心中很是着急，可又说不出为什么事急。一直等饭菜都预备好了，然后再忍耐不住了，就在厨房门口，向前面堂屋喊道："爹，饭好了。"只这一声，李守白向后面一回头，和小梅打了个照面，小梅连忙和他一点头道："李先生……"这"李先生"三个字喊得很重，似乎有一句什么很重要的话要告诉他似的，然而她仅仅是叫了一句"李先生"就突然顿住，以下有什么话，并不曾说出来。

李守白乍听"李先生"三个字叫得那样响亮，当然认为她有什么要紧的话要说，很清脆地答应了一声，站立起来，脸向着她，静等她的回话。然而她的面孔呆住着，倒好像是要等别人说什么似的。

李守白急忙中想不出什么话来，望着小梅道："大姑娘，又要你受累。"小梅却是微微一笑，脸上倒有点呆呆的。因有许多军人，不便出去，舀了一盆热水，进房去自洗了把脸，又掸了掸身上的灰，便走到书房里去。

李守白很简单的两件行李都放在书房里的，这时早捆束好了，放在木床上，小梅将行李扶扶，用绳子紧紧，在屋子里很无聊地对了行李坐下。过了一会儿，听到房外有脚步响，小梅连忙就向外走，来的正是李守白。一个进门，一个出门，彼此撞个对着，李守白向后一退，他先笑了，便拱手道："又在府上打搅了几天，真是对不住。"

小梅道："听说李先生又向兵马堆里走，我真佩服李先生有胆子。"

李守白道："那也不算什么胆子大，不过去看看情形，过两三天，我还是要回来的。"

小梅道："两三天之内，准能回来吗？"

李守白还不曾答复，二秃已走了进来，提着两件行李向外走。李守白一点头，跟了行李走出去。小梅情不自禁地送了两步，但是一看到堂屋里有那些个赳赳武夫，也就不敢再向前，站在后面天井中间，抬着头只管看天上的天色，见大兵先都走出了，也就跟着走向堂屋里来。只听到韩乐余由外面大声连说着进来道："她出后面菜园子里去了，不必客气，她怕军人，不会出来……"韩乐余一路说着进来，及至抬头一看，小梅端端正正地在堂屋中间，他自己虽知道自己谦逊得有些虚伪了，然而已是无法更正，只好由她。李守白遥遥地就向小梅连连点了两个头。

小梅笑道："李先生，对不住，堂屋里人多，我怕兵，没有敢出来和你送行。"

李守白道："这就不敢当，我们过两天就回安乐窝的，在这里多有打搅了。"

小梅听说，正待追问李守白一句，是否两三天准回来，外面却退回一个兵来，叫道："李先生，我们走吧，时候已经不早了，若不走，赶不上路程了。"李守白只好向韩氏父女一点头，转身便向外面走了，韩乐余跟了后面，还送出去。小梅站在堂屋里，移了几步，只走到天井里，又停住不走了。过了一会儿，韩乐余由外面进来，小梅问道："走了吗？"

韩乐余道:"走了。"

小梅情不自禁地忽然叹了一口气。

韩乐余道:"你叹个什么气?"

小梅本来不要叹气的,无缘无故忽然叹了这一口气,自己也说不出所以来,便笑道:"这是替古人担忧,我想一个国家,好好的打起仗来,各处弄得乱七八糟,破了多少的人家,送了多少的人命,究竟又有几多人占着便宜呢?大家真是想不开。"

韩乐余笑道:"大家都想不开,就是你一人想得开,你既是想得开,为什么你倒叹这样一口长气。"

小梅道:"我也懒得说这些了,忙了大半天,身子有些疲倦,要去睡觉了。"她说毕,打了一个呵欠,转身回房而去。

韩乐余在这几日也就看出了姑娘一点意思,自己虽然乡隐有年,然而自信是个崭新的人物,对女儿婚姻绝对取放任主义。只是这位姑娘,除了自己教她一点文字常识而外,对于时代思潮,可说是绝对隔膜。她之所以大方,一来是这乡下风俗促成的,一来她也天性直爽,不知道什么叫情意,更也不会在这乡下看中什么男子,而今忽然有个李守白到这里来,当然是鸡中之鹤。漫说小梅和他常在一处周旋,就是别个村姑看到,又怎能说她不动心?好在李守白是个端士,纵然不免涉于情爱,却也没有暧昧的态度,这也就更不必干涉了。只有自李守白去后,时时打听前方的消息,看那里是否有战事。所幸一连两天,前方并无动静,后方也没有新的军队开来,全村子里的人心比较安静一点。

小梅心中却想起那句话,两三天之后,李守白就回来的。现在已经有两三天了,由上午等到下午,由下午等到黄昏,还不见人来。这样子,恐怕要延期一天了。又过了一天,小梅依然照昨天的办法静静等候,不知是何缘故,只是坐立不安,于是就把收拾起了两个多月的纺纱车子搬到堂屋里,在阴凉所在,迎着风纺纱。

韩乐余道:"嘻!你这简直是胡闹,这样兵荒马乱的时候,过一天是一天,你还有这样闲工夫来纺纱,纺了纱,还是能织一寸布,还是能卖一个大钱呢？"

小梅笑道："我觉得很无聊，纺纱来解闷，我原不想织布，也原不想卖钱。"

韩乐余道："既然如此，你就在屋子里写两张字也是好的。"

小梅笑道："写字也是和织布一样的不能卖钱啦，你到村子外面去散散步吧。"

韩乐余道："我心里并不闷，不想出去走。"

小梅道："何必在家里，出去散散步吧。"

韩乐余道："你一定要我出去散步做什么，我不出去。"

小梅道："你只管去吧，也许那位李先生快回来了。"

韩乐余道："他到这村子来是熟路，难道还不认得我们家来吗？"但太疼爱这孩子，说是说了，还是含着笑容，慢慢地走出去了。

小梅一人在堂屋里纺纱，倒是越纺越有味，纺了许久，忽然听到门外有一阵皮鞋声由远而近。心里想着，村子里绝对没有穿皮鞋的人，这一定是李守白来了，且不要理会，看他谈些什么，于是一个人只管低头纺纱。那皮鞋声走到天井里，忽然有个人高声喊道："韩老先生在家吗？"

小梅回头一看，来的并不是李守白，一个穿军装手拿竹鞭的闯了进来，出于不意，倒吓了一跳。连忙站起来答道："他不在家，你要找他，出村子去找他吧。"一面说着，一面将身子向后退了回去。

那人张开尖嘴一笑，露出一口黄板牙齿，便道："你不要害怕，小姑娘，我叫常德标，前两天到府上来过一回的，韩老先生是你什么人？"

小梅道："他是我爹，出去了。二秃，有客来了，你出来。"

一面向后装着叫人之样，就逃走了。到了后面，一直走回自己屋子，将房门砰的一声关上，一颗心犹突突跳个不了，心里可就想着，这个人一脸的横肉，麻眼睛珠子，真是怕人，他若不讲起理来，那真没有他的法子。端了一把椅子反撑了门，自己坐在椅子上呆呆地沉思。忽然转了一个念头，我这人真有些傻了，他果然胆大妄为起来，这一扇房门，又哪里抵抗得住？他不是一样地可以推门打壁地冲了进来吗？倒不如开了房门走出去，真是他来逼迫，还可以逃走。在这样一转念之间，于是搬开了椅子，打开了房门，走出房来。一听前面堂屋里却有父亲说话声，这倒是一喜。父亲回来了，文来武来，都可以抵挡一阵，料他不敢再追进来，于是走到天井里来，向前面贴近一点，听他说些什么。

这时韩乐余果然回来了，当他回来的时候，常德标见小梅避向后面去了，正跟着过堂屋，不住地向后面窥探。韩乐余见一个穿军衣的在家里，在门口先叫了一声"找谁"，然后跑进屋来。常德标一回头，就向他笑道："老先生回来了，我特意来拜访。"

韩乐余心想：果然李守白的话不错，他要来寻仇，不料他果然来了。便笑着拱手道："请坐请坐！"接着就把李守白已走的事详详细细告诉了他。

常德标笑道："这小子走了，哼！"

韩乐余道："兄弟得了鲍参谋的信，说是今日下午要来，可没提到李先生，兄弟特意到村子外去欢迎他，不料倒没有接着，大概这就也快来了。"

常德标道："哦！鲍参谋又要来了。"说着话不向后走，掉转身来，就在侧面一张桌子上坐着，他手里拿着的竹鞭子，只管划着地，表示他毫不介意、毫不客气的样子来。

韩乐余在一旁坐着相陪，就问吃过了饭没有。常德标笑道："饭是吃过了。"

韩乐余道："常连长很远的路走来，一定是口渴了，泡壶好茶来喝吧。"

常德标笑道："老先生，不要说你乡下先生老实，你小心眼儿里很有打算的。一进门就款待个情到礼周，让俺说不出一个二来。你说是不是？当兵的人，有吃硬的，有吃软的，可俺是山东老常，不吃软也不吃硬。俺要干什么就干什么，若不要俺干，除非砍下俺的脑袋瓜。"说毕，将鞭子向上一抛，两手一拍大腿。

韩乐余一看这情形，知道他今天的来意更是不善。便是李守白和他有仇，不见得李守白的朋友都和他有仇，且放大了胆子陪着他说话，因笑着一摸胡子道："常连长说话倒是很爽快，其实不吃硬不吃软的人，正是也吃硬也吃软。说起来，这种人似乎不好对付，但是只要和你说实话、办实事，也很容易交朋友的。"

常德标两手又一拍，露着牙笑道："对了，对了！"口里说着，眼睛可就隔了花格子门向里看了去，不先不后，恰好在这个时候，小梅由屋子里走了出来，她正留着心，要听听常德标和父亲在说些什么，两只眼睛自然就不住地向前面看着。常德标在花格子门外向那边看去，小梅离得远，却是一点也不知道。常德标看看她雪白的脸、漆黑的头发，尤其是那双剪水似的眼睛，十分灵活。她上身穿了一件淡蓝竹布褂子，在外面罩着一条黑围巾，横腰束了一根花带子，越发显着腰身苗条。也不知道她是何原因，只管朝着外面笑，那个小酒窝儿一旋又一旋。心想，这个乡下姑娘，长得真是好看，怪不得姓李的这个小子到这村子里来，东也不住，西也不住，单是在这里驻脚。那小子穿着西装，嘴又会哄人，这姑娘哪有不上钩之理？凭俺和他这一点仇恨，俺也不让他讨了这位姑娘的便宜去。如此一想，立刻向韩乐余问道："刚才在这堂屋里纺纱的那一位大姑娘，是你什么人？"

韩乐余道："那是我的女孩子。"

常德标笑道："嘿！好一个姑娘，乡下真少见呀。韩先生跟前有几个呢？"

韩乐余道："就是这一个女孩子，半百的年纪，就剩了她解闷儿，我是很看得起她的。"

常德标道："只有一个姑娘，那自然应当疼爱的，将来给姑爷，一定是给家门口的人，不给外路人的了。"

韩乐余觉得这话绝对不是这毫无交情的人所应说的，心里十分不高兴，便淡淡一笑道："这种年月，儿女婚嫁的事，哪里谈得到。"

常德标笑道："你这话不对，越是天下不太平，家里有姑娘的人越是要早早送出门去，这也就省得娘老子还担着一份心事，这样看起来，你这位姑娘是没有给人的了。"

韩乐余不免将眉毛皱了一皱，回头一看他那紫色的横肉，又不愿将话得罪了他，便又笑道："现在哪有心谈这些事情呢？常连长今天是顺路到这里来呢，还是有什么公干，特意到这里来的？"

常德标笑道："在军营里的人，哪里能够乱跑，俺自然是有公事出门，顺便来看看你的。你这个人很开通，我愿意和你交朋友。"

韩乐余道："我一个乡下老头子，可有些高攀了。"

常德标昂着头四处看看，站立起来将鞭拿在手上，在空中甩了几下，甩得呼呼作响。

韩乐余道："连长就要走吗？我说泡茶请你喝的，茶还没有泡呢。"

常德标道："茶不必喝了，我在你家坐久了，你会疑心我又是来寻李守白为难的，其实俺已在村子里先打听了一遍，知道他跑了，也既是他怕了，俺也不和他为难了。"说着话，移步慢慢地向外走。韩乐余口里还说"其实喝一杯茶也就不耽误多大工夫"，但是他两只脚也是跟着人家一样，一步一步地接着向外送。送到了大门口，常德标忽然缩住了脚，把右手的鞭子递给了左手，右手和他握了一握道："我们是好朋友，我有话，就不能瞒着你，不是明天，就是今晚，我们的军队就要到你的村子里来的。我们那个团长凶得很厉害，他和人家要什么，就得给什么，你不能不提防一点。俺认你是个朋友，所以俺先告诉你，俺自然也是会来的，这个团长和俺沾一点亲，有事俺可以关照你一点。"说毕，又将手拍了一拍韩乐余的肩膀。

韩乐余只看他脸上这一副神情，就拱着手笑道："那真是感激不尽。"

常德标道："你不要看俺这脸上颜色带凶相，哪个扛枪杆的人会像白面书生一样？俺做事都是用性命去拼，什么也不怕，交朋友也是这个样子。"

韩乐余连笑着说是。常德标一伸鞭子，将韩乐余拦住，正着脸色道："你不要送村子外边，我还有一班兄弟在那里，暂时你不要跟他们见面。"

韩乐余又拱手又点头道："既是连长这样说，我就不必客气了。"于是站着不动。常德标将鞭子刷着路上，一步一挥鞭子，顺着脚步，走到了村子外，手举着鞭子，挺了腰杆子，哈哈大笑起来。在他这一笑声中，早有四个兵士由竹林子边迎了上去。常德标道："姓李的那小子不在这里，算白来了，可是也不算白来。"

有一个兵道："算白来，又不算白来，这话怎么说呢？"

常德标笑道："这韩老头家里，有一个小妞，长得不用提多么俊了。俺不讨媳妇就算了，要讨媳妇，就得讨长得这样俊的。"

那兵道："干脆，连长就讨这个小妞儿得了。"

常德标将眼睛笑成了一条缝儿，接着又摇摇头道："不成，这村子里老百姓多，我们这几个人要蛮来，老百姓准会把我们活埋了。等到我们团部移过来了，俺得和这老头子亲热亲热，在这村子里驻扎，那就好办了，天天在他们家鬼混，有了机会，俺就动手。"他说毕，哈哈大笑。那几个兄弟也就跟他笑了。

又一个兵道："那个姓李的小子就放过他去吗？"

常德标道："没有那便宜的事，韩老子说，他上铁弓堡去了。那个地方他怎么待得住。俺今天一个坏字也没提，你想上次的时候，让他找着了救星，把他救走了。这就为了俺太不把他放在心上，所以没闹出乱子来，就让他溜了，又让他躲了开去。俺现只装没事，等那小子来了，暗下把他做了。打仗的年头，死了一个客边人，那也稀松。俺多少有点小心眼儿，不像你们傻干啦。"

一个兵道："那小子躲开这里了，就是怕连长，他还能来吗？"

常德标道："没有这个小妞儿，他不会来，有了这个小妞儿，就有一种香气把他熏了来。一个人不吃饭可以，没有女人的香气，就不能过日子。有这小妞儿在这里呢，你怕他不来吗？哈哈！我像那打豺狗的一样，把这小妞当肥鸭子来做媒子，他要来吃肥鸭，就得钻进俺的铁网，送了他那条狗命。哈哈！我这叫一计害三贤。"

一个兵道："一计害三贤，这还只有两贤啦，还有一贤是谁？"

常德标笑道："咱们扛枪杆儿的，咬什么文嚼什么字，两贤也得，三贤也得，说鼓词儿就算这么回事。俺原想团部没移过来，先把那小子揍了，省得将来团长怪下来。现在打算暗干他，那就不在乎了。走吧，明天再来。"

说毕，手挥了鞭子，一路歪斜着走路，把几位弟兄带着走了。他这一走不要紧，把庄门子里一个人吓得面如死灰，站着靠了门呆住了。

原来常德标走出韩乐余家之后，韩乐余十分不放心，由小路绕过来站在庄门里探望。本来这离乱时节，乡下人无心工作，田地里并没有人，常德标走出庄门来，以为是在无人之所，一高兴之下，把心中的计划都用平常说话的音调说了出来。韩乐余在那半掩的庄门里听个清清楚楚。心想：这个野兽，他还要一计害三贤，若是不防备他，真会做了出来。据他说，明天团部就要移来，假使团部真移到这里来了，那个时候，这匹野兽兽性大发，如何是好？

他靠了门站住，不知道向外走，也不知道走回家去，只是发了呆，望了村子里出神。想了许久，他忽然将脚一顿，跑回家去。一进门便连喊几声小梅，小梅也知道父亲有什么急事发生，抢着跑了出来。

韩乐余道："收拾收拾东西吧，我们今天晚上进山去了。"

小梅道："那为什么前两天过兵的时候，不用得躲，现在倒躲起来了？我是不怕死的，谁来害我，我就用命拼了他。"

韩乐余道："我这大年纪了，你不怕死，我还怕死不成？不过死也要死得值，假使让人白糟蹋一阵子，死又死不了，那岂不是冤枉？"说着，就把刚才听得常德标说的话，挑那方便说的，一齐告诉了小梅。因问道："你觉得是躲的好呢，还是不躲的好呢？现在不是说硬话的时候，无论什么事，我们要有个商量。"

小梅道："若是照你的这个样子说法，那倒是躲开的好，只是我们这些东西呢？"

韩乐余道："逃命要紧，那也就顾不得许多了。"

小梅道："我看还是走不得。"

韩乐余道："东西丢了，有钱可以置得出来；性命丢了，那就没法子挽回了。"

小梅道："我并不是舍不得东西，你想李先生在和平村怎么知道我们搬走，倘若他糊里糊涂撞了来，岂不是自投罗网？我们在这里，还可以想法子在半路上给他一个信，叫他不要来。我们走了，他就上了人家的暗算，自己也是一点不知道呢。我们不知道事情倒也罢了，我们既是知道了，自己都逃命去，让人家来送死，这话怎说得过去？"

韩乐余急于要逃走，没有想得周密，正是不曾顾虑到这层，于今说明白，就这样把李守白的事置之不问，倒是不好。于是心里踌躇起来，背了两手在身后，在堂屋里踱来踱去。忽然将脚一顿道："说不得了，我父女两人顺着大路，一齐到和平村去，既可以躲开这个姓常的，也可以阻住李先生省得他来。"

小梅道："这也不妥，和平村驻扎大军，我们这一老一少，跑到那地方去，哪里安身？"

韩乐余到了这时，索性也不和自己姑娘说话了，只是背着两手，不住地在堂屋里踱着来回步子。小梅坐在一旁，看到父亲那种为难的样子，肩膀微微一抬，鼻子窸窣几下，就哭起来了。

韩乐余道："这倒怪了，我又没说你什么，你为什么哭？"

小梅道："我不是怪你说我，我看到你这种为难的样子，心里怪难受的。"

韩乐余听到，倒不由得扑哧一声笑了，因道："让我为难的是你，怕我为难的又是你。女子就是这样的，无论有天大的本领，到了无可奈何的时候，还是一哭了之。你也不用哭，我现在有个好些的主意了，我们走还是走，就在今天晚上，我让二秃送你到山上姑母家去，我自己呢，还是到和平村去。"

小梅道："那更不好了，我去逃命，倒让你跑上那危险的地方去送信，那还不如两个人一路走，还免得人家骂我呢。这不行！"

韩乐余摇摇头微叹着道："这又不行，那又不行，只要这样不行一天，也不用得逃走了，那姓常的自然会来。那个时候，就一点不为难了。"

父女二人只管在堂屋里辩论，始终是没办法。

第十章

不是冤家不聚头

看看太阳西坠，这一天，又要过去，若是不解决，今晚要收拾逃走就来不及了。韩乐余叹了一口气道："好吧，不用发愁，我们都不走，在这里等着常德标来捣乱就是了。"

小梅噘着嘴道："要走就走吧，我决不能娘老子不管，惹下大祸来。"

韩乐余有一句话正待迎向前说出来，二秃由后面跑了出来，将手一摆道："老先生和大姑娘说的话我也听出来了，这实在用不着为难。二位只管躲开，我在这里守家也好，要我到和平村去也好，我总想法子，不让李先生上那常德标的当。"

韩乐余道："你这一番意思很好，难道你自己就不怕死吗？"

二秃皱了眉道："我看到老先生和大姑娘都很为难的，终不成大家就这样拼着等死。我不过是你家一个长工，那姓常的若是讲理，自然不会为难我，就是不讲理，把我打死了，和他又有什么好处？我也看破了，这样的离乱年间，多活一天，少活一天，那不吃紧。"

韩乐余摇摇头道："这有点不像话，我们父女都去逃难了，只把你一个人冒了危险丢在这里看家。"

二秃道："这是我自己情愿的，又不是老先生逼我这样的，有哪个说什么话？"韩乐余坐下来，两腿架着只管颠簸，一人在那里出神，许多静默的时候，结果只是摇了一摇头。这不用说，分明还是觉得不能办。二秃站在堂屋中间，望了他父女也只是出神，用手搔着他那稀松的短头发桩子，望了小梅道："大姑娘，我看你就不要为

115

难了，你爷俩不走，我在这里又哪能走，你就只当自己没有走，还留我在这里就是了。要走就快些收拾东西吧，现在军队开动都是夜里，凑巧他们又是晚上开到了，那就要逃走也逃不了呢！"

韩乐余也望了小梅道："他是个忠厚人，说出来自然是做得到，你看这件事应当怎么样办？"

小梅皱眉道："你都没有主意，我哪里又有什么主意！"

韩乐余道："既是如此，不要埋没了他一番好意，我们走吧。"

二秃一拍大腿道："就是这样好，你们走了，这大门倒插一把锁，我也不住在家里的，整天就在大路上等着。只要李先生一来，我就把他拦了回去。"

小梅坐在一张椅子上，两手抱了膝盖，也是在那里偏头设想。她用手咬了一下嘴唇皮，目光微射到二秃身上，见他那黄黑的脸上不时地发着苦笑，向他摇一摇头。二秃道："怎么样？大姑娘，你看我不行吗？"小梅道："不是说不行。你往常是很怕事的人，不料你今天有这样大的胆，敢一个人留在村子里，以前我真是小看你了。"二秃听了姑娘这样奖励的话，又伸着手不住地搔头发。

韩乐余笑道："三个人的意思，有两个人是这样，我也就不执拗了。那么，我们赶快就去收拾东西，我们是逃命，不用带许多东西，只要有两个包裹包些东西就是了。"

小梅到了此时也就觉得非走不可。有了二秃从中帮忙，也就不必再辜负人家的盛意了。于是跟了韩乐余一路进房去，忙着收拾包裹。在收拾的时候，自己心里也有一种说不出来的感觉，仿佛是有许多事情没有告一段落，暂时不能走。然而仔细想起来，却又说不出有一种什么事情没有结束。一直收拾到晚上两点钟，二秃和韩乐余已经在柴房里，挖了一个大土坑，除了木器家具而外，稍微值钱的东西都用稻草包扎好了，一齐放到土坑里去。然后用土掩盖，洒上水，用脚踏平了，再在上面盖上乱柴捆把。远处一看，并没有什么破绽，于是放了心做好一餐晚饭，父女二人饱餐一顿，提了包裹悄悄地走出庄去。二秃送到庄门口，真个是洒泪而别。

到了这时，夏日夜短，也就快到天亮的时候了。二秃回到家去，将门户重新检点一遍，他也不敢睡，心里想着：不要在这个时候，李先生偏是来了，我还是到大路上去等着他的为妙。如此想着，就倒锁了大门，趁着天色微明，走上往和平村的大路上来。大约走了二十里路，已经遇到包旅长的侦探，早有一个兵，喝了一声，喊出口号来。二秃不知道什么是侦探兵，也不知道什么叫口号，人家喊出来，他只停住了脚，并没有作声。所幸这是包旅长的后方，情形并不怎样的严重，所以他虽然答不出口号来，那兵士端了上刺刀的枪由稻田里钻出，枪口直对了二秃的胸口，二秃啊哟一声，人就向地上一蹲。那兵看他那样子，是个真正的乡下人，便喝问着要上哪里去。二秃蹲在地上，两手拱了拳头道："老总老总，你听我说，我有亲戚住在和平村，我要去看看他。"

　　兵道："你是哪里人？"

　　二秃道："我是安乐窝的人。"

　　兵道："你不知道和平村有大军吗？快回去吧，前面到处是兵，难道你不怕吃枪子？"说着，将端着的枪向前伸一伸。二秃刚要起身，一见之下，身子又向下一蹲，口里只管哎哟，两手乱摇着。那兵笑道："你去吧，也犯不上和你为难。"

　　二秃站起来，走一步，回头看一下，一直走了二三十步，拔开脚来，拼命就跑，跑了二里之遥，才喘过一口气，慢慢地走。心里也就想着：还不曾到就这样难走，在那里住着的人，岂能便便宜宜就出来了？那个李先生也用不着我拦阻他，自有兵把他拦住了。

　　如此想着，缓缓地就向安乐窝走，他想着，回家以后，只有一个人了，这倒显着寂寞，不如在村子外找个阴凉地方先睡一觉。自己绕着庄子走了一个圈，既怕拦了兵的来路，睡梦中被人打死，又怕万一李守白回安乐窝来了，自己会不知道。因此走了一个圆圈，还不知道在什么地方安歇为好。在路边走着，直入一排杨柳绿荫之下。这里是有两阵清风由水稻田里吹了过来，拂到人身上，觉得很是爽快，但是这种爽快，并不能振作精神，倒引着人像喝了酒一般，更是沉沉地想睡，于是看看地势高低，就迎风躺了下去。

头只一沾着草皮，这人就昏天黑地，身外的事一概不知了，正睡得有味的时候，忽然有人大叫大哥。二秃倒吃了一惊，跳起来一看，却是一个五六十岁的老头子和一个十八九岁的小姑娘。那老头子挑了一担简便的行李，那姑娘手上也提着个包袱。自己揉着眼睛，向老头子望了一望，问道："你老人家找错了人吧？"

那老头子索性将担子放下，赔着笑脸道："我是问路的。请问，这村子就是安乐窝吗？"

二秃道："这样一个大村子，你还有什么不明白的？"

那老人道："请问，有一位姓李的李守白先生，在这村子里什么地方住？"

二秃不由得先咦了一声。

那老人道："你也认识那位李先生吗？"

二秃摇头道："我们这村子里的人都姓韩，他是由北京来的人，我哪里会认识？"

那位老人道："大哥不认识他，怎么知道他是由北京来的呢？"

二秃伸着手，又在头上搔起痒来，因道："你说吧，你们是怎么知道他到这村子里来呢？"

那老人道："我姓孟。"

二秃笑道："哦！明白了，你是在永平城开孟家老店的，对不对呢？这位姑娘李先生也提到过的。"说时，偏头向人家望着。

这来的正是孟老板和贞妹，孟老板笑着点头道："这位大哥就不用推托了，请你带我去见李先生。"

二秃依然望着他，现出一点踌躇的样子来道："我不大认识他。"

孟老板笑道："你这位大哥，说话有些过于老实了。李先生都和你提到了我们，你这位大哥还说不认识他，这岂不是很奇怪？"

二秃一想，这话真没有可推托的了，便道："他来是来了，因为有人和他为难，他已经逃到和平村去了。"贞妹望了孟老板，呆住了并不说话，孟老板无话可说，也是望了贞妹。二秃一看这里面很有

118

意思，便道："我看你二位找不着李先生，就好像为难，有什么事托他吗？"

孟老板叹了一口气，皱着眉道："说也是无用。"

二秃道："你二位好像是到这里来逃难的，但是我们这里也是不大太平。在大路上站着，也不是办法，请你到我们家里去坐坐，也找点吃的。"

孟老板望了贞妹道："已经走到这里了，我们也只有先见见韩老先生再说。"

二秃道："我们老先生和大姑娘也走了，只剩下一个空家。"

贞妹听了这话，脸上似乎又发生一点笑容道："既是这样，那也很好。"

孟老板不作声，于是在前面带了贞妹走。到了韩乐余家，二秃开了大门，引他父女二人，先到厨房里去烧火，让他们在堂屋里坐下。贞妹一看这人家，果然搬得空空的，是个避难的样子。走进村子来的时候，她不见有什么人，逃难的当然也不止这一家，分明这地方是很危险的。她坐在堂屋里不住地向屋子四处张望，两道眉毛是格外深锁。等二秃搬出茶水来，贞妹再也忍不住了，就问道："这位大哥，你说有人和李先生为难，但不知什么人要和他为难？"

二秃向着她望了一阵，微笑道："你应该明白，就为的是你呀。"

贞妹听说，倒吃了一惊。孟老板抢着道："我们住在永平城里，相隔好几十里路，这里有事，与我们父女什么相干？"

二秃肚子里有这一段故事，自觉也隐忍不住了，于是就把常德标两次前来寻仇的事说了个详细。孟老板道："这样说，我们简直不能在这里停了。"

贞妹道："在这里能停脚不能停脚，我们不问，但是为了我们的事连累了李先生，我心里十分难过，若是有了三长两短，我们对得住人家吗？"

孟老板道："依着你哪么样？"

贞妹道："依着我，不管这里能停脚不能停脚，好在这里有的是空房子，就在这里住下了。若是那常连长来了，我就挺着身子出来和他谈一谈，有什么罪，叫他只管和我们为难就是了。"

孟老板道："他有那样一个不讲理的哥哥，这本人恐怕也是不好惹的。"

贞妹本坐在一张方凳上，扭转身躯，一手撑了凳子沿，一手反过来，捞住她搭白绒绳的辫梢，将辫梢在衣襟上涂抹着字。孟老板道："你想想，我这话不是很可以盘算盘算的吗？"

贞妹突然向上一站道："我没有什么可盘算的，我决计住在这里不走，假使那个姓常的要和我怎样为难，我就只当吃了他哥哥的亏。天大的事，不过是丢了这条贱命，我也愿意早死，到黄泉路上赶快去追我那苦命的娘去。"

孟老板道："你的志气是很好，就怕事情不由人算。"

贞妹道："我也不见得就死，就算我死了，还有两个哥哥呢。"

孟老板道："你两个哥哥跟着军队去了以后，一个字迹也没有寄回来，知道他是有命没有命？"说时，望了贞妹，含着两包泪水，几乎要哭出来。

贞妹道："据你老人家的意思，还是丢了李先生不问，只管逃走了。你想，这位韩家大哥和这件事一点没有关系，都肯在这里等着，我们把人家闹到性命攸关的时候，自己不知道也罢了，现在自己已经把这事访得很详细了，倒问也不问，将来有什么脸见李先生？就是不见李先生，我们这良心上又怎么说得过去？"

孟老板当着二秃的面，真没有法子可以把贞妹的这句话驳倒，点着头道："好吧，我们住下来再说吧，今天我走累了，再走也是走不动的。"

二秃道："你二位说了半天，我倒有些不明不白，既是说在城里害怕，为什么还到这里来呢？"

孟老板道："不瞒你说，我两个儿子，一个当兵去了，一个当夫子去了，我跟前只有这个姑娘，我是很疼她的。前几天城里头谣言很大，接着又是飞机到城里去抛了两回炸弹。有一个炸弹，就落在我们隔壁，我再要住在城里，就算不怕死，也是坐立不安、神志不定。所以就带着我的姑娘出城，打算到山上逃难去。上山本来不用走到这里来，我这位姑娘也是念着李先生救命的恩人，特意绕了道，由这里上山，打算看看李先生。真是不凑巧，得到这样的消息。"

二秃笑道："这是我不好了，不该把这些话都告诉你，现在你要是走，怕对不住人；不走呢，又怕姓常的和你们为难，这果然是不好办。我看你们还是走，李先生在和平村大概是不会回来，就算是回来了，有我在这里也可以想法子让他回去。倘若你二位怕面子上抹不开，我可以瞒着不对人说，就说你们没有来。那么，就不会丢面子了。"

孟老板红了脸道："这位大哥说话……"说到这里，他这句话无法子向下说了，只是两手互相搓挪着，口里不住地吸着气。

贞妹道："你这位大哥，话是说得不错，但你没有听见我说过，不打算走吗?"

二秃伸手搔了一搔头发，微笑道："我不会说话，你二位不要见怪。"

孟老板向贞妹点着头道："我就依了你，在这里先住一住，但不知道这里好住不好住?"

二秃道："现在，这里就算是我的家了，我就可以做主。就请你在这里住下吧，我马上可以替你二位做饭去。"说毕，就向厨房里做饭去了。孟老板这也用不着客气了，将东西送到内室里去，当天就在韩家住下。

吃过了晚饭，各自安歇，贞妹一人就住在小梅的卧室里，因天气很热，开了窗户，放进风来，也不上木床睡，搬了三个方凳子并拢在一起，拿了一个草席枕头，横挡了窗户睡着。屋子里并没有灯火，由窗子里向外看去，看到一大片星光布满天空，那星斗射出一些微渺的光线来，可以隐隐地看到屋子里的桌椅。心里就想着:这么好的屋子，主人翁不能享受，让我住下了。但不知道这姑娘现在又落到了什么地方去。可是那个常营长的兄弟一定是很凶的，不但对于李守白要他的命，就是对于韩家大姑娘，他也要起一番歹心。像我这种人，他哥哥死在我手里，他能不要我的命吗……想到这里，一阵啪啪嗒嗒的杂乱脚步声随着晚风由窗子外吹了进来，接上呜呀呀几声马嘶，在寂寞的长空里震破人的耳鼓，令人心中起了无限的恐怖。这分明是韩家大哥所说，军队开拔来了。这军队里面一定有常连长在内。不如把父亲叫醒了，马上就离开这里吧。

如此想着，更睡不着了，便坐了起来仔细想想，想了几遍，于是由屋子里走了出来。孟老板本住在韩乐余屋子里，只相隔了一间堂屋，贞妹只要三步两步就走到前面了。但是自己走到堂屋中间，听到孟老板在那屋子里鼾声呼呼作响，心中一想，他在这个时候睡得正酣，把他吵醒了，他摸不着头脑，一大声说话，让韩家那个大哥知道了，以为我们要逃走，那是加倍难为情。想到这里，脚步简直移不动了，手边下正有一把椅子，手里摸着，就随身坐了下去。抬了头向天井外面看着，那满天的星斗在晚风横过天空的时候，却是闪闪作光。屋脊外那杨柳梢不住地摇摆，仿佛真有一批鬼影在半空里活动一般，立刻全身毫毛根根直竖，掉转身来，就向屋子里跑。一人坐在屋子里，手摸了心口，只觉得怦怦乱跳。转念一想，何必做个半截汉子？留在这里也未见得就死。逃走的念头就根本取消了，只是心里有了事，无论如何也睡不着。躺不了一会儿，还是坐了起来，心里还念着要逃走。就是这个时候，再不逃走，就过去了。她自己也不解是何缘故，一个人由前想到后，由后又想到前，始终是不能解决这个重大问题。坐了一阵，复又躺下，只见一个拿鞭子的兵士跑了进来，拦腰就是一搂，自己大叫一声，由梦中惊醒。睁眼看时，窗子外依然送进星光来，原来还是不曾天亮，心里扑通扑通跳了一阵。心想：这常连长真是这个样子吗？若果然是这样的，那真要了命。现在消磨了大半夜了，纵然想逃走，也是来不及。只得坐着发了一阵呆，又躺下去。但是刚一闭上眼睛，不是看到一群兵，便是看到李守白，要不然就是那个死了的常营长站立面前。整整地闹了一晚，直待天色大亮，才觉心事略定。在十分疲倦之下，倒睡

122

着了。还是孟老板见太阳高照，她还不曾出房门，就在房门口叫了一阵。

贞妹坐着先揉了一阵眼睛，然后走出来，孟老板低声道："你这孩子太大意了，现在这里满村子都是兵，韩大哥没有敢开大门，爬在墙头上对外面看了一看，家家都有兵闯了进去，这倒很奇怪，为什么这一家他们就没有人来呢？"

贞妹听了这个消息，脸上青一阵白一阵，手扶着门框，一步移不得。

孟老板道："都是你这孩子胡乱出的主意，昨天叫你出门，你无论如何不肯走，现在满村子都是兵，你又有些害怕了。"

贞妹一顿脚道："我害什么怕？我决不害怕，我拼了这条性命不要，豺狼虎豹来了，我也不怕，漫说是大兵。"

孟老板道："怕也是不行，于今是出去不得，还只有在家里等着大祸临头呢。"

贞妹微微一笑。孟老板皱了眉道："亏你笑得出来。"

贞妹道："为什么不笑，我这条命，现在不是过一日算一日，是过一刻算一刻。趁着我还能笑，我就说说笑笑，等到不能说不能笑的时候，想笑也不成呢。厨房在哪里，我要去烧水做饭，这是女子的事，不要让那韩大哥老替我们做了。"

孟老板虽是替着自己女儿担下二十四分的心，然而事到临头，实在白发急也是无用，只得将贞妹引到厨房里去，让她去做饭。

过了半上午，还是无事，大家将饭菜端上桌来，他父女和二秃只吃到一半，只听得大门外边轰通轰通一阵乱响，正是有好几个人在捶门，二秃和孟老板都面面相觑，作声不得。

贞妹道："你们怕些什么，这一扇门就挡得住大兵吗？倒不如把门开了，让他们大摇大摆进来。那时候，他们爱怎样，就由他怎样，还能对我们怎样呢？"她在这么议论着，那外边的大门轰通轰通是拍得很响。二秃呆了，走不动，贞妹跳了上前就去开大门。门只刚刚开了一条缝，早是四五个人向里面一拥，当先一个，就是二秃所说

123

的人差不多，望着贞妹咦了一声。贞妹也不作声，低了头就在前面走。二秃在堂屋门口，满脸堆下笑来，叫了一声"常连长"。

常德标笑道："怎么回事，又换了一个人呢？"说着，用手向贞妹指道，"这个姑娘是哪里来的？"

孟老板笑着出来，拱了拱手道："她是我的姑娘，我们是逃难的，由这里经过。"

说着话时，只见他身后跟了十几名兵士陆陆续续地走进来，那些人也不用人招待，也不要上官发命令，就各人把枪放下，在天井中间架着。他们都在堂屋外站着，堂屋里只有常德标一个人。他笑着向贞妹的脸望着，点了点头："这位也长得不含糊，是由永平城里来的吧？我听到你们说的是县城里的话啦。"

贞妹低了头去捡桌上的饭菜，并不敢说什么。

常德标对二秃道："你们自己的大姑娘哪里去了？"二秃道："她和我们先生到山上去了。"

常德标笑道："我算是白用了一番心了，老实告诉你，我昨晚上就运动了我们团长，把这一幢房子，让给我们一连人住，我还怕会出什么毛病，又派了两名弟兄守在这大门口，所以让你关起大门来吃饭，太太平平地到了现在，原来她倒是逃跑了。嘻！真是可惜。"说着，把脚顿了一顿。他在堂屋中间，站了一小时，偏了头想着，又一笑道："究竟还不算白来，在这里又遇到一位了。"他说这话虽是二十四分的唐突，但在堂屋里三个人，谁也不去理会。

贞妹捡起了筷碗，自回厨房里去，常德标站在堂屋里，微笑着看了她的后影，并不说什么。他出了一会子神，就走到天井里向大家一挥手道："你们现在可以自找地方去安歇了，堂屋后面有两间房子，要留给人家自己，其余的屋子就随便。这里住不下，你们就住到左右两隔壁去，我是在这里住定的了。"说着，他就打了一个哈哈。只他这一声，屋子里和天井外的人，少不得都有一阵忙乱，贞妹和孟老板都睡到后面一间厢房里去，堂屋边韩乐余住的那间房却让常德标住了。他等兵士们在这一连三幢民房安顿之后，自己就端了一把椅子，拦门一坐，两只眼睛只管向后面注视。

贞妹知道他绝不能安静无事，心里也就想着，等他什么时候动手，什么时候再向他抵抗，好在自己下了决心，生死置之度外，静等他来算命，不必怕他，也就不必躲避，依然不断地到厨房里做事。而且常德标去看她的时候，她也回过脸来看常德标，心里想着，反正是跑不了的，你看我，我就让你看，你总不能马上把我吞吃下去，我还要看看你呢。

常德标见她如此大方，心中也有些奇怪，这位姑娘真有些不同平凡，来了这么些个大兵，她还没事似的，难道她还有什么靠山吗？慢着，这事不要胡来，得先打听打听再说。原来见着贞妹，就有一种嬉皮涎脸的样子，以为先打动她的感情，不要静等那时候蛮来动手，现在一想到她或者有靠山，对她太用轻薄的样子也是不好，因之立刻收了笑容，只是闲闲地坐着，脸向了外边，本想把孟老板叫过来，先问他两句，又怕他若是有所恃而来的，绝不能说实话，因之等二秃走过来，向他招了招手，笑道："这位兄弟，你带我到村子外去玩玩儿。"

二秃起了好久的意思，想溜出大门去，以为若是李守白来了，便可以拦住他，可是无故出去了，又怕受常德标的斥责，现在常德标叫他一路出去，正中下怀，就跟在后面踱出去。

常德标先不说什么，直等到了村子外，回顾身后无人，才向二秃淡淡地笑道："秃子，你要命不要命？"

二秃听他突然说出这句话，连忙双膝一跪，向他拱着拳头道："哎哟！老总，你就饶命吧。我没有敢得罪你。"

常德标笑道："你起来，我也不至于就要你的命！我问你的话，只要你答应了，我就不难为的。"

二秃一面站起来，一面还拱着手道："啊哟！你说吧，我知道的我就说。"

常德标道："我问你，你们家来的这一男一女是什么来头？那样大模大样的。"

二秃道："他们是在永平城里一个开饭店的罢了。有什么来头！"

常德标道："什么？他是开饭店的。"

二秃道："不是和你有仇的那个店老板，你也不要弄错了。"

常德标且不理会二秃的话，抬头望着天，想了一想道："哦！哦！俺明白了，她知道姓李的在这里，也来找他了。不过他们找李守白和我找李守白有点不同。我找他是报仇，人家找他可是报恩呢。好吧，我们来结一结这盘总账。咦，果然是结总账，他也来了。"说时，他把那不离手的竹鞭子向前面一指。

二秃看时，身上打个冷战，暗叫两声"糟了"，马鞭子所指之处，正是李守白由大道上慢慢走着来了，李守白在大道上正也看到常德标和二秃，他略微站着顿了一顿，依然还是一步一步走上前来。他二人正是站在路头上的，李守白也不踌躇，一直走向他们的面前，手取下草帽，和常德标点了个头道："常连长，今天我们又遇到了。"

常德标哈哈笑道："俺看见了，你远远看到了俺，想逃回去呢。你想着，趁空到这里来看看你那个心上人，不想到这样巧，就遇见了俺。可是天下的事，哪里说得定，你以为碰俺不着，就偏偏碰着俺了。这叫作冤家路窄，一点没有错。"

李守白笑道："好汉做事好汉当，我躲什么？但是你老寻着我为难，这事有些冤枉。请你想想，你哥哥犯了那个大的罪，就没有饭店里的事，他不和我一路去见王师长，难道王师长就放过了他吗？"

常德标冷笑着，摇了一摇头道："那个俺不管，倘若他是王师长派人抓了去的，死一千个，死一万个，俺也不替他说一句冤。但是你把他带到师部里去，你没有带他回来，俺就不能不说你多事。"

二秃站在一边，只管发抖，抖得几十个牙齿嘚嘚作声。常德标提起脚在二秃腿弯后轻轻踢了两下，笑道："你这个无用东西，人家事主儿都不怕，你又怕些什么？"

李守白笑道："我们有话不妨讲开，常连长屡次三番地要找我，打算怎么样？"

常德标道："俺找你干啥，俺要你的命，替俺哥哥报仇。"

李守白道："你要我的命算什么？你要这全村里人的命也不足为奇，因为你身上带得有枪，别人身上可没有。假使你现在是个新闻记者，我是个连长，又都在阵地上，这样要人性命的话，我也敢说，那又算得了什么？"

常德标道："听你的话，你是说俺仗势欺人，对不对？那也不要紧，俺做个好汉，不要手枪，比对比对，对揍一阵。俺揍死了你，算报了仇；你揍死了俺，你就闹个双份儿，算是斩草除根了，那还不好吗？"

李守白道："你欺负我是个文人就不能和你拼吗？"

常德标冷笑道："俺只晓得遇着你就要你的命。跟你对打，就是二十四分客气了。你若是怕了俺，不敢和俺打，俺也不逼你，只要你当着俺的兄弟们朝俺磕三个头，叫俺三声亲爹，俺就饶了你了。"

李守白听了这话，不由得在胸前一拍道："你一再逼迫，我就不要这条命也要和你见个高下。"

常德标将手上拿的竹鞭子向稻田里一抛，两手连连拍了几下道："好极了！好极了！就是那样子办，你说要在什么地方动手？"

李守白道："什么地方动手都可以，不过我是为了一件公事来的，我要先到村子里去见一个人，交代几句话。"

常德标笑道："你有什么公事？你不过要去看你那个心上人罢了。俺和你拼命，要拼就是这一下子，若是让人知道了，一定有人来劝和，这命就拼不成。"

李守白手上只提了一个小手提箱子，于是拿箱子向路边一抛，将外面西装脱下，露着衬衫，气呼呼地卷着衬衫袖子，连道："来来来！"

常德标摇了一摇头道："不行，这村子门口大路上，来来往往的人很多，看见俺和你打架，一定说当兵的欺负人，就是俺营长知道了，俺也犯了军规。要打就躲到村子后面去打，打死了，把人往水塘里一丢，干干净净。"

李守白道："好！就是那样办。"于是又穿起了西装，手提着皮箱，和常德标顺着小路向村子后面走了去。那二秃站在一边，本来听得呆了，这时见他二人向村子后走去，心想劝架，看看常德标那凶狠的样子，却又不敢上前，他忽然掉转身子就向村子里跑了去了。

这边李守白跟常德标到了村子后一个野塘边，正有一个草地，却是一个绝好的比武所在。常德标站定了，用脚拨了拨草皮道："就是这里了，你看怎么样？"

李守白一路走来，心中却有点后悔，心想，他是一个无知的粗人，自己拿了性命和他去较量，未免不值。再说他当兵多年，终日锻炼着身体，当然是有气力的。自己是个文人，气力如何敌得过他？和他比武，岂不是有心送死？刚才不该和他斗气，慢慢和他讲理就是了，现在和他到村子后去动手，正是中了他的计，要让他饱打一顿而死。如此想着，心里就不免怦怦地有些跳动，然而跳动尽管是跳动，面上依然要二十分的镇静，以免出什么毛病，让人讥笑。

常德标问了他一声这里怎么样之时，他也就哼着答应了一声。常德标道："好！我们就动手吧，不要让村子里的人追来了，会替俺们劝和的。"

李守白道："慢来，我还有两句话要交代。我们两个人动手，不定谁打死谁，我要打死了你，那不必提了；你要打死了我，我还有许多公事私事没有交代，不大妥当。请你等十分钟，让我写两封信，我死了，这两封信交给你，请你给我寄出去，你肯不肯？"

常德标道："你想事后我犯案吗？"

李守白道："你这话有些不通了。我死了，这信在你手上，发不发权在于你。设若信上写了冲犯你的话，你可以不发，你看了不会带累你犯案，你才发出去呀。"

常德标道："好，我就让你写这两封信，你身上有铅笔吗？没有铅笔，我可以借给你。"

李守白道："不用，我有自来水笔。"说着，放下小提箱。身边有个高田坡，自己站在坡下，将日记本子掏出，撕了两页日记本子，伏在田坡上，取下胸襟前口袋上夹的自来水笔，就向日记纸上写。

128

说也奇怪，这样热的天，自己竟会像在四九寒天一样，拿着自来水笔的手只是抖擞个不定。同时自来水笔的笔尖也不灵活了。刚向纸上一按，便有一大点墨水落了在上面。心想既是说了和他比武，打死就打死，千万不能在敌人面前露出怯懦的样子来。因之自己将自己的牙齿极力对咬着，将滴了墨水的那张纸，搓挪成了一团，然后再取一页日记纸来写，开首只写了一行字："双亲大人膝下，儿作此书时，已命在顷刻矣。"写到这里，便想到首先要解释"命在顷刻矣"五个字的缘故，这一下子可显着麻烦了。趁着写下去，不定要写多少字，才可以解释清楚。若是不解释清楚，就这样写下去，恐怕不要十分钟写不了，十个十分钟也写不了，这是如何向下写呢？因为如此，于是一个字也写不下去了，只是向着那张纸发呆。

常德标喊道："朋友，你的信写完了没有？十分钟已经过了八分钟了。"他身上也带有铁壳子表。这时，拿出来，伸到李守白面前照了一照。李守白也不要看表，将刚才写的日记本子又是一撕，揉一个纸团，向地上一掷，一顿脚道："不用写信了，打死就打死了，往家里带个什么信！"

常德标道："你不要以为我催你你就不写呀。你只管写，现在还有两分钟的工夫呢！我既然答应了你十分钟的工夫去写信，我一定做十分钟的人情，你不去写，就不怪姓常的失信了。"

李守白道："不怪你，这是我自己情愿的。"

常德标将两只手胳膊用手互相搓了几下，向草地中间跳道："姓李的，来来来！"

李守白也忘了脱西装了，正待向前一奔，直扑常德标，远远地却有人举着手在空中乱摇，喊着道："打不得！打不得！"

常李二人听了这话，都远远看了去，就没有动手。

第十一章

以直报怨以德报德

李守白正要和常连长拼个死活，忽然远远有人跑来，大叫打不得。回转头来看时，来的却是孟贞妹，常连长还知道一点她跑来的缘由。李守白看到她，便觉得是飞将军从天而降，吓得向后退了两步。

常连长两手插了腰，瞪了眼向她问道："你难道不怕死？跑来搅乱我们做什么？"

贞妹道："我不是来搅乱你们，你们要打架拼命，也只管去打架拼命，我一点力气没有的人，怎么拦得住你？但是这件事是由我而起的，我到了这里来了，我就可以说两句话。"

贞妹跑得脸上通红，说着话，还只管气吁吁的。

常连长道："你有什么话说，你说你说！说完了话，我们好打架，打架就是趁一口气，把这一口气咽下去了，就打不起来了。"

李守白根本就不明白贞妹何由而至，这时叫她说话，你叫她说什么，因是只瞪了两眼望着贞妹。

贞妹定了一定神才道："常连长，我知道你是个好汉，但是做好汉有做好汉的道理。"

常连长道："你怎么说出这种话来，难道我常某人还不够做好汉的，你说什么叫做好汉的道理？"

贞妹到了这里，胆子更大了，鼻子里重重地哼了一声道："做好汉的不就是说公道话，做公道事，帮着可怜的人打不讲理的人吗？"

常连长道："这话算你说对了，可是还有一层，就是做好汉的人不肯受人家的欺。姓李的欺侮过我，所以我现在要报仇，你说我是哪一点子不够朋友？"

贞妹冷笑一声，摇了一摇头道："你们有能耐？不过找软的欺侮罢了。日本人来十几个兵叫你们整队地让开，你们哼也不敢哼一声。你哥哥怕日本兵，让你们师长枪毙了，你不害臊，找人家斯文人出气。你这算好汉吗？李先生你也不对，你这人白算念了一肚子的书，还不如我一个开饭店的姑娘呢。你有那个能耐和常连长拼命，你不会打日本去？"

她口里如此说着，那眼珠不住地向常连长身上瞟来。李守白看她那情形，心中早明白了个透彻，就含着笑容，向她一鞠躬道："姑娘，你骂得好，我惭愧死了。我也是没法子，这位常连长他总不肯放过我。"

贞妹道："不能够，他自己说他是好汉，不会不分皂白，也许是你把话气了他。"

常连长望了李守白，冷冷地道："难道我和他这一档子事就罢了不成？"

贞妹道："罢了不罢了，我不知道。人家共和军、定国军，为了对付日本，仗都不打呢！你那点误会，还算什么。你真要报私仇你也当去找你师长王老虎。是好汉就得分个是非。"

常连长沉吟了许久，将手一拍大腿道："罢！难道我在外面混四方的人，倒不如一个小姑娘懂情理。李先生，我们先讲和吧，将来再说。"

李守白伸出一只手来和他握了一握，点头道："常连长随便你，反正我居心无愧。"

贞妹见他们两个人的手还握着，抢一步上前也将一只手按住在常连长的手背上，望了二人的脸道："我们是君子一言……"

常连长将两手一拍道："快马一鞭，有哪个说话不算话，是他妈畜类养他出来的。"

李守白又执着他的手，握了一下道："姓常的，我们先交一交朋友，这里不是谈话之所，我们都到韩先生家里去，先去扰他两杯，这一件痛快的事，应当让他知道的。"

常连长道："成，我们交了朋友了，什么都好说，你把衣服穿起来，别再像那打架的样子。"

李守白在草地上捡起他那西服上身，向身上一套。贞妹站在一边，看到衣背后，很沾着几根长刺的枯草，于是走进一步，用两个指头在衣服上钳下来。常连长看到，微笑着，只管把眼色飘到她身上，肩膀抬了两抬道："你两个人交情不错。"

刚才那样死在眼前的机会，贞妹放开了嗓子说话，一点也不怕，现在就是常连长这样一句话，臊得她满面通红，向后一缩，简直哼不出一个字来。李守白明白了，摇摇头道："常连长，这很不算稀奇，现在男女平权时代，一样交朋友，你是和这位大姑娘不熟，你若是和她熟了，这位大姑娘非常大方，可以把朋友待你的。"

常连长笑道："好！我记着你的话，若是有那样的一天，我请你喝两杯。哈哈！不打不成相交。走吧，我们到韩家喝酒去。"

李守白穿好了衣服，提着小行囊就在前面走，常连长、二秃、贞妹同在后面跟着。走上了大路，只见孟老板靠住一棵弯曲的树干站定，动也不动。李守白走近前来，他也不知道招呼，贞妹抢上前一步道："爹，你怎样了？李先生招呼你呢。"

李守白正向着他叫了一声"孟老板"，孟老板向了贞妹呆望着道："又要到哪里去打？"

贞妹道："不打了。三言两语，我把他们劝和了。"

孟老板望了大家，还不曾再问出来，常连长一抽手道："龟孙子骗你，我们不打了。君子报仇，十年不晚啦。走，陪着俺去喝一杯。"

孟老板看看大家的样子，果然不像要打，于是随着走到韩家来。李守白进门之后，不见韩乐余父女，问起二秃，才知道是弃家逃走了。李守白认为他们是逃兵灾，却不曾料到原因在常连长身上，所以并不多问，就只叹了一口气道："这样丢家逃走的人，也不知道有多少，这话又说回来了，日本人真打起来了，国还不保，丢了家又算什么？"

常连长笑道："朋友，别发牢骚，俺山东老侉说干就干，不愿意说那一担子废话，今天有酒，俺们先喝。"说时，望了二秃道："你们这儿有酒吗？"

二秃道："只有大半罐子酒，埋在柴房后面土里面，还要慢慢去刨呢。"

常德标将桌子一拍道："有就拿来。这年头儿吃喝都捞个现的，留着做什么？"

二秃什么话也不敢说，到厨房里找吃的去了。不多一会儿，二秃由厨房里陆续捧出三个大盘子来：一盘子煮猪肉、一盘子煮鸡蛋、一盘子煮青菜。摆了五双杯筷，捧出三大瓦壶酒来。常连长且不理会这里的吃喝，却把在屋子里驻扎的兵士一齐叫了出来，连连用手向外挥着道："你们都出去，外面树荫里很凉，干吗在这里胡捣乱？"

那些兵士也不明白连长是好意是恶意，既然他跳得皮鞋乱响，只管催人出去，大家就只好走了出来。等人都走了出去，他才到堂屋里来，笑道："现在可以喝一个痛快！"

李守白道："我正在这里为难呢，我们在这里喝酒吃肉，让你们的弟兄在一边望着，老大不方便。现在把他们请了出去，就方便多了。"

常连长摇摇头道："不是那个意思，韩家并不是军需处，发了官长的饷，不发士兵的饷，那才对他不住。现在我的朋友请我喝酒，关他们什么事？谁叫他们住在民房里的！"

李守白道："啊呀！这常连长一好起来，就十分地做好人了。"

常连长也不谦让，见桌上的杯筷摆好，提了酒壶，满满地斟上一杯，一仰脖子喝了。然后他坐下来，四处招手道："大家都来坐着！"

孟老板和二秃跟着李守白一同入席。贞妹一双手湿淋淋地将胸前的围襟擦着手，走到桌子下方，先提了酒壶过来，就向各人杯子里斟酒，第一个便是在常连长面前斟起。常连长笑着望了她道："大姑娘，难道说，你就不怕大兵？"

贞妹将酒壶拿回到怀里来，两手抱了壶柄，向他笑道："大兵也是人，不过手里多了一根枪，我怕他做什么？顶多也不过打死我罢了。做女人的，若是没有力量去打仇人，等着做亡国奴，倒不如死在自家人手里，干净得多！"

常连长手一伸大拇指笑道："真有你的，俺以前算小看了人，俺扰你这杯。"说毕，端起酒杯，将杯子底朝了天。放下杯子来，抹了抹嘴，他先哈哈大笑起来道："不瞒各位说，一个人当了兵，就把这条命看得不值钱，知道是今天死是明天死呢。所以找着乐子就找乐子，讲理不讲理，就管不了许多。你别看俺是粗人，有些时候，我也想开来了。俺想俺哥哥临阵退却，又强奸民女，这是个双料罪，论死也该死，三个蛮字抬不过一个理字去。李先生，咱干一杯，把这事揭过去了。"说着将一大杯子酒端着，站立起来。李守白也端了一杯酒，向他举着道："常连长，我不是花言巧语叫你忘了私仇，望后你可以看我为人。令兄的事你可以仔细打听。咱们现在多少为国家出点力，谁要以私害公，谁对不住谁，就不是人类。"说毕，举杯子喝干，先向常连长照了杯。常连长也将酒干了，向李守白照杯。

正说时，村子外面呜嘟嘟一阵军号响。常连长喝了一口酒道："我要去归队了，再会吧。"说毕，丢了杯子，起身就跑。大家坐在席上，倒怔住了。李守白真不料常德标说变就变，竟变成这样一个好人。自己到这里来，第一个大目的本是要探问韩氏父女的，但是他父女却走了，也无所事事，决定了在这里再耽搁一晚，明日就到定国军防线里去欢迎记者团。村子里既驻扎了军队，总不宜乱跑，因此在韩家住着，只说些闲话，并未出门。

这天下午，天虽转阴，越晚黑云越重，天上泼墨似的云头郁结成了一个团，直压到村子外面的树头上来，接着呼呼作响。村子外的树全数摇动，突然刮起大风来。大风之后，哗啦啦一片响声，由远而近，正是风暴大雨从地平线上吹了过来，顷刻之间，如麻绳粗细的雨丝倒将下来。闪电不时发出耀人眼睛的白光，在树头上闪去。那雷声大一声，小一声，在半空里摩荡着，把雨势赞助得更加厉害。不必听雷声，只听这哗啦啦的雨声，就令人魂飞魄散。

李守白坐在堂屋里不能出去，只抬了头由天井屋顶上看了出去，那屋顶上露出门外的树梢来，被雨淋着，都如病人一般，全弯了腰垂了头，直压到人家屋顶上来。屋檐的檐滴都有手臂粗，天井里立刻积了一坑水，慢慢地直要漫进堂屋里来。雨是这样的大，在屋子里的人，大家反是不能作声，只有昂了头，瞪了眼睛向两脚望着。但是村子里的兵可不以有雨为意，那军号呜呜地吹着，李守白见孟老板坐在他身边，便道："你听听，那样大的雨，我们在屋里头还不安，当兵的还要照常操练，当兵的也可怜！"

孟老板道："我常和当兵的人在一处混，据他们说，越是天气不好，越要加倍地小心，谁也是愿意找机会打人的。这样大的雨，说不定今天晚上，这村子里要出事。不信，等常连长来了，你问问他。"

二人说着话，天色已经昏黑，常连长身上，雨打得像落汤鸡一般，军衣军帽上牵丝地流下水来，还不曾走到堂屋里，先就嚷道："李先生，我来辞行的，以后说不定能不能见面了。"站在屋檐下，先将帽子甩了甩水，然后两手揪着衣裳，拧出水来。

李守白道："怎么说这样的话，今晚开拔去吗？"

常连长道："开拔，那是家常便饭，怕什么？今天晚上到草湖口去。因为那里也有电线，又怕日本兵借了修电线去那里捣乱。我若碰上了，不能跟我哥哥学了。你看十成有九是个乐子吧？"

李守白总觉得对这个人要多多地敷衍，便留着招待茶水。

常德标笑道："我这一身透湿，不打搅了。"说着就向外走，李守白随手在屋角上找一个斗笠戴着送出村子口。

在路上，斜雨如箭，衣服完全打湿，阵阵的雨后晚风向人吹来，其凉透骨，不住地打着寒战。跑回韩家，在自己小箱子里找出一套小衣，就奔厨房。

贞妹开门的时候，还不曾看到他的情形，跟着他到厨房里来，在灯光下，见他衣服被泥浆粘在一起，哎呀了一声。他颤着声音道："大姑娘，请你出去一下，我换衣服。"他抖颤着跑到灶门口去，灶里虽不曾烧火，余灰未冷，还有点热气。他抢着把湿衣服脱下，身上的泥浆也来不及拭抹，穿上干净衣服，就在两捆茅草柴上倒下了。

贞妹出了灶房，站在外面等候很久，却不听到有人声。向里张望一下，见李守白睡倒了，知道他中了寒，就走进来，在碗橱子里找到一块老姜，用刀拍碎了。也来不及烧开水，就倒了大半碗现成的热茶，将老姜放到茶里，用筷子一搅，然后到灶门口来，送给他喝。

恰是这个时候，孟老板由外面走将进来，看到灶门口有两个人挤在一处，他倒退两步走了。贞妹连忙站起来，将孟老板叫进来，把话告诉他，孟老板看到姑娘脸上红红的，好像是很难为情，只得鼻子里哼着答应她的话，并没有说什么，也找衣服换去了。

李守白躺在柴堆上，心里是很明白，不过精神十分疲倦，懒得说话，昏昏沉沉地就睡了一觉。及至醒过来时，业已夜深，灶头上点着的灯光，照见着身上，盖了一条毯子，身上自感有些暖和，便很舒适地就定了一定神，自己摸回屋子去，糊里糊涂地睡过去了。睁眼看时，却见床面前放了一个茶几，茶几上有把茶壶。另外一只杯子覆着在茶几上，贞妹两手反在身后，却靠住房门在那里站着。她脸上虽不搽脂粉，可是一条辫子却梳得十分油亮，额头上梳的刘海发也剪得齐齐的。身上穿的一件蓝布褂子，熨帖得没有半丝皱纹。看她那情形，简直不像是逃难的一位姑娘。眼睛望着她，正自在这里揣想着，贞妹倒低了头走去。但是她也只刚刚走出房门一步，又走了回来，就向他问道："李先生，你身上有些不舒服吗？"

李守白听她问着，不由得哼了一声，将头在枕上微微点着。

贞妹皱了眉道："准是昨天晚上淋了大雨，所以变成这样子，不知道要紧不要紧，若是要紧的话，这里可没有医生找，要吃什么也是没有什么。"

李守白哼了一声又摇摇头，表示并没有什么要紧。

贞妹口里问着话，身子渐渐地向床边走过来，又低声问道："李先生不吃什么了吗？"当她问这句话时，差不多已是靠着床站住的了，低了眼皮，只管看他的脸色。他情不自禁地又叹了一口气道："病得实在不是时候。"说毕，他又闭上了他的眼睛。贞妹停住了许久，也叹了一口气。见他和衣而睡，只有一条薄线毯子，于是弯了腰，替他将线毯子牵了上来，把身体完全盖上了。盖好了，依然在床面前站了阵子，这才走开。

李守白对于这些一概是不知道，昏昏地睡过几个钟头之后，日已过午。孟老板走到屋子里来问道："李先生，你心里觉得怎样？比天亮的时候好些了吗？"

李守白睁开眼睛向他望，静默了许久，才向着人家点了点头。孟老板倒不明他这点头是何意，是说病好些呢，或是说病没有好，多谢垂问？孟老板道："这村子里并没什么可吃的，是不是给你熬点稀饭吃？"

李守白不作声，摇了摇头。孟老板道："要不然，给你泡一壶好茶喝。"李守白还是摇着头。孟老板自言自语地道："这个村子里，找东西真不容易，要想找些白糖冲水喝都不行，怎么办呢？"李守白依然是不作声，只向人家望着，那头似乎要摇不摇的样子。孟老板问了几句话，都没有得病人的许可，自己也有些难为情，只好静静地站在屋子里，看看李守白的状态，他又闭上眼睛沉睡过去了。

贞妹站在房门外探头探脑，孟老板轻轻问道："你怎么不进来？"贞妹将脚步放得轻轻的走了进来，笑道："我怕有什么不便。"

孟老板道："他就是这样昏昏沉沉地睡着，大概是病得很厉害。我们和他萍水相逢，没法子可以替他做主，就是替他做主，一找不着医生，二找不着药店，也是不行。"

贞妹道："刚才他醒过来，他没有说吃什么喝什么吗？"

孟老板道："他什么吃喝都不要。"

贞妹道："他什么吃喝都不要，不会活活地饿死了吗？"

孟老板道："一个人生了病，那有什么法子呢？"贞妹静静地站在一边，一句话也不说。

孟老板道："那个秃子二哥一大早出门去不见了，别是让人拉了去当夫子了吧？你在这里稍微等等看他可要些什么，我到村子里去看看，今天为什么这样鸦雀无声的。"

贞妹道："啊！可不是，我还忘了这个人啦。人家可是主人，没了这个人，我们在这里怎好住下去。好吧，你去看看，我在这里坐着。"孟老板听说，就走开了。

贞妹在床边一张椅子上坐着，静静地向床上望着。李守白忽然睁开眼来，向着贞妹哼了一声，贞妹以为是向她有什么表示，连忙迎到床面前问道："李先生你怎么样了？"

他本来是不愿说话，可是看到她一双眼睛注视在自己身上，好像是很关切，倒不容他不答话，便哼着慢慢答道："大烧大热，我周身不舒服。"

贞妹伸着手，摸了他的额头道："啊哟！很是烫手。"在贞妹如此惊讶的时候，李守白可得了一种很深切的安慰，那额头与那手接触着，说不出来是一种什么感想。

贞妹见他眼光闪闪向人，便用很柔和的声音道："李先生你一天没有吃东西了，肚子不饿吗？"

李守白轻轻地摇着头道："我什么也不要……因为我不想吃，多谢你的好意。"

贞妹道："一点水不让它到肚子里去，那总不好。我烧点开水，和你泡壶茶喝吧。刚才我在橱柜子里找到了一点好茶叶。"她站在床前，两手按了床沿，很诚恳地期待着。

李守白怎好拒绝人家的盛意，便道："大家都在难中，我怎好来麻烦你呢？"

贞妹道："虽然说是大家都在难中，可是李先生是难中遇难，我们也不能见死不救，做点粗事，也不会累死人，你就不必放在心上了。"说毕，还用手按了一按毯子，表示安慰的意思，然后才拿了茶壶走开去了。

李守白心里想着，不料会在这种地方害病，在这种地方害病，又能得着这样一个人来伺候。我对人家何以为报呢？揣想了一阵，只见贞妹两手捧了茶壶，从从容容地走了进来，先将壶放在茶几上，然后将壁钉上挂的手巾取下来，在鼻尖上嗅了几嗅，接着将杯子擦抹了，又斟上些茶，将杯子烫刷了几下，将茶底泼了，再斟上一杯茶，两手捧着，走近床边，向李守白低声问道："李先生，这茶你就喝吗？"说着将茶杯要向茶几上放。李守白在枕头上点了头，一手撑了床，将身子略微昂起一点，但是哼了一声，又睡了下去。贞妹回头看了看房门外，低声道："你抬不起头来，我来捧着给你喝吧，不要紧的。"说着，手捧了茶杯，送到李守白头边来。到了这时，李守白不能让人家姑娘受委屈，只得微昂着头，就在她端的杯子里喝茶，大半杯茶就这样一口气喝下去了。贞妹俯了身子向着他脸上问道："你还要喝一点吗？"李守白摇摇头，两只手抱了拳头，向她连拱几下。

贞妹道："我早已说过了，大家都在难中，你这样客气，倒显出情谊生分了。那个秃子二哥今天不见了，我爹出门找他去了。这里又没第二个人照顾你，我不能不问。我看李先生总应该吃一点才好，可不能说想吃什么替你找去。除了喝稀饭，就是和面做碗疙瘩汤吃。"

李守白心里是二十四分的烦躁，实在不愿意多说话，不过这烦躁的样子，可是不便让贞妹觉察出来，勉强笑道："大姑娘，你也去休息一会儿吧，不要让我太过意不去了。"他不说这话，倒也罢了，他说过这话，贞妹索性坐在他旁边的藤椅上，也不说什么，也不再问话，只当是休息着。自然，这是在这里陪伴着，病人要什么，随时就有人伺候。李守白叫她休息，她就休息了，却不好意思再叫她出去了，只得闭上眼睛，预备再睡。但是温度烧得过分，脑筋澄清不起来，眼睛微微地闭着，就有许多的幻象在面前发生。自己似乎在百花丛中，又似乎在波浪汹涌的一叶小舟上，甚至自己和许多人在打架，打得头破血流，可是一刹那的工夫，又和许多朋友在大吃大喝。幻象如电影般地刻刻变换，人也非常忙碌，忙得心里乱跳。自己又累又怕，只得连连哼了几声，睁开眼睛来。

贞妹坐在藤椅上久了，也正用手撑了头在那里打盹。她听到哼声连忙站起来问道："李先生，你现在怎么样了？"

李守白道："不怎么样呀。"

贞妹道："不怎么样，为什么你哼了起来呢？无论什么人，总有个求人的时候，况且我们都是出门的人，应该大家帮大家的忙，你就只当还是住在我饭店里，我不也是要伺候你的茶水吗？"

李守白还不曾谦逊着，她就说了这样一大篇，真个和她谦逊起来，又不知道她要说些什么，只好再抱着拳头，二次和她拱手。

贞妹道："我想你总该勉强吃一点，人既然是病了，又没有东西吃下去，怎样地打得起精神来呢？我倒想到了个吃法：把面粉先在锅里一炒，炒焦了，放了苋菜叶子进去，用水一煮，又稀又香，你多少可以吃一点的。"李守白因她说的那样好吃，也就想尝一点，就点了点头。贞妹大喜，对他道："我就去给你做，我看我爹和那二哥回来了没有，他若回来了，让他来陪着你。"

李守白道："不必了，我还是一个人躺着，清净一点的好。"

贞妹啊哟了一声道："我不知道李先生不要人陪着的，若是李先生早说了，我就早走开了。"

李守白道："没关系。"

贞妹走出房去，约莫忙了一个钟头，就用小托盘托了一只碗进来，悄悄地放在桌上，笑着对他道："做得了，我尝了尝，很好吃的。"

李守白微抬着头，随着又放下头去，那样子是力气支持不住了。贞妹站到床边，侧了身子坐在床沿上，手上拿了碗筷，向他道："我来喂你喝，好吗？"

李守白不觉露齿微微一笑，后又摇着头道："这就不敢当，我自己坐起来吃吧。"于是两手撑了床，身子慢慢向上挺着起来。贞妹见他十分无力气的样子，只好丢了碗筷，两手扯了他的手臂，将他拉了坐着，很快地找了两个枕头塞到李守白身后，撑住了他的腰。李守白坐是坐起来了，可是已经接连哼了几声。贞妹站在一边，正要伸手去扶起碗筷来，一想他刚才拒绝了喂吃的，立刻手又缩了回来，只是呆呆地站着望了他。他手扶了碗，停住了许久，然后才将筷子拿起来，筷子只伸到碗里去搅了几下，就连连哼了几声，他只把碗端起两三寸高，手抖颤着，立刻又放下了。贞妹皱着眉看了许久，接着便道："李先生我看你实在是不行，我端着你喝，这也没有什么要紧。一个人害了病，总也不能把好人来打比。"

李守白道："我觉得总是不敢当!"

贞妹看他那样子，已是不再拒绝，便慢慢地走近两步，先把茶几搬开，然后端了碗筷，就在那里站着向李守白笑道："李先生，你是个很开通的人，还避什么嫌疑，你就吃吧。再不吃，可就凉了。"

李守白见她微弯了腰站在这里，果然是不避一点嫌疑，若是不理会人家的话，岂不是让人家难为情？于是向她点头表示谢意，然后将头伸着，就到饭碗边，她将碗送到他嘴边，他就陆续地向下喝着去。心里同时想着，自己这样大的一个汉子，倒要一位姑娘喂东西自己吃，未免是件尴尬事，于是抢着喝了两口菜糊，打算就不喝了。又谁知他的胃很弱，抢着喝下去，把胃翻转过来，哇的一声吃下去的东西，箭一般的漂将出来。他的口乃是对了她的胸前的，吐了她一身，而且有许多斑斑点点，溅到她的脸上来。李守白啊哟一声，望了她不知如何是好。她倒并不顾身上肮脏，放了碗，先抢着扶守白睡下去，皱了眉顿着脚道："好容易吃下去点东西，可惜又吐了。"

李守白道："真是对不住，把大姑娘的衣服全弄脏了。"

贞妹笑道："那不要紧，我换件衣服就是了。你刚刚吐过去，不要动，好好地躺会子吧。你不要人陪的，我走吧。"

李守白哼着道："没关系。"

贞妹先听到他说句"没关系"的了，现在他又说是"没关系"，大概自己坐在这里，是不至于惹他烦腻的，于是还在那张藤椅上坐着。李守白对了她很注意地望着，她却是没有介意，脸正对着窗外看着呢。李守白哼着道："大姑娘，我把你身上衣服吐脏了呢，你不去换一件吗？"贞妹低头看着，不由得哎呀了一声，这就匆匆出门而去。

第十二章

以假婚事对付真媒人

不多一会儿，贞妹换过衣服走回来。人到房门口，就把脚步放轻，看看房子里的人，身子侧着向里，似乎睡得很沉熟，便轻轻地一步一步踮了脚尖走到屋子里来。她的眼光都注视在床上，倒忽略了近处，无意之间，噗的一下响把那茶几打翻在地。李守白在床上哼了一声，向外一翻身转来，贞妹脸都臊红了，向他笑道："李先生是刚睡着的吧？"

李守白道："我没有睡着，一个人睡在床上，不闭上眼睛去睡，是很烦闷的；闭上眼睛，可又是在电影院里看电影一般，闹得神志不安，很愿有个人陪着我谈谈。"贞妹心想，刚才他不要人陪他，这会子又希望有人陪他谈谈，这个人说话是这样的不准。不过害病的人，心思总是不耐烦的，一会儿愿意这样，一会儿又愿意那样，虽然是说话矛盾，乃人之常情，也就不能怪他，便笑说："我是不大懂得什么，我和李先生谈不上。"李守白微笑着低声道："你太客气。"说毕，又微微地呻吟起来。

贞妹本想了几件事情，打算和他慢慢谈着，现在看到他这种神情，他未必有精神和人谈话，自己应当体谅人家，不要去分人家的神，因之只在旁边那张椅子上坐了，向床上看着。有时，李守白向她看去，她就搭讪着问，可要吃什么喝什么，否则就低了头，闭上眼睛打盹。

二人都不说话，有半小时之久，李守白先睡着了，贞妹只管打盹，头向下栽着，自己倒把自己惊醒过来。看着床上，李守白已是睡熟，自己待要继续枯坐，也是无聊得很，而且昨晚大风大雨，闹得整夜没睡，这时眼皮涩得厉害，应当睡去。只是又想着，万一他要醒过来，就是要口水喝也要费极大的事，现在只有伏在茶几上稍睡片刻，纵然是睡着了，他只要喊上一声，我就可以醒过来的了。如此想着，两手伏在茶几上，头就枕了手胳膊睡。实在是疲困极了，头刚枕着手臂，人就昏睡过去了。自己也不知道睡了多少时候，只觉两只手麻木着提不起来，头额上的汗沾着头发，只管向下滴。李守白在床上已是先醒过来，看了她呆坐在那里的样子，哼了两声，又问道："大姑娘，你不必客气，你若是累了，可以先去睡觉，我好了许多，不要什么了。"

贞妹将左手慢慢地抚摸着右手臂，等手恢复了原状，才道："我倒是不要睡，不过我还要做晚饭大家吃，换个人到这屋子里来坐坐，好不好？"李守白实在不愿意二秃或者孟老板到屋子里来，不过没有人做替工，贞妹是不肯走的，无可奈何，只好向她点了点头。

到了下午，孟老板把二秃找了回来。他还不知道李守白生病，是出去打听消息去了。他二人也进来看过病，病人却不大理会。倒是贞妹常来，来了就耽搁很久。这可把一个孟老板却闹得多加一重心，时时地向屋子里偷看着。

过了两天，李守白的病已经慢慢见痊，贞妹始终还不离开这屋子。孟老板心里想着，这可不成话，为什么这样大姑娘，老惦记着一个青年书生哩。本待重话说女儿两句，又怕李守白听了不方便。因之过来过去的时候，总对贞妹说："你也出来走动走动吧，别老在屋里吵闹李先生呀。"贞妹对于这个话不置可否，总是鼻子里微微哼上一声。

到了这日下午，孟老板又见贞妹在李守白床前，替他盖被，便大声道："我有两件衣服，拿到外面去跟我洗洗。村子里的兵开走了两天，没事了。"贞妹因他的话音很重，怕得罪了李守白，只得噘了嘴走了出来，问道："衣服呢？"

孟老板道："在那椅子上。"

贞妹也不问是什么衣服，是否真要到外面去洗，在堂屋子里抓了两件衣服，就向外面走了去。她匆匆忙忙由里面向外跑的时候，她并没有加以考虑，其实庄子上现在已不是那样太平，定国军已经有两团之众开到安乐窝来接共和军的防务。虽然兵士们还没有开到民房里来，然而到处都是兵了。贞妹出门来，是低了头走的，及至抬头一看，却吃了一惊。这时原有五个兵士架了枪支在当门，大家在地上盘膝而坐。另一个人站着，身上背了把拖红飘带的大马刀，手上拿了把手枪，正在那里上完了子弹，他因为听到大门开着响，所以把手枪向门里一比，做个预备打人的样子。等到门开了，乃是一位姑娘，他才笑着把手枪向皮套子里一插，将肩膀抬了两抬。坐在地上的几个兵这时也都回过头来看她，有两个人便站起来笑道："喂！好的，这地方还有这样一手啦。"

　　贞妹现在虽然是不怕兵了，可是总也不愿意和他们一般见识，闹起口角是非来。因之站在门口呆了一呆，缩脚就向后退。又因退得匆忙，来不及关大门，就走进去了。到了屋子里，自己也很有些后悔：这些大爷总以不得罪他们为妙，让他们看见了，就是一层麻烦。不看到刚才那个拿手枪的兵，做出那不规矩的样子来吗？这样想着，她就不住地皱了眉。她对于这事果然有先见之明，只听到门外一阵皮鞋杂沓声，接着有人嚷了进来道："真有个好的吗？我不信，总得看看。"六七个武装的兵士齐向里面拥将进来。在前面几个兵士都指着贞妹道："就是她。排长，你看怎么样？"说时，一个人身上挂了手枪，一溜歪斜地向里面走了进来，口里还不住地笑道："我真不相信，在这种地方还会有小妞儿在这里住着，难道真不怕死吗？我来看看，她……啊哟哟！"那人越说越走近，越走近看得越清楚，突然停住了脚，人向后一退。贞妹老远地听到这个人说些不好听的话而来，心中可就想着，又是一个常德标来了。好容易得着一点机会，拼了性命，把他说得妥协了，现在又来了这样一个人，这可叫我没有法子应付了。她正如此为难，听到那个"啊哟哟"之后，也失惊道："那不是二哥？"

那个人道："啊呀！大妹子，你怎么会到这里来的？"原来这个人便是孟老板的第二个儿子孟广才。

贞妹叫起来道："爹，你快来。二哥也来了。"和孟广才一同进来的兵士，一看这二人的神气，大家都噤口不能作声。

孟老板听到贞妹叫，三脚两步跑了出来，看到孟广才倒远远地站住，向他浑身上下打量，孟广才便站着叫了一声"爹"。孟老板看着，实在没有错误了，然后向他道："这真是巧事了，会在这地方相会。"

孟广才这时才明白大家说笑了半天的美人儿乃是自己的胞妹，又羞又气，脸涨得通红，回转头来向那些人道："没有你们什么事了，你们都出去！"那些人也有些难为情，板着脸退了出去。

孟老板将他引到堂屋里，将他投军的事问了个清楚，才知道拉去当夫子的时候，那是个名，实在是拉去当兵，所幸打了许多仗，虽挂了两回彩，竟是无仗不胜，因此升着当了排长。最近由邻县调到尚村，虽是到家很近，然而始终是军事吃紧的时候，没有法子离开军营。今天新开到安乐窝来，因为师长下了命令，大家要顾点面子，不许开进民房，所以大家都在村子外露营，只有师长带了三百多名卫队驻在村子里。自己也是卫队里的排长，所以在村子里休息着，房子还没有找妥呢。

孟老板听说儿子当了排长，而且又是卫队，很接近师长的，心中十分欢喜，把自己到此地来的经过也略微告诉了广才。坐着谈了许久，因怕营里有事，就向父亲说先回去看看，把话和卫营队长说明了，回头再来畅谈。孟老板道："你早点回来吧，我们这里做好了菜，等你来吃晚饭呢。"

广才答应去了，孟老板伸了手，不住地去摸自己的胡桩子，因向贞妹笑道："真不含糊，我现在已是老太爷了。你说我运气好吧，我爷儿俩还逃难在外；要说运气不好吧，你二哥现在是真做了官。"

贞妹也笑道："不管做官不做官，我们在这地方见面了，就是一件喜事。"

146

孟老板道："怎么不是官呢？排长就很不容易到手的差事。当了排长，就不愁当连营长，当了连营长……"他说着顿了顿道，"那就够了，我们一个开饭店的人家还想家里出什么大官，这就很可以的了。我看那橱里不是还有一大块腊肉吗？不管有多少，你拿去煮上，你二哥打仗多么辛苦，难得会着的，让他吃一点。"

贞妹见孟老板是张了嘴笑合不拢来，觉得父亲是十分高兴，自己不可打断了他的兴头，于是很高兴地向厨房里去做饭。刚到厨房里来，又想起自己有这样可喜的事，不能不告诉李守白知道，于是很快地跑进李守白屋里去。她一脚跨进房门的时候，才想起人家已经有过表示，很厌腻别人进房里来扰乱的，怎么又跑了进来，把和人不相干的事情告诉呢？这样想着未免有点踌躇不前。李守白在床上看见了，却笑着向她点点头，看那样子，并没有什么不悦之色，便笑着走上前来，从容问道："李先生，你的病现在好些了吗？"

李守白点点头道："好些了。"

其实贞妹进屋子来一次，必要这样问一句，李守白也总是答应"好些了"。如果真是那样来一次就好些的话，贞妹一个钟头来两次，一天内要"好些"两次，他的病也就早该完全好了，何以还是那个样子呢？不过贞妹见他面之时，非这样问上一句，似乎手续未清，所以李守白也就只得答应她"好些了"。贞妹每次听了这句话，心里就像安慰了许多，尤其是这次听了，更加快慰，就向他笑道："李先生，我告诉你一件新闻，我二哥也到这里来了，他还是个排长呢。"

李守白觉得这也不算什么新闻，而况自己躺在床上，还是十分的烦腻，便随便答应着哦了一声。可是第二个感想又告诉他，大姑娘这样来告诉我，一定是二十分的高兴，就这样地随便答应她，似乎不符她的期望，于是勉强将两手抱了拳头，拱着道："恭喜恭喜！"

贞妹笑道："我倒看得平常，不过如此，可是我爹欢喜得了不得。"李守白便只管点头。

贞妹道："回头我哥哥再来了，给你引见引见好吗？"他原是点着头的，现在依然还是点着头。贞妹以为他已经答应了，自己很高兴，觉得和常德标那番交涉只能表示自己的才具，不能抬高自己的身份，现在有了个做排长的哥哥，这就很有面子了。当时带着笑容，自己回厨房去做饭。

饭菜做得刚好，孟广才已经来了。贞妹因为饭好了，想起李守白也不能饿着，和他舀了一碗米汤送到他屋子里去。孟广才坐在堂屋里和孟老板说话，见妹妹到旁边一间屋子里去了好几回，据父亲说，那屋子住了个单身外乡人，是北京一家报馆里的先生，心里就有些纳闷：一个萍水相逢的人，妹妹是没出阁的姑娘，就这样地伺候人家，可有些过分。他当时看在眼里，心里闷住了这句话，却也没有作声。过了一会儿，贞妹由房里出来，广才向她招着手道："大妹子，你过来，我们今天重见面，可以到一处来谈谈，你老忙些什么？"

贞妹道："我忙着做饭你吃呀，屋子里有个病人……哟！这件事，爹还没有和你说明吧？"说毕，她倒很尴尬地脸上一红。

孟广才看到这种情形，倒有些不解：什么事和我没有说明，难道我妹妹给了人家了？本得对父亲就问这句话，无奈今天进门的时候，自己举动欠些端重，这已很够妹妹生气的，自己为人就不正，怎好管她的事。当了妹妹的面，这话是不好问，等有了机会再说吧。他心里如此想着，恰好贞妹不断地送菜到堂屋里来，他始终得不着一个机会去问孟老板的话。加之孟老板把二秃找来，和广才介绍了，也在一桌吃饭。面前有个生人，妹妹婚姻的事更不能冒昧地说，只是话里套话，向孟老板问屋子里的这个病人是怎么一个来历。孟老板于是将李守白在城里住饭店认识说起，其间送常营长见师长，因之与常连长结仇，以及前日打架讲和的事都说了。

孟广才一想，原来妹妹和姓李的交情有这样好，人家和师长都交上了朋友，想必也是很有来头的人。妹妹嫁得这样一个人，总算是高攀，还有什么话可说。怪不得在那人屋里进进出出，不嫌麻烦了。不过心里如此揣想，究竟对是不对，还不得而知。总得问明了父亲才算事实。这也不是急事，明天问也不迟。妹妹在饭店里的时候，虽不免和客人倒茶送水，但是也不过偶然做一两回，现在专一伺候一个病人，若没有缘故，父亲是会说话的。父亲既然看得很是平常，当然有缘故，自己也就不必多问了。

大家坐着吃饭，谈些别后的事情，正是高兴。忽然堂屋外一阵指挥刀尖和地相触声，并那很杂乱的皮鞋声，广才以为不过是平级的弟兄们来了，不大在意，忽然有个人在门外喊道："师长来了。"广才回头看时，可不就是本师的师长强执忠吗？这真是千万想不到的事，他竟会跑到这种地方来，自己手上还捏了筷子，两腿向后跨过了板凳，才掉转身来，举手向强师长行礼。可是他右手拿了筷子，只好举起左手来行礼，然而左手只举平耳边，立刻感到了自己的错误，把拿筷子的右手抬起来，然而带筷子行礼，这更不像话，一时之间，时而举着左手，时而举着右手，两手乱动。那强师长是个短小精悍的个子，瘦黄的脸子，更没有留须，戴了一副软脚眼镜，把那射人灼灼有光的眼睛盖上一层。他灰色的军衣自是比兵士做得精致的，乃是很合身材的。加之他身上束了皮带，横拴了武装带，越是把他的身材紧束着，现出周身是劲的样子来。

贞妹听得清清楚楚，师长来了，而且自己哥哥那样的慌乱的样子，不是见了师长，也不至于如此。只是看看这师长，小小的个子，并没有多大的威风，这倒好像杂耍摊上卖武艺的一样，真料不到这种人会做了这样大的官。她心里如此想着，一双眼睛自然是不免在他身上多绕了几个弯转。

强执忠走进来之后，他一双眼睛也是射到贞妹身上。如今彼此相注，未免目光交触。贞妹心里，早就为"师长"两个字先声所夺，现在师长用目光射着她，更是有些胆怯，因之立刻把头低了下来。强师长向屋子四周看了看，用手挥着大家道："哦！这是孟广才家里。巧！你们父子会面了。你们只管吃你们的饭，我是到村子民房里查看查看，不多你们的事。"说毕，向贞妹身上又打量了一下。贞妹原低着头，看到师长后面跟的卫兵都直挺挺地站着，像死尸一般，心里很是替他们受罪，而且也觉得有趣，就禁不住微微一笑。在她一笑的时候，正当强执忠的目光射在她的身上。强师长若不是部下跟在后面，威严所关，他也要报之一笑的了。他在这里并没有耽搁多少时候，转身就走了。师长走后，大家还照样吃饭，不过那谈锋转了个方向，转到师长身上去了。提到了强师长，孟广才周身都是劲头，觉得他的师长饮食起居言语行动，没有一样不是可以作为谈话资料的。直谈到天色昏黑，方才回去。

　　到了次日，李守白的病已经好些。吃过了早饭，孟老板父女正在闲谈着，只见广才匆匆地跑了进来，向贞妹望着呆了一呆，然后向孟老板道："爹，我有件事和你商量，成就成，不成再说，你别怪我。"

　　孟老板道："你说吧，只要办得到的，也没有什么不可商量。"

　　广才道："当了妹子的面，我就说了。昨天不是我们师长来了吗，你猜他来做什么？他来看我妹子来了。"

　　贞妹将脸一板道："二哥，你说话还是这样莽撞，你可当了军官了。"

　　广才望了她道："你不用忙，等我慢慢说呀。"于是取下头上的军帽，将手绢揩了揩额头上的汗，搬了个方凳子，在当门迎风坐着。手上还拿了帽子，不住地当扇摇。

　　孟老板道："有什么话你就说吧，说出来有个商量。贞妹也不能怪你。"

　　广才道："这话可不是我造的谣言，我也是不愿意。昨天和我一路进来的有个卫班长，他跟了师长两年，他说我们妹子跟师长的三姨太太简直长得是一模一样。这位三姨太死了半年多了。他回去和师长一报告，所以师长亲自跑来看看。他回去说，实在是像，就叫人对我说，可不可以和他攀一门子亲。他现在还有四位太太，不把我妹子算第五的，还让她补第三位那个缺。只要我们答应，也许我们要什么就给什么。可是我知道我师长的脾气，爱的时候真爱，不爱的时候，就不让你在他面前出现。有三个太太都是没有讨多久就轰走了的。平常他脾气也大，动不动就打人，我不敢做这个主。再说我看妹妹这情形，好像给了这位李先生，也不能再许配人，所以昨天晚晌就对卫班长说，我有两年不回家了，妹子到了岁数了，怕是爸妈已经给了人家。我这样说着，以为可以推辞的了，可是卫班长又说：'只要没出门子，给了人家也不要紧，给那头几个钱，把这事退了就得了。这年头，谁还敢和师长抢个媳妇不成？'我听了这话，想他们是非办不成，所以我赶着回来问问，也许那卫班长就要来。这件事若是照我看，办也好，不办也好，还是爹和妹子拿主意。咱们真要攀上这一门子亲，我敢说谁都不愁这辈子没饭吃。妹妹能找个做师长的姑爷，还有什么话说。就是一层，将来究竟受气不受气，我可不能保险。"

他说了这一大套子，贞妹听了脸上红一阵白一阵，并没有答话。孟老板想了许久，点点头道："好倒是件好事，只是咱们虽是做买卖的，凭着老字号卖钱，可没有做下流事情。现在把姑娘给人家做五六房，孩子受委屈点。你又说师长性子暴，若是动不动骂上一顿，打上一顿，这也不值。姑娘虽是我养的，轮到这样的终身大事，我也不能做主。姑娘，你的意思怎么样呢？"

贞妹听哥哥话时，已然在可否之间，现在父亲这样说了，便道："咱们卖着力气，还可以混一碗粥喝呢，凭什么去给人家做第五六名的姨太太？这师长就是狗眼看人低，为什么不说我像他爹，像他妈，单说我像他三姨太太？"说毕，掉转身躯，跑回屋子里生闷气去了。她一个人在屋子里，闷坐了半个钟头之久，孟老板口里衔了旱烟袋，踏了鞋，慢慢踱进房来。贞妹坐在围椅上，一只手撑住椅子托了头，只管向着窗子外面出神。父亲虽然是进来了，她却只当没有看见。

孟老板道："孩子，这件事我们还要商量商量呀。漫说你哥在他手下当排长，要跑也跑不了，再说他的军队驻扎在这村子上，他还不是要怎样就怎样吗？我们答应不答应权在我们自己，不过我们总要想句好听的话，把人家敷衍过去，免得又出什么乱子。你想，上次一个常连长就几乎要了我们的命，现在一个师长和我们干上，我们对付得了吗？"

贞妹道："哥哥不是说了吗？"她掉过脸来说了这句，依然又回过脸去。

孟老板倒不明白她这句话什么意思，也不知道她指着广才说的哪句话，望了她道："你二哥还是找你自己拿主意，他们师长说了呢，还说你……你……你昨天笑来着。"

贞妹突然站了起来，又坐下去道："这真是见他的鬼了。你告诉二哥，就用二哥说的那句话回复他们。爹，你自己也不忍心，让你的姑娘去做人家的第五六房，而况那人的脾气又是不好惹的。"

孟老板道："你二哥说了什么话，拿什么回复人家，我还真不知道呢。"

贞妹急得站起来跳着脚道："哎哟，你知道。你不知道，二哥也知道。"

孟广才也在后面跟着来问妹妹的话来了，便道："我明白了，就是那句话，说妹妹有了人家。"

孟老板还不放心，就问道："究竟这句话能说不能说呢？"

贞妹皱了眉道："你也太怕事，反正他不能抢有了人家的人。"

孟老板见贞妹说得如此斩钉截铁，倒有些奇怪：自己的姑娘何尝有过人家？姑娘为什么这样说？不觉望了姑娘的脸出神。心里可就想着：我这姑娘，这一程子对于李先生款待得实在热心了，我心想她或者是知恩报恩，可是她忽然承认有了人家，而且再三地说，是她二哥所说的那话，莫非她和李先生私下有什么盟约了？本来孤男寡女终日混在一处，这样的事总是难免的，而况他救过她，她又救过他，两个人很容易谈上恩情的呢！他有了这个感想，觉得猜得很对，自己连连点了几下头，对广才道："我们自然也愿意高攀，可是也要看攀得上攀不上，攀到半中间摔了下来，那更是献丑了。"

孟广才见妹妹当了父亲的面都是这样说，这事更是一针见血，妹妹给定了李守白的了，便点点头道："果然事情是这样的，我们也就不必和他客气什么，老老实实地把话告诉人家就是了。"便用手扯着他父亲的衣袖道，"我们到外面去谈话吧，不要在这里搅扰她了。"

152

孟老板看看姑娘的态度也是很坚决的，这就不用再说别的什么了。二人再到堂屋里来坐着，那卫班长和一个姓全的马弁一道而来，脸上都带有三分笑容，见了孟广才，都叫着"恭喜"。孟广才道："别忙着恭喜，这件事我正在十分为难呢，我那妹妹已经给了人家，而且本主儿也在这里呢。人家也是有身份的人。卫班长先说的那个话，说是拿几个钱出来让人家退婚，这事有些不好办，除非是师长非办不可，若是师长可以不办的话，我想他老人家也犯不上。"

孟广才说这话时，两道眉毛几乎连锁到一块儿去，两手插在裤袋里，两只脚尖只管竖了起来，好像这个样子就可以把他胸中抑郁难伸之气稍微排泄出些一般。这全马弁便是强执忠第三个姨太太的哥哥，因为妹妹死了，所以他只能做个亲信的马弁，不能有什么高贵的差事干，他的意思很想和孟广才拜一拜把子，若是贞妹嫁了强执忠，自己还勉强算是个大舅子。这时听到说贞妹已经给了人家了，而且本主子还在这里，便道："难道你令妹是已经出了门子吗？"

广才一想，打算把这事推得干干净净，只有说她已出了门子，可以省掉许多事，便装成很丧气的样子，垂了头，微微地叹上一口气道："可不是吗？"

全马弁道："那一位在哪儿？干什么的？让我瞧瞧去。"

孟老板倒踌躇着，自己并没有和李守白认亲戚，纵然自己女儿和他私订终身了，自己也不能倒先去认亲戚，因此他站在一边，默默不作声。全马弁看到这事有些含混，便道："你们亲戚果然在这里的话，我们见见也不要紧，反正我们也并不说他什么。"

孟广才将嘴向屋子里一努道："病在那屋子里头呢，你要见就去见吧。"全马弁听了这话，他好像急于要揭破人家的黑幕似的，赶快就向那屋子里一冲。

李守白的病今天好多了，只是躺在床上静静地休养。他们今天、昨晚在堂屋里所说的话都听到了，心里很是不高兴。心里想着，别的事情可以含糊其词，像这种婚姻大事，非实实在在成功了，不能随便乱说的。自己和贞妹可以说一点关系没有，他家人怎么这样糊涂瞎说起来？心里正是十分不高兴，不料就在这个时候，全马弁已是冲进来了。他看到李守白躺在床上，桌子背上撑着一件西服，桌上有只小手提皮箱，另外是笔墨纸张。看那样子，分明是个新式的读书人。广才说他是个有身份的，料是不错。为了广才的面子关系，当然不能太与李守白以难堪。相见之后，也就和他点了个头。李守白明知他的来意，故装成不知，望了他点头道："这位老总有什么事见教？我是个病人，对不住，我坐不起来。"

全马弁摇摇手道："你倒不必客气，我就是问问你，你和孟排长是亲戚吗？到这儿来干什么的？"

李守白心里也就想着：假使我不承认和孟家是亲戚的话，恐怕那个强师长马上就把贞妹抢了去。我若是肯撒一句谎，把她就挽救下来了。自己对于贞妹当然有挽救她的义务，这是丝毫也不允许推托的。如此想着的时候，他睡在枕上，早是和全马弁点了点头，然后才答复那第二个问题，向他道："我到此地来，也是有很重的职务的，我桌上有名片，请拿一张去回复你的上司就知道了。"

全马弁听说，果然见桌上放了一叠名片，随手掏起一张来看，只认得一个姓李的"李"字。右端角上，有行小字，第二个是"京"字，这两个字他都是认得的。而且知道这地方一行字，是署着官衔的。这个人竟是在北京机关里做事的，大概有些来头，因此也没有多问，拿着名片就走了。

卫班长还在外面堂屋里说话，见全马弁匆匆地就出来了，问怎么一回事，全马弁道："他们姑爷身上不舒服，不能起床，让我拿上一张名片去回复师长。原来人家是由北京来的，也是在这里办公事，也许是共和军那边的人吧？"

孟老板道："对了，他和王师长、包旅长都有交情。"

全马弁一想，也许这位先生和强师长走的是一条路，也是在外边随时收用太太的。那么，自己的师长无论有什么大力量，也不能在人家手上硬把太太抢了过去。于是二人和孟氏父子告别，回去报告去了。

孟广才和孟老板道："看这样子，师长是不会和我们再提亲事的了，就是一层，这样一来，师长就不喜欢我了。"

孟老板道："这也没有法子，好在是他自己起的意思，又不是我们许了他随后又翻案的。"孟广才点点头，叹着气走了。

贞妹躲在堂屋后面，已把外面的话听一个够。先是一个人只管发愁，心里可就想着：原来撒个谎，把他们骗过去也就完了，现在全马弁当面去问李先生，李先生不明白事情的缘由，怎肯承认是我的丈夫？这事说得牛头不对马嘴，那不更糟？可是在堂屋子静静地向外听，听到全马弁到李守白屋子里去，也不过耽搁四五分钟就出来了，而且说出了"姑爷"两个字，想必是李先生已经承认了。我们并没有和他打招呼，他何以就冒昧承认这件事起来？别是他真有点意思？于是溜回房去，只管呆想。

孟老板在堂屋里踱着闲步，见姑娘老不出来，倒有些放心不下。莫不是自己姑娘有些后悔不该撒谎，不肯出来了。如此想着，连忙踏进屋子去看，只见贞妹掉转身来，反坐在椅子上，两只手只管去抚弄椅子靠背。见了人进来，也不抬头。

孟老板站着望了她一会儿，才很从容地道："这件事还等着人家的回信哩，你自己拿定主意就是了。"

贞妹突然站了起来，望着她父亲道："你说什么话？难道我要愿意跟人做五六房姨太太吗？"

孟老板顿了顿，才低声道："你这孩子，也不先和我说一个影子，我若糊里糊涂地就答应了强师长，我真没有法子说转来。像李先生这样的人我还有什么不愿意，要不是李先生对人家说了我们是亲戚，我做梦也想不到。"贞妹知道她父亲误会，但是证明李先生果然承认是亲戚了。要打算说绝对没有这件事，心里也是不愿意，靠了椅子站着，默然了许久。

孟老板道："你二哥来了，回头我让他和李先生谈一谈吧。"说毕，转身就要走，贞妹拉了他的袖子，叫了一声"爹"。孟老板回头看时，她红着脸，低了头，孟老板道："嘻！你就不要这样子为难我

155

了。你倒有什么意思，你就说吧。"

贞妹低低地道："人家大概是帮我们撒谎，那话是假的。"

孟老板道："什么话是假的？"

贞妹道："你说的是什么，什么就是假的。"

孟老板望了她出了一会儿神，问道："你并没有……那李先生……"

贞妹道："我是事急了，让你们去撒个谎的，哪里真有这事呢？你想我是那种不三不四的人，胡乱来的吗？人家也是看到我们没有法子，大概就这样假意答应一声的。"

孟老板道："这可胡来了，别什么事可以假，婚姻大事怎么可以说假呢？将来让人家知道了，那不是一桩笑话？"

贞妹低了头，低低地道："我也是这样说，你去和人家谈谈。"她说到最后一句，声音细微极了，细微得孟老板都听不出她说什么。不过贞妹的意思，他倒是猜想得出来一点。本来这个事不是闹着玩儿的，索性借这个机会，将女儿许配了姓李的也好。于是对贞妹道："好，我和李先生谈谈去。"转身就向李守白屋子里来。

第十三章

假成真哭变笑

孟老板走进李守白卧病的屋子里面来，先是轻轻咳嗽了两声，然后慢慢走到他床面前来，注视着他的面孔，微笑着道："李先生，你好些了吗？"

李守白所受的乃是一种很重的感冒，静静地睡了两天，又出了一身汗，病已经去了十之八九。只是两天未曾吃喝得好，精神很差，所以还是静静地在床上躺着。至于孟氏父子闹的这幕喜剧，他以为不过一说一了，已经说过去了，就不必去加以注意。孟老板进房来问病，他认为真是人家一番好意，便放出笑容来向他点点头道："多谢你惦记，我的病已经好得多了。"

孟老板道："我们真记挂呀，天菩萨保佑你的病倒是好了。因为这个地方不比在城里头，要买什么东西也没有，伺候病人是很不容易的。"一面说着，一面回头向身后的椅子看看，然后倒退了几步，在椅子上坐着。先是两条腿架着，其次将腰上插的那管旱烟袋搁在口里衔着，一手扳着烟杆，一手将两个指头伸到烟杆上垂的烟荷包里去，缓缓地掏着烟末，眼睛可向李守白望了出神。他的这种旱烟袋的关东烟叶味，最是刺激鼻子，守白平常就怕闻的，现时害病刚好，就把这种烟气来熏他，实在是二十四分不愿意。不过人家进房探病，是番好意，他吸烟自有他的自由权，如何可以干涉人家？因之他只是心里头难受，表面上却不曾表示出来。

孟老板掏了一撮烟末出来，向烟管头上按着。他忽然也得了个感觉，就是李守白是不抽烟的人，在病中恐怕不能闻这种烟味。立

157

刻将烟管由口里取出来，到门外去敲掉烟末，然后把烟管插到腰带里，依然走进来，面向床上坐着。李守白病后之人，自然是懒得说话，加上彼此的知识相差太远，也没有话可说，只是瞪了两只眼睛向屋顶上望着。孟老板要不说话，自己为什么来这儿？若要说话，突如其来地就提到婚姻两个字上去，也有些不妥当，因之又咳嗽了两声。等李守白向着这边看过来了，这才道："李先生，据你看这战事会闹到什么样子？"

李守白微笑着道："这话很难说的。"

孟老板没有什么话可说了，将插在裤腰带里的旱烟管拔了出来，又打算抽烟。可是他将旱烟管拿到手上以后，立刻感到这是一个错误，将旱烟管依然插到裤腰带里去。他那很不自然的咳嗽之声又跟着发生出来。

李守白看他这种态度，感到有些奇异了，而且也料定就是为了冒充贞妹丈夫的问题。自己这件事本来做得有些鲁莽，不过也是不得已，现在他到屋子里来一定是感谢我答应了那句话，可是又不便感谢出口来，所以是十分踌躇的样子，这倒不如先说出来，省得人家难为情，因向他道："先前那个马弁来问我的话，我是为了挽救你们大姑娘起见没有法子，随便和他点了个头。老实说，这种举动是要不得的，这事既过去了，大家都不必提了。我不必和孟老板说句冒昧，孟老板也就不必和我说句多谢。"

孟老板身子起了一起，可是也不过离开椅子两寸高，他又坐下了，向李守白微笑道："我怎么能不多谢你呢？别的事情可以随便闹着玩儿……"他只说到这里，脸色可就板住了，同时，他要说的话也就没有了转机，要说也说不出来。李守白听了他的话因，对于他的意思倒有些明白。心想：这就胡闹了，难道他的意思，以为我对贞妹的婚事，随便答应一句，就要认真起来了不成？于是向孟老板很注意地望着，静等他的下文。

孟老板被他望着，倒是有些踌躇。然而他也看出李守白的意思，只在一说一了，不说明白这个问题，总是不能解决。便自己壮着自己的胆子，胸脯挺了一挺，向李守白道："李先生，我要说句不知高低的话。我那姑娘模样儿是不敢说好，可是也没有丑相怪相；性情那可是很温柔的，可是也很直爽，倒是不和人闹脾气；说到能耐，大概住家过日子，粗细事儿一把抓。我可以说句硬话，准没有错。我的意思，很想高攀……"

他说到这里，又去找他的那支旱烟管来解围，把它捏在右手，右手还是抬起来，不住地去摸他的下巴颏。这下面的话，他就是不说，李守白也完全懂了，只是人家没说出来，不便先去打搅，依然还是静静地躺在床上，望了他不作声。

孟老板自己捣了一阵鬼，其实还没有什么害臊的话说出来，不过说到这里，已经只剩一两句话没说出，也不容不说，老脸一红，又跟着道："我很想借着机会，和李先生攀头亲戚，不知李先生的意思怎么样？"

他说完了这句，连耳根子都臊红了。李守白在他未说之先，肚子里已经做好了一个答复的草案，所以他对于这个问题并不觉得怎样的为难，便很从容地向他笑道："孟老板有这样的好意，看得起我，我是不应当推辞的。"孟老板听说，微笑起来。李守白可又道，"只是有一点对不起，我早已定下婚事的了。"

孟老板脸上那层红晕刚刚要退下去，经他如此一说，红晕复又簇拥起来，而且嘴角两三次翘起又落下，那勉强的笑容都有些装作不出来。

李守白道："这件事我真觉得对孟老板不住。"

孟老板懒懒地站起身来，手上的旱烟管又塞到嘴里去。可是这次他不像以先是欲吸而又止了，将烟袋放到嘴里之后，在身上掏出一盒火柴来擦了一根，要向烟管头上来燃着。不料这火柴也是一样不受命，手刚一举，火头就熄了。他于是手不扶着烟管，偏着头咬住了烟管嘴子，一手拿火柴盒，一手拿火柴擦火。但是擦着了之后，向烟袋头上伸去时又灭了。一连擦了几根火柴，都是如此。这个时候，他似乎全副精神都注重在擦火柴这件事上去，所以提婚被拒绝的那种难为情之处，现在都忘记了。直待他擦了六七根火柴，把那袋烟吸上了，喷出一口烟来，这才向李守白笑道："这是孩子无缘，也就没有法子了。"说这句话时，他说得很快，掉转身就走出房门去了。

他走出房来，一人坐在堂屋里就不住地抽烟，心想：这也是自己自讨没趣，怎样可以把人家一句随便的话，倒认起真来呢？但是论到我的姑娘，实在也没有什么配不过李先生的地方，李先生就这样瞧不起我们一个开饭店的姑娘。若说她不见得好，为什么强师长都想娶她呢？再说他害了病，我的姑娘把他当了亲兄弟一样伺候，他就一点恩情也没有？想起来了真是可气。心里想着，旱烟抽得非常起劲，一圈一圈的黑烟只管从口里直喷出来，两眼望了天上的云头，人都呆了。

贞妹在屋子里头静静地坐着，脸上红一阵白一阵，身上也是不住地发热，只管低着头用手在那里不住地互相剥着手指甲，连续地想着心事。过了许久，并不见孟老板进屋子来回话，似乎这件事情不大佳妙，在屋子里等了一会儿，就慢慢地起身走向房门口来。看到自己父亲一个人坐在凳子上发呆，料定了是商谈的结果果然不大佳妙。她待要上前去问父亲，又有些不好意思，不过不去问父亲，父亲也未必肯先说。踌躇了许久，结果是自己情不自禁地慢慢走到堂屋里，她抬了头观望着天色，一个人自言自语地道："混混又是一天过去了。"

孟老板对于她的话并不理会，无缘无故地叹了一口气。贞妹是个多留心的人，看到父亲这个样子，不去问就断定李守白对于婚事完全拒绝了。人家拒绝是拒绝了，如果从此就不理会人家，不到病人屋子里去，未免太着痕迹，可是果然去问候人的话，形容得女儿家又太无价值了。上前好呢，退后好呢？照常好呢，躲避一点好呢？

她父亲站在那里抽着烟发呆，她也是望了天发呆，想了许久，所得的结果却是自己的委屈受大了。一想到委屈两个字，心中酸楚起来，两眼里面的眼泪不知由何而起，立刻向外直钻，自己赶快忍着自己的酸痛向屋子里一跑。不到屋子里来，多少还可以忍住一点，到了屋子里以后，伏在床上，额头枕着两只手胳膊，就窸窸窣窣哭了起来。

孟老板如何不知道她这种哭声，只是自己把事越做越僵，也不好怎样去对女儿分解，只坐在外面叹气而已。二秃又不知到哪里去了，这个时候，全屋沉静极了。

李守白在屋子里躺着，一阵阵的哭泣声送入耳鼓来。先还以为是自己神经过敏，后来听得清清楚楚，是一个女子的小小哭声。若说是女子的哭声，除了贞妹没有第二人。她忽然哭起来，为什么呢？经过多少风波，她都不曾这样伤心地哭，这时环境并不怎样恶劣，一定是为了拒婚之辱，想着哭了起来。

当孟老板来提亲的时候，自己并不曾加以考虑，毅然决然就加以拒绝，并非是为了她是一个饭店的姑娘，只因心目中有个先入为主的韩小梅在那里。只是和常连长决斗那一幕，不是她出面来相救，恐怕已做了拳下之鬼。虽然她也是以德报德，可以相抵，然而就恩怨分明，算得那样清楚吗？再说自己害病，人家不避嫌疑来伺候，那又怎样去报她？婚姻这个问题，当然要把基础建筑在爱情上面，可是就以爱情而论，贞妹这个人多少有可爱之点。一个女儿家报答那个人，伺候那个人，结果是要嫁那个人，被人家拒绝了，多么难堪呢？

他如此一层一层地推想下去，觉得完全是自己不对，想着回头见了她时，多么惭愧，这也用不着害臊，一定要用好话安慰人家才对。可是他虽存了这种好意，然而贞妹却不曾再露面，倒是二秃到房里来得勤，时而送茶，时而送水，突然殷勤起来。李守白却不免有点奇怪，难道这个老实人也知道痛惜失路之人不成。

到了吃晚饭的时候，二秃送了一碗稀饭、一碟素菜进来，先将茶几端在床面前，然后把饭碟摆好，又把筷子用纸片擦了几擦，轻轻地、正正地在碗沿上面架着。

李守白道："你做事怎么会这样仔细起来了？"

二秃望了他微笑道："李先生，你看我这样一个人，仔细得起来吗？这都是孟家大姑娘教我这样做的。"

李守白点着头哦了一声，问道："那孟姑娘为什么不来呢？"

二秃道："她害眼睛害得挺厉害呢。她说，怕传染给别人，所以不肯进到你这屋子里头来。"李守白听了，也不多说，只是点点头。

这天晚上李守白的难受大概不在贞妹以下，翻来覆去，只是睡不着。及至天亮，才蒙眬入睡，醒来时，又是正午了。勉强下床来，试了试脚步，觉得不错，就不复在床上躺着，在椅子上小坐一会儿。到了晚上，也吃了一碗开水泡饭。因为这是中旬，一轮银盘似的月亮早在墙头树梢上拥了出来，屋子里正没有点灯，一块长方形的白光在黑暗的地皮上，很清楚地发现出来，把黑的屋子反映出一些模糊的光亮来。心里想着：今晚的月色一定是很好，这屋后面的菜园子里有几丛野竹子，还有一亩小池子，里面栽着荷花。这个日子，荷叶正开得面盆那样大，由荷叶丛中，冒出一朵一朵的大红拳头，那正是荷花含苞未吐。就是这两样东西，在月下也够赏鉴的了，何不去看看？

如此想着，就缓缓踱到后面菜园里来。那月亮一片白色，射到半空里有些摇曳不定的长影，那正是水池边三棵高大的柳树。极平常的柳树，在这月光里看来，就仿佛别有一种情趣似的。李守白昂着头向前看了去，就不曾注意到面前，当他缓缓走到柳树下的时候，一个影子忽然向前钻了出来。平素虽然胆大，然而突然受了东西一冲动，少不得吓了一跳，身子向后一缩，猛然站定。定睛看时却是一个人。自己还不曾问出话来，那个人似乎知道他已受惊，首先就告诉他道："李先生，是我在这里。"

李守白听出她的声音，乃是贞妹。她一个人跑到这很幽静的地方来，又不作声，这是干什么呢？只是嘴里不便将这话问出来，随口就道："大姑娘，你也来看看月色。"说着话时人已走近来，月光之下，见她低了头，似乎有些害臊的样子。她用很低的声音答道："天气很热，出来风凉风凉。"她说了这话，移动着脚步，似乎有走回屋子去的样子。李守白等她走过去好几步，却叫了声"大姑娘"，贞妹似乎等着人家叫她似的。听到大姑娘三个字，立刻止住脚步，掉转身来。她呆呆地站着，似乎是等李守白下面的话，可没有问出来。李守白走近两步，才站住向她道："大姑娘，我真对不住，昨天上午那件事。"

贞妹发出笑声来，答道："那不要紧，没什么关系。"

李守白道："其实……其实……本来这种事情，不能那样简单，我向来又不大会说话，所以……"

贞妹又呆了，简直不能把他的话听得怎样清楚，发出一种嘿嘿的笑声，似乎赞成又似乎讥笑的样子。

李守白站着静默了许久，忽然叹了一口气道："这件事真把大姑娘为难极了，我很知道。"

贞妹道："我也没有什么为难。"她说这话时，声音低极了，低得站在对面的人几乎都不能听到。

李守白道："令尊大人把我的话告诉大姑娘了吗?"

贞妹摇摇头，跟着又想到，在月光之下，摇头也未必看见，因此又答道："我父亲没有和我说什么。"

李守白心里有许多话要说，可是这时一句也说不出来。两个人静静地站着，把两个人的影子斜斜地倒在月亮地上。在这时间，草塘里面咯咯的蛙声响得很厉害，由此可以知道四周的空气静穆极了。倒是远处的蛙声声声入耳。李守白不开口，贞妹也不开口，就是这样面对面地站着。

李守白心想:这绝不是个办法。便就先开口道："我这番苦衷在令尊面前很不便说。大姑娘为人倒是很大方的，可不可以在这月光底下稍坐一会儿，等我把心事说一说。"

贞妹听了这话，心中自是欢喜，可是不知道什么缘故，身上便有些抖颤，想答应一句可以，口里却是也说不出来。

李守白见她不作声，也默然了一会儿，才道："我对令尊说的话，我后来一细想想，我简直是忘恩负义，我非常后悔。无论一种

163

什么事，就应该有个商量，不该推得那样干干净净的。"贞妹不说什么，反手掏过她的辫梢来，将一个指头，只管拨弄着。李守白看她虽不说什么，可也没有走开，又继续着道："大姑娘，你怪不怪我呢?"

贞妹道："我怎么能怪李先生呢? 李先生对我爹说了什么，我就不知道。"

李守白道："大姑娘一定是怪我了，若是不怪我，怎么一天也不见面，晚上又一个人跑到这里来，一个人坐着。"贞妹因他说着心事，还是低了头，只管去拨弄辫子梢。李守白看着，觉她有点楚楚可怜了，笑问道："大姑娘一个人在这里做什么?"

贞妹道："不做什么。"

李守白道："我倒猜着了，一定是在这里哭，因为在屋子里哭，怕大家听见呢!"

她听到这话，将手放了辫梢，突然一扭身，笑了起来。

李守白道："大姑娘态度这样诚恳，我想起来越是惭愧。告诉你一句实话，我并没有定亲事，告诉令尊那句话那是胡说的。"

贞妹背向他站，没有答言，可是她心里又是扑通扑通跳将起来了。

李守白道："那个时候，我只想到随便答应那马弁一句话，不过是和大姑娘打脱强师长的关系，何必弄假成真，而且大姑娘自己是什么意思，我也不知道。"

贞妹听了这话，突然将身子扭转来道："我……"她只说了这样一个我字，依然把话忍住了不说，身子已经是朝着李守白，可是头已低下去，又抬不起来了。

李守白听她这个我字之后，心中更是十分明了，便道："后来我想到大姑娘是我的恩人，而且这件事，若不是大姑娘同意，令尊也不会来说，我在人情上是应该答应的。"这句话说了不要紧，说得她周身筋肉向上一弹，嘿的一声笑了，赶快抬起一只右手来，掩住了自己两只眼睛。

李守白道："并不是我轻薄，现在这种时代，婚姻都要自主的，这个机会很好，这里又没有第三个人，大姑娘可以告诉我一声你的意思究竟怎样。"

贞妹依然掩着脸不作声。

李守白道："姑娘虽然大方，大概还不像我们这种新人物，对于婚姻大事可以自己随便说的。你既然不开口我也没有法子。这样吧，我来先送你一件东西。"说着伸手到衣服里面去，掏出一样小物件，托在手心里，就笑着向她道，"这一块玉牌子，是我家传之物，自小我母亲替我挂在身上，我长了这么大，不曾离开过身上一天。所以在我自己看来，这总算是一件可宝贵的东西。现在我把这样东西送给我的恩人，你若是愿意收下，你就不说什么，你心里也就自然明白。假使你不收，将来我再想别的法子报答你。"

贞妹听他的话虽然隐隐约约的，可是他用意所在已经十分明白，将掩着眼睛的手放了下来，对李守白托着玉牌的手微微瞟了一眼，却不曾用手去接。

李守白看她那样虽不拒绝，可不肯接受，手上老托着这块玉牌伸了出去，究竟不是办法，因之又把手摇撼了几下，向她说道："大姑娘，你真是不受，我就收下了。"说着收回手来，把玉牌又揣回衣袋里去，这才把贞妹的话急了出来，她扭着身体道："不，不。我不是那样说。"她说着，伸着手，用两个指头钳住李守白的衣袖，李守白料着是没有问题，于是左手捏住她的手，右手把这块玉牌向她手心里一塞。

说来也稀奇，贞妹对于这块玉牌，原来好像有不肯接收的意思，现在人家向她手心里塞去，她就紧紧地握着。李守白索性连她的手，一把握住摇撼了两下，笑道："你心里当然是很明白的，你现在还避不避嫌疑？若不避嫌疑，就在这柳树下找个地方坐，我们谈一谈心。"

贞妹道："不要吧，让我爹知道了，怪不好意思的。"

李守白笑道："现在原是要你爹知道的。"

165

贞妹低了头道："现在也就没有什么话说了。"

李守白道："你不生气了吗?"

贞妹不作声。

李守白道："你不哭了吗?"

这一问，问得她身子一扭，扑哧一声笑了。李守白将她带拉着，又带挽着，把她拉到柳树荫下来，这里正有两块洗衣的石头放在水边，就拉着她在那上面坐下。自己也就一挨身坐下了。这时夜风由荷叶上吹来，带着一种清香，水里的蛤蟆咯咯作响，此外并没有什么特别的事物，可以搅扰人的视听。于是这夜色更深沉了。贞妹到了此时，心里已经不跳，身下也不抖颤，更不会害臊，就安安静静和李守白谈起话来。他们谈话的声音很细，不但蛙声可以把声浪盖去；就是那晚风吹来，柳树条子沙沙作声，荷叶瑟瑟作响，早也就把一切的谈话掩藏过去了。那天上一轮圆澄的月亮，原来单独地系在碧空，现在天上却淡淡地抹上了一片松云，云有时走到月亮前去，月亮就飞跑起来，仿佛月亮看到地上这一双情侣，她有些害臊，倒藏藏躲躲呢。

他们是月亮东上时候见面的，到了月亮正中，坐着不曾散，还是贞妹先站起身来道："你的身体刚好，这里露水重，仔细又着凉，还是进去吧。"

李守白也觉得身上果然有些凉，就站起身来，伸了一个懒腰，又牵了牵西服的底襟，笑道："谈话的时候，可真的不短。"

贞妹看他牵衣，也弯着腰伸手替他牵衣。李守白连忙挽住她一只胳膊，笑道："这可不敢当，我问你，你现在不害臊了吗?"

贞妹道："明天我还是要伺候，害臊也不行啦。"

李守白道："不要忘了今夜，今夜的月亮多么好哇。"

贞妹笑道："嘻! 这句话，你今天说了多少遍了。我问你，你以前不愿意，怎么现在又是这样快活? 你不要是把我当小孩子，骗着我玩儿的吧?"

李守白道："别的什么事可以骗人，婚姻大事怎好骗人? 明天你对令尊说明，我们就正式做起亲戚来了。"

贞妹道："我不好意思说，还是你对他说吧。"

李守白笑道："我们谈了这半夜的话，怎么你还是不好意思呢？"

贞妹突然站住，侧耳听了一听，低声道："了不得，我父亲醒了，他在咳嗽呢。"说毕，飞也似的就向屋子里跑。

李守白在后面跟着，也只好轻轻地走进屋子里去。他心里就想着：这种小家碧玉的女子，大方是天生成的；羞怯呢，又是她环境上耳熏目染养成的一种习惯，细想起来，可是别有一种趣味。在他原来对贞妹虽然还有些未能满足之处，现在算是免除了。进了屋子睡觉以后，只管把今晚月下缔婚那段经过仔细玩味起来，直到深夜，方才入睡。

次日醒来，在床上不免又想了一阵，觉得回头和孟老板见面，倒有些不好意思，自己明拒于前，却暗允于后，怎样和人家说话，倒不能不先想一番。正犹豫着，二秃又送了茶水进来，李守白问道："大姑娘怎么不见？还在生气吗？"

二秃笑道："不，她今天乐着呢！"

李守白不说什么，却是一笑，不过自己像做了一件什么亏心事一样，始终坐在屋子里面不好意思出来。一小时以后，二秃却拿了一张名片进来对他道："有两个护兵站在大门口，说是他们的师长请李先生去说话。"

他听了，不由心里一跳，这一定是那强师长还要来纠缠，真可谓倒霉已极。于是懒懒地伸手将名片接了过去，一看之后，不由得呀了一声，原来这名片上的字并不是强执忠，乃是"王虎"两个字。

这地方王老虎会来，那是出于意料之外的事了。便道："王师长在哪里？我要去见见他。"说着，找了帽子戴着，就走了出来。那两个来请的卫兵是常随王老虎的，正认得李守白，就举手行礼。

李守白和他们点点头道："王师长什么时候来的？我知道了这个消息，欢喜得了不得。"

卫兵道："今天天亮到的，到了这里，就派我们找李先生，好容易才找着。"

说了话，一同走着，他们并不向村子里人家走去，走出村子来。那斜坡上有两棵高入云霄的大樟树，地面上圆圆的，有大片树荫里地面上铺了一张凉席，王老虎就和衣躺在席上。席上堆了两个包裹，高高地枕了头，席子外站了几个武装卫兵，还停了一辆汽车，草地上还放了许多水瓶茶壶之类，看他的态度却是从容。

他看见李守白到了，忽然跳将起来，迎上前一把抓住他的手道："李先生，你怎么瘦了许多，这战地上的辛苦，你有些受不了吧？"

李守白道："我病了两天，昨天才好，刚才听到师长来了，我欢喜不过，所以也不管受累不受累，就赶快来了。"

王老虎笑道："你猜不到我会到这地方来吧？"

李守白笑着点点头。

王老虎自己倒了一杯茶，递到李守白手上，然后两手一拍道："这里强师长打了个电报给我，有好些事和我商量，电报打得文绉绉的，秘书念给我听了，我不大清楚，我想着城里到这儿又不算远，自己跑了一趟就得了，我就说昨天下午要来。我手下那些人都不够种，都劝我不要来。我想，怕什么，现在咱们说了一致对外就一致对外，若是口里说着，心里还是你怕我，我怕你，那分明一致对外是假的。我想强师长干过大事的，以后还要干事啦，打电报你兄我弟的全有个商量，若是见了面就要杀我，那还是个人吗？以后谁相信他。我王老虎背后对人怎么着，见了面也是怎么着，我料着强师长不会干我就不会干我，所以我昨天半夜里带了十几个卫兵，就坐这辆大车来了。天亮见了强师长，他伸了大拇指，说我是个好的。他和我商量好几件事，能答应的，我就答应了；不能答应的，对不住，当面我就给他碰回去。他倒说我很痛快，要和我拜把子，这时候，他有几件公事要办，我不扰他，听说你在这里，特意找着你来谈谈。"

李守白自是高兴得着一个机会。和他谈话之后，才知道两位巡阅使商量以后，嫌王老虎是个草包，不能应付外交，立刻要把他调

168

走。他满腹牢骚乱骂了一阵。李守白不便多嘴只是微笑。正说着，只见来的那条路上，尘头大起，一卷黑烟似的，由远而近，飞奔到身边来。乃至身边，原来是强执忠带了十几名亲随跑着来了。

到了树边，强执忠首先滚鞍下马走过来，和王老虎握着手道："老大哥，对不住，少招待，特来奉陪。"

李守白看他短小精悍的样子，面黄无须，戴了软脚眼镜，两只闪闪有光的眼睛在玻璃片子里转动着，操了一口桂林官话，笑嘻嘻迎着王老虎。

王老虎可是说的中州口音，他道："强师长，你这话我明白了，到了这里，你好像是东家，我们好像是客。你瞧瞧，我们这客人够交朋友的了吧？永平这座城池我送给你。"说着，抱了拳头向他拱拱手。

强执忠听了这话，脸上不免露出笑容，正有一句话要说，王老虎又道："我可有句话要声明一下，县里的地皮让我刮得可以了，老弟台，你接防以后，可要少来一点。"

强执忠笑着，连说几声笑话。李守白因他的话过分粗鲁，自也不免一笑。

第十四章

棒打鸳鸯

　　原来强执忠为了贞妹这件事，虽已闻李守白之名，并不曾见过他，所以李守白虽然站在王虎的身边，强执忠依然不知道他是谁。这时他随便地一笑，料着他不是一个没地位的随员，就向他注意看了来。王老虎笑道："你瞧，我真大意。这是一位我佩服的新闻记者李守白先生。"用手向李守白一指，把他引了过来，向强执忠介绍。

　　李守白心里也就想着，人家都说强执忠是小诸葛，我以为他必是风流儒雅的人物，现在看起来，短小精悍，聪明外露，倒很像是戏台上的一个开口跳。强执忠也想着，这个新闻记者独身混到这种地方来，胆子总不算小，而且在这种地方，不久的时间就讨了一个姑娘去，总算是个不易对付的人。心里如此想着，他的目光隔了那眼镜只向他周身闪射。李守白如何不明白他心中的事，表面上只当是不知道，向他微鞠着躬道："师长到了这里以后，本来我就要去访问，偏是前两天受了很重的感冒，直待今天才好一点，因为王师长来了，所以一同到这里来。正想请王师长介绍呢，不料倒在这里会着了。"

　　强执忠向他微笑着，露出左角一粒金牙来，连连点头道："好，很好！"

　　李守白道："听说有一部分新闻记者要到这战地来调查，须在贵军防地经过，不知道什么时候可以到安乐窝来？"

　　强执忠听了他的话，向王虎的身上看看，又向李守白身上看看，然后才从容笑道："我倒是接着这样一个报告，详细情形，我不大清

170

楚，大概不久是要来的。"

李守白找着了正主子，以为必可在他口里讨出一点真消息来，不料越是他说的话，越是不着边际，好在这是无关紧要的事，他没有的确的答复，也就算了。

王老虎却是个直率的人，觉得新闻记者团经过防地这样可以注意的事，一个当军事领袖的人哪有不知道之理？便代他答道："你别忙，这种事很容易打听的。我知道了，我会派人告诉你。"说着，就向强执忠道："各人有各人的难处，他们干新闻记者的，自然也有他们的行，有了同行，就有他们的行规，若是先来的不接后到的，那是犯了行规。李先生，你说这话是不是？"

李守白心里好笑，我们还有什么行规，表面上对于这话可不便否认，笑着点头答应"是是"。

强执忠已不把这件事放在心上，笑道："兄弟现在特意来奉陪的，老哥愿意到师部里去喝两杯，还是在这村子上溜溜？"

王虎道："到贵师部谈谈吧，我还得赶回去呢。"

强执忠道："那么，我坐你的车子一路去。"说时，并没有理李守白。他李守白想强执忠这个人更不是好惹的，便向两个小军阀告辞自回韩家来。

贞妹站在大门口，正昂了头向村子大门那边望着。李守白走到身边，轻轻地问道："你在这里望什么呢？"

贞妹掉转身来，吃了一惊的样子，定了定神，才笑道："我以为你要走村子大门那边回来，原来是这头来的，你去干什么去了？我急得什么似的。"

李守白以为又发生了什么事故，望了她道："走的时候，我忘了告诉你一声。你找我有什么事？"

贞妹笑道："没有什么事。"她说了这句话，脸就红了。

李守白道："这样子，分明你是在门口等着我，总不能没有什么事吧？"

贞妹低头想了一想，然后笑道："你想呀，你也不告诉我一点原委，就跟着两个兵走了，我是多么害怕。究竟为了什么事把你找了去了？"

李守白道："在城里头的那个王师长现在来了，他听说我在这里，欢喜得了不得，把我请了去谈谈，我去得匆忙，也没有告诉你。半路里，我想起了这事，我也是怕你着急，不料我还没有进门，我一路里憋住的这个哑谜，就让你猜破了。"

贞妹笑道："当然啦，现在是不比以前。"李守白听了这话，不由得笑了起来。贞妹笑着将身子一扭，就跑进门去了。跑进去以后，她复又回身转来，向他低声笑道："我们的事，父亲还不知道呢。"依然掉转身躯跑着进去了。

李守白在门道里站着呆了一呆，望着她的后影，连点几下头，也就笑了。

孟老板听到外面有李守白的说话声，也迎了出来，看到他就皱了眉苦笑道："你有什么事苦忙，跟了两个大兵就这样走了。你先走了不要紧，可把我们急得不得了。"

他说到我们两个字，似乎感到有些不方便，把声音低了一低，然而声音虽是低着，他那句话究竟是说了出来了。李守白也没有去理会，向他微笑着，自走进屋子休息去了。因为病着的身体觉得劳累，倒在床上，感到异常的舒适，人就慢慢地睡着了。

乃至醒过来以后，已是红日偏西，心里非常之后悔，还有几件事想和王师长去接洽，到了这时，他当然是走了，总算错过了机会。一人坐在床上，正如此想着，却听到纸窗户砰砰作响，抬头看时，只见贞妹半个人影子在小玻璃窗外一闪，她低声道："喂！你出来到前面和我爹去说话，我也好进来和你打水泡茶呀。"

李守白笑道："何必这样鬼鬼祟祟的，你就大大方方地进来吧。"

贞妹道："我不，我不，我爹还没有知道哩，我怎么好意思进来呢？"

李守白道："那个韩大哥呢？"

贞妹道："大半天不见他了，你走以后，他就走了。我以为是跟你走了的呢。你出来吧，我不管你的事。你又不让我管，我有什么法子呢？"

说着，听到窗户外边有她连连的顿脚声，李守白料着她是真的急了，只好走出屋子来，找了孟老板说话。见面时，一时找不着谈话的资料，就笑问道："那个韩大哥哪里去了？大半天没有见他。"

孟老板正靠了堂屋的门，望了天井外的天色，口里叼了烟杆，有一下没一下地吸着烟，似乎是在想什么心事，身后来人，原都不曾知道。及至李守白问起话来，才回过头来，因答道："你起来了，大概身体又受累了。"他口里虽然是这样客气，脸上可没有什么笑容，不过故意表示很和蔼的神气，当然那不是出于诚意的。

李守白知道他兀自不快活，便笑道："我还有件事忘了奉告。昨天我们商量的事，已经和令爱说明白了，现在我们总算……总算是亲戚了。"

孟老板听了他的话在可能不可能之间，再看看他那神气，倒像是很尴尬，随口哦了一声道："和她说明白了？"

李守白一想，这也不必含羞答答，开门见山地和他说明白就完了，于是将脸正了一正，就把昨晚在园里遇到贞妹的事说了上半段，直至自己解下佩玉为止。又说本来一早就要明白相告，因为出门去耽误了，所以迟到现在。

孟老板听了这些话，由心窝里笑了出来，连连向李守白作了几个揖道："恭喜恭喜！"因为口里原来是叼着旱烟袋的，既要说话，所以把旱烟袋拿在手里，又因两手抱着拳头的，所以又是抱了旱烟袋一块儿奉揖。刚作揖，他第一个感想，觉察出来，不该向新姑爷道着恭喜；第二个感想呢，又觉察出来，哪有丈人先向姑爷施礼之理，而况自己施礼，又抱了一管旱烟袋呢？于是赶快缩回手来，口里啊呀啊呀了一阵。李守白知道这位丈人是个怯老头子，并不介意，也跟着向他回了几个揖。孟老板这时定了定神，笑道："我们这就是亲戚了，亲戚是用不着客气的，再说我们都在客边，也不能避嫌疑了，那韩大哥又走了，你还是让我姑娘伺候你。大姑娘，有开水吗？

173

先泡上一壶茶吧。"他昂了头向贞妹睡觉的屋子里叫着，叫了好几声，并不听到她答应一声，他就走到贞妹屋子里来，笑着低头道："这孩子也是奇怪，有时候害臊，有时候又不害臊，这也应该预备一点茶水来喝才好。"说着话，走进她屋子里，却并不看到一个人，孟老板咦了一声道："怎么一回事，人倒不见了。"说着，又提高了嗓子连喊几声。

贞妹三脚两步，由李守白屋子前跑了出来，红着脸低声道："爹，你叫什么？我又没有到什么远地方去。"

孟老板看那情形，料着她是由李守白屋子里出来，这就不便怎样追问，笑着用手摸摸胡子，闪到一边去。

李守白看到她父女俩那种情形，心里头也是暗笑，站在天井里只徘徊着。就在这个时候，大门外一阵皮鞋声响，有四个全副武装的兵士冲了进来，首先一个瞪了眼睛望着他道："你就是李守白吗？"

第二个兵士见李守白呆着站住，有些惊异的样子，便抢上一步，赔着笑脸问道："你就是李先生吗？我们师长派我们来，请你去有几句话说。"

李守白还以为王老虎相请，问道："王师长还没有走吗？"

那兵士道："不是王师长，是我们强师长请你。"

李守白听说，心里就踌躇着：这位强师长先前看到我就是那种淡淡的样子，他找我去干什么呢？心里如此犹豫，自然自己站在那里，也是犹豫不定的样子。这四个兵里面，就有两个兵抢上前一步，各夹住了李守白一只手，口里喝着道："走吧。"说毕，拖了李守白就要走。

李守白一看这种情形，料着不是什么好意，但是自己也绝对没做什么犯了军法的事，纵然被他们捉去，也不见得有什么大危险，因道："二位何必这样相逼，要我去，我跟着你们去就是了。"说毕，自己开了步走，两个兵跟他走出来，另有两个兵依然还在屋子里候着，他们究竟是什么用意，可不得而知。李守白心里想着，莫非他们还要为难贞妹，于是回头看看，不料就在这一刻工夫，后面拥出十几个端了枪的兵士来，看那些人的脸色都是凶狠狠地带了一股杀气，大概是要回头去看，那些兵士绝不能放过去的，于是低了头，就在这一群兵士前面走着。

到了强执忠住的那个临时的师部里，两个兵士捉住他的手臂，推了他的肩膀，不由他自己做主地把他送到一间黄土砖墙的屋子里去。那个屋子，原来是乡下人堆积柴草破烂东西的，只是在墙上拆去两块黄土砖放出一线黯淡的光线来，屋子里霉气触鼻，将人熏得站不住脚。走一步，那些碎烂的柴草将两个腿裹得分扯不开，实在是不受用。那两个兵将他推进门来之后，连忙把门掩上。本来这屋子已是漆黑的，把门关上，屋子里更黑暗了。而且这屋子里又没有一件木器家具，要找个坐的地位也没有，不得已，只是在屋子里来去地踱着步子。心里可兀自纳着闷：我为了什么事，惹下这大的祸，要强师长如此动怒，把我关了起来？难道为了贞妹的婚姻问题，打算拔去这眼中之钉吗？他这一个做师长的人，哪里娶不到一位姨太太，何必为了一个穷人家的女儿费这样大的事。只管如此想着，不见有人来传话，也不听到门外有什么响动，站了一两个钟头，自己有些乏了，于是用脚拨了些柴草，拥到墙角上，然后背靠了墙角，坐了下去。心里想着又恨又恼，用脚在地上连连顿了几下，可是房门外的人谁也不理会他。他在屋子里站起来走走，又在草堆里坐坐。

约莫过了两三小时，那房门却呀的一声开了，门外站着几个兵士，还有一位军官，都是刀枪密布，装出森严的样子来。那位军官道："李守白走出来！"那声音非常严厉。李守白心里不觉怦怦跳了几下，站了起来，踌躇了一会子。那军官又道："不要害怕，只管出来，不过有两句话问问你。"

李守白将胸脯挺了就大着步子走出那黑暗的屋子来，所幸这一群兵士将他向屋子里头向后引，并不把他送到外面去，到了里边，却不是强师长出来相见，乃是一位上级军官，坐在一张方桌边，当了临时的公案。两边站了两个挂着盒子炮的兵士，都是直挺挺地树了腰杆，瞪了两只大眼睛望着李守白。那桌上放着一大束信件，远远看去，几个较大的字可以看得出来，正是自己采访的零碎材料。除了自己，别人是看不出来的，这个样子，一定是把自己的行李都搜查过了一遍，他们以为是搜得证据了。若果是这种情形，自己相信并没有什么错处，那倒不怕。于是很镇定地站着，等那军官的问话。他问道："桌上这些稿件都是你的吗？"

李守白道："这都是我的，不错。"

军官问道："这稿子里面，有的写着军队的番号，有的写着地点的距离，里头还夹着似通非通的话，我们都不懂，你究竟是什么用意？"

李守白道："这并没有什么用意，因为我是个战地新闻记者，专门搜罗战地各种材料，得来的时候，当然是零零碎碎的，我怕忘记了，随时随地很简单地记录下来。到了作起整篇通信的时候，就把这些材料逐段地加编进去，这并没有什么隐秘之处。军官如不信，请你随便问哪张稿子，我都可以详细答复出来。"

军官微笑着点了点头道："原来如此。这里头有张作好了的通信稿子，有头有尾，大概也是你作的了。你何以还搁在箱子里没有寄出去，难道还留下一份底稿，作为将来的证据吗？"

李守白听了这些话，却有些不解，踌躇着答不出来。那军官见他如此，便以为他有亏心的事，横了眼睛，将那稿子一丢，丢到桌子边上，喝道："你看看，我们师长和你素不相识，有什么亏负于你，要你这样挖苦一顿，你在共和军那边当了什么差事？"

李守白道："我是个新闻记者，当什么差事？"口里如此说着，手上就把那张稿子拿了过来。看时，原来是上次鲍虎宸留下来的一张稿子，因为信里说到定国军始终是做后盾，有些挖苦的意味，自己不曾用得，放在一个装信件的皮包里，没有毁掉，不料到现在把这个东西倒成了一种把柄。便笑道："这件事却不能怪我，因为那位鲍参谋由前方到安乐窝来，交了这篇稿子给我，我因为这稿子的措辞不太妥当，放在皮包里没有发出去，所以留到现在。"

军官微笑道："你倒是对于我们师长有这样的好意，真是想不到。"

李守白道："这并不是巧辩，贵长官若是不信，可由我写张字条出来，和这张字据比上一比，你看是不是一人的笔迹？"

那军官道："自然是人家给你的底稿，你写的稿子已经寄出去了。你对我们定国军是不会怀着好意的。"

李守白道："何以见得？"

那军官不等他把话说完，瞪了眼，将桌子一拍道："你混账，看你说话不屈服，你这东西就不是好人。我把你关起来，过几天再说。看你是挖苦我们呢，还是我们挖苦你呢？"

李守白淡淡地道："我是个一品老百姓，你们要怎样办就怎样办吧，我还有什么法子呢？"

那军官也不说什么，脸上一红，气呼呼地用手一挥，吩咐兵士们将他押下去。于是几个兵士依然把李守白押回到那柴房里去。

李守白知道了这事的究竟，心里倒坦然起来，就凭这一点缘故，总不能治我的死罪。于是不像以前在屋子里来回走个不定，现在却躺在草堆上，静等发落。

这日白天没有什么动静。其间，兵士们还送了两个军用馒头、一碗白开水进来。李守白对于这种饮食倒没有什么厌恶，居然完全受用了。晚上屋子里也没有灯火，只是屋子里更显得漆黑，便知道是天色晚了。这个屋子大概是临近水沟，白天就有一两个蚊子，在耳朵边嗡嗡地乱叫，到了晚上，蚊子就像飞沙一般，不但其声如雷，而且不断地飞到鼻子里耳朵眼里来，实在搅扰不堪。没有法子，只好站了起来，在屋子里乱走，然而还是不行，那蚊子打成了球，在人脸上乱碰着。忽然想得了个办法，将身上的汗衫脱下来，把自己的头脸完全包着，身上的大褂子还依然穿着，两只手也揣到长衫里面去。总之，所有自己的肉体一点也不外露，以免被蚊子来侵略。

约莫过了两三点钟，房门开了，有人叫着李守白的名字，要他出去。李守白虽有些害怕，然而那屋子里既闷且热，蚊子闹得厉害，倒不如走出屋子去，暂时可以痛快痛快。于是走出屋子来，在灯光

177

下看到有四个兵士站在门的两边，意思是等着他出来就要押解他的。李守白索性直爽点，就在他们前面走着，转了几个弯，走到白天被审的那间屋子里，还是白天那种情形。桌上可是灯烛辉煌，照着一个穿便衣的中年汉子坐在那里，他究竟是个长衫朋友，不像其他武官审案那样厉害，看了李守白进来，微微地有些笑容。他手上拿了一把白纸折扇，在胸面前摇摆不住，一下一下地扇着，扇得衣服的胸襟只管鼓荡起来。他先是望了李守白，浑身上下打量个够，然后微笑道："你今年多大年纪？"

李守白心想：怎么上次不问年岁，复审才问年岁呢？便答道："我二十八岁。"

他笑道："哦！二十八岁，那本也是结婚的年龄了。但是你是从北京来的，在那种文人荟萃的地方，你竟没有找到一个对手方吗？"

李守白道："我大胆问一声先生贵姓，现时在这师部服什么职务？"

那人脸色一正道："我姓秦，是强师长的秘书，我是强师长派我来问话的，难道我不配吗？"

李守白道："不是那样说，因为阁下所问的话，我全不明白是何用意，把我捉了来，有问这些事的必要吗？"

那秦秘书的脸上不由得微微红上一阵，便道："自然要问的才问，难道我和你开玩笑不成？因为你既是在北京来的人，当然眼界很高，何以跑到这战地上来和一个贫家女子订婚？现时和你同住的，不是一位开饭店的姑娘吗？"

李守白道："你阁下既然当秘书，当然对于新旧知识都有很深的研究。请问男女婚姻是不是爱情为重，只要有爱情，出身两个字，有什么讨论的价值？"

秦秘书手上拿了扇子，慢慢地挥上一阵，然后微点着头道："这算你说得有理，你娶的孟家姑娘是在永平城里结婚，还是在安乐窝结婚的？"

李守白顿了一顿道："我在永平城里住在她饭店里，那时订的婚，我们还没有结婚呢。"

秦秘书道："哦！原来如此，这个我不过白问一声，怕连带着有别的关系，这也不去管他。你大概是不大满意我们的师长的，做起文章来，总要骂他几句。"

李守白道："我和强师长无冤无仇，我骂他做什么？若是说为了那张通信稿件的问题，我已经解释过了，你们再逼问我，我也是那样说。"

秦秘书将折扇收了起来，用扇子头向李守白连点着几下道："便宜了你，这次幸而是我来问你的话，若是还让赵参谋来问你的话，像你这样子回答，恐怕祸事不小。下去吧！"于是用扇子头向两边摆几摆，那意思还是让兵士们带他下去。兵士将他带到那柴房里去，他依然用汗衫包了头，在蚊子窝里躺下。

次日醒过来，由门缝里向外张望，已经有个兵士手扶了枪，在那里站着，这形势是格外的严重了，心里默念着，这自然是二罪其发，有公有私，虽然自己所犯的罪够不上死刑，然而在战场上，有枪的人们要枪毙一个手无寸铁的人，那如同杀死一只鸡一般，有什么难处？现在他们没有动手，大概还是这位师长命令没下来的缘故。自己关闭在这黑屋子里，这也只好像旧戏上戏词中的话，咬定牙关等时辰。他想着又不像初审那样安静了。

约莫有三四个小时，除了外面一阵动乱之外，倒是悄悄的。由门缝里向外一张望，看那个守门的兵士却已不知去向，用手推着门让它略略作响，也没有人过问，似乎松动了许多，索性敲着门叫了两声，这倒有人将门外的铁搭钩脱开，向里一伸头道："你叫我们做什么？"

李守白道："并没有别的事，我在这屋子里听到外面声音杂乱得很，不知道你们出了什么事，若是有战事的话，大家都去打仗去了，把我一个人关在这黑屋子里，又算哪一头的事情呢？"

那兵士倒是和蔼，向他点点头道："这件事我也不能做主，你还到屋子里去坐着，我替你去问问。"于是将门依然关了，他去请示去。不多久的工夫，他又打开门来，向李守白点头道："我们这里只剩一连人了，也没有人看着你。连长说，我们马上就要开拔了，不能带着你走，你要有什么罪，早就办了你了，既是没有办你，大概也没有什么罪。我们做个主，放了你走，你就走吧。"说着用手连挥了两下。李守白听了这话，倒有些不相信，站在屋子里，一步也不肯移动。那兵士道："咦！放你走，你为什么不走？你打算等些什么呢？"

李守白迟疑了一会子，才由屋子里缓步而出，果然那兵士并不阻拦，但是心里终始不大安定，不要是骗我出来，拿我开玩笑的。如此想着，故意将步子特别加缓地走着，一直走出了大门口，也没有什么阻碍，这才放大着胆子，赶快地奔到韩乐余家来。

到了那大门口，双扉紧闭，门上两个铁环却有一根粗绳子紧紧地将两个铁环绑着。于是把绳子解开，推了门进去，里面静悄悄的，没有一点什么声响，也就直接先奔自己住的屋子。进去看时，行李都翻乱了，自己那个装文件的箱子，盖子掀开了，东西一扫而空。走出房来，向贞妹的卧室里看看，东西却是不曾乱，桌子上还放着大半杯茶，似乎茶还没有喝完，人就走了。再到孟老板屋子里去看看，也是没有一个人影。走到堂屋里来，大喊了几声，也不见人出来，也没有人答应。一人站在堂屋里呆了一呆，心想着这是什么缘故。他父女二人若是走了，应该把行李也带走，若是被强师长捉去，但是把我也放了来不及管，何以又有那份气力来捉他父女二人？这里有人，当然这大门是不会反扣的，既然反扣了大门，必是在屋子里全部出走以后的事了。不过人是没有了，也许可以找些影响，看出些蛛丝马迹来。于是由屋子里走到厨房，由厨房又找到后面菜园，更由菜园子里找上大门口，但是一切如常，哪有一点形迹？自己由被捕到现在为止，也不过二十四个钟头，这二十四个钟头之内，就起了这样绝大的变化。在门口踌躇了很久的时候，想着总要打听一点消息出来，才能够进行第二步的办法，要不然，他们有什么困难，也没有法子挽救。

想了许久，还有两条路，一条是在村子里向庄稼人去打听，一条是向军营去打听。他们走了，不是飞了，总有人看到他们是如何走出去的。想定了，于是先到村子里左右人家去看看，不料在韩乐余家附近，七八户人家都是倒扣着大门的，走过去好几幢房屋，才有一户半开着大门的人家，门里有苍老的咳嗽声，便站在门口先叫了两声，问里面有人吗。里面咳嗽着答应一声："谁?"那人走出来，是个苍白胡子的老头子，便弯着腰，一手扶了根拐杖，一手反背到后面，捶着背走了出来。他看到李守白是个便装的，便问道："你先生要什么? 挑有的拿吧。"

　　这样看起来，似乎村子里的东西已经被人随便地拿惯了。因笑道："老人家，我不是要什么的，我和你打听一件事情，这韩乐余家住的有几位外来的人，知道他们到哪里去了吗?"

　　那老人向李守白身上打量了一遍，才答道："你先生不就是住在老韩家里的吗? 怎么倒来问我呢?"

　　李守白道："因为我离开那屋子一天一夜，回来的时候，大门是向外倒扣着，两位同伴都不见了，所以我要和你打听打听。"

　　老人道："今天上午，队伍乱动，说是又要打仗了，全村骇了个鸡飞狗上房。其实没事，想必是他们躲到村子外去了。"

　　李守白道："怎么大半天还不见回来呢?"

　　老人道："我也是这样子猜，也不敢说是准不准，大概他是走错了路，你先生到村子外面找找去，也许他们一会子就回来了。"

　　李守白想着:若是为了谣言吓跑的，各逃生命，谁又管得了谁? 把这消息去问人，大概是问不出什么结果来的，不如自己到外面去找了吧。于是别了老人，一人走出村子来寻找。

　　这个安乐窝自从有了军事以后，人跑一个光。纵然有几个老弱村人在这里看守房子，然而也就不轻易露出声影。现在大军经过几次，就是老弱的，时刻提心吊胆，也有些按捺不住，也只好悄悄地离开屋子。所以李守白在村子里村子外绕了个大圈圈，空气是非常寂寞，不见人影。

到了这时，大概强师长留下的那一连人也开走了。西边树梢上的一轮太阳慢慢地沉下去，最后没有那团红日，只是西边水平线上一片红光，这红光反射到大地上，一切都成了赤色。尤其是人家的黄土墙，被红光罩着，别是一种凄惨之色，野外的太阳没什么挡住落下去了，立刻就紧接着晚上。李守白在朦胧的暮色里缓缓地走回村子来，看这时不但看不到人，而且看不到一只生物，死气沉沉的，一列矮墙在阴森的野竹林子里露出。平常的一座村落，充量地现出可怕的样子来。

第十五章

离开安乐窝吧

李守白一人在静悄无人的路上走着，忽然听到身后有瑟瑟的脚步声跟着，这不由得他大吃上一惊。可是回头观看身后，并不见有什么人。静静地站了许久，然后又缓缓地移了脚向前走，走了十几步之久，自己这才察觉出来了，原来是自己的脚后跟带起了路上的沙子，那沙子瑟瑟作响。白天走路未尝没有这种声响，只是空气不像这样寂寞，所以听不出来。自己觉得胆小过分，一人倒笑起来。然而这村子里这晚上几乎是死过去了，一切的声响都已停止，而且一切亮光也都已不见。摸索着走到韩乐余家去，恰是不留心火柴煤油灯放在什么地方，这时一人到各房里去摸索着，实在摸索不出来。没有法子，只好就是在黑暗中，摸着床躺了下去。

夏日短夜，只在床上躺下迷糊了一阵，不觉便已天亮，赶快爬了起来，用点凉水洗了脸，跑出大门来。又在村子前后寻找了一阵，果然驻扎在这村子上的军队现时是开拔得不见一人。各民房家里，十有九家无人；就是找着了人，多半是老年的，若问这些情形，他们更是不知道。心里默想着：强执忠的军队忽然不见，一定是开上了永平。那天王老虎曾说着，他们要把永平县让出，也许他也要到这里来。那么自己不妨在这里等上一二天，一来好打听前方战事有什么变化，二来也好等贞妹回来。于是决定了主意，依然住在韩乐余家，自己的饮食也由自己去办理。一个人倒可以借着这煮饭烧茶的工夫来度过这无聊的时间。

到了第三天依然不见有什么军队到安乐窝来，贞妹父女也不曾见着踪影，这两件事都让他心里难受。外交吃紧，共和、定国两军之间还在抢地盘，意见并未一致。贞妹和自己已经在未订婚之前，便觉得这个女子伶俐可爱，订婚以后，对她就有一种说不出来的好感。偏是订婚不到三天，就闹出这样一段事来。想着，精神上就非常不安定，在床上睡了半天，把昨天剩下的一碗冷饭用开水泡了吃着，又继续躺下。

可是这天下午，是个阴雨的天气，雨虽不大，那聚结的阴云把天坠了下来。看去几乎要压着远处的树顶，既没有人来，也无事可做，闷不过了，就走到村子外来闲望。当自己走回去时，忽有两个兵士手上端了上刺刀的步枪，做个要刺杀的样子冲上前来。李守白已经很懂得兵家的规矩，连忙高举了两只手，一动也不动。有个兵士喝问道："这里还有多少人住着，你们干什么的？快说！"

李守白道："这里就是我一个人，同住的人都走了，我是由城里逃难到这里来的，因为天气不好，没有走得了。"

那两个兵士听他的说话，看看他脚上穿了一双皮鞋，一个兵便道："大概就是他。"

李守白心里一想：糟了，好像这又是特意寻找着我到这里来似的。

可是那两个兵在说这句话后，各把枪都放了下来，因道："你说是你一个人，我不大相信，你引着我们在各处看看。"

李守白看他们那样子已是没有恶意，就大了胆子，引着他们在各房间里搜检了一遍。一个兵士道："我老实告诉你，我们在庄门外看到有一路皮鞋印在烂泥地里到这里边来，我们以为是军人，所以跟着来了。你既不是军人，我们也不为难你，可是要带你去见营长，让他问你几句话。"

李守白料着是不能违抗的，便道："这都听便，我是一个难民，见什么人都没有关系。"

于是两个兵一人在前，一人在后，押着他走了出来。所到的地方还是强执忠那个临时师部，门口已有两个兵扛着枪守卫，那两个兵已经把他带进屋去，先在门洞里待着，把一个兵进去报告。这位营长又是个性急如火的人，听说前面逮着一个类似奸细的来了，也等不及将人向里引，他自己迎了出来，看着李守白的那兵士，赶快扶着枪一立正，李守白知道是营长出来了，向前看时不由失声叫了起来道："原来是常连长。"

常德标啊哟了一声，老远地就伸出一只手来，笑道："原来是李先生，你还没有走啦？"于是二人将手拉了一拉。

常德标笑道："这算大水冲了龙王庙，一家人不认得一家人，里面坐着谈吧，别让人家笑话了。"说着，就把他拉到里面屋子里去。这地方已经过一次兵的了，这上房里的门和窗户格扇都倒着叠在墙脚下，屋子里只有一桌一椅是完好的。常德标的应用物件一半放在桌上，还有一半在桌上堆置不下，都放在地上。可是那桌子的面子也就左一个窟窿，右一个窟窿，没有一寸大的光滑所在。常德标拖了方凳子，自己待要坐下，一见没李守白坐的地方，就跑出去搬了一个三只腿的凳子，靠了墙壁放着，自己两腿着力，半蹲半坐地坐下，然后指着那张好凳子，让李守白坐下。

李守白笑道："我听到说营长来了，料着又不免要费口舌，千万想不到就是你。几时升的营长？恭喜恭喜！"

常德标笑道："恭喜什么，我名说是营长，可是我这里合并了两连人，也只刚刚的一连人罢了。"

李守白道："这村庄上自贵部去后，强执忠的军队就来了，那意思自然是要接收共和军的防地，可是不到三五天工夫，就完全调开了。这村子里弄下一个空村有好几天，我正不知这是什么意思。"

常德标道："他妈的又是抢地盘去了。你不知道，这里过去三十里有万安镇，那是富足的地方，很有些税款。万安过去的铁山县，也是个大县城，这都归我们高师长管着。高师长因把军队全调到城里去了，所以强执忠不分日夜就开到万安镇去。这里的防地又算交还我们了。这几天日本兵并没有出来捣乱，我们和定国军讲和的事怕又有点靠不住。我们王师长本打算开到这里来的，因为接到包旅

185

长的电报，千万不能离开永平，他们一旅人要到这里来。我是昨晚上由永平开拔的，所以我很知道。还有一营工程兵马上就到，来了就要在这里建筑防御工事。这地方是很危险的，我看你离开这里好。那孟家姑娘也让她走。"

李守白道："唉！不要提起。"于是把自己被扣和贞妹不知所往的事说了一遍，唯有和贞妹订婚的那一件事，不大好意思说，就隐瞒了。

常德标道："我说怎么着，漂亮的大姑娘在这种地方住着是不大稳当的。这是他们师长干的事，要是让营连长干，就得丢脑袋瓜。"说毕，摇着头叹了一口气。

李守白道："既然这里怕变为战场，我在这里住着也不便，只是往哪里走呢？"

常德标道："我想起来了，你不是有一班朋友要来吗？我在城里听到说，那班人都在铁山县，你不是要拜会你的朋友吗？你不如到铁山去。纵然有军事发动，那里可离得火线远。"

李守白道："这倒也是一个办法，天晴了我就走。"

常德标笑道："你以为住在北京城里逛西山，等着晴天出门啦。战场上的事情，越是天气不好，越是变化得厉害。我想着你要走就是今天走吧，我借一匹马给你骑，派一个人送你。可是我不够发护照的资格，人家把你拿住了，我不能保那个险。"

李守白道："护照我有一张，是王师长给我的，只是我有一件事要重托你。"说着这话时，自己便有些犹豫起来，原是坐着的，这可将身子向上一站，向着常德标微笑。

常德标也站起来，将腰包拍了两下，笑道："这个我明白，我多的没有，三十二十的……"

李守白连连摇着手道："不是这个，钱我还有呢。我是别人的事，要托你办一办。"

常德标道："什么？别人的事要托我办一办。你就说吧，哪个的事，是你的朋友，也就是我的朋友啊。"

李守白道：“对了，是我的朋友，也是你的朋友。就是那孟家大姑娘，现在虽然不知道她逃到哪里去了，但是我想，她跑得不会远的，设若是她没有落到强师长手上去，有一天在这前后遇到了她父女，你必定想法子放她一条生路。”

常德标道：“这何须说得，咱们大家都认识，自然要想法子去救她。”说着，他左手取下了戴的军帽，右手在头上连连搔了几下，笑道：“你对于这位孟家大姑娘，可是真要好，人都是个缘儿啰。”

李守白微笑着，本想把实话告诉他，转身一想，这位常营长不认识一个大字，而且喜好无常，万一有嫉妒的心事起来，恐怕还要落井下石呢。于是笑道：“这也无所谓，不过大家彼此认识，眼睁睁地看到人家遭了不幸的事，哪有不搭救人家的道理？”

常德标笑道：“今天可又来个对不住，知道的，说是弟兄们把事情弄错了，不知道的，倒说俺老常拿你开玩笑。你走吧，先回去等着。待一会儿，我派人来送你。军营里正忙着，我不陪你谈天了。”

李守白伸手和他握了一握，于是走回韩家来。

当他在路上走的时候，却碰到一大队兵士穿村而过，各人背锹锄铁器。大概是常德标所说，工程营开到了。这个样子，情形自然又加紧张，无论如何，这村庄里是住不得的了。回家之后，赶快将自己的行李收拾了一遍，不曾收完，常德标派来护送的兵士已经在大门外等着了。这个人叫余乃胜，平常有个奇特的嗜好，是喜欢说话，而且喜欢干闲差事。现在营长派他送人到铁山去，可以得个消遣的机会，心里很是高兴，所以听了营长的命令，立刻就到韩乐余门口来守着。及至李守白出来，他首先抢着道：“你怎么这会儿才出来。我真等个够，还有什么行李没有？最好是找块油布盖上一盖。这样阴雨的天，走路可不是件容易的事。上头雨淋，下头泥滑，一路还得小心出什么乱子。这话又说回来了，我们当大兵的，什么都干惯了，这样雨天算什么……”

李守白两手提了行李出来，站在大门口等他接住，他先说了这一大套废话，听他还没有完毕的意思，只得提了行李出门，将两个包裹拴在马鞍子边，接着骑上马去。余乃胜这才只好跟着跨上马背，向村子外出发。

余乃胜似乎感到李守白是不爱说闲话的人，在马上静默了有五分钟之久。最后他还是忍耐不住了，便问着李守白到过铁山没有，又问向哪里投宿。李守白道："这附近几县，我以前在地图上都找不着它的名字，不用说到过没有了。我就是这样，走到哪里，说到哪里，现在也说不定要到哪里住。"

余乃胜道："铁山县城我也有多年不到了，我有个姊夫，在那里做小生意买卖，假如他还住在那里没搬动，你可以住到他那里去，你跟我们营长有交情，我就可以给你帮个忙。你到那里去干什么的，我都知道，你也许和那高师长谈起交情来，明天携带携带我吧。据说，你们报馆里的人哪里都能去。无论见了什么大官，也是一般大。前清有种官，见官大三级，真威风。其实不必大三级，一般大，就够瞧的了。李先生，你真有造化。"

李守白在马背上一伸懒腰，哈哈大笑起来。余乃胜听到，倒有些难为情，就不便作声。那八只马蹄在泥浆里践踏着，踏得泥乱舞，一路上都是扑哒作响。

走了半里路，余乃胜始终忍不住要说话，便道："李先生，你瞧我当大兵的都是老粗吧？"

李守白想到刚才一个哈哈，未免有些耻笑人的意味，非把人家这个面子找补回来不可，便道："哪来的话，当兵的人有学问的多着呢。现在国家大事，不都是军人掌管着吗？你提到铁山城里有个令亲，到了城里，我一定去拜访。"

这一提，余乃胜又高兴起来了，便道："拜访可不敢当，他们住在城里的，人眼儿熟，多少有个照顾。"他口里说着话，两腿将马腹一夹，抢上前两步，就和李守白的马并头而行。

李守白无意中得到一个投身之所，心想不如和他多表示亲近一点，好让他在姊夫面前着力介绍，于是不断地引着他谈话。余乃胜高兴极了，一路之上，遇到不好走的所在都抢先过去，替他试试。

起程就走了二三十里路，经过的村庄都不见有什么人出头，村庄人家的墙壁上，偶然贴着一两条残剩的标语，也有在墙上写着几营几连字样的，这很可以知道，此地为大军经过所在。人家的门户，十有其九是关闭的，门纵然不关闭，也是向外倒坍着，看那屋子里都空洞无人。因在马上失声叹了一口气道："看这样子，人都跑光了的，不但是饭店里找不着，恐怕要讨口茶水喝也不容易。"

余乃胜道："不但是你要喝，我也要喝了。这条大路上，决计找不到我们主顾的，怎么办？"说着，两脚踏了鞍镫，半起着身子，左右前后四处张望，摇摇头道，"不行。"

李守白道："你在马上，不过看了远处的村庄罢了，至于村庄里有人没有，你怎么看得出来？"

余乃胜笑道："你是个读书的人，怎么这一点事会不懂？你想，现在是乡下人做中饭的时候了，假使村子里有人，烟囱里面各处都要冒出烟来。现在前后十几里地也不见有半根烟丝，当然是没有人，哪里找吃喝的去。"

李守白笑道："这倒对了，只是下雨的天，要水喝是有的，可图不着一个干净。"

二人说着话时，走到一个村子口上，跨过一道小河沟，沟上架着一块石板桥。站在桥上向下面看，那沟里的水带着水沫和草屑，流得很快，那水像鸡蛋黄一样，带了不少黄泥，滚滚而去。余乃胜看到，将马向旁边一带，然后跳了下来，蹲到沟边，两手抓住沟沿上的草，俯着身子，将头伸到水里去，嘴就着水面就这样吸了起来。连连喝了几口，嗐着一声站起，表示喝得痛快的样子，然后掀起一块衣摆，擦着自己的嘴唇。他手里牵了马缰绳，向李守白道："李先生，你不下马来喝一点？"

李守白坐在马上，连连摆了几下头道："这样的水不但我喝不下去，就是这喝法，我也有些受不了。"

余乃胜骑上了马，笑道："打起仗来，臭沟里的水我也喝上一饱。你既是怕得喝，我们走着再说吧。"于是他的马在前，李守白的马在后，继续地向前走着。

这时，天上的阴云已经慢慢开朗，黑云外镶着白云，白云外又露出蔚蓝色的天空来，犹如棉絮里漏出很大的窟窿来。那窟窿慢慢展大，就成了晴天，一轮红日突然照在大地上。雨后暴晴，不但不见凉爽，只觉一种蒸笼之气向人身上扑来，更觉得烦闷。

约走了五里地，身上晒得很热，口也更渴，遂向余乃胜道："余老总，我忍不住渴了。下马来到树荫处休息一下吧。那树荫下有口井，弄点水喝。"

说着话，二人一同下马，走向一棵大树下来。这是个三岔路口，路边两家茅草屋，搭上一架北瓜架子，成个品字形，屋边有两棵高入云端的冬青树，照着地上绿荫荫的。那荫地里，便有一座高不到五尺的土地庙和一口小井。李守白将马束在瓜架的支柱上，就向井边奔来，到了井口边，这才醒悟过来：井里不像水沟里，难道有那长的颈脖子，伸到井里头去喝。于是站在井边上，只管踌躇着。

余乃胜由那茅草屋后边转了出来，手上捏了个翠绿的甜瓜，高高举起，笑道："李先生，不要找井水喝了。这屋后面菜园子里有十几颗甜瓜，挂灯笼似的，长着很大的个儿，你不摘两个吃吃。既可以当茶喝，也可以当点心吃。"

李守白看到甜瓜的颜色，在淡绿上，抹着墨绿的黑斑，又是圆滚滚的，果然先引出一口唾沫，一直就奔向菜园子里去。菜园子里的蔬菜都长得有二三尺高，靠墙十几枝竹竿，上面绕着甜瓜藤。因为瓜重，竹竿子弯着坠到草里去。野草乱蓬蓬地斜放，也长得有二三尺深。他见那弯竹弓式的竿子上，一连坠了三个甜瓜，摘了一个，用手绢擦擦外皮，站在墙角下就吃将起来。不到两分钟，就把那个甜瓜吃完了。平常看到乡下人吃甜瓜，觉得那东西不曾有什么味，今天自己吃起来，就非常的香甜凉脆，一口气吃了三个，才休息了片刻，站在墙底下出神。无意之间，却看到壁上有铅笔写了几行字。看那头一句，却是一首诗，便看了下去。那诗道：

落日关山路，苍茫不见人。

田园生荆棘，荒烟荡野尘。

报国自悲老，逃生转幸贫。

所喜同漂泊，相随一女亲。

安乐窝老渔，逃难过此，题壁留痕，以作纪念，若有
余命归来，当面以砚沧桑也。

哎哟！这岂不是韩乐余题的诗吗？诗格苍老，不像少年人之作，
不是他还有谁？我只知道他爷俩逃命去了，却不知他们已上哪里，
莫不是他们也由此地到铁山去了。于是手上摘了个瓜，一面啃着，
一面走了出来。

余乃胜笑道："不错吧？吃了这个又可以走二三十里地，这就不
至于闹饥荒了。"

李守白道："我和你打听，由这里往前走，除了铁山，不能到别
的地方去吗？"

余乃胜道："你这是书呆子话了，天下路路通京，哪一条路是专
到一个地方的呢？"

李守白笑道："果然是我这话问得外行，不过照出门人的路程
说，这总是到铁山的一条大路吧？"

余乃胜道："对了，这是到铁山的一条大路，李先生问这话什么
意思？是想到别的地方去吗？"

李守白一想，自己的心事也犯不上告诉他，便笑道："没关系，
我白问一声罢了。"

二人上着马，又向前去。这样一来倒添了李守白一件心事。路
上经过村庄，总要看看人家墙壁上有题的诗句没有。然而韩乐余又
不是沿途贴标语的，当然不能再找出他的题壁诗来。因路上还是泥
滑得很，只走了二十里路，天色已晚，就在路上找一个村庄歇下。
这村子只有一二十户人家，分在路的两边，各家都是关着门户的，

并不见人出来。于是各下了马，拣着一家整齐些的门户走了进去。不料走到里面看时，已经有些昏黑，屋子里动用家具四处散乱地放着。稻草和木棍竹片满地都是。

李守白道："这人家虽是没有人，但动用家具都没有搬走，似乎还留下些吃的东西。我们找个灯火，到处寻寻看。"

余乃胜道："慢来，这屋子里头怎么这样的臭，也许是什么腊肉咸鱼坏了吧？我们跟着这气味去找找看。"

李守白却也同意，用鼻子尖嗅了一阵，向后进屋子找去。到了后进，这臭气更厉害，余乃胜在地上抓了一把干竹片，用火柴擦了点着，向前照着，迎面有两扇房门是半掩半开的。他一手举火，一手推门，刚刚是跨进去一只脚，李守白在他后面，更看得清楚，地上摊着两个死尸，面目模糊，苍蝇乱飞。李守白哇的一声怪叫，余乃胜丢了手上火向外便跑，二人一直跑出大门口来，各吐了几遍口沫。

余乃胜道："我的天，真惨，人肉都化了。"

李守白道："罢了，我们过一个村子去投宿吧，我也不想吃什么了。"

余乃胜道："漆黑了，我们向哪里跑呢？你若是不敢进人家去，对过是个牛棚，可以在那里躲躲露水。"

李守白也不能勉强要走，走到牛棚边，在一个石头墩子上坐下了。余乃胜究是惯了这战场生活，他依然到人家去找吃的东西。不多一会儿，他找了一个锅和两个瓦罐子来，他捡了几块石头，就地支着架起锅来，便在地上捡些柴草，就烧起来。用瓦罐在田沟里舀了两罐水，洗刷了锅，又跑进人家去，用衣服兜了一兜东西，向锅里一倒，笑道："我找了七八家，也没找着吃的，只有一家有半筐子干豌豆，煮着吃些吧。"说毕，他又捡了一把干树枝，在上风头点着，点着之后，连忙在地上拔了许多青草，向火上一盖，立刻火头灭了下去，生出很大的烟头，风吹着，向牛棚里射来。

李守白坐在那里，正苦于这半寸大的野蚊子没有法子驱逐，这浓烟吹过，蚊子自然去了，不由得笑道："不料我长了二十多岁，今天过起原始时代的生活来，这倒很有趣。"

余乃胜没有懂得，便问："什么？"李守白解释了一遍，余乃胜道："这就算特别吗？好日子你还没有尝着呢，将来你瞧吧。"他说着话，不住地向石头缝里添干柴，那锅里的豆子倒煮得很香，一会儿将豆子煮熟了，他在人家柳树篱笆上折了几根柳条，把锅里的豆子分拨到两个瓦罐里去，先将两根柳条插到一个瓦罐里，送到李守白面前，笑道："李先生，尝一点这头等厨子做的饭。"

李守白想起那屋里的死尸，又想起这豆子是田沟里的水煮的，实在是吃不下去，只端起瓦罐子闻了一闻，依然放了下来。余乃胜毫不顾忌，自取了一罐豆，用柳条挑着，只向嘴里乱送，直将那罐豆吃完，然后才放下罐子。李守白因为肚子还不十分饿，用包袱当了枕头，在牛棚地上就躺下了。一觉醒来，天色还未明亮，只是满天星斗稀少，有几颗明亮的大星在朦胧的天空中摇摇欲坠。本待再睡些时候，无如那青草堆火烟已经消灭了，蚊子复又闹起来，睡着坐着，都纷扰不过，只好在牛棚外走来走去。看看余乃胜依然在酣睡，自己实在觉到肚子里有些饿了，看看余乃胜送给自己那罐豌豆，却是粉团团的盛满了，端起来，用柳条挑了两粒，到嘴里咀嚼着，虽是无油无盐，却有些甜津津的回味，情不自禁地就这样吃下去。吃过几挑之后，索性坐到石墩上吃将起来，直把半罐豌豆吃了，有了八成饱，方才将罐子放了下来，依然在路上徘徊着去等天亮。

顺脚走来，有个露天春床，放在人家屋檐下，坐在脚踏板上，靠了扶手架子，倒有些像躺椅，于是就躺下了。不多一会儿，天色已经大亮，路上来来往往不少逃难的人，其中两匹驴子驮着一男一女，挨身而过，因是背着去的，看那后影，女的非常之像韩小梅，便大着胆子叫了一声小梅。那女子回头看了一看，果是小梅。她身上穿了白底蓝花点的裤子；头上罩了一块紫布手巾；脸上披下两绺头发来，脸上被太阳晒着，红得像苹果一般，别有一种娇媚。李守白看到喜出望外，就赶上前去，走到她身边时，她并不理会，两腿

193

将驴子一夹，那驴子耸着长耳朵，四只蹄子在路边上噼噼啪啪响着，超过韩乐余的牲口，一直向前去了。李守白哪里肯舍，拼了命似的赶到她身边，将驴头上的绳子抓住，连连向她拱着手道："韩姑娘，你怎么不理我？难道有什么事怪我吗？"

小梅瞪了眼道："你自己做的事，你自己知道。"说着，骑了驴子便跑。李守白抢上前一步，把缰绳拉住，叫道："不忙走呀！有话和你说。"她把缰绳一抖，李守白也拼命地抓住，大叫："小梅，小梅！"

第十六章

可喜的重逢

这叫唤声，李守白将自己叫醒了。睁开眼睛看时，眼前黑漆漆的，身子躺在一方硬邦邦的东西上面。两手所扳住的是春床的扶手棍，并不是缰绳。原来躺在春床上做了一个梦。天已变成鱼肚色，一个星斗都没有了。西边树顶上半钩残月，却还像半面破镜悬空在那里。李守白将抓住扶手棍的手放松了，坐在春床上，又出了一会儿神，余乃胜在牛棚里叫起来道："李先生，李先生，天亮了。"

李守白道："我早醒了，坐在这边吹风呢。"

余乃胜站起来伸了个懒腰，将放在人家屋檐下的马鞍子搬上了马背，把肚带束紧了，拍了拍马鞍子道："李先生，我们走吧。"

李守白原觉得有什么事情可以留恋一般，但是仔细想来，又并不觉得有什么事可以勾留的，于是在马背上拴好了包袱，骑上马起程。昨日在路上走了大半日，并不看到什么往来的行人，今天起得如此之早，路上更是没有行人，二人要是不说话，路上便只有嘚嘚的马蹄声了。

半上午到了城门口，远远地看到城门半掩着，在城门洞口上，相对地站了两排兵士，只有出城的人，在他们面前挨身而过，并没有什么人由外面进去。看这样子，还在戒严期中。李守白揣好的护照掏在手上，然后跳下马来，牵着马在余乃胜前面走。果然还不曾到那守城的兵士面前，就有个兵提着枪上前来盘问。李守白将护照先拿出来交给那兵士，又把来意说明。兵士去问了排长，排长过来问了一遍，又带二人进城，到守城的兵棚里去见营长。

当二人进城的时候，见那半扇已掩的城门全用沙袋塞住，已经高齐了门顶，这边半开的门后，也是堆了一两丈高的沙袋，预备来堵门用的。城市里墙下，有二三十个兵士，带了四五十名民夫，很忙地在那里挖地洞，挖的挖，搬土的搬土。兵士和民夫说笑着工作，虽然情形很危险，看他们的样子却是很镇定的。

到了兵棚门口，那个营长出来相迎，将他引到屋子外来说话，似乎是怕扰乱了别人的工作。他盘问了一番，倒是很客气，说是这两天城里形势又有点紧张，对于外来的人不能不盘查。阁下到此地来，又没有一定的住所，要到师部里去接洽一下。李守白正想和师部里打听些消息，就慨然答应了。于是二人又让他们送到师部，这师部倒是现成的一所旧官署。只在传达室五分钟的工夫，里面就传出话，请李先生单独进去。李守白跟着兵士到了客厅里，一个穿灰军衣的高大汉子，迎上前来和他握手，笑道："李先生辛苦了，兄弟就是守城的第二师长高卫国。"

李守白说了两句客气话，分宾主坐下。他先道："李先生的来意，我已经在电话里得着报告，贵同业已经有一位陈少豪到了这里，其余在省城里勾留着，没有来。因为我们巡阅使说怕发生什么外交新问题，留他们在省里看看。"

李守白道："好久没有见报，不知外面情形，难道日本把那个永平境内修理电线的问题要扩大起来吗？"

高卫国道："我们所守的这个城市全有些日本小商人经商。明是卖仁丹照相，卖东洋玩具，其实全是贩吗啡红丸的。这样的人，我们根本不欢迎他来，可是从来也没有谁敢驱逐他出境。往年这一带有军事，日本人向来没多过事。这次他却再三叫日本领事找巡阅使注意保护日侨。如不然，他们自己派兵保护。几个日本吗啡商人，我们当然不会损他毫毛，似乎也不会生什么事端。所怕者日本人勾通我们对方军队，在我们境内，发生点外交纠纷，那可棘手。因此我们为顾全大体，对定国军一再让步，他们要接防哪里就接防哪里。可是他们若不知好歹，连这个县城也要呢，那就得向上峰请示。"他说着，脸上表示了一点气愤的样子。

李守白道："在王师长口里，我已听到了一点消息。好像冷、万两位巡阅使已经商得了同意，可以和平解决。"

高卫国道："关于整个政局，我们算在内地，又算在前方，不大明白。不过我们冷巡阅使，一天来无数次电报，都是指示我们退让的。李先生先请休息吧，我们将来再谈。"

李守白也不便一来就多找谈话，请他派了一位副官，引去和那位新来的同业陈少豪会面。

这陈先生也是北京的一位记者，彼此原是熟人。他住在城内一幢精美的空屋里，主人翁走了，留下一切应用的家具，起居倒相当舒服。

二人见面之后，陈少豪握着他的手几分钟不放，有说有笑，就留着住在一处。守白对此当然是并无异议。找着余乃胜取回东西，送了他一笔川资，让他走了。住在城里两日，却也没有什么事故，闲着无事，就在不大看到行人的街上散步。

一日正午，在大街上正徘徊着，看街上情形，忽然后面有人大声喊道："李先生，你几时来的?"

回头看时，却是韩二秃，连忙迎上前问道："原来你到这里来了。"

二秃道："老先生大姑娘都在这儿。我也是无意遇到一个熟人，他说老先生到了铁山，我追着来的。现在城里的人又都向外搬，我们本也是要走的，可是事情不凑巧，老先生发了两天寒热，一步也走不动。我们又急又害怕，城里这样乱，到哪里找医生去?"

李守白道："你们住在什么地方? 快带我去。"

二秃手向旁边一条巷子指着，就在前面引路。李守白更不答话，跟了他就走。走进那条巷子去，几户人家便相隔着菜园和空场之类，更不见有人走路，路旁石头缝里的青草未除，偶然开着一两朵黄白色小花，这便觉得这条巷子是格外的冷静了。走了大半条巷子，在人家屋外，便听到一种病人呻吟之声。

二秃道："你听，我们老先生正在哼着啦。"

他抢先推开门，引了李守白进去。这里不过是个临街的三间小屋，墙上有个小窗户放进光去。韩乐余在正中一间屋子竹床上躺着，微闭着眼睛，床面前摆了竹几，上面放了一壶茶，又是个小瓦香炉，插了一根佛香。心里就想着，这位先生的镇定真比我们年轻胆大的人还要高上几倍，居然能在这种时候，很安静地养病。

他睡在竹床上，似乎也听到有两个人的脚步声走进房来，睁眼一看之下，啊哟了一声，便手撑着竹床，起来坐着，先道："怎么李先生会到这里来了？"

李守白坐下，就把到这里来的经过说了一遍。韩乐余道："这倒是我病得好，不是耽误一天，哪里会见得着呢？"

李守白道："这座城也许是很危险的，万一将来被围久了，要吃要喝都有个不方便。"

韩乐余道："我也想了，就是跑出这城去，匆忙之间，也不知向哪里走好。这个年月，只好听天由命吧。不然，为什么偏是这个时候害病呢？"

李守白和他说着话，向屋子前后看看，怎么不见小梅。韩乐余究是个老先生，又不便将他太看文明了，这话不便去问得。且忍住看，只管和韩乐余闲话，并不加以理会。

约莫有了半小时，和人还有个约会，应该要走了，心想：自己已经订了婚了，不看见她也好。站了起来，整了衣服，便待要走，却听到小梅的声音，在外面嚷了进来道："这二秃简直不能出门，怎么出去了这样子久，还不见他回来？"

韩乐余道："客来了，他烧茶去了。"

小梅说着话走了进来，穿了一身蓝布短衫裤，沾了许多土屑，脸上通红，额头上的汗沾着头发掩住了脸。她抬起右手的光胳膊，一路在头上擦着汗进来，看到了李守白在这里，身子突然向后一缩，似乎吃了一惊的样子，但是她立刻又省悟过来了，停了脚微笑着向着李守白点头道："你好哇？李先生。"

李守白站起来道："大姑娘这一身汗，又是什么事忙着？"

小梅道："我在后面院子里挖地洞呀。"

李守白道："万一有军事发生，找个地洞躲躲也好。大姑娘害怕吗？"

小梅道："害怕也没有用，这个年月，不如死了干净。"

韩乐余道："你这话就不通，若是说死了干净，为什么你又要挖地洞躲枪炮呢？"

小梅道："这就是为了你老人家了。在家里的时候，我就不打算走的，我们先说上山，又怕强盗，如今走到城里来，又怕被围困了，倒不如在乡下住着还自在得多呢。"

韩乐余道："事到于今，我们也用不着后悔了，反正是过一天就算一天。地洞挖得怎样了？你等二秃一个人去办吧，你就不用动手了。"

李守白道："我多少看过一点战壕，不知道你们的地洞挖的是什么样子，引我去看看。"

小梅道："你来看吧。"

说了这四个字，她已是转身先走，李守白在后面跟着，可就想着半路上梦里那件事来，心想：安乐窝和贞姝订婚的那一幕，她不会知道，可是订婚以前的事，二秃在那里，都是亲眼看到的，那个人又是个直肠子，还有什么话不说。今天和她见面，看她的神气有好些不高兴，也许她猜出一点情形来。然而这是没有法子的事，绝不能因为要得她的高兴，把自己这件事却向小梅撒谎。便默然无语，悄悄地在她后面跟着。走出了屋子，后面便是一个半种果树、半种菜蔬的园子，在两棵枣树下，绿荫荫的，挖了一个见丈方圆的大坑，坑的东面斜斜地向下挖着，成了个斜坡形，大概这是将来做洞门出入的。坑的两边堆了不少砖石浮土，还有许多木板，便笑道："这已成功一半了，你辛苦了。"

小梅并不理会他所问的话，却笑着向他道："李先生到安乐窝去的时候，我爷儿俩都走了，那个姓常的没有来麻烦你吗？"

李守白心想:难道这些事你都不知道？便皱了眉道："嘻，这件事你就不必提。"

小梅道："真是冤家路窄，听说那位孟家大姑娘也到舍下去了，这一台戏，也就算够热闹。"

李守白想着，这位小姑娘心直口快，向来不知说什么俏皮话，何以今天说话乃是这样明知故问呢？

小梅因他不答复，又笑道："这真是料不到的一件事，那孟家姑娘三言两语就把你们劝和了。孟家姑娘自然是跟着李先生一块儿来的了。现时住在哪里？我们也可以见着谈谈。"

李守白道："这很奇怪的，他父女两人忽然不见了。"于是把强执忠逮捕自己，回来不见孟氏父女的事说了一遍。小梅听说，不由得笑了。她站在土坑旁边，用脚把坡边上的浮土只管向坑里踢下去，好久才说道："你没有找一找她吗？"

李守白道："到什么地方找去呢？而且我也不敢乱跑呀。"

小梅依然还在那里踢土出神。二人正默然着，都没有说话，却听到二秃在园子外面，叫道："李先生，有一位官长找你呢。"

李守白回转身来，有个年轻军官穿着一身干净笔挺灰色哔叽制服，抢步向前来，笑道："守白，你没有想到我会来找你吧？"他也哎哟了一声，抢步向前握着手，笑道："种强，我真没想到你在这里。看你的阶级……"说着，望了他的领章。他笑道："没什么，一个步兵团长罢了。我驻扎在城外，知道你来了，可没有工夫来看你。刚才到师部去，由此经过，我看见你走进屋子里，又来不及打招呼，我只好走了，和高师长谈了一小时的话，回头再到这里。我特意来打听打听你的行踪，没想到你还在这里。好吗？这里是你……"

李守白道："是我的朋友家罢了。"他说时，见这位客人的眼光不住射到小梅身上，便笑道："大姑娘，我来给你介绍介绍，这是我的老同学黄种强，于今是团长了。"说着向客人笑道："这是这里韩老先生的大小姐。"

黄种强是武装整齐的，他竟举着手向小梅行了个军礼。小梅根

200

本不懂怎样回人的礼，胡乱地点了几下头。她觉着这也许是失仪的，脸上红起来，低着头笑了。黄种强因为如此，又不免向她多看了一眼。她却手扶了身边一根树枝，慢慢向后退着。

李守白道："你能告诉我一点军事消息吗？"

黄种强道："我们阶级还低，不知道整个局面真情。我也不能向老同学打官话。这一带地方，有一点对日本的外交复杂关系，仗是不好打的。对手强执忠师长，这人很厉害，是个阴谋大家。你何必在这里？快回北京去吧。"

李守白道："难道他就不顾全大体，不怕引起外患吗？"

黄种强想了一想，笑道："我一团人已调进城，团部在城隍庙。今天请你吃晚饭，你可以到我那里去畅谈一番，我先告辞。"说着，比齐了脚后跟立正，向李守白行着军礼，手比了额角的时候，又回转身来，向小梅注视，然后一个向后转走了。

小梅见他长圆的脸，两道清秀的长眉，一双大眼，三十岁不到的青年军人，却很有点英武之气。而举止非常从容，并不见得粗鲁，她站在树荫下，遥望了他走去。李守白回转头向她看着，笑道："你别以为又是个常德标吓了一大跳吧？"

小梅笑着摇摇头道："那倒不。这个人举动很文明的。李先生怎么会和他同学？"

他笑道："怎么不能和他同学呢，他也不能生下来就是个军人啦。我们在中学同班，一直到毕业分手。他怎样投了军，我倒不大知道。"

小梅道："既是你一个老同学，当然可以和你无话不谈。回头你去吃晚饭，真可以去问问他到底这城里能住不能住。"

李守白道："我一定给你们打听一个确实消息回来，明早上我就来报信。"

小梅道："在我们这里吃了晚饭去吧。"

李守白道："我不是要去赴他的约会吗？"

小梅想着对了，自己还叫人家去吃晚饭问消息呢。于是站在树下，拉着一枝树，低了头，扯了树叶子笑。把树叶一片片地扯着落到地上。守白也笑了，却没有说话。二秃在园门边叫道："李先生，请进来坐吧，老先生和你说话。"

守白向她点了个头，到屋子里来，又和韩乐余谈了一小时的话。韩乐余问道："李先生不是有约会吗？"他想起来，方才告辞。

小梅始终是坐在屋子里旁听，这就跟着送到门外来。李守白走了十几步路，她忽然追着上来，笑道："你明天早上，一定要来。"

守白道："以后我有工夫就来，不用叮嘱。"

小梅红了脸道："不是别的，我们还等你的消息呢。"

守白点点头，笑着走了。

次日早上七点钟果然就来回信。走到巷口，就看到小梅手挽了一只篮子，快步向里走。叫了她一声，她回转头来笑道："我没想到你会来得这样早，现在街上，什么东西也买不到，只买了几子儿挂面。园里还有苋菜，下素汤面你吃吧。鸡蛋都买不到了。"她说着，站定了脚，等同守白一路走。他看了看篮子，笑道："你为了请我上街的吗？"

小梅低头一笑，随后又瞅了他一眼，她今天穿着一件深蓝竹布长衫，头发在左右脑顶挽了两个小圆髻。后颈脖子露出一截雪白、蒙茸长的毫毛，透出她的处女美。守白由此联想到贞妹的皮肤是没有这样的嫩的。小梅正好一回头，将手抚摸了衣领缝，笑道："我衣服上有脏吗？"

守白道："没有没有。"

她这才明白，把头又低了。李守白跟在她后面默然地走着。快到家门了，小梅站住了脚问道："昨天你到那黄团长营里去吃饭，他说了些什么？"

守白道："他极力劝我回北京去。我来和令尊商量商量，请他也走吧，我们可以同路。"

小梅不觉将身子微跳了两跳，笑道："这就好了，这就好了！我昨晚和父亲谈了大半夜，就是这件事呀！你猜着我的心事了。"说着，跳了回家去。

他站着定了一定神，心里暗暗赞了一声，真是天真呀！叫人惭愧。这样想着，就带了一份郑重的颜色走进屋去。韩乐余病好多了，将条薄被盖了腿，已坐在搭的床铺上。他倒先发言道："李兄，那黄团长劝我们走开吗？"

李守白坐在床面前一张方凳上，因道："你老人家安心休养吧，大概还不要紧，他也是过虑。他说日本人是向来勾结中国武人，怂恿一方面和另一方面内争的。定国军那方面的人，爱国心很薄弱，说不定会趁着共和军退让前来攻城。他劝我回北京去。他说，他也不干这内战的军人了，他要到广东去投革命军。"

韩乐余道："我离开战地，又跑进了危城，这实在也非始料所及。若不是生这场小病，我就走了。昨晚小女和我闹了半夜，要到北京去求学。我被她闹不过，只好答应了。可是到了北京去，拿什么为生呢？"

李守白道："那大概没有问题，我设法给老先生找几点钟书教教，总可以糊口。至于川资一层……"

他还没有说完，小梅插口言道："盘缠钱我们会想法子的。就是在北京过两三个月的生活费，我们也有。我母亲留下来的几件首饰，可以换了它。"

原来她站在房门口，将手扶了门框，已经听着说话好久了。李守白道："那更好了。休息几天，我们一路走。在共和军的防区内，没有问题，我保险通过。就是定国军防区内，我那同行陈先生也有办法。"

小梅笑着将身子耸了两耸，笑道："爹，你快好吧，我们好走哇！"

韩乐余道："你不用忙，明天再休息一天，后天一准走。无论如何出了这危城再说。现在你可以放心了，可以去煮挂面了。一大早去买东西待客，客来了，你又在这里闲聊天。"

小梅道："听着怪有趣的。我就像真到了北京一样呀。"她一面说着，一面笑着上厨房去了。

第十七章

泄漏春光

这样一来，韩乐余父女和李守白上北京去是成了定局了。小梅在这日下午就开始检理东西。不料在这日晚上，城外忽然有枪响了起来，偶然夹着两三下炮声，噼噼啪啪枪声响了一夜，闹得大家不敢好睡。直到天亮，枪声方才休息。

韩氏父女急得不得了，不住在门外探望。所幸不多一会儿，李守白喘着气匆匆地就跑来了。大家一连串地问怎么样。

他道："我已打听清楚了，定国军有一旅人开到城外十里堡接防的，和这里一营冲突起来了。这里高师长除把一营人调进城来之外，已去电向冷巡阅使请示，大概不会把问题扩大。只是城门关起来了，大家可走不了。"

韩乐余叹了一口气道："那也没法，只好等着吧。"

李守白因情形紧张，也没有多坐，安慰了他们一阵，再向师部去探消息。这日因已关了城，城外并无共和军，倒没有了冲突。只是城里谣言，定国军要攻城，进城要大抢三天，吓得家家关门闭户。街上除了巡逻兵士，整条街不见一个人。

李守白一天向韩家跑几次，尽量安慰他们。又过一天，城门虽关，但隔夜并无枪声，空气又稍微和缓了一点。这日上午，李守白向韩家来，却遇到余乃胜换了便衣在巷子里，因叫住他问道："你还没有走吗？"

余乃胜叹了一口气道："不用提，算我倒霉，在亲戚家住了两天，关在这里了，不知道哪天走得了。我急不过，要到街上来瞧瞧，真巧，就碰到了李先生。请到我亲戚那里去坐坐。"

李守白道："我现有几个同行住在一处，他们正等着我回去有话说，改天再来吧。"

余乃胜道："我和我姊夫谈着，说你为人很好，我姊夫就说，见着你非要你去谈谈不可，正要找你呢，遇见了怎好不请？"

李守白正踌躇着，街边小店里有人喊了出来道："二哥，你这是怎么了？多大一会儿工夫，你出来了好几趟了。"那人是个大黑胖子，光了脊梁，一条蓝布大裤子，裤脚卷过了膝盖，露出两截浓毛腿，肩上搭了一条长的白布巾，手拿了巾头，只管去揩额上的汗，右手拿着一柄裂开了缝的芭蕉扇，向余乃胜指点着。

余乃胜道："老邓，你看，这就是我说的李先生。"

老邓听着，手捧了芭蕉扇，向李守白连拱几下道："难得的，请到小店喝杯茶去。"

李守白看他圆圆一张大黑脸，咧开一张阔嘴，见人只是笑嘻嘻的，看起来倒是个和气的人。便道："现在正乱着，各人心绪都不安，我怎好到府上去打搅？"

老邓道："请进来坐坐吧。我是土生土长的老百姓，没关系。"说着，就有上前挽留的意思。李守白看人家一番盛意，也不便违拗过甚，只得走了进去。原来这是一间挂面作坊，屋子中间放了一个大磨盘，绕了磨盘的一圈地皮，其光如镜，正是推磨子的牲口踩踏的。靠墙一架丈来长的大筛柜，柜子上下和附近的墙都有一层白色，也是柜子缝里飞腾出来的面粉，四处敷抹上了，所以一进这屋子，就有一股子麦香。向里边去，靠门放了一张矮桌子、两条矮凳，桌子上放了一卷蒿子香、两根旱烟袋。老邓让李守白坐下，在黄土墙窟窿里，顺手掏出一个柚子皮树的烟叶来，笑道："先生，我这里没有好烟。"

正说着，一个中年妇人敞着胸襟，露出两个葫芦大的白乳，两手托了个黑胖小子，一根纱不挂，走了出来，乃至看到有客，哟了一声，就向后一缩。老邓皱了眉道："怎么这样地不在乎，真是笑话，快烧茶来喝吧。"

李守白看这妇人倒是一片天真，心里也有些好笑。余乃胜拿了蒿子香点了火来，在旱烟袋口上装上了一半烟，两手捧着，送到李守白面前笑道："李先生，你先抽一袋烟吧。"

李守白本来就不抽烟，看看这旱烟袋的一根竹竿子都变成黄金色，这上面人的汗油，就可想而知，接还不敢接，连连点着头道："你放下吧，我不会抽烟。"

老邓在一边就笑道："你放下吧，那样油腻了的东西，人家讲卫生的人可不敢抽。"

李守白觉得让人家碰了个钉子，倒有些不好意思，便搭讪着道："你们这附近几县的人，都很喜欢抽旱烟，我在永平的时候，看到无老无少，都有这样一杆烟袋。"

老邓笑道："这不过是图个便当，也不一定这几县人就喜欢抽烟。李先生到永平，住在哪里？"

李守白道："住在孟家老店。"

老邓道："住在孟家老店？"

说到这里，先前的那个妇人，这时提了一把瓦茶壶，捧了三个粗瓷茶杯，全放到矮桌上。她听到说李守白在永平孟家老店住过，就向老邓道："小牛他爹，那不是咱们三舅爹家吗？"

老邓道："姓孟的多着啦，怎么会就是三舅爹。"说着，便向李守白道，"她是孩子他妈，我们这二哥就是永平人，他们外公姓孟。"

李守白听了他的话，想了一想，心里就明白了：这个妇人是他媳妇余氏，就是余乃胜的姐姐，所谓三舅爹，是余氏娘家的舅父。因笑道："说起来，也许我们是亲戚，这个孟家老店开在升官巷，店老板叫孟守城……"

余乃胜坐着一边，将大腿一拍道："对了，那是我三舅爹。我那舅娘是个老实人，儿女全管不着。两个表哥，放了买卖不做，只在城里瞎混，听说都扛枪杆子了。表妹是个小精灵虫，去年我到永平去了一趟，长大成人了，越漂亮了。三舅爹现在就算守着这一个小姑娘……"

老邓道："嘿！这个我全知道，你背哪本子烂观音经？"这才掉过脸向李守白问道，"李先生和他们沾什么亲呢？"

李守白笑了一笑，低声道："我们是新亲。"

余氏将三个杯子放在矮桌上，斟满了三杯黄茶，背靠了门框，正向李守白呆望着，听了这话，不由笑了起来道："老二，这不要是我们表妹夫吧？"

老邓觉得她这话问得有些冒昧，便向她瞪了一眼。李守白明白了他的意思，便笑道："对了，孟老板就是我的岳丈。"

余乃胜站起来，又一拍手道："我的天，这真巧了。我们认识了这久，会不知道是亲戚。姊夫，我们有这样一个亲戚，也不枉了。"

余氏笑道："怎么呢？我真想不到你是我们妹夫呀！小牛他爹，这时候街上凭什么买不出来，就这新亲上门，我们也过得去呀。这不是外人，抱了咱们小牛出来见见他姑丈吧。"

老邓也乐了，笑道："你别乱，有话从容点说，行不行？"

余氏更不答话，已经走进屋去，就把刚才那个胖小子两手抱了出来，直送到李守白面前，笑道："妹夫，瞧你这侄子，好玩儿不好玩儿？"

李守白听到说要抱孩子出来，早就预备好了，这时在身上掏出两块现洋来，塞到余氏手上道："我也没有用红纸包，不成个意思，让小孩子买点糖吃吧。"

余氏手里捏了两块钱，眼睛可望着老邓道："这是怎么好呢，我们好收人家的呀？"

李守白道："小意思，我原拿不出手，可是都在难中，我也只好厚着脸掏出来了，你要是不收下的话，那就是嫌少。"

老邓道："这么着，你就收下吧。"

余氏道着谢，抱孩子进去了，乱了一阵，大家重新坐下。余乃胜笑道："我那表妹真长得是个人才。李先生，你好福气，怎么和他们成了亲戚了呢？"

李守白于是斟酌着，将自己和孟家认识的经过说了一遍，又说是贞妹忽然不见了，到处寻找不着。余乃胜和老邓听着只管点头，老邓笑道："我们真不料这位姑娘倒有这样的能耐，真是难得。"

说着话，余氏用一个大托盘，托了三大碗挂面，放在桌上。李守白看那面，一点汤汁没有，面上倒盖了两个荷包蛋。她亲捧了一碗面，放到李守白面前，笑道："粗点心，你吃一点。老二、小牛他爹，你们陪着妹夫吃，鸡蛋不够，你们每人可只有一个。"

老邓道："不是当着你兄弟在这里，我还要说你。这件事你放在肚子里就是了，你说了出来，好像是待李先生很恭敬，我们少吃一个鸡蛋，可是你多给客人吃一个鸡蛋，还要当面说出来，也就够小气的了。"

余氏道："你不知道我不会说话吗？我要像我表妹那样聪明……"

老邓向她一抱拳道："老板娘，只能说到这里为止了，人家可是新亲过门啦。"

余氏一扭脖子，笑着进去了。

李守白觉得他们这种人，倒是有趣，只是自己事情很多，而且这城池情形依然在十分严重之中，哪里有许多闲情来攀亲戚。匆匆地将那碗挂面吃完，又喝了两口茶，便站起身来告辞。余氏听说，由里面赶着出来道："哟！妹夫，你初次来，鸡汤也没有喝我们一口，怎么就走呢？我马上就要杀鸡了。"

李守白道："我既是知道表姊大哥在这里住着，我可以常来，有什么好吃好喝的，我一定来叨扰。"

老邓听到他叫了一声大哥，心中说不出来有一种什么愉快，便道："李先生和我们城里的高师长都是朋友，什么事是很忙的，别耽误了人家正事。"于是在椅子背上抓了一件短褂子披在身上，就把李守白送出大门来。余氏还在后面叫着没有事就来。余乃胜格外的客气，将他送到寓所门口，方才回去。

就在这日下午，城里高师长派了两位参谋，去和十里堡的旅长接洽，请他等候两位巡阅使决定防地，请他不要攻城。陈少豪请李守白一同前去，看看城外的形势。他想将来要走，免不了穿过定国军防地，硬着头皮去拉拉交情也好，于是慨然地出城了。

到了十里堡，函电往还，两军当局闹了七十二小时，还没有具体解决。进城之后，在住所里洗了个澡，换好衣服立刻就向韩乐余家这条路上走来。到了屋里，只拍了两下门，就听到小梅在屋子里答应着出来道："是哪一位？"在外面就听到脚板响个不歇，她似乎在门缝里就先张望了个够，先叫道："爹，李先生来了。"然后开着门，将身子闪到一边，让李守白进去。

韩乐余的病已经好了，缓缓地走了出来道："三四天没有见着了，我倒挂念得很。"说时，他就握了李守白的手，同到屋子里坐下，这一份亲热，犹如手足一般。李守白在患难之中，遇到这样的前辈，自然心里有一种快感，于是将这几天经过的事，详细告诉了一遍。小梅陪着坐在一边，手里拿了一件裀子，将针线有一下没一下地缝着。李守白将自己的话谈完了，又问问这边的情形怎样。一谈一问，不知不觉就有了好几小时。小梅在一边，偶然也答上两三句，他又觉得有了她在座，心里自然而然地就会得了一种安慰。

大家正谈得痛快，忘记了这是围城之中的时候，二秃由外面走进来向李守白道："李先生，你的亲戚找你来了。"

李守白猛然听到，脸色一动，便道："我哪里有什么亲戚？找错人了吧？"

二秃也不曾说第二句，就有人在外面叫着道："李先生是在这里吗？"

李守白看时，不是别人，却是余乃胜，他说是亲戚，并不勉强。李守白便站起来欢迎道："请坐吧，你怎么知道我在这里呢？"

余乃胜笑道："我到你住的地方，问了你两个朋友，他们告诉我的。我找你也没有什么事，因为两三天不见，我姊姊姊夫都让我看看你，不知道你害怕不害怕？"

李守白道："多谢你们挂念，我倒是不害怕。请坐一会儿吧。"

于是将他向韩乐余介绍一遍，只说是表亲而已。

韩乐余道："在这种地方，比他乡遇故知的趣味更要浓一倍了。"

余乃胜笑道："你只知其一，不知其二，我们这里边，还真是巧中巧呢！我是由安乐窝送李先生到这里来的，什么话都谈过了，还不知道是亲戚。前两天我碰着李先生，拉到我姊夫家里去坐，谈起永平县来，才知道李先生和我表妹订了婚……"

小梅听到这里，先是脸上一阵绯红。李守白虽然对余乃胜以目示意，叫他不要说，可是他谈得高兴起来了，已经忘记了一切，只管向下说道："我表妹倒长得是个人才，和这位李先生，可以说是一对儿。"

韩乐余听了这些话，也是莫名其妙，不免向李守白脸上望着。李守白先是脸也红了，然后定了一定神，带着三分强笑就将孟家父女事势所逼和自己订婚的经过说了一遍。并且订婚以后，他父女也不知所在。

韩乐余摸着胡子微微一笑道："原来如此！你们也可以说是患难姻缘了。"

小梅坐在那里，只是低了头做衣服，她父亲说了一句患难姻缘，她就跟着扑哧一声笑了。可是笑是笑了，她并不抬起头来，李守白虽然是很安静地在二人对面坐着，可是自己的目光，也不识是何缘故，简直不敢当面向人看去，心脏里面阵阵的热气，由脊梁上阵阵透了出来，变成凉汗。马上走开，固然是不便，老在这里坐着，也依然是不便。沉默了约四五分钟，心里决定了意思了，便颜色一振道："这件事，我自己觉得也有些玄妙，也有些鲁莽，回头一想，如做了一场梦一般。上次我就想告诉韩先生，因为言之甚长，没有提到。"

小梅许久不曾说话，这时也就开言了，便道："不是这位来说破这个闷葫芦，这一场好事情，我想李先生还要放在肚子里，过些时候才能告诉我们呢！"

李守白勉强笑着，打了一个哈哈道："这样说，倒不知我葫芦要卖的什么药了。也是话没有提到这上面来，其实我也不隐瞒这件事的。"

韩乐余笑道："当然，这样的佳话也无向人隐瞒之必要。"

李守白看看主人父女，踌躇了一会子便向余乃胜道："请你和令亲说，今天我还不能去奉看，要去会黄团长。"

余乃胜也觉得坐在这里有些谈得格格不入，便起身告辞而去。

李守白一刻不愿走开，又感到不知说什么是好，沉默了一会子，因发着感慨道："革命以后，腐败的清政府是推倒了。换上了这些北洋军阀，腐败之外，还带上了一份内争，中华民国不知何日复兴。"

老先生也随着叹了口气。

韩小梅低头继续做针线，一语不发，空气又寂然了。

还是守白说话，他道："那个刘旅长虽接受了这里的调停，但他一个旅长做不了主，只答应个静候命令。万一……"

小梅却抢着接了一句道："管他呢，他就来攻城，我也不怕，至多是一死。"她这样顶撞人，老先生竟没有拦阻。

李守白也无可谈了，告辞回寓。

老先生倒是客气，起身送到门外，叮嘱有什么好消息，务必来见告。他答应着，低了头走回去。

自这时起，韩小梅竟变了一个人，整日地不说话。城又围了三四天，东西越来越少。

一日早上，天气阴暗。老先生向二秃道："家里吃的东西都没有了，怕要下雨，你出去买些吃的来吧？"

二秃道："这几天卖的东西，一天比一天贵起来了，怎么办呢？得多拿出几个钱来。"

韩乐余道："钱都用光了，当铺又关了门了，到哪里去找钱？"

小梅道："我还有副金耳圈子，拿去换点钱用用吧。"

二秃接着那副金耳圈子就出门去了，一直到了两小时以后，方才提了几个纸包回来，将东西放下，连忙用手拍了几下，叹气道："这个日子可是过不去了，这一对金耳圈子，跑了十几家，才跑到油盐店里，换了这些东西来，他们还是讲天大的面子，才肯收下，要不然我们今天就要挨饿了。"

小梅走上前，将桌上的那个纸包打开来看时，是一个报纸筒子的碎米、两块咸萝卜条、两支洋烛、一盒火柴、一小包黄豆。

小梅道："就是这些东西，就要拿两只金耳圈子去换吗？平常也不过值两百钱罢了。"

二秃道："大姑娘，你还没有打听打听外面的东西是卖什么价钱呢。光是一盒洋火，就要卖一百个钱。据我说，照这东西算起来，这两只金耳圈子，还多算了钱呢！"

小梅道："这些碎米，我们也不过吃上两三餐稀粥罢了，吃完了，我们怎么办呢？"

韩乐余道："现在过这种日子，我们也无非是过一天算一天，今天就是买了这些碎米，我们还不知道煮得成粥煮不成粥呢。"

小梅叹了一口气，将东西送到厨房里去。

这间厨房在大门道的那边，由堂屋到厨房去，正要经过门道。当她走过去的时候，却听到门外一阵皮鞋响。回转头来看时，是李守白那个同学黄种强团长。她还没有说话，他已老早举手行着礼，笑问道："韩小姐，那位李先生来过了吗？"

小梅道："他来过的，已走了。爹呀，有客。"说着，她走了。

韩乐余已认识他了，便相迎道："黄团长，请坐一会儿吧。我要请教请教。"

黄种强倒不推辞，便进来坐下。只谈了几句话，门外狂风大起，哗啦啦下着倾盆大雨。主人就留着客人多坐一会儿，一面叫倒茶来。

随了这话，小梅却提了一壶茶来亲手斟上一杯，送到黄种强面前。他站了起来，欠着身子，一面却向韩乐余道："这是女公子吧？"

韩乐余笑道："一个傻孩子。孩子，这一位是有学问的军官。"

小梅笑道："我已经知道了。"说时，便向黄种强鞠了一躬。

黄种强站起来回礼道："这位姑娘，不怕大兵？"

韩乐余道："怎么不怕？也是环境所迫，不容她再怕了。"因把

212

自己由安乐窝避兵灾到这城里的经过，说了一遍。

小梅不坐下，也不走开，就靠了门框，斜着身子站定。

黄种强坐下说话，不住偷眼看她，她两个袖子高高卷起，露出两只肥藕似的手臂，漆黑的眼珠，越把那鹅蛋式的面孔陪衬得黑白分明。而且她大方得很，一点没有女儿态，他想，真是一朵含苞未放的鲜花呀。但是心里如此想着，又怕心有所不正，脸上也跟着表现出来，立刻将胸脯挺了一挺，因道："不是内战，老先生也不会带上掌上明珠到围城里来受这一份罪。"

韩乐余看看他，微笑了一笑。他道："老先生，军人不全是混世虫呀！这样内战下去，民不聊生，国家哪有进步。实不相瞒，我要远走他方了。"

韩乐余道："出洋去求学吗?"

他没有考虑地答道："要到广东去。"他立刻觉得此话不妥。接着道，"出洋总是要经过香港的。"于是就把话说到留学上去。又谈了一阵，回头向窗外看着道："雨住了，兄弟有事，请告辞。得空的时候我再来领教。"

韩乐余道："'领教'二字不敢当，若是黄团长无事肯来谈谈，我们是极其欢迎的了。"

黄种强和韩乐余握了一握手，又和小梅点了个头去了。

小梅向他父亲道："这个人很好，不像那些当兵的让人不敢亲近。他为什么说了到广东去，又想回去了?"

韩乐余道："广东是革命的根据地，他在北洋军人手下做事，怎么敢说呢?"

父女二人对于黄种强为人很赞叹了一番，不过彼此相会也是偶然的事，说过去了，也就算了。

第十八章

围城中的故事

到了次日，黄种强却又来韩家奉访，并送了个纸包给韩乐余。他料着这绝不是平常的礼物，要不然，也不要人家团长亲自交来。手上捏了一捏，好像是一本书，便掀开一角报纸来看，里面却是一本手抄本，在封面上题下有四个字，乃是"从军日记"。

韩乐余拱了一拱手道："这太好了，只是这样作品，我们初交可以看吗？"

黄种强道："这上面没有什么军事秘密，我自己呢吃饭办公，也没有什么可秘密的。不过我对于文字一项，生疏得厉害，文字通不通不去管他。大概这上面还是错字不少，我想韩老先生审查一遍，和我改上一改。"

韩乐余连连拱手道："这可不敢当，让我瞻仰瞻仰罢了。"

说着话，宾主在屋子里坐着。黄种强却不住地向屋子四周打量，沉吟着道："这地方似乎不大谨慎。"

韩乐余笑道："现在我们只图逃出生命，别的也就不管了。这里原是敝亲的房子，事变的时候，敝亲匆匆地逃出城去，我来不及走，就守在这里了。"

黄种强道："这城里还有什么亲戚朋友吗？"

韩乐余道："朋友还有一两个，亲戚可是没有了。"

黄种强道："一个人困在围城里，又是客边，这是很困难，若有什么事要我帮忙的地方可以直说，倒不必客气。"

韩乐余道："那当然是有的，第一就是吃的东西，马上就发生了问题。昨天拿小女一对金耳环子出去，只换了一包小米回来，就是极省俭地吃，也只够两天。两天以后，东西怕更要贵，但是我们哪里再拿得出钱来买这个呢？"

黄种强道："这层顾虑，倒是不可少的，我有工夫一定替韩先生设法送些吃的来。万一我自己没有工夫，也可以叫人送来。"

韩乐余道："若是这样，我们感激不尽了。"黄种强说着话时，连抬起手臂来看了好几回，便是检查他那手表。不用说，他是为时间所限，这次前来也是抽空跑来的，那自是盛意可感的了。便笑道："我们是个难民，住在这里并没有什么了不得的事，假使黄团长愿意来谈谈，什么时候都可以来。"

黄种强站起来，和韩乐余握了一握手，笑道："我果然不得空，改日再谈吧，令爱面前，请致意。"说着走出门来。他这里刚刚出门，恰好见李守白由街那边走了过来，抢上前一步，向他笑道："失迎失迎，你是来找我的吧？"

李守白笑着还没有作声。这时，小梅由大门里走出来，胸襟前正系了一块围巾，她伸手把头上的蓝布包头摘下来，不住地在身上掸灰，笑道："怎么大家都在街上说话，到屋子里坐着谈谈吧。"

黄种强立刻一点头，笑道："我已经在令尊面前说了致意了。"说着，又看了看手表，笑道，"对不住，我先告别。"向大家立着正，举手行个军礼就掉转身走了。

李守白道："老先生怎么也认识他？这个人倒是个粗中有细的军人，只是现在恭维他的人很多，他未免有点骄傲了。"

小梅道："不呀，这个人很和气的。"

这时，已一同走进了屋子。

韩乐余道："唉！全才难哪！"

如此一说，李守白就无可再言了，便微笑一点头。

韩乐余道："坐着休息休息吧。"

小梅道："李先生，有什么好消息吗？"她说这话本是问战事有什么好消息，可是李守白对于这个问题，却是红了脸答不出来。

韩乐余道:"难道今天没有什么军事报告吗?"

李守白这才明白了,因道:"对方大概知道这城不容易攻下,可是这地盘是要的。对于城里,会紧紧地围着,暂时不会放松。记得有一年内战,西安城围到一年,城里的百姓饿不过曾冲出城去求活,总希望他别围得太久了才好。"

韩乐余听了这话倒没有什么,小梅坐在旁边就噘起嘴向他父亲道:"这都是你,一定要跑开安乐窝,说是有人和我们捣乱。早知道这样,就是有人捣乱,一枪把我们打死了,也死个痛快。现在呢,又饿又怕,活人慢慢地逼死,我受不了,我自杀了吧。"

李守白微笑了道:"这是我不好,不应该把这种消息预先告诉了。"

小梅冷冷地望了他一眼道:"你是好意,怎么不应该!"

李守白对于这位姑娘,现在总是持着十二分惭愧的态度,就是人家说一句平常的话,也觉得言中有刺,立刻脸上就要红起来。不过心里又有了第二个感想,纵然有些对小梅不住,但是自己没有和她公然谈过什么爱情,和别个姑娘订过婚,有什么对她不过之处?这样老受她不好看的颜色和她的冷言冷语,却有些不平。如此想着,就不愿意在这地方多坐,便站起身来道:"老先生还有什么事让我做的吗?"

韩乐余道:"你怎么不多坐一会子去?"

李守白道:"我本来就是抽空来的,若是没有什么事,我就不如先回去了。"同时偷看小梅脸上,见她脸望了右手的手背,似乎怜惜手背受苦了,不住地将左手去抚摸着。

韩乐余握住了他的手笑道:"什么时候有工夫,总希望你来谈谈。我们现在算是同坐在一只破船上。在这种患难之中,多一个朋友有多一个朋友的好处。"

李守白这时只觉得这老先生依然是蔼然可亲,不过自己说了要走,只有走去。因向小梅点了个头道:"大姑娘再见了。"

小梅原是半侧了身子在那里坐着的,只好站起来笑道:"没有事就请你来坐吧。"

　　李守白看她已是不鼓着那腮帮子了，那漆黑的眼珠滴溜溜向人转着，纵然是不曾放出笑容来，只那聪明样子，便令人对她不会有什么不快，于是笑着答道："我一定来的，明日下午来吧。"

　　小梅对于他说明天下午来似乎有什么兴味可寻似的，微微地露着她的白牙，浅笑了出来。只在这一两分钟，也不知是何缘故，李守白立刻变为很高兴的人而去了。

　　到了次日，他并没有得着什么较好的消息，也来向韩乐余父女报告。可是到达这里时，那位黄团长又已经先在了。韩先生一发留着一同谈话，对于黄团长的从军日记倒着实称赞了一番。说不但文字好，而且文字里面充满了正义感，主张学戚继光、岳飞。个个军人有这样的思想，那就不会发生内战了。

　　他们这样说话，小梅有时来听着，有时也离开自去做事。李守白每每偷看小梅的颜色，显得对于这个少年军人并无讨厌之意。有时黄种强说着可笑的故事，她也跟着里面笑上一笑，这实在让他心里加上一种不快，当时不知什么缘故，他竟在韩家坐不下去先走了。

　　次日，改了上午到韩家去，意思是要探探韩先生对这位黄团长的观感如何。一见他之后，他却在病后现出了最愉快的颜色，拱着手道："李兄，我得重重地感谢你。"

　　李守白倒是愕然不知怎样答复。老先生道："这两天，城里东西越卖越贵，也就越贵越少，什么都有问题。你那个同学黄团长大发慈悲，今天早上给我送来一袋面粉，又是一斤盐。无论怎么着，我们又可以维持十天半个月的生活了。这东西在平常不值什么，于今在围城里可是了不起的人情了。"

　　李守白听说，先是怔了怔，随后也就笑道："这无非是公家的东西，他也是慷他人之慨。"

　　韩乐余道："那不管他，反正人家对我是一种恩惠呀！何况我们根本没有什么交情。"

　　李守白在他屋子里，似乎与往日不同，有些芒刺在背，随便答应了三个字："那自然。"韩老先生问了他几件军事消息，他也答复得很茫然。坐谈了一会儿，他就告辞出去。走出巷口的时候，却看到二秃和小梅一同走来。各人手上拿了一只空篮子。因问道："没有买着什么东西吗？"

小梅道："街上关得一家都没有开门。我们走着，好像在过大年初一似的。"

李守白道："那黄团长送了你们一袋面粉，你们可以不愁吃的了。"

小梅笑道："那还不是看着李先生的交情？我们原不认识他的。你不在我们那里多坐一会儿？"

李守白想说什么，但是看到二秃在这里又忍回去了，说声明天见吧，点个头自走了。而走出巷口的时候，回过头来看看，恰好小梅也回头来看着。他情不自禁地笑嘻嘻地点了个头。看她时，也含笑而去。他心里想着："黄种强向他家示惠，但是她对我的态度还很好哇。"心里想着，走向城中唯一的一条大街，只见家家依旧是关着门。有几家店面半掩着门，里面黑洞洞的，也有几家关了铺门的杂货店，在门板上贴着字"货物已经卖完"。有两处菜酒馆，门口停着一座冷灶，有桌子没板凳的座头，一列六七副，铺满了灰尘，设在临街的天棚下面，越发是凄惨。但另一方面，就相距不远的十字路口，站着四位警戒的兵士，子弹袋里鼓鼓地装满了子弹，枪尖上插着白光闪闪的刺刀。他们脸上都神气十足。这街上零零落落的行路人由他们面前悄悄地走过去。他们对于这萧条的景象，好像也都看惯了，并没有什么观感到脸上发现出来。

李守白一腔心事，想起了这种情形更是增加了烦恼。心想：还是回寓所去和陈少豪谈谈吧。顺着一条无人的冷巷向前走，人家院墙里的树木正生长着密密的绿叶，将巷子里盖上一片浓荫。两条瘦狗夹着尾巴，睡在人家墙脚下。人走过来抬起头来看看又低了下去，一点力气也没有。他不觉自言自语地叹了口气道："这真有叫人宁做太平犬的感想了。"他说了这句话省悟到身后有了笑声，回头看时，

218

正是要去找着商量的陈少豪。

陈少豪笑道："你想着什么想出了神，我跟着你身后走了好久了。"

李守白道："你看这围城里面多么凄凉。"

陈少豪道："你又到那韩先生家里去了吧？刚才高师长把我找了去，告诉我说：'定国军对于这座县城绝不放松。但是我们也不能随便就拱手让人。也许这个围城的局面要越闹越僵。你们新闻记者两方面都是熟人，趁着现在形势还不严重，把你们遣出城去，你们走吧。'我想围城向外通不了消息，当然不能久居。他们既可以把我们遣出城去，真是皇恩大赦，我们明天走吧。"

李守白道："明天就走？"

陈少豪望了他道："你还打算在这里等什么鸿运？"

李守白默然地走着，两手背在身后，两眼看了面前的路。

陈少豪道："你以为出城有什么危险吗？"

他沉吟着道："倒不是危险，在城里就不危险吗？"

陈少豪笑道："原来我猜着，你和那韩家小姐有点罗曼斯存在，可是我已经采访得一条黄色新闻，你已经在永平城里订了婚了。你不会是为了这位韩小姐不愿走吧？"

李守白站住了脚，回转身来问道："你怎么知道这一件事？"

陈少豪道："黄种强对我说的。又是那位韩老先生对黄种强说的。这消息不问其真确性如何，可以反证你和韩小姐是不会发生战地佳话的了。"

李守白道："他们何以会提起这件事？"

陈少豪笑道："这个我就不明白了。"

李守白道："黄种强何以又和你提到这件事？"

陈少豪道："你对于他说你这事，不大愿意吗？他倒是因我的话提起来的，他也劝我和你快出围城。我说你未必肯走，因为有爱人在这里。他就笑说，你的爱人是一个开饭店的小姑娘，在安乐窝失散了，恐怕你还正想冲出围城去寻找呢。"

李守白默然地走了一截路，忽然冷笑一声道："他倒很注意我的事。大概高师长让我们走，也是他主张下的逐客令吧？"

　　陈少豪笑道："他是你的同学，让你走那是好意啊！你看，这情形越来越严重，我们要住也住不下去了。"说着，他向面前一片空地里一指。那里除了几棵大树之外，遍地都长着青草，有一条水沟穿过这片草地。在水沟两岸，生长了许多大叶子野菜。一两个老妇人和四个孩子正弯下了腰，将那野菜一棵棵地拔了起来，放在身边的小篮子里。

　　李守白道："我早已知道，一部分穷人没有钱买高价的粮食，已经在开始过树皮草根的生活了。"

　　陈少豪道："再过两天，恐怕是有钱也买不到粮食了。我们住在这里，会有什么例外，不但是我们，就是他们的军粮是否不发生问题也不得而知。"

　　李守白笑道："那你不用和他们担忧。大概这城里的粮食，他们……"这句话还没有说完，后面一阵杂乱的脚步声。回头看时，来了十来名定国军的兵士，各人肩上扛着一只面粉口袋抢步而过。后面一位腰系盒子炮的官长紧紧地跟随着。脸上带了一份郑重的颜色，不作声也不看人，匆匆而过。那群在水沟边找野草的老少都停止了，眼望了那十几只人家肩上的面粉袋出神。这两位记者向两方面看看，彼此又看了一眼。

　　李守白微笑道："你的感想如何？"

　　陈少豪道："假如这是打日本的话，我吃树皮草根也是愿意的。"

　　李守白道："你说这话很妙，而我那位同学还做了件妙事。他把这扛来的面粉，送了一袋给我的朋友。"

　　陈少豪扛着肩膀道："自然是那韩小姐了。"

　　李守白脸上泛出了一阵红晕，踌躇道："他自然是送给她的父亲。"

　　陈少豪看看他，有一句要说出来，又忍回去了，却伸手拍了他两下肩膀道："我们回去商量商量吧。我觉得离开这座危城的好。"

李守白没再说什么，跟着他一路走回寓所，这是这县城里的最大住宅。大门是半掩着的，推门自入。原有一对看守屋子的老夫妇，也已找野菜去了。走进两间屋子，不见到一个人，自己走路听到自己的脚步响，这实在现出了这环境十分的寂寞。李守白在这里占着人家一间上等卧室，并没有去和陈少豪做什么商量，走进屋子向床上一倒，睁了两眼望着床顶。这样睡了约莫一小时，他忽然将手一拍被褥，自言自语地道："多年不遇的老同学，不应该这样地对付我，我得去问问他。"说着，跳了起来。他也并不通知同寓的朋友，径直向黄种强的团部里来。这里他已来得很熟了，卫兵并没有阻拦他，他又径直到庙后进神殿里来。黄种强在这里，占着一间很好的僧房。木板僧床上铺着他的铺盖。临窗一张长桌，也没有笔砚，那桌子中间放了一张公用信笺，行书带草，不成行列地写了许多字。纸边放了半杯茶，还有一盒纸烟。可是屋子里并没有黄团长，似乎黄团长不久前还在这里写字的。那桌前一把椅子却是斜斜地列着。李守白看那写的字，却是乱抄的诗词，"梅子黄雨时""黄梅时节家家雨""梅子黄时日日晴""青梅如豆柳如梅""梅妻鹤子"。他始而还不觉稀奇，但全纸写了这些不连串的成语之外，却在黄字旁边和梅字旁边加了许多密圈。

　　他很敏感地就觉得心房乱跳了一阵。那字纸下面还盖有一张纸，斜伸了一角在外，他把面上这张字纸揭开，下面这张纸倒没有写多少字，画了几个美女头。那人像梳两个圆髻，鹅蛋脸儿，有点像韩小梅。在这人像下面，注了六个字"好一朵太平花"。自己看着淡笑了一笑时，勤务兵进来了，笑道："李先生来晚了一步，团长看朋友去了。"

　　李守白道："也许师部去了吧？"

　　勤务兵道："不，有一位韩先生来见他，他没有让他进来，就陪他出去了。"

　　李守白在屋子里呆坐了一会儿，和勤务兵说了两字"也好"，就走出去了。

第十九章

未做月老做了醉人

　　这一切事情，对于李守白所要知道的，已经是答复得很明白了。他盘算了一晚上，并没有较好的办法。最后，他想到这事情的真相，只有向黄种强和小梅口内去探听一点消息。小梅很少离开她父亲，很难单独地和她谈话。黄种强究竟是老同学，总不难向他带说带笑问他几句话。这样，次日上午，又到团部里来，不料他又不在家。而勤务兵告诉他，还是到韩先生家里去了。他不知道心里头有一种什么不平，走在路上，恨不得将面前的墙壁都要踢上两脚。

　　这时，他觉得眼前的北洋军阀调动了几十万大军对斗，都没有比心里的这件事可恨的。可是仔细想起来，又不能恨谁。恨小梅吗？不能。恨韩老先生吗？也不能。恨黄种强吗？有一点，然而说不上理由。其实是自己可恨，为什么和孟贞妹莫名其妙地订了婚？想到了孟贞妹，就把她那个形象活在脑子里。想到了贞妹，也就想起了人家的一切好处，又觉得爽然若失了。出了黄种强的团部，心里就这样想着。两条腿也不必人来指挥，顺了眼前的路，就这样糊里糊涂走去。好在街上很少人走路，纵然不看着眼前走，也不会碰到一个人。走了大半天，似乎有点累。眼前有个关了门的茶馆，泥墩架着木板子的长凳还陈列在门外大棚底下。那里有一株很大的古槐，罩着半条冷街绿荫荫的，于是就在那长凳上坐着休息一下。心里头却还是不停地在想着。

　　忽然有人喊道："守白兄，你怎么坐在这里？"抬头看时，正是黄种强迎面走来。军服穿得非常整齐，皮鞋也擦得黄亮干净。于是向他握着手道："我找你两三天没有遇着了。"

黄种强道："我知道你和陈先生都很着急。把你这两位新闻记者关闭在这座围城里，那算怎么回事呢？"

李守白道："承你和高师长的好意，十分感谢。不过我孤身一人，怕倒是不怕的。"

黄种强道："可是你当新闻记者的人，通不出消息，在这里也干得没意思呀。"

李守白道："就在这里坐谈几分钟吧。我也正有一点事请教。"

黄种强道："那很好，我也有事请教呢。可是，老同学在围城里聚首难得的，有话就直说吧。"于是同在长板凳上坐下。

李守白道："大概外交会引起外交困难一层，已经过去了吧？我看你们的态度，不但很镇定而且很自在，不像是军事紧张的样子。"

黄种强倒不反对他这个看法，笑道："我们这种不高明的内战，本来等于儿戏。我等这战事告一段落，决计另谋出路。"

李守白道："你还能改行吗？"

黄种强微笑道："这事暂且不提，你将来自知。我倒有件事和你商量。"说着又笑了一笑道，"而且还得你帮我一个忙。"

李守白道："你说吧，只要我可以为力的。"

黄种强笑道："你绝对可以为力。实不相瞒，我已爱上了那个韩小梅小姐。"

李守白立刻心里跳了两跳。但他极力镇定着，并不带一点为难的样子，笑道："你打算怎么样呢？"

他笑道："我打算向她求婚。"

李守白笑道："那就向她求婚好了。"

黄种强两手互相搓着，表示了踌躇的样子，因道："问题就在这里。这位小姐尽管十分天真，可不时髦，简直无法约她单独谈话，怎样向她求婚。不过我看他父女二人对我的印象并不坏。而这位韩老先生还曾详细问过我的家世，似乎有点意思。我想请你和我做个月老，向老先生探探口气。而且这事也非你不可。"说着，伸出手来和他紧紧地握着，笑道："料无推辞的了。"

李守白觉他这话在胸口上打了一拳。但那手依然被老同学紧紧地握住了。因笑道："你倒有这样的闲情逸致。"

黄种强笑道："谁让在这个时候遇见了她呢？此外，我还有点意思，假如我们可以成为亲戚的话，我欢迎他父女到我家里暂住一些时候。我就是邻县的人。那里不会是战场，而且吃喝全不成问题。"

李守白听了这话好像一团火要由腔子里喷射出来，大声笑道："好哇！特别快车，你就想把人接到家里去了。"

黄种强站起来，对了他望着，问道："你不赞成这件事吗？"

李守白笑道："我和你开玩笑的，为什么不赞成？明后天闲着，我见了韩老先生，替你探探口气。"

黄种强道："何必明后天，请你今天就去一趟，明天给我一个回信。为什么这样急呢？我怕后天你就走了。"

李守白昂着头望了街头的绿槐树枝，沉吟着道："等我想想看。"

黄种强就静站着两三分钟，等他去想。李守白道："好的，我和你去说，你先请我喝两杯预支的喜酒。不必上馆子，也不必什么好菜，你光给我酒就行。有没有？"

黄种强笑道："有有有，你要别的什么，或者不免发生困难，你要酒喝，这种喝不饱肚皮的东西，城里还不大可以买到。走，我陪你去买。"于是跟着黄种强一同走出来。不多远的地方，就有一家油盐杂货店，不过他们的店门虽是打开了，可是留了铺门板未下。上面贴了一张纸，写着"本店食物，均已售尽，诸君原谅"。

黄种强指着字条笑道："这不用我说，他们代我说了，没有什么下酒的哩。"

李守白懒得说话，只是向他笑笑而已。

黄种强却是很高兴，低声道："天下事难说，也许我可以和你找出一点下酒的东西来。"

李守白依然是点了头干笑笑。

到了店里，柜台里一个人苦着面容相迎道："二位要买什么？吃的东西可是没有。"

黄种强道："我正是要买吃的，你们不能没有。"

那柜台里的人看到他是个军官，半鞠躬道："实在是没有。"

黄种强道："你不用为难，我说出来了，你就有了。难道酒也卖缺了吗?"

那人道："这个倒有。"

黄种强向李守白笑道："我说怎么样? 你出的这个题目并难不倒我。"

李守白笑着只是半点了头。

黄种强道："我们没有带着打酒的东西来，假使你有整瓶的酒，给我拿两瓶来。"那人答应着，拿出两瓶酒来，说是只要五毛钱一瓶。

黄种强道："这就很奇怪了，什么东西都贵出十倍以上的价钱去，怎么酒倒不涨价? 据我想，这酒就该卖三块一瓶。"

那人道："因为酒这样东西没有人要，空抬高了价钱有什么用?"

黄种强笑道："我预备了十块钱请客的，结果只用我一块钱。这客请得不恭敬。我多花几个钱，你们还卖一点下酒的东西给我好不好?"

那人皱了眉道："实在没有，除非是……"

黄种强道："说吧，有什么下酒的，我可以多花几个钱买。"

那人道："我们家还有几个咸鱼头，原是不卖的，把那鱼头煎出汤来当盐水用，也是很好的。你老人家一定要，我就让两个鱼头给你。"

黄种强道："好极了，就卖给我得了。"

那人进去了许久，提出用索子穿的两只干鱼头来。看去有黄色又有黑色。黄的是腌到了家了，黑的是盐腻，他提着在手上摆了两摆，微笑道："在这个日子，有这样的东西下酒喝，实在是不错。"

黄种强也不要他多说话，就掏出三块钱向柜台上一丢，接过那鱼头，递到李守白手上，笑道："这样待月老是不对的，余情后感吧。"

李守白拿了那干鱼头，恨不得向黄种强劈面摔了过去，只是这种办法在礼上说不过去，点着头道："多谢了，黄团长，你请去治公，我要去先喝三杯了。"

黄种强笑道："当然了，你喝了酒，借酒盖脸和我去做说客的时候，可以不必害臊了。"

李守白一手提了两瓶酒，一手提了两个干鱼头，踉踉跄跄走出了店门，也不辨方向举步乱走。黄种强和他说了两句告别的话，他也不曾听到，迈开大步只管走去。这个地方到老邓那个磨坊去正是不远。他心想，有酒不能独饮，不如到老邓家去，找着他们郎舅同饮几杯，大家喝着，就比较有趣味了。于是毫不犹豫直向老邓家走来。

他的店门是半掩的，只见老邓伸了大半身子到筛箱里去。李守白喊了一声邓大哥，只见他扑满了满身的面粉，犹如在雪地走回来一般。在筛箱里退出身子来，他右手拿了棕毛刷子，左手拿了个洋铁小簸箕，里面约莫有半碗带黑色的面粉。他看见李守白进来，啊哟了一声，将东西放下，乱扑着身上的粉。

李守白笑道："今天没事，我来找你弟兄俩喝一盅，余大哥呢?"

老邓道："别提了，这城再要围上几天，大家都要饿死了。早几天家里有些面粉，都让县太爷派人调查得清楚，花钱买去了。我说是不卖的，他们也不理会。这两天，吃食都贵，只好天天找些麦麸煮得吃。两三天没有见过青菜的面，很想吃些青菜，乃胜到荒地里找野菜吃去了。喝一盅，行啦，只是有这好的鱼头，可没有油煎。"说着，将鱼头和酒瓶一齐拿了过去，就昂了头向屋子里喊道："孩子他妈，妹夫来了。"

余氏听说，三步两步抢着出来，向李守白笑道："妹夫，你今天怎么有工夫? 我们几时能出城去呢? 这样老守着，真是不得了哇。咱们也有兵，为什么老关了城，不会杀出去吗?"

老邓道："你知道什么? 除了乳孩子，你还会做饭，把这鱼头拿进去做熟来吧，少说废话了。"

余氏是每天要碰她丈夫几十个钉子的，虽然挨了骂，她并不以为意，接过酒和鱼头向厨房里去了。

老邓把身上面粉揩抹干净了，陪李守白坐着，因皱眉道："本来困守在城里，终日是等死。人闷得很，喝两杯解个闷儿也好，管他呢，我们只埋怨娘老子不该把我们养活大，一出世把我们活埋了，也省得受这些气。这些年来，成天地打仗，士农工商谁也不能好好做事度命。"

李守白觉得他说的话，一句也不能安慰自己，和他讲出自己心事来也是枉然，只微微叹着气，点了两点头。不多一会儿工夫，余氏送出两只杯筷放在矮桌子上，酒瓶子开拔了塞子，自己倾倒好两大杯酒。她又端出个粗瓷碟子来，似乎是煎鸡蛋。

李守白道："你们家里居然还找得出鸡蛋来。"

老邓笑道："哪里是鸡蛋？请你先尝一筷子试试。"李守白果然挟了一筷子到嘴里去咀嚼，原来是面粉。面粉里面放了盐，又放了些野菜，吃到口里却也有咸味和菜香。

老邓笑道："人家常说，遇到荒年要吃树皮草根，现在总尝到这滋味了。"

李守白端起酒杯来，举了一举道："不谈这个，我们先喝。"说毕，端起酒来一喝，咕嘟一声，只这一下就喝了大半杯下去。

老邓道："呀！李先生原来有这样好的酒量。"

李守白拿了酒瓶，又向杯子里倒着，笑道："不算量，不过高起兴来我就能喝两盅。"

老邓笑道："不瞒你说，我也好喝两盅，只是你们大嫂子不让我喝。"

余氏用一个大盘子，盛了一大盘子鱼骨头放到桌上来，笑道："你别胡说，你陪着客喝酒，难道我还不让你喝吗？"

李守白笑道："对了，陪客是应当尽量喝的。"他如此说着，举杯一饮而尽，还向老邓照了一照杯。老邓早是想喝，有人这样鼓励着，他如何忍耐得住。于是拿了酒瓶，两边斟酒痛饮起来。李守白一连喝了三杯，便觉得周身发热，脸上说不出来有一种什么样子的难受，似乎皮肤都紧绷起来。心里默念：醉是拼了一醉，不要喝得太猛了。于是放下杯子，两个指头夹了一块鱼骨头在嘴里咀嚼。

余氏坐在旁边一张方凳上，两手抱了膝盖，只管向他望着，笑向老邓道："我说孩子他爹，我们妹夫不要是有什么心事吧？你看他一时皱了眉毛，一时又微笑着。要不，这酒不用喝了，我烧壶水你们哥儿俩喝着谈谈天吧。"

老邓手拿了酒瓶的颈脖子，向她瞪眼道："你胡说什么？在这个危城里，谁没有心事。因为有心事，所以我们才要喝酒啦。妹夫，你别信她，我们喝。"于是将杯子倒满，又用酒瓶子向李守白杯子里倒去，笑道："喝吧，一醉解千愁。"

李守白笑着点点头道："对了，一醉解千愁，假使这个时候城外的大炮向我们这里落下来……"

余氏摇摇手道："哟！妹夫，你怎么说这个？怪丧气的。"

老邓喝下两杯酒去，脸上红将起来，左手按了酒杯子，右手竖起巴掌向李守白照了两照。李守白莫名其妙，以为他手心里有什么花纹，要叫人看看，倒放下了酒杯，低头向他手心里注意。然而一看，并没有什么，这不过是他酒后兴发，有话表示，充量地发挥，所以这样伸了巴掌，做出努力的样子。

他笑道："妹夫，我很赞成你的话，人像彭祖一样活到八百岁，也是一死。与其这样活着受气受罪，一个大炮弹飞了来，痛痛快快的……"

余氏突然站起来道："你这还没灌足了黄汤，先就胡说八道，你也不怕坏了兆应。你这个呆子，我不爱听你这些。"她带说带起身，一赌气地走进内室里去。李守白两手四个指头，撕着鱼头上的骨头片子，带了微笑咀嚼着。然而酒在心里，只管鼓荡起来，有些按捺不住。

老邓笑道："大妹夫，你的量大概不错，别信你那蠢大姐的话，我们还是喝我们的。"他看到李守白杯子里还有大半杯酒，便将自己的酒杯子举了起来，在嘴边碰了一碰，并不喝下去。这个意思就是等着李守白同喝。

李守白轻轻一拍桌子道："好！我再陪你喝过这一杯。还是你说得对，一醉解千愁。"于是端起酒杯子来，唰的一声将那大半杯一饮而尽。老邓拿了酒瓶子正要向李守白杯子里再倒，只听大门扑通推的一下响，余乃胜提一大篮子绿油油的野菜进来，放下野菜篮子嚷起来道："李先生来了。"

李守白一手扶了酒瓶子，一手按了桌沿站了起来，向他点了点头道："你来迟了，得罚你三大杯。"他不站起来则已，一站起来之后，心里怦怦乱跳，眼面前的屋子，仿佛成了波浪中的海船，只管前后左右晃动不已。好在手是按了桌沿的，自己极力地镇定着，向着余乃胜道："你喝……不……喝？三大杯。"

余乃胜见他的身子前后连摆了几摆，两眼里布满了红丝，谈话时舌头作卷，口音都听不出来。便抢上前一步，扶了他道："你的酒已经够了吧？"

李守白用手将他一推，笑道："我够了，再喝十斤我也不够。你这人脾气老不肯改，总是喜欢说话。"他虽是推人，一点力气没有，不但推不倒人，自己的身体反而向前一栽。

老邓也站了起来，向前挽着他道："大妹夫，你倒是真醉了。"

李守白抬起两手，高举过头连拍了两下，哈哈大笑道："我醉了，不行了，醉了就行了。"

余乃胜道："这是什么话？"

李守白拿了一杯残酒，冷不防地又举着向口里一倒。老邓抢过杯子去时，他已经喝完了。他倒也不认为人家无礼，在桌上捞了一块鱼头在手上，笑道："吃吧，三块钱买两个干鱼头吃，多贵的东西，为什么不吃呢？不过请我吃两个干鱼头，就算运动我，我有点不能承认。新闻记者虽然比和尚还要厉害，是吃十方的，但是为了一顿吃就和人家说话，有价值的新闻记者绝不能够这样子办。"口里说着人就东倒西歪地向外面走。

老邓拉住他道："李先生，你的酒兴发了，在舍下躺一会儿再走不好吗？"

李守白道："我知道我醉了，可是醉了就行了。"

老邓向余乃胜道："你看这是什么话，醉了倒是行了。"

李守白笑道："可不是嘛，醉了就行了。不醉，就交代不过去。"

老邓虽是半拉半拦着他，哪里拦得住？他已经走上了大街，手上拿了片鱼鳃骨只管向嘴里塞着吮吸。

余乃胜道："李先生，你回去吗？"

李守白摇了头像风车一般只管向前走着，口里打着咕噜道："不……不……不！我到韩家去，黄团长还等我的回话呢。"

街上行路的人，看了他手上拿了一块鱼骨头，脸上醉醺醺的，高声大叫地走路。在这围城里，会有手上拿了鱼骨头的醉人，这不能不说一桩怪事，都把眼睛射到身上。他只当是不知道，向前直走。余乃胜看了他东倒西歪的样子，怕他在路上摔倒了，只得紧紧地在后跟随。走到韩家，门是半虚掩的，他两手推门而进。门开了，势子虚了，人向前一栽，摔得周身贴地。韩乐余在屋子里头，听到外面轰通一下响，不知道倾倒了什么东西，也就抢着跑了出来。一见是李守白来了，摔在地下，连忙叫着二秃出来，将他搀起。见他口里酒气熏人，两眼赤红，就问道："老贤弟，这个日子你怎么还能喝得如此酒气熏天？"

李守白比了两只西服的袖子，高高举起手来，向他作了一个揖道："小侄有点失仪。"

韩乐余皱了眉道："这是谁把你灌得这样醉？"

李守白一抢步，走进里面屋子，这里有把旧藤椅，是韩乐余躺着养病的，他也一倒，倒在椅上。口里吟起诗来道："李白斗酒诗百篇，长安市上酒家眠，天子呼来不上船，自称臣是酒中仙。"

韩乐余一走了进来，见他今天这种情形，是彼此结交来所未有的事，心中很是奇怪。便道："老贤弟你倒酷有祖风。"

李守白笑道：“当然啦，我叫李守白，就是守着李白那点诗酒风流的情绪，哈哈哈哈！小侄放肆了。”说着，站起来，又向韩乐余拱了拱手。

韩乐余看到他那样子，知道是醉得厉害，便用手扶了他道：“老弟台，你为什么这样大醉一回，有所感动于中吧？”

李守白笑道：“我本楚狂人，长歌笑孔丘。”

韩乐余皱了眉道：“这个样子，实在醉得厉害。现在这样兵荒马乱的时候，又到哪里去找解酒的东西去？大姑娘你烧一点开水冲一碗盐水来，让他喝喝吧。”

小梅一个人坐在屋子里，正有些发闷，虽然听到外面一阵乱，这也不过是李守白摔了一跤，没有多大关系，有人将他扶到屋子里去，这也就不必再去过问。后来听到李守白说酒话，才知道他醉了。这时父亲一叫，她不忍再不出来，先且不冲盐水，到外面来看看是什么情形。那李守白脸上，由酒醉的红色，变了苍白色，他依然还苦挣扎着，放出笑容来。乃至看到小梅走出，他站起身，向她点了个头，微笑着，正有一句话要说出来，忽然哇的一声咳嗽着，嘴里有样东西容纳不住，向外面吐了出来。韩乐余低头看时，却是一摊黄水渣滓，却有不少的血迹，哎呀了一声。

李守白问道：“怎么了？”

小梅看到也叫着向后一退。可是李守白并不难过，却哈哈大笑起来。

第二十章

都 醉 了

这时，所有在面前的人未免都骇异起来。小梅望了韩乐余道："李先生不要是伤了酒吧？"

韩乐余道："谁知道哇？"连忙抢上前，将李守白搀着道，"老弟台，你怎么了？"

李守白定了定神，笑道："没事，喝了酒，走了两步急路罢了。见红，这是好兆头，喜事……"说到这里，他又接连地咳嗽了两声，嗓子里咕噜一声，又向地面吐出一口脏东西。

韩乐余看他这样子，正不知如何是好。大门一推，两个壮汉抢了进来，形色慌张，也是喘息未定。第一个韩乐余认得，乃是余乃胜，到这里来过一次的。便问他道："大哥，你来了正好。你这令亲，不知为了什么，进门就摔倒在地而且口吐鲜血，你看看地下。"

李守白向余乃胜道："你来得好，帮我一个忙，你和邓大哥把我扶到寓所里去。我若是死了，也有个地方安身。"

余乃胜道："不吧，你不如到我姊夫家里去。"李守白本是半侧了身子，坐在藤椅上的，听了这话，就摇摇摆摆地站立起来道："你们那儿也不能算是我的家呀。你若不来扶我，我就自己走了回去。"说毕，脚步一抬，身子向后一仰，人反是倒着坐下去了。小梅看了他这种情形，不明原因何在，急得两只圆眼珠子只管向了李守白发呆。

韩乐余道："守白，你就是不愿意在我这里，到令亲那里也不坏。因为你这种病，要好好地休养，非要人伺候不可。"

李守白强笑道："没关系，我非一个人静养不可，还是回寓所去的好。"说着，皱了眉向余乃胜道，"你帮着我一点呀。"

老邓便道："既是李先生一定要回去，我们要勉强他到别处去，他心里也不会舒服的。我看不如依了他的话，把他送回去。乃胜，你在李先生寓所里伺候他两天，也没有什么，反正你住在我这里也是闲着啦。"

余乃胜道："交朋友不在这个年头交，什么时候交呢？就是那样子办吧。我跟了他去，我们就向韩老先生借这椅子用一用。我们两个人把他抬走，你看好不好？"

韩乐余道："自然是抬了去，你两位若是抬不动，我还有个伙计，可以帮你们的忙。"一言未了，二秃早是把两只袖子一卷，弯腰上前，要替他们同抬。

韩乐余道："你就同去吧，若是李先生要你在那儿照应，你就暂不用回来。"二秃答应着，于是和余、邓二人，抬了这把藤椅子一同出大门去。李守白躺在藤椅上，虽然有些头晕眼花，可是心里却很清楚。知道他们这样抬着出门，未免有点招摇过市。不过他另一个感想，这样抬着在大街上走，病了乃是公开的事，可以有人证明不是假装的。

李守白让人抬走了，小梅却皱了眉向父亲道："你看这事情奇怪不奇怪？像李先生那样勤苦耐劳的人，到了现在他会喝得这样酒醉糊涂，他又说什么喜事。有什么喜事呢？"

韩乐余道："喝醉了酒的人，总是信口胡乱的。他说的话有什么根据？"小梅回想，他喝得那副情形，大概也是不由心之言，不足介意。低头看到地上两块血迹，还是湿黏黏的，就用簸箕盛了一些干土来，将血迹掩了。在门角落里抽出一把短扫帚，便要转身来扫，只是她这样手一扶门的时候，却见黄种强两手插在制服的裤袋里，在门外大路上徘徊着。

小梅便点点头向他笑道："黄团长，你不进来坐坐？奇怪！"

黄种强当她如此一招呼之后，脸上忽然飞起了一层红晕，笑道：

233

"老先生在家吗？我是到这街上来访一个朋友，顺便由这门口过的。"

小梅道："家父在家的，请进来吧。"

黄种强笑着，走一步又停一步地到大门里边，先叫了一声韩先生，笑道："我又来了！"他口里说了这句话，眼睛可看着韩乐余的脸上。因为李守白来说了媒，他一定有点尴尬，可是韩乐余没有表示。说着话，走进屋子来，见地下撒下两块浮土，便坐下问道："老先生胃口不大好吗？"

韩乐余望了地上道："这是那位李守白先生喝醉了酒，在这里吐的，还有两口鲜血呢。"

黄种强立刻把谈话的目标转移了，惊问道："什么？他吐血了？"

韩乐余道："是的，也不知道他在什么地方喝得醉气醺醺。一进我的大门，人就向前一栽。扶起来说了几句醉话，就连吐了几口血，他又不肯在这里休养，找了三个人用一张藤椅把他抬回寓所去了。"

黄种强听了这话，就断定李守白一场大醉，把做媒人的这一件大事完全耽误了。若说这个耽误的责任，似乎也不能让李守白一个人去负，自己为什么一时高兴送他两瓶酒和两个干鱼头呢？他既醉得病了，也许一两天不会好，这个大红媒一定放在他身上的话，只好展期两三天了。他如此沉默想着的时候，小梅手上拿了扫帚簸箕进来，低了头将地面上的浮土扫去。黄种强侧了眼看看她，见她那伸出来的手臂，像圆藕一般，心里可就想着：一个军人的妻子，应该是像她这样健康的。可是他向小梅看的时候，又看到韩乐余也很静默地出神，恐怕会让人看破态度来，便笑道："我那本日记，老先生都看过了吗？"

韩乐余拱拱手道："佩服佩服，这是两年的日记，一天也不间断，非有恒心的人干不出来。有些时候，在工夫极忙的日子也是照样地记，而且记得那样详细。"他这样夸奖着黄种强的著作，黄种强可看小梅拿着扫帚簸箕出了神。看她那俊影虽是很健壮，却并不粗笨。虽是在这样逃难的时候，她脑后梳的双髻光圆两个，一根头发不乱，双髻高高地系着，露出那俊颈脖子来。颈脖子上有许多稀松柔软的短发苗只有几分长，表示着那处女美。他想着这个女子完全是靠着天然风致见胜，别有令人可爱之处。心里如此想着，耳朵里仿佛听到韩乐余在和他说话。有了这个感想，立刻想着人家在说话，如何不理人家，偷看人家的姑娘呢？立刻回转脸来，不问三七二十一，先向他答应一个"是"字。韩乐余的话不曾间断，正说着，黄团长是个乃文乃武的人，可以说胆大如虎、心细于发的了。黄种强依然没有把话听出个头绪来，他的口里还是受着以前脑筋的命令。继续着道："是的，是的。"把这两个"是的"说出来了之后，他忽然记起刚才韩乐余所说，乃是夸奖自己的话，自己不分好歹，怎好一味地只管答应"是"呢？于是连忙要更正自己的话，可是在他那更正的话还不曾说出来以前，韩乐余也改谈别的了。

他道："这日记上所记的几段战事，像真的一样。"

他只说到这句，黄种强的更正话却说了出来："乃是不懂什么，那不过是胡闹而已。"这句话，好像说那当年打仗的人不懂什么，乃是胡闹而已。这话竟是越说越远了。一个做团长的人怎么连话也不会说。当了人问话只是胡扯一阵，更正的话错了，不能再去更正那更正的话，一直让话错了不去更正，也觉得自己太麻木。因之抬起手来，只管搔着自己的短头发，而且还不住地放出微笑来。

韩乐余见他言语颠倒，手脚又不知所措，也很引以为怪。可是彼此交情甚浅，这话也就不能追着去问人家。

黄种强沉默了一下，笑道："守白为什么喝得这样醉，我去看看他吧。"

他说话的时候，随取了军帽，拿在手上当扇子摇着。这时一面向外走，一面还摇着那帽子。可是当他走出了大门口二三十步以后，立刻觉得头上有些空虚，感觉到自己是没有戴帽子，突然地向屋子里走来，韩乐余将他送到大门口，也就回身转来了。听到身后皮鞋响声，转过脸来，见黄种强又匆匆回来，似乎是丢了什么东西似的，便道："黄团长丢了什么？"

黄种强将右手一举，正待说丢了帽子，然而手上正拿着帽子啦，于是站住脚，做个凝神想一想的样子，笑道："我没有丢什么，想起来了，身上带着呢。"说毕，笑了一笑，依然走了。

小梅站在父亲身后，微笑道："这个黄团长，今天也是喝醉了酒吗？怎么这样说话颠三倒四？"

韩乐余道："我也有这么一点感觉。不过在这围城里，也许有什么心事。"

小梅笑道："有心事，还老到我们这里来闲谈。"韩老先生也就笑了。

小梅抬头看看日影，自向灶下去做晚饭。这次熬的是小米粥。一面烧火的时候，一面坐着想心事，把一锅粥都烧煳了。捧着粥给老先生的时候，他望了粥带焦黄色，笑道："守着粥锅，会熬成这个样子，你也喝醉了？"

小梅笑道："这就是爹那话，在围城里的人谁没个心事呀！"

韩乐余叹口气，也没说什么。父女二人各端了一碗粥，坐在矮凳上喝。正喝着，二秃笑嘻嘻地跑进屋子来，摇头摆脑地道："这事有趣有趣。"

韩乐余道："什么事那样有趣？"

二秃望了小梅笑道："大姑娘在这里我不说，说了她会怪我的。"

小梅瞪了眼道："什么事鬼头鬼脑的，有话就说吧。"

二秃站着向她呆望了一下，笑道："只要你不怪我，我就说了。老先生，你可知道那团长为什么老到我们这儿来，他全为了我们大姑娘！"

小梅坐在矮凳上喝粥的，这时突然站立起来，脸一红将筷子碗使劲一掷，放在桌子上扑通一声，骂道："你这小子，胡说八道！"

二秃被她一骂，骂得无精打采立刻将头垂在肩上，向后退了一步，缓缓地道："我有言在先，我说了你可不能骂我，你让我说我才说。怎么我说了，又骂起我来了呢？"

韩乐余向小梅道："他是不会造谣言的人，说出此话必定有原因，你可以让他说完了再骂他。"

二秃一伸颈脖子道："我哪有那么贱骨头，说完了还是要骂我，我说做什么？我有那么爱说话吗？"

韩乐余道："你实说吧，不骂你就是了，若是有什么乱子我们知道了，也好早早提防一二。"

二秃笑道："这是喜事呀，有什么乱子呢？"说着，可就偷看了小梅一眼。

韩乐余道："我既然让你说，你就说，当然不会错事。"

二秃道："刚才黄团长去看李先生的病，大家谈起来，我才明白，他想和我们做亲戚。他知道李先生和我们有交情，要李先生做媒……"说着，又看了小梅，把话停止了。

韩乐余道："这就怪了，怎么要李先生来做媒。李先生到这里来，却是一字不提呢？"

二秃道："那李先生不有一个亲戚叫余乃胜吗，那人喜欢说话。他把我拉到一边私下对我说，李先生不大愿意做这个媒，所以他拿了酒瓶，到他们家先喝了一顿，喝醉了才到我们家来。据说，在他们那儿，还说了好些个酒话，倒似乎有心喝醉来似的。"

韩乐余手摸了胡子，点了几点头，因问道："黄团长对你说了什么话？"

二秃道："黄团长没有对我说什么，是他和李先生那个同事说的话，我在屋子外面听见的。他还想托那个人到咱们家来做媒人呢。"

韩乐余的眼光也不看着哪一方面，依然用手摸了胡子道："照理说，这样一个向上的军人，我们是没有什么话说的。但是我和他总还算是初交，在这个日子城池危急，也不是提亲的时候。"

他这样自言自语的分明就是问小梅的话。小梅是个如何玲珑的姑娘，哪有不懂之理？就答道："谁说不是呢。"说了这五个字，她也就走到厨房里去，两手抱了膝盖，在小凳上坐着，直到天色昏黑，她也不曾移动一下。

韩乐余来叫她道："天黑了，我们该亮灯了。"

小梅站起来，伸了个懒腰道："啊哟！我真坐得久了，蜡烛在哪

237

里？还有吗？"

韩乐余道："这个天天归你管的，你怎么来问我？"

小梅道："对了，前天买的，还有好几根呢。"说着话，到外边屋子摸索了许久。韩乐余道："怎么样？还没有把蜡烛找出来吗？"

小梅道："还没有找着洋火呢。"

韩乐余道："你手里摇得窸窣作响的，那不是洋火盒子是什么？"

小梅笑道："啊呀！是的，我心里正这样想着，一大满盒洋火哪里去了，怎么只剩这几个呢？心里只管想着那盒满满的洋火，手里拿着这盒浅浅的洋火，摇虽是摇着，我就不留神了。"说时，她擦火柴将蜡烛点上。韩乐余看她脸上，还带有难为情的样子呢。他一想，女儿家提到婚姻的事，总是有害臊的，这也就不必去理会她了。为了节省灯烛，全家只点了一支烛。烛放在一个矮的长方茶几上，靠了床铺旁边，韩乐余就捧了一本书，闲躺着看。

小梅坐在凳子上拿了一只破线袜子，也斜躺着缝底片。可是她只缝了几针，就把针线放下。两手抱在怀里，只管睁了眼睛瞪着。

韩乐余道："你若是睡不着，就可以到屋子外去玩玩儿。"小梅并不理会，依然抱了两手在那里坐着，随手在小藤簸箕里摸起了一把小剪刀，又摸着一块布就对了烛，将这块布剪得成了一条一条的。

韩乐余听到剪刀响声，抬头一看，笑道："你是怎么了？把一块好好的袜底，剪得这样粉碎。"

小梅低头一看，可不就是一只袜底吗？笑道："我只当是一块碎布呢。"

韩乐余道："就是一块碎布，你也不该剪了它。"小梅笑着放下剪刀，紧皱两道眉毛，也不知为了什么，只是看了那烛花出神。韩乐余正看了书，却没有留意她。她闷坐了一会儿，又忍耐不住了。却拿了那碎布条子，去拨弄那烛花，弄得那烛光往下一沉，几乎要灭下去。

韩乐余放下书，喝了一声道："你怎么了？你坐得住就坐下，坐不住可以出去，干什么老是这样动手动脚的。"

小梅放了布条，笑着便走出屋去。这个时候月色未上，外面是黑沉沉的。在院子里站了一会儿，看了天上几颗闪烁不定的明星，心里便想着：在安乐窝住着，也是看见的，还是这个样子。星光在这里照见我，当然也照见安乐窝。现在，可不知道安乐窝是个什么情形了。真想不到我会跑到铁山县城里来躲难，更也想不到在这个围城里，会遇到李守白。她想着想着，继续地想着，也不知道想了多少时候。院子里有一方平整的石头，便两手抱了膝盖，呆呆地坐着，昂头看了天上闪烁的星点，仿佛眼睛里都有些发花。后来是韩乐余在屋子里叫道："小梅，你还没回来睡觉吗？大半夜了。"这句话把她提醒，赶快回身进屋，原来身上的衣服都被露水打得湿透了。

第二十一章

小鸟失群

自这时起，小梅也像喝醉了酒一样，常是一呆坐就是一两小时。自第二日起，李守白不见来。那个来得很勤的黄种强团长也不见来。小梅心里虽惦记着李守白酒醉以后是个什么情形，可是为了他是不愿做媒而喝醉的。这里面是包含着极尴尬的意味，却是不便开口发问。

到了第三天，韩乐余等二秃小梅都在面前的时候，开了个临时家庭会议，因道："有两三天不知道时局消息了。若是这样老困守下去，我们现在只剩有小半口袋面粉、两三升小米，还能维持几天？我想去和黄团长打听消息，又觉得不便。"

小梅立刻鼓着腮帮子道："当然不能去。"

韩乐余道："我想去看看李先生吧，可是……"他沉吟着手摸了两下嘴上的胡子。因为在围城里许久不理发，胡子不待蓄养，自然地长了。

小梅道："我想没有什么关系吧？我们是很熟的人。"韩乐余觉得她倒是胸无城府，便依了她，拿了根木棍子当手杖，走向李守白住的大住宅里来。一进门就看到那对看房子的老夫妇在钉锁各间房门。问一声"李先生在家吗"。

老头子道："才不巧呢，他病了。"老先生也没有理会什么是不巧，径直向里去。果然在李守白卧室外，就听到里面一种呻吟之声。叫了声李先生，走进屋去，见他将被褥卷了一个高枕头，人半坐着躺在床上，两手按在胸口。看到老先生进来了，立刻抱了拳头道：

"抱歉抱歉，还要老先生百忙中来看我。"

韩乐余见他面色焦黄，头发蓬乱着，真是一身病容，便道："我不忙呀，我不知道你病了，我若知道早就来看你了。"

守白道："没什么大病，胃痛罢了。可是耽误了一个绝大的机会。"老先生随便在床面前一张椅子上坐下，因道："什么机会?"

守白道："老先生还不知道吗? 今天正午十二时，西门开城两小时，放老百姓出城。城外的军队也已经同意了，可以放老百姓过去。城里粮食越来越少了，有了这机会，你该走哇!"

韩乐余道："真有这事?"

李守白道："千真万确。"说着，在身上掏出表来看了一看道，"已经十点钟了。你应当赶快回去收拾行李。"

韩乐余听说，也就站起身来望了他脸上那黄蜡似的颜色，因道："你自己怎么办呢?"

李守白道："我不要紧，军队里有熟人随时可走。万一走不了就吃点野菜，也可以度命。老先生请便吧。"说着，又拱了两拱手。

韩乐余走了一步，又回转身来问道："你那位同业呢?"

李守白道："我也劝他走。以便到外面通点消息到北京去。"

韩乐余道："我看这守家的两个老人也要走吧?"

李守白道："当然要走。"

韩乐余道："你一个病人躺在这空屋子里，你那是太不便当了。"

李守白道："不要紧，现在胸口只偶然一阵一阵地痛，也许明天就好了。时不可失，老先生快请吧。"说着，他也就伸脚下了床，探着床下的鞋子踏上了，连连地拱手。韩乐余只得和他握了一握手，说声再会。李守白也低声说了"再会"两个字。

韩乐余也是不敢耽误，转身向外走。走到房门外面听到里面人叫道："见了韩二哥、大姑娘，说我致意，再见了。"韩乐余答应着，便匆匆地向家里跑。偏是跑到家里，小梅又不在家，出去找野菜去了。韩乐余把看到李守白的话告诉二秃，叫他赶快找小梅回来。自己便一面收拾包裹。

二秃跑出去找了几条巷子，见小梅红着脸向家里跑，手上提的篮子乱摇。因道："你知道开城的事吗？我看见大兵在贴布告。"

二秃道："特意来找你回去呢，快走吧。老先生由李先生那里回来，看不见你，急得不得了，他在家里收拾行李。说是十二点钟开城，一点钟就关，迟了就来不及了。你看，你看，你找了几条巷子，也只找到这一点野菜。再过两天，野菜都会让城里人找光，我们的粮食也完了，我们要活饿死。"

小梅一面跑着，一面问道："他们说的那个李先生呢？"

二秃道："他心口痛，痛得爬不起床，他不走。"

小梅道："你认得他家，带我去看看。"说时扯了二秃就走。

二秃道："十点多钟了，你若去看李先生的病，回头怎么来得及？我们全关在城里就全是饿死。我死了不打紧，你忍心老先生饿死来吗？"小梅心里一动，站着凝神了一下，转身就向家里跑。跑了几十步路，突然地站住了脚，便道："不行不行！我们出不去城是饿死，李先生关在城里，难道就会活着？人家很关心我们的，现在我们丢了人家不顾，良心上说不过去。你只管和老先生去逃命。"

二秃道："你不走吗？你一个大姑娘家，一个人关在城里靠着谁？你若不走，老先生又怎样肯走？我的天，你千万不可耽搁，再耽搁一会子就不行了。"小梅先是向南跑两步，要去看李守白的伤，这时依然向北跑着回去找她的老父。

这时，这条街上的人家也纷纷地有人出来。远远看到韩乐余焦急万状的地是在门外踱来踱去。他忽然看到女儿回来了，连忙迎上前来道："嘿！你们把我急死了。你们走后，就有两个兵士一家家的报告，说是西城开城两个钟头，可以放老百姓出去逃生，让我们赶快地走。我要去找你们，又怕你们回来了，我要不去找你们，又怕失掉这个好机会。只急得我心里乱跳，要用的东西我都收拾好了，就是两个小包袱衣服。一点不用耽搁，我们就走。"他说着话，走进屋去，已经提着两个小包袱走了出来。一面走，一面嚷道："走吧，不要再耽误，出不了城，我是饿怕了。"

小梅跟在他后面，七颠八倒地就走上大街来时，看看出城的老百姓都喊着道："快走吧，要赶不上了。"韩乐余看到人家跑，他也跑。小梅一看这情形，料着父亲是饿得不敢再在铁山住了，探看李守白的话就越是不敢对他说。

　　不一时，大家抢到了城门口，只见那要出城去的百姓挨肩叠背早是把城门塞得一点缝都没有。回头看看要出城的人，后面还是源源而来。

　　韩乐余向二秃道："你在前面挤，我拉着大姑娘，紧跟在你后面走。看这个样子，要想斯斯文文地出去，一定办不到。"

　　二秃一挺胸道："好！都交给我啦。"

　　说着，就向人群中挤了过去。韩乐余将一个包袱交给小梅，腾出一只手来拉着她，叮嘱道："你紧紧地拉着我，不要挤脱了伴。"小梅答应着，也就紧紧地握了父亲的手，起先还是一步一步向前挤进。到了后来，后面的人向前一拥，身体和脚步都不能自主，随波逐流的像在风浪漂荡一般，只好由着众人的来势推进。看看要到城门洞边来，只见那两扇城门，在人堆里面慢慢移动，有些合拢的情形。百姓们看见就狂喊起来，不要关城。然而百姓们虽是喊着，那扇门也依旧地只管要向前关拢。出城的百姓到此生死关头，更是不肯放松。也不知道哪里来一下枪声，啪地一响，再把人群拥出了一片狂浪。随着啊啊的一片人声，人像疯了一样，跌跌撞撞都拼命地向前挤了去。

　　当二秃挤到城门边的时候，后面的行人向侧面一推，韩乐余的身子一歪就拉扯小梅不住。小梅身材既小，力量更是不大，不知不觉地就让人把她和父亲隔了开来了。

　　第一个冲锋式的人浪刚是停止，第二个人浪又来，只见人头在半空中滚滚。眼看着二秃和韩乐余已挤出了城门，小梅大声喊着"爹呀，爹呀"。然而这个时候哭喊声、怒骂声一齐并作，她虽大声叫着，哪里有人听到？又眼见那两扇城门慢慢合缝，到后来就完全关闭了。老百姓们也就不拥挤了，纷纷地向后退着。小梅忽然父女分离了，这一下子也许就算是隔了一个世界永远不见面。心里一阵凄楚，不由得哇的一声便哭了起来。大兵看到就走过来，用手挥着道："哭什么？今天不能出城，明天开了城再出去也不迟，何至于在大街上哭？没有出城的人多着啦，哭什么？回去吧。"

小梅一看，许多人都向她望着，倒有些不好意思，莫名其妙地只得低了头径自回家去。可是当她想到回家时，心里忽然猛省过来，我这是向哪里走？哪里是我的家？难道我还是到以前住的地方去住着？一个姑娘，在这种兵荒马乱的时候，独住着一所房屋，那多么危险。若是不到那里去住，这城里又没有什么亲戚朋友，却叫自己到哪里去投宿？

一路行来，只管低了头，思忖着自己的去路，顺脚所之已经走到一条无人的冷巷。抬头向前一看，一条极长的巷子竟不见一个人影。赶快抽着身子，就向来的路走回去。走到大街上四周一望，竟分不出东西南北来。自己正这样地想着，自然是在大街上有些徘徊不定，正在她这样茫茫不知所之的时候，身后忽然有人低声叫道："姑娘，你有什么心事吗？"

小梅听了这话，回头一看却是一个须发皆白的老头子，便放心了一点，问他道："老先生，你怎么知道我有心事？"

那老人道："不是我知道，刚才我看你很随便地走进对面的巷子里去，头也不抬起来，随后你又匆匆忙忙地走回来，好像是走错了路。但是你到了大街上又四处张望，不知到哪里去好。而且你脸上又很有泪容，眉毛皱到一处伸展不开，在许多事情上看来，我想你是有心事的。要不然城里这样荒乱，也不会让你一个姑娘随便乱走。"

小梅看那老人家穿了件极博大的枣红色旧绸夹袍子，手拖了拐杖不扶，倒是一个慈善而又康健的老人家。正在无可奈何的时候，向人家说明原因，也许得到一些帮助。于是就把今天父女失散的事情都告诉了他。

他道："你既是一个人关在城里，一个人怎样在那屋子里住得？

你在城里，就没有一个亲戚朋友吗？"

小梅道："有一个姓李的，是我父亲的朋友，他现在生了病，正睡在一所空屋里，那里原是个陈公馆。我现在想去看看他，再作道理。"

这个老人倒是一番热心，笑道："陈公馆，晓得晓得。这是这城里一家大绅士家里。"

他就人情做到底，把小梅引到李守白的寓所来。他首先推门进去，提了嗓子喊道："这里有位李先生吗？有人找你啦。"连叫了几声，没有人答应，向外退了两步道："莫不是错了吧？"正如此想着，却听到有一种呻吟之声由屋角边传了出来。掉头看时，却见一个人两手扶了墙，慢慢走出来。他面色黄瘦，蓬乱着满头的短发。

小梅首先叫了句李先生。李守白哼着道："我的姑娘，你到现时还没有走吗？"

小梅把经过的事告诉了他，并说多亏了这位老先生的力量。李守白道："啊！这位老先生，我会过两回的，不就是这城里的大善士洪大齐先生吗？多谢多谢。"一说起来，洪大齐也就恍然笑道："这我就放心了。不瞒你说，我若看着不是好人，这姑娘我是要带回家去的。现在我告诉你一个好消息，今天这样开城一放，把城里的人大概放出去了一半，城里的粮食就好分散了。有了这个姑娘，正好看护你，姑娘也免得一个人住着害怕，这倒是一件两好的事情了。"说毕，打了一个哈哈，径自走了。小梅走向前，望了李守白的脸，叫了一声李先生，却呜呜咽咽哭了起来。

李守白道："姑娘，你也不必着急，你住在我这里，有我保护你，是不会有什么意外的。"

小梅哭着道："我爹……我爹出城去了，找不着我，他会急死的。"说毕，顿了脚哭着不歇。

李守白道："事到如此，那有什么法子？若是老先生没有去远，明天开城的时候，也许他会进城来。"

小梅道："出城去了，还许进来吗，恐怕不行吧？"

李守白默然着，半晌点了点头，大概是不行。小梅刚刚停止了哭，听说这话，又哭了起来。李守白明知道她心里是十分的难受，徒劳也是无益，只好扶了墙，慢慢蹲下去，坐在地上，然后慢慢挨着到台阶边下，一只脚由台阶上垂了下来。他移动身体的时候，皱了眉毛，牙齿还紧紧地咬了嘴唇。小梅突然地住了哭，走向前来弯着腰，问道："李先生，你的病好些吗？"

李守白强着笑道："我心口不大痛了，昨晚上摔了一跤，摔在阴沟里，腿上摔破了一条口子，就是行动不方便。"

小梅道："你是睡在哪里呢？"

李守白道："我就睡在这上面屋子里，这里床帐被褥一切都是主人翁丢下的，倒也舒服。"说着，又笑了一笑。他只笑到半中间的时候，忽然身子微微一振，又咬了他的牙。

小梅看到他这样子，就走下台阶站在他对面，呆呆地看了他的脸。可是她自己脸上的两行泪珠还在腮上挂着呢。

李守白道："姑娘，你还着急吗？"说着，在衣服袋里掏出一方手绢交给了她。

她蹲着下去，一手用手绢擦眼泪，一手却钳了李守白的裤脚道："你的伤怎么样？我能看一看吗？"

李守白连忙将身子一偏，皱眉道："绑扎好了，你看不到伤口。不用这条腿出力，将来自然好了。"

小梅静静地站着，许久才低声问道："你肚子饿不饿？"

李守白道："哦，该打，我忘了问你。屋子里有炒熟的小米粉，大姑娘，你可以去吃。"

小梅摇摇头道："我不饿，我扶你进房去躺着吧。"

李守白强笑道："你来了，我有了伴了，我就不痛了。"

小梅道："你那个朋友也太忍心，把你抛下，他们去逃命。"

李守白道："那不能怪人，朋友不能为了救朋友去死。这个日子谁不想逃命，况且他们已经把我交给军医了。军医院里因为我不是什么重病，所以让我回来了，要不然医院里怎样没有地方，也会想法子安顿我。"

小梅道："我看你坐着很吃力，你还是进去躺着吧。"她说着，就用很大的力气，扶了李守白一只手臂，把他挽了起来，慢慢地将他扶到房里。果然是很精致的屋子，只是灰土积得很厚，满桌子都堆了些不相干的东西。小梅先扶了他在椅子上坐下，将帐钩上挂的掸帚，掸去了床上的灰。将三个枕头拼成一叠，堆得高高的，然后扶着李守白上床让他躺下。枕头撑了他的背，让他半坐着，然后先把桌上东西归理清楚。打开窗子，放了光亮与空气进来。接着，扫地擦抹桌椅，闹了一小时多。跟着就把书架顶上的花瓶拿下一只，在外面去揩抹干净再送进来。当她送进来的时候，瓶子上却插了一大束桂花，那香气随着瓶子进来，直扑到病人的榻上去。

李守白不觉叹了口气道："我是春天出来的，不觉到了秋天。我所到的这几县地方，真有不少人家国破家亡。可是这草木并不知道什么国难不国难，依然在炮火下开着。姑娘，你休息休息吧。"

小梅坐在床面前一张方凳上皱了眉道："我一休息就会想起我爹来。"说着话，又和他牵牵被，问道："你喝些茶吗？我和你烧水去。"李守白一伸手，想握住她的手，和她表示殷勤的意思。转念一想，和人家不过是个朋友罢了，怎好和人家表示太殷勤呢，便猛然地将手缩了回去。小梅看到也只当不知道，还继续着问道："你喝一点水吗？我看你们这厨房里什么都是全备的。"

李守白道："这里本是总部拨了两个勤务兵来帮着做事。昨日因为我们要走，勤务兵调着守城去了，所以剩下吃喝的东西倒是不少。原来是五个人用的，留着我一个人用，还有不够的吗？"

小梅笑道："你暂且寂寞一点，我和你烧水去了。"说毕，她就走了。李守白那腿上的伤虽然不十分重，但是昨日所伤，今日医治未久，就这样劳动着不免费了一点劲。而胃痛也因此复发起来，就不住地哼着。不久的时候，小梅就捧了一壶茶放在桌上，走到床面前，手扶了他的手臂问道："怎么样？胃痛得厉害吗？"

李守白忍住哼，笑着摇头道："不，不，我一个人在床上躺着很无聊，哼出来就舒服一点。你是在外面听得的哼声吗？"

小梅道："对了，你若是一个人坐着寂寞，我就在屋子里坐着陪你吧。"李守白那里想了一想，便笑道："那可多谢你了。"小梅于是斟了一杯茶递到他手上，就坐在方凳子上。等李守白喝完了，再把茶杯接了过来，问道："你还喝一杯吗？"

李守白道："我怎么好就是这样劳动你。"

小梅道："我是最会伺候病人的，你就让我伺候吧。假如是我病了，有人这样伺候，我也是不推辞的。因为病人自己动不得，总要人家帮着的。"她说着话，又倒了一杯茶过来。李守白谢不胜谢，也只好由她。而且想着，她惦记父亲，心里一定难受，等她做些事，把这心分了，因之也就找些话去安慰她。她心里也是如此想着，人家心里正在难过的时候，不要带着愁容让人家多添一番不安。因之两个人相互抱了安慰着人的心事，强为欢笑地坐着，直坐到下午，小梅才去和他做晚饭吃。所谓晚饭也不过是一个名，只是用开水将那小米粉一冲，加上一点盐在里面罢了。做好了，她拿了两碗来，一个在床上，一个在床下捧了对吃。

李守白笑道："在这围城里住了许久，真长了不少的见识，知道什么东西都可以饱肚子了。假使我们都逃得出性命去，将来把这话提出来，一定很有趣味。"

小梅道："当然的，这种事我们一辈子忘不了。"

李守白叹了一口气道："这许多事情中，大姑娘这个人更是让我忘不了。"

小梅听了这话，把脸红着，只管用筷子挑粉胶子吃。李守白见她难为情，就不再说什么。吃完了一碗，小梅接过他的碗来，问再要吃吗。

李守白道："你若是吃，我就陪你吃一碗，你不吃，我也就不吃了。"

小梅道："我饱了。你是个病人，应该多吃一点。"

李守白笑道："笑话了，有一个病人比好人还能多吃些吗？"小

248

梅笑着将碗收去，找了一支烛，点好了放在桌上。自己却在外面一间屋子里搬了几个方凳并拢在一处，在别间屋子里搬了被褥来，在那上面躺着。

李守白在屋子里听着，便道："大姑娘，你怎么在外面这堂屋里睡，太不舒服了。那边厢房里床帐都有，不会到那里去睡吗?"

小梅道："那边路隔得太远了，晚上你若是要什么，我睡得沉，你叫我不醒。"

李守白道："你请便吧，我晚上不要什么。"

小梅道："我一个人在那里睡，有些害怕。"她一提到害怕，李守白就不能勉强她了。可是这种办法，不是给李守白一种安慰，却是给李守白一种痛苦。因为他的胃病，到了晚上却是痛得很厉害。小梅在隔壁屋子里，可不敢哼出来，免得她又着急。

小梅从来不像今天如此受累，她在几张方凳子上躺下，却睡得很是甜蜜。李守白一晚醒了好几次，每次都听到她呼呼的鼻息声，就不去惊动她。快到天亮的时候，却听到她在睡梦中叫了两声爹，不知道她是说梦话，也不知道她睡迷糊了，忘在何所。便喊道："大姑娘，大姑娘，醒了吗?"

小梅一个翻身坐了起来，口里连连答应道："哦哦! 李先生要什么? 我来了。"说时，揉着眼睛，走进房来。这时，窗户纸已经有了白色，李守白看她那样睡态蒙眬的样子，自己还没有十分地醒过来，倒要伺候别人，觉得是既可敬又可怜。便笑道："我不要什么，我听到大姑娘叫爹，怕你做梦吓着了，所以我和你打招呼壮你的胆子。"

小梅笑道："我没有做梦，我不害怕。"李守白听了她的话，情不自禁地就叹了一口气。

第二十二章

温暖时代的恐怖

李守白叹这一口气，颇有点莫名其妙。小梅道："李先生，你为什么叹气？你自然是不耐烦，可是你和我想想，像我这样的人，家没有了，父亲也没有了，若不是遇到了你，你想我一个人在这个城里过的是什么日子？"她说到这里，嗓子本来也就硬了，但是她看到李守白这个懊丧的情形，她自己就极力地忍耐，用手将眼睛揉擦着。

李守白道："大姑娘，你误会了，我不是为我自己叹气，正是为了你叹气。我想你已经是够难受的，还要安慰我哩。"

小梅道："你说的是这个吗？你更用不着替我难受。你想，我们有两个人在一处，你帮助我一点，我帮助你一点，总还算不错，若是我一个人关在城里，遇不着你，那不更糟糕吗？不说这个了。你喝一点水吗？"

李守白道："我不喝，时候还早，你去睡吧。这时候的天气，早上的风吹到人身上，很容易受感冒的。"

小梅向他周身看了看，将床上的毯子牵了一头，慢慢地向他上身盖着，还将手按了几下，然后出去。李守白看那天色刚亮，以为她是睡觉去了，自己侧了身子向里，慢慢地睡了。正蒙眬间，小梅却在床边，用手摇撼着他道："李先生，你醒醒吧。"

李守白睁眼看时，见床面前放了个方凳子，凳子上放了一盆水，正是热气腾腾地向上升着。李守白一个翻身坐了起来，只因势子来得猛烈一点，把腿上的痛处碰着了一下，不觉地皱了眉毛，咬着牙齿。

小梅连忙走上前，按住他道：“你就好好地躺着吧，没有要紧的事，你就不必起来，有什么事都交给我就得了。”

　　李守白哼了一声，接着又向她苦笑了一笑。小梅伸手到脸盆里，拧起一把手巾交给他擦脸，马上接过来，又在脸盆里湿着，然后再拧了一把交给他。在床面前，还指着他脸上道：“眼角上有眼眵，你多擦一把，鼻子里也卷上一卷。你看，漆黑的，耳朵后面，那，还是我来吧。”于是接过毛巾，在他两耳后面各擦了两下。这时，小梅的乳峰直耸到他的面前，他极力矜持着，将眼睛闭住，只当一切都没有看见。她放下手巾，递了一碗温水交给他漱口。李守白漱着口，要伸头向地下吐水时，小梅就两手捧了脸盆接着。李守白的一阵热狂刚刚过去。他第二个观念油然而生，人家如此相待，真是父母之心呀，我怎好以猥亵的思想去揣测人家。这就不由得两手抱拳，向她连拱几下道：“大姑娘，我应当怎样子感谢你呢？”

　　小梅摇摇头道：“不要说那话，你病了我帮你一点忙。这是熟人应该做的事，我不管你，静静地坐在那里，也是闲得无聊！”说着话，她将脸盆端了开去，接着擦抹桌椅都干净了才走出房去。李守白以为她这是休息去了，然而就在这时，她又捧了一把茶壶进来，手拿了一个茶杯，斟好了一杯递了过来，便道：“我告诉你一个好消息，早上起来无事，我在屋子里各处找了一遍，找到一罐茶叶，这还不算，又找到一小坛子糕点、大半缸咸菜。这都是做梦想不到的好东西。那点心有些陈霉味，我现在用温火烤着，烤好了再送来给你吃。”她说时，不住地扬着眉毛，自然是高兴极了。李守白料着她一定如获至宝地要多吃几块的，便微笑道：“你太辛苦了，这是天老爷要安慰安慰你。”

　　小梅正待要说什么，鼻子尖耸了耸，笑道：“不要是点心烤坏了。”说毕，掉转身就出去了。

　　过了一会儿，只见她手上捧了个瓷碟子，碟子里盛着芝麻饼和云片糕。不曾送到面前，早有一阵香气，送到鼻子里面来。小梅将碟子放在茶几上，将茶几搬到床面前，然后接过他手上的茶杯，再斟一杯茶放到茶几上，笑道："这个样子用早点，不像是战地里的难民了。"

李守白已是情不自禁地钳了一片糕到嘴里来咀嚼。这种糕点乃是下品，在繁华都市里的人简直就不会过问，可是现在尝到这一片糕，就觉其味无穷了。他连吃了两片糕，又吃了一个芝麻饼，加上又喝着那茶，更觉得有味了。一碟子干点心，三停吃了二停，他这才想起目前站着的一个人，不知道可曾吃过没有。便向她脸上望着要问她一句，她却笑着先问出来道："李先生，这个不是有些陈气味了吗？"

李守白道："你觉得有陈味没有？"

小梅笑道："我哪里知道呀。"

李守白道："你没有吃过吗？"

小梅笑道："我吃过的，我吃过的。"她抢着连说了几句。

李守白指着碟子道："你也尝一点，不要让我一个人吃。"

小梅道："我已经吃了好几块了，你倒不要和我客气，你自己养养你自己的病就得了。"

李守白笑道："你挖了金窑似的得着这一碟子点心，我怎好全把它吃了。"

小梅道："还有一小罐子啦，我什么时候饿了，我什么时候自然会吃。你看，我这就吃了。"她说着时，手里拿了点心，要做个向嘴里送进去的样子，而且也就开步向着屋子外走了。到了屋子外边，她就把那块点心依然放到碟子里去。

早上厮混了好久，太阳已经高高地由瓦檐上照到窗纸上来。李守白一事不做地躺在床上，觉得很是闷得慌，掀开了毯子心里想着：我必定要和她把话说明，我必定……一切我都不管。现代的爱要真的，要实在的。要爱，以外什么不管，什么叫贞操？什么叫道德？那都是虚伪的东西。我找她去。慢慢地就要下床来。

小梅在外边屋子里听到这种响声，便连忙抢了进来，将他伸下床来的那一只好腿弯着腰慢慢地扶了起来，放到床上去，还是牵了毯子替他盖上，然后将手轻轻拍着他的肩膀道："你耐烦一点。"

李守白经她这样一侍候不要紧，竟是悲从中来，有两行眼泪要抢了出来。他转念一想，她是很热忱、很纯洁地爱我，我一个有妻的人，不能蹂躏她呀。于是勉强笑道："这样一来，我不成了一个老的，也成了一个小的，连手脚都得给我搬动。姑娘，难得你这样不避嫌疑。"

小梅听了不觉把头一低，接着一笑，到后来却又正了颜色道："你这话就不对了，我记得我父亲教给我念四书的时候，在《孟子》上有那样几句，什么嫂溺则援之以手。"

李守白听说，便道："我到了今日，才知道大姑娘肚子里很有一肚子文才呢。"

小梅笑道："哪里谈得上文才，我在生人面前连认识字也不敢说。这都是为了你两句话，把我的话逼了出来的。"说着时搬了个方凳子放在床面前，侧了身子坐下，就和李守白闲谈起来。

谈了两三个钟头。李守白微笑道："大姑娘，你累了去歇息吧，我要下床呢。"

小梅眼珠一转，似乎明白了一件什么事，就低着头走到外边屋子去了。她虽是走开了，对于李守白的行动她依然是很留心的，不过在暗中窥探罢了。约莫有半个小时之久，她并不见李守白出来，便在外面屋子里，隔了板壁道："李先生，你还不曾下床来吗?"

李守白答道："下床来了，只是我这条好腿坐得久了有些麻木，也有些走不动哩。"

小梅在外面屋子里顿了一顿道："就是把屋子脏了也不要紧，回头我来给你扫一扫就是了。"

李守白道："那多不便，而且也太不成话了。"

这就不听小梅说什么，不多一会儿，她捧了个痰盂子，在房门口站了一站，看到李守白还是躺在床上的，于是就把那痰盂捧进来放在床面前，低头背转身走了。

约莫半小时之后，她就进房来搬了痰盂出去。李守白躺在床上，脸色沉郁着，听到墙后院子里，有一种刷洗痰盂的声音。他上次不曾流出来的眼泪，毕竟是流出来了。身上并没有带手帕，就牵了毯子的上端，在眼睛上揉擦着。

小梅进来看到，却呆了一呆。在外面找了一块手巾塞到他手上，轻轻地道："你不要难过，你是个病人，什么事自己不能动，总要人帮忙的。"

李守白道："虽然病人是要人帮忙的，可是这里面到底有些分别。"

小梅道："那有什么分别？在省城里的事我是不记得了，仿佛在医院里有一种姑娘当看护，专门伺候病人，所有病人的事都归她代做，当病人的也就很安心地受用，并不难受呀。"

李守白道："那是你错了，当看护的她自有她的责任，因为她的职业就是伺候病人的。大姑娘你有什么伺候病人的责任呢？"

小梅道："你和我父亲是朋友，我眼睁睁地看到你害病，能够不问吗？不能不问就是我的责任了。你不要这样谦逊，我怎么伺候你，你怎样受着，我心里就痛快了。"

李守白靠在床柱上，微偏了头向她望着，由她的手上，看到她的脸上，由她的脸上，更又看到她的手上，却不知道他是什么用意。小梅自把头来低了，李守白两手按在被头上，沉默了许久，才轻轻地向她道："姑娘你待我的恩太重了，我没有什么法子可以报答你，但是……"

小梅坐在床面前的方凳子上，也是偏望了他有一句话要说，他提到了但是两个字将话顿住了的时候，小梅也就不说什么，静静地等他把话来说完。

李守白静默了好久的时间，才道："以前的事，我自然有些对不住大姑娘。但是我也是热心过甚，才那样下井救人。到了后来，我凭良心说确是有些后悔，然而这已经是无可挽回的事了。"

小梅什么话也不说，两手按手，抚摸了自己的膝盖，低头老不抬起来。

李守白道："诚然，这件事我有些无可奈何。但是我要把态度坚决些，未必没有办法。"

小梅依然低了头，可是答言了，她道："嗐！这已过去了的事，还提起做什么？"

李守白又没有话可说了，沉默着只管看了窗户纸上的日影。这屋子里沉寂得如在古庙里一样，空气里没有一点波浪。便是李守白胸面前放的那个挂表唧唧轧轧的机件声，从衣服里振荡出来，一阵阵地送到耳朵里面来。李守白将头垂到胸前，连自己的鼻息都可以听到很清楚。这样沉默很久了，让小梅坐着不知如何是好，只好站起身来打算向外走。

李守白道："大姑娘，你再坐一会儿，我有话和你说。"

小梅正站起身，一只脚还钩住了方凳下面的一道底档。听到他如此说，就半侧着身子，低着头不走了。

李守白道："请你坐下让我慢慢地说。"

小梅果然听他的话，就慢慢地在方凳上坐下。

李守白想了一想道："我的事虽然做错了，但是还有挽回的办法。"小梅不作声。李守白道："孟家那姑娘……"小梅还是不作声。李守白又道："我想，她或者能原谅我，以前的事……作……为……罢论。"他鼓起了全副精神，终于把这话说了出来。

但是那最后"作为罢论"四个字，断断续续地说着，细得只有蚊子哼的声音，在空气里飘动。小梅也不知是何缘故，两腮泛起两朵红云，只看按住自己膝盖的两只手。

李守白先是无法说出那"作为罢论"的四个字，及至把这四个字说完了，把那怯懦的一个关头就打破了，以后的话就没有什么难说。便大了胆子道："这是我昨晚到今天决定了的主意，假使你不觉得我的话冒昧，我就这样子办。"

小梅突然地道："那你岂不毁了一个人？"

李守白道："这也无所谓毁人。我们不过彼此一句话，而且知道这件事的也仅仅只有几个人。虽然作罢，也不会让她难堪。"

255

小梅道："不难堪吗？姑娘许配人，一生只本许一次。忽然把这件事作废了，你想，她这一生还有比这件事更大的吗？"她说几句话时，板了面孔挺了胸脯，侃侃而谈，便一点害臊的意思都没有。

李守白也觉得只有把这件事正正经经地谈起来，才可以把羞耻盖住，于是也正了面孔道："姑娘，你父亲是个新人物，你应当很新的，不应该说出这种话来。婚姻不合适就当拆开，我们不应当作旧礼教的牺牲品。要知道顾全了她的一生，可就毁了我的一生，而且……我还很觉得对你不住。"

小梅道："我父亲虽教给了我许多新知识，我可不能那样干。这件事我们不必谈了。你现在病了，我为了我父亲和你的交情，好好地伺候你的病。你也看着我父亲的面子，可怜我一个人在城里，遇事照应我一点。只望事情太平了，费你的心把我送回家，让我父女见面，我死也甘心。到了那时，我父女团圆，你可回北京做你的公事，以后天南地北各干各的。虽然心里不免有一个疙瘩，日子一久，自然慢慢地就会冷淡下来。凡事都是命里注定的，勉强做什么？"

李守白道："大姑娘，你相信命运这种说法吗？"

小梅道："据我想，大概是有命的。唉！不提了，不提了。你大概嘴里渴了，我去给你倒一杯茶来喝吧？"说着，站起身就走出房外去了。李守白以为她真是要倒茶去了，便道："你不必倒茶，我不渴。"

他连连说了好几句，小梅却并不答应。他便想，莫不是她以为我的话过于甜蜜，有些欺骗她。然而看她的脸色，却并没有这种意思。她面子上大概是勉强撑持着，不肯害臊，可是她心里总没有那种勇气。所以谈来谈去她又避开了。这也是女子的常态，就不必去过问了。

约莫有两小时，她才悄悄地走进来了，在房门口远远地就向李守白微微一笑。李守白倒很诧异，不知她这一笑从何而起。然而等她走到面前，将她的面色看清楚了，见她的面皮黄黄的，眼圈红红的，头发还蓬起了一大缕。心里明白了，她一定是伏在什么地方哭了。她怕别人看出她的哭相，所以一见面就先笑了笑。那么，她也就用心良苦了。便道："大姑娘，你又想起老先生来了吧？事到于今，你还是想开一点的好。"

小梅擦了眼睛微笑了摇摇头道："空想我爹也是没用，我是心里烦不过，所以闷起来了。"

李守白心想她的话，也许是真的。她很想奔上新道路，可是又打不破旧礼教，于是乎环境所给予她的，处处都是无可奈何。一个十六七岁的姑娘，怎样应付得了？因向她叹了一口气道："造化就是这样作弄人，不过人生在世，若没有什么波折也就显得太平淡了。你看，这样一所空屋子，安顿着我们这一对青年男女。虽然我是问心无愧的，可是将来有人会知道的。姑娘，要不你离开这里吧。"

许久，她才答道："我又能到哪里去呢？只好问心无愧就是了。"说完，她也不再说什么，又将这屋子里收拾了一阵。

李守白道："你也不要太勤了，这是人家的屋子。我们上午在这里住着，下午是不是在这里住着并不知道，你又何必那样费事？"

小梅并不答复他这句话，却在床前一张方凳子上坐着，望了他一会子然后笑道："那孟家姑娘，不是很会伺候你吗？"

李守白想了一想，才道："你何以老不能忘了她？你提她来老让我无可如何。"

小梅道："你这人是怎么了？得……"底下这个字她不能说了，自己并不是新人，怎好说是得新忘旧呢？

李守白道："并不是我变心，老实一句话，开始我就不曾爱她。"

小梅听到一个爱字，她究竟不是那时髦姑娘，脸就红了。

李守白又接着道："但是我也不曾讨厌她，不过是个平常的朋友罢了。"

小梅道："既是平常的朋友，为什么你这样呢？"

"这样"两个字，李守白算是明白了，便道："我不是说了吗？这个时候，我答应了她的婚事，全为了我热心过度。"

小梅道："既是那个时候热心过度，为什么到了现在又不热心起

257

来呢？"

李守白想了一想，又偷看了她的颜色，见她并不像会生气的样子，便道："这原因很简单，因为你待我太好了，我受了你的感动，觉得是我的不对。"

小梅道："这样说，倒是我不好，因为我伺候你，你就对那孟家姑娘变了心了。"她嘴里如此说着，似乎表示着很歉疚的样子，可是她跟着嫣然一笑，把头低了。在她这嫣然一笑之后，二人的感情就不知道浓厚了若干度。而且这一幢大屋子，只有他两个人，在这枯寂惨淡的环境里，当然也就更亲热起来。

这日下午，李守白应该到随军医院去治理创伤的。然而他想，他若离开了这里，就剩下小梅一个人了，她是个很伤心的人，让她一人守了这屋子，她会更难堪了，因之并不前去。

这天晚上，还是分房而睡。到了次日清晨，太阳高照，小梅看他情形好多了，因问道："你什么时候应该去看病呢？"

李守白道："昨天就该去的。"

小梅道："为什么到今天你还不去？"

李守白道："这就因为我走了，是丢了你一个人在这里，我不放心。"

小梅道："笑话了，难道我坐在屋子里，会让妖怪抓了去不成？可是你还叫我离开你呢。"

李守白被她问得呆了，一肚子话一句说不出，只好扯谈道："我觉得我的伤，今天好得多了。"

小梅道："越是好了一些，越该去看。你不放心我，我也不放心你的。我扶着你到医院里去，好吗？"

李守白到了此时，只觉心里不住地荡漾着，哪还有什么话说？小梅也不再征求他的同意，扶了他一只手臂，就向外面挽着走。走出了大门以后将门反锁了。李守白当然也不会再执拗，就由她扶着直向后方医院走了来。

这个随军医院设在本城一所财神庙里，进了大门就要上十几层台阶。小梅索性挽了他的手臂，很用力地将他送上了殿。

恰好黄种强由大殿里出来。他远远地看到一个少女，挽扶着一个受伤的人前来，就不胜其欣慕。及至走到近处，原来这两个人都是认识的。他先啊哟了一声，表示那番惊诧的样子，李守白也就站定了脚，点着头叫了一声黄兄。小梅有点不好意思，却低了头。

黄种强向她看看，又向李守白看看，想起前事不免两道热火由眼里直射出来，然而他对于李守白，总还是执着客气的态度的。就伸了手，向他握了一握道："听说李兄也有贵恙。现在怎么样？"

李守白皱了眉道："胃痛罢了，腿又摔伤了。这伤虽不重，无奈在腿上不能走路。"

黄种强又望了小梅点头道："呀！韩小姐昨天开城，你还没有走吗？"

她随便答应了一声"还没有走"。黄种强看她那冷淡的样子，站着呆了一呆，本想再说，微昂了头，将皮鞋尖在地上连连踏了几下，便微笑道："改日再谈吧。"目光在小梅身上看了一遍，他似乎点了几点头，径自走了。

李守白一想到过去的事实，今天和小梅相依相偎地走着，恐怕不能取信于人，心里立刻拴了一个疙瘩，眉毛也加了一层锁。看小梅那脸上，也是满布着愁云。

当日李守白经大夫检查了一遍，说伤势已好十之七八，只要好好地休息病就好了，这样两个人很安慰地回到寓所来。那扇大门这时半掩着，锁却扭断了落在地上。

小梅道："有人光顾这里了。"

李守白道："虽没有什么值钱的东西，可是手边应用的若是丢了一样，倒是无法填补。"说着，赶快走进自己的卧室。看时，所有东西都不曾少。床前面茶几上放的一只自用小提箱，原不曾锁，打开来看时，衣物也都还在。只是一束信件和文稿却被抖乱了。便笑道："没什么，这是暗下有人检查我的文件来了。好在并不做什么犯法的事，倒也不怕人家检查。"

小梅道："这是什么人检查我们来着呢？"

李守白道："那无非是军事机关的人。"

小梅道："咦！这里还有一只白手套。"说着，一弯腰捡了起来，交给他看。他拿在手上反复看了两遍，笑道："没关系，来的是自己人。"

小梅道："你怎么知道？"

李守白道："这是黄种强戴的。上面有两个窟窿，露出小指来。我和他开过玩笑，要买一只手套送他呢。"

小梅听说如此也就不为介意，守白自上床去安歇。到了晚上，小梅送了一盏煤油灯到屋子里来，又炒了一碟咸菜，煮了一锅稀饭，一齐放在窗前的桌子上，和守白共吃晚饭。守白坐在正面，小梅却坐在横头。灯放在另一角，射着小梅的脸是红红的。守白觉得奇怪就不住地看她，越看她，她的脸越红。

守白道："大姑娘，你身上不大舒服吗？"她说了个不字，把头低着吃饭，手拿了筷子竟是不住地抖颤。

守白放下筷子，望了她道："姑娘，你究竟怎么了？"

她这才抬起头带了点勉强的笑容，可是眼睛里充满了恐怕的神气，低低地说了两个字道："我怕。"说时，周身都在抖颤。

守白道："你怕什么？"

她低了头道："李先生现在身体好了，不像前两天了。你看，这一所大的空屋子，就剩我们两个人。"

她吞吞吐吐地说着，又低头去喝稀饭。李守白这就恍然了，但他也无可说。寂静的屋子里一切的声浪都已死去，只听煤油灯焰烧着吱吱有声。

他并没有拿起筷子来吃饭，两手扶了桌沿挺胸坐着，眼望了桌上的咸菜碟子，答道："是的，姑娘，你一来我就顾虑到这一层了。我这里有个姓邓的熟人，他们是两夫妇，我送你到那里去安身。"

小梅道："他是你亲戚吗？"

守白皱了眉道："我真不愿承认这亲戚。"

小梅道："那是什么意思？"

李守白两手摆弄了筷子，将筷子比得齐齐的，望了筷子道："姑娘，我愿和你说一句心坎里的话：孟家那婚事我是下井救人，实在不是本意。事后想起来，我太不对了。我和她反正没有结婚。只是一句话，我想把这婚约解除了。"

小梅道："那……那……那不好……"她说时，周身又在抖颤。她就不吃稀饭了，将筷子碗送了走出房去。李守白呆呆地对了一盏灯。

不一会儿，小梅来了，她很是镇定的样子，脸上没有一点笑容，问道："李先生，你吃饱了？"

他道："谢谢，请你收了碗钵去吧。"

她一声不言语，低着头把东西收走了。很久没有见她来。

李守白摸索着走出房门来看时，见后进院落的厢房里放出了灯光来，料着她今晚睡在那屋子里。听听大门外，一点响声没有，大概门是关着的。觉得有一肚子的话这是一个可以进言的时候，于是慢慢移步，要向后院走来。于是小梅那个抖颤的毛病竟是可以传染了，他不但两脚在抖，周身也在抖，他站在门外的堂屋中间，呆了半天，最后，他还是回到自己屋子里去了。

第二十三章

逼走一个留下一个

这一晚上，李守白进进出出无数次，而他的怯懦终于无法鼓励他的勇气。最后他也只好掩门睡觉了。

次日一大早起来，开了房门，就见小梅两手抱了膝盖，坐在堂屋中间凳子上。她每到想心事的时候，就是做出这个姿势的。

守白笑道："大姑娘，你起来得好早啊！"

她道："我天不亮就醒了。我长了这么大，我还没有一天离开过我父亲，我实在睡不稳。"

李守白道："你不必想了，保重身体要紧。再过两天，我的身体完全复原了，我一定陪你出城去找令尊大人。"

小梅站起来道："不必提了，过一天算一天吧。我已热得有水，给你舀水洗脸。"说着，进房去拿了洗脸盆走了。一会儿端着洗脸盆来，送到房里去。

李守白道："我今天腿好得多了，你不必这样客气。"

她坐在桌边椅子上，将嘴向桌上的脸盆一努道："你洗脸吧。"

李守白看她的样子，一切忘了嫌疑，又恢复了她的天真。于是一面洗脸漱口，一面向她谈话，因道："大姑娘，我们共过这一层患难，我永世不能忘记的。"她却默然，将一个手指头在桌上涂画着。

李守白道："我昨天和你说的话，那是出自衷心的。我一定去找到孟家父女，把这婚约解除了。"他说着，漱洗完毕，将一面镜子摆在皂上，整理着自己的西装领带。

小梅因为他的话没有完，怔怔地向下听。就在这时，一阵脚步

262

声，有两个人走了进来。看时却是老邓夫妻二人。守白却没有料到他们会闯门而入。那老邓看到李守白是刚起床的样子，旁边还坐着一位年轻姑娘，也是一怔，只叫了声李先生，便在堂屋里站住了。小梅看到他那尴尬情形，料是他有所误会，脸也红了。

那余氏倒是不在乎，抱了孩子，挤向前一步，笑道："妹夫，你还在城里啦？今天十二点钟又要开城，我们决计走，家不要了。这几天饿得没法子，我们吃喂猪的糟。"

李守白抢到堂屋里来，连说请坐请坐。小梅也走出来，搭讪着问道："李先生，这是令亲吗？"

李守白道："是的，我来介绍。邓老板，你应该见过的，这是韩小姐。"

老邓道："见过的。老先生呢？"

李守白道："嘻！不要提起，前天出城和韩小姐挤失伴了，我正要介绍韩小姐住到你们那里去。"

余氏又抢向前一步，向小梅周身上下看看，笑着向老邓道："长得多么俊的一位小姑娘啊！住到我们那里去，那成了狗屎上插鲜花了。再说，我们马上就要走了。"

李守白知道这位大嫂爱讲话，又不会讲话，怕她将言语得罪了小梅，立刻将话扯了开来问道："你们真要走吗？"

余氏道："不走，我们还等什么呢？好好的日子，不让老百姓过，要关起城来打仗。打赢了仗，他们升官发财；打败了仗，他们师长旅长的公馆也不在这城里，走的时候怕不捞上一笔，无缘无故把老百姓弄得家败人亡。"

老邓道："我们快走了，你可别给我惹麻烦，惹下了祸事走不了。"

小梅笑道："请坐吧！我去给二位找杯茶来喝。"说着，她也就走开了。

老邓看看这情形，主人是未必愿意留客，便道："李先生，公事办完了你也就走吧。住在这围城里，究不是个办法。我给你告辞了，再会吧。"说着，一抱拳头。

余氏道："我们这次出城去，不知会漂流到什么地方。你瞧，我还抱着个吃奶的孩子哩。见得着见不着真难说。你若是和我那孟家妹子团圆了，你可多照顾着她一点。"说着，将抱在怀里的孩子举了一举，扭身就走。老邓点了个头，也就随了走去。

李守白将他们送到大门外，客气了几句。他们很冷淡地走了。走回来时，小梅站在堂屋里又在发呆。看到李守白脸上却红了。

李守白道："这又断了一条路，我原是想把你送到他们那里寄住的。"

小梅道："事到如今……"她只提了这四个字，也就截住了。李守白觉得自昨日遇到黄种强起，她就陷在一种尴尬的情形中。这时，老邓夫妻一来，更增加了她的不安。事实逼着人想不出一个妥当的法子，也就没法子把话来安慰她。自己也只好是背了两只手，只在院子里走着圈圈。

约莫有半小时，门外一阵皮鞋声，却有两个兵士走进来。他看到李守白行了个军礼，递过一张名片来道："我们师长请李先生去谈话。"

李守白很高兴，向小梅笑道："也许有什么好消息。你自己做饭吃，别等我了。"说着，戴上帽子，却随了兵士到师部来。

先在见客屋里单独坐了一会儿，随后却是一位张参谋来相见。李守白笑道："有什么好消息见告吗？我们希望不要永远兄弟阋墙下去，引起了不可收拾的外交。"

张参谋道："没有什么好消息奉告。"他说着，却是很冷淡的样子。

李守白这就很惊讶，问道："那么，高师长有什么事见召？"

张参谋在衣袋里掏出一封信交给他，问道："这是李先生的信件吗？"

他接过来看时，是一位姓唐的朋友写来的，因点头道："是的，放在箱子里很久了。"

264

张参谋道："那么，请李先生把里面的信纸抽出来，自念一遍。"

李守白不知道他是什么意思，便抽出信笺来念道：

守白学兄雅鉴：

　　闻兄随军采访，别来无恙，曷胜欣慰。弟现在中州，聊供冷师鞭策，回想前事，真如一梦。内战频仍，国事日非。吾辈挽救无术，徒增怆感耳。鸿鲤多便，尚乞时惠好音。毋忘当年车笠前盟也。即颂旅祺。

　　　　　　　　　　　　　　　　弟唐时杰顿首

他念完了，问道："这有什么不妥吗?"

张参谋和他隔了一张茶几坐着的，这时就伸过头来，低声笑道："你不能不知道，这位唐先生现在投到万巡阅使那里去了。他信上让你'时惠好音'，而且莫忘'车笠前盟'，在这种军事形势严重的围城里，这是可疑的事。"

李守白笑道："那真是欲加之罪，何患无辞了。他是在冷巡阅使手下做事时写来的信，无论我不晓得他现在换地做事了，就是知道，这是以前的信，根本……"

张参谋摇了摇头道："这些话都无须去辩证。大家都是熟人，我们也不深究。高师长让兄弟通知李先生就请出城，城里不便再容留，好在你那一位同业也都走了，并非对付李先生一人如此。"

李守白想了一想笑道："那算对兄弟很客气，我还有什么话说，只是我一个病人又伤了腿。"

张参谋道："那没关系，我们送匹马你骑走。"

李守白道："好吧，多谢了。我回寓所去收拾行李，马不必要了，我可以慢慢地走。"

张参谋站起来拱拱手道："对不起，师长有命令，就送李先生走。行李已替你取来了，现时放在传达处。有一位小姐代你清理了东西，不会错的。"

李守白道："那位小姐是敝亲，她父亲已出城了，在城里无依无靠，我也要带她走。"

张参谋笑道："不是令亲吧？就算是，师长没有说我也不敢负责答应。"

李守白道："那么，我回去和她告别一下可以吗?"

张参谋脸上现出不高兴的样子，干脆地答道："我们是执行命令，无可通融。"说完，掉头走了。

李守白气得半晌说不出话来。不一会儿进来两个背枪兵士，一个道："李先生，开城了，请走吧。"

李守白在不说话的时候，已经把前后的事想了个透彻，料着这是预定好了的步骤。若是不服从，也许闹出更大的花样。只可怜韩小梅从此要落入虎口。于是微笑了一笑，跟着兵走出来。果然，两件小行李捆束着放在传达室，大门口也预备好了一匹马。这马的鞍镫是民间用的，马也不大，并非军马。料着他们也是慷他人之慨。他踌躇着站在师部门口，还没说什么，又来了两个扛枪的兵和一个夫子。夫子拿了扁担绳索，将行李挑起，四个兵士竟不约而同地请他上马。坐上马去，前后各两位兵士押解了走，形势相当严重。这门口又本有师部的卫兵多人，李守白没有那个勇气敢向他们说个不字。所好他们除此并无意外，押了人和马，径直向西门来。经过一条巷口，是到寓所去的路，李守白回头向里张望，见两个兵士拦着巷口，小梅却远远地站在巷子深处张望。她看到李守白，抬起手来招了两招。他想说什么，后面一个兵打了马一枪把，马就向前跑了。

那个在巷子里的小梅看到李守白骑了马，后面又是一挑行李，料是没有什么意外，对巷口上两个士兵道："不许我过去，我就不过去。清平世界，我又不犯什么罪，料着你们也不能把我吃了。"说着，赶快地向那暂时落脚的空屋里走。

她心里想着:和李守白同住在那里的时候，自己是因有着嫌疑害怕。现在他走了，一个年轻少女住在那里，一点保护力量没有，更

266

是可以害怕，这怎么办呢？憋着一肚子苦闷与焦急走进那屋子，事情却出乎意外。另一个西装男子笑盈盈地迎向前来。他是熟人，是黄种强，不过脱下武装罢了。小梅瞪了他一眼，呆呆地站着。

他笑着道："他去了，不必害怕，在这城里一切有我和你做主。"

小梅道："难道李先生被迫出城，都是你玩儿的花样吗？"

黄种强扛了两扛肩膀道："他罪有应得。我若不念他旧日同学的情分，那话说出来吓人。"

小梅把往日看得起他的观念一齐丢到九霄云外去了，红了脸道："吓人？你会杀了他？他有什么罪？"

黄种强冷笑道："小姐，你装糊涂吗？他欺骗老友，诱奸他的少女。"

小梅突然脸色一变道："你胡说，你胡说！"

黄种强依然冷笑道："我胡说吗？这所空屋子里，就是你这对孤男少女过了好几天了，那李守白是个圣人吗？"

小梅心里一阵难受的委屈，早是哇的一声哭了，眼泪珍珠般挂在脸上，指着他道："你血口喷人，当面侮辱我！这是不难证明的，你不难在城里找到接生婆，我愿意受她的检验。我若不是一个处女，我愿死在你的手枪下。假如你冤枉我，冤枉你的老同学，你当怎么说？哪里有接生婆？我们就去。"

黄种强倒不料她是这样的理直气壮，一下子可说不过来，便淡淡地道："你外行，接生婆不管这种事。"

小梅道："反正一个女孩子是不是处女，那很容易检验出来的。你说，到哪里去证明，我都敢去！你这样侮辱我的名誉，我决不能罢休。我非找个水落石出不可。"说着，坐在堂屋台阶上大哭。

黄种强站着呆了一阵，便道："韩小姐，果然如此那我更是佩服了。以往的事不必提了。"

小梅哭着道："不必提了？那不行！大概你就是借了这一行罪把李守白逼走的。我得洗刷我的清白，也要洗刷李先生的冤枉。"说着，跳上前拉住他的衣襟道："走！我到你们长官那里讲理去。"

这样，黄种强更相信她是一个干净人了。回想刚才见面，给她那份难堪，自己实在太鲁莽了，便赔笑道："小姐，你别生气，听我说。李兄出城，并非为你的事，泄露了军事秘密罪很大。是这里高师长念他的旧情，才放他走的。漫说他和韩小姐并无暧昧情事，就是有，这和军事机关何干？那也不会难为他的。我来看小姐，实是一番好意，念你一个人住在这空屋里，兵荒马乱的时候太危险了。"

小梅道："什么危险？你以为我是一个混账女孩子。把我父亲的朋友轰走了，没有人保护我了，你就可以来欺侮我。我原先以为你是个知识分子，和那些军阀走狗不同。这样看起来，你一样是个无恶不作的军阀走狗。"

黄种强道："你骂我？"

她道："我骂你了，怕什么？你打死我吧！你不讲理，走来就侮辱我一阵。我是你什么人？你可以侮辱我。"说着，就把头向他胸里撞了来。

黄种强是个年少军人，比她的力气大得多，捉住她两只手，左闪右躲，她哪里撞得到。小梅无法，只是又哭又叫，又蹦又跳。

正在难解难分之际，走进两个女人。一个是老太婆，一个是中年妇人。

黄种强道："你们来了好，快快拉开韩小姐，给我劝劝吧。"

这两个女人抢上前，拼死命将小梅拉开，送到李守白原住的那间屋子里去。黄种强整理着衣服，也就跟了进来。他见小梅坐在椅子上，便向她深深一鞠躬道："韩小姐，言语冒犯，我赔礼了。你这样一个节烈的女子，我更是佩服啰！这位老太婆是刘老太，这位是她儿媳妇刘大嫂，就是我约来陪伴你的。原来她们在门口等着的，这可见我的原意并不坏。你现时在气头上，我不能和你说话。我暂时告辞，等你气平了，我再来和你说话。"

小梅道："你只管来，我不怕，反正我只一条命。"

黄种强笑道："我再来决无恶意，明天还要开城一次，放你出去，你还有什么不愿意的吗？"

小梅听了，却没有作声。

黄种强对刘老太点个头道："多请照应了，我一定有重谢。"说毕，他又是一鞠躬，真个走了。

这里刘家婆媳于是一个人陪着，一个人烧水给她洗脸、泡茶。经过两三小时后，小梅的气慢慢平了。明知李守白是黄种强逼走的，可是事已至此，除了一死，无法抵抗他。既是他有意放出城去，倒不必和他太弄僵了。在这样一转念间，黄种强又来了。见面还是一鞠躬，小梅原坐在堂屋里椅子上，并不睬他。黄种强自在对面一张椅子上坐着。

那刘老太在屋里，小梅便喊道："老太，你也请到外面来坐坐。"

黄种强知道她的意思，也就喊着老太出来。刘老太已明白他们是怎么一回事了，笑着出来道："韩小姐，这黄团长是个好人，你别误会了。"说着，也就坐在下方凳子上。

小梅冷笑一声道："好人？杀人不用刀。"

黄种强道："韩小姐，我承认我以往是以小人之心度君子之腹。我愿尽一点义务，托人把你送回家和令尊团聚，以盖前愆。"

小梅心里虽是愿意和他妥协了，可是立刻不能就软化了，因道："我？哪里是我的家？我的家若不是让你们划为防地，我也不到这铁山城里来。你们这些北洋军阀的军队，贴出告示来都是救国救民。可是你们不来救我们老百姓，我们是过得太太平平。你们一来救我们，那就糟了，我们真非叫救命不可。我的家就是让你们救完了，你送我回家去，我哪里有家呢？"

黄种强笑道："小姐，你别发牢骚，这打仗不关我的事。我问你一句话，你既没有家，你们老太爷到哪里去了呢？"

小梅听了这话，脸色惨然，又流下泪来道："谁知道呢？城外到处是乱兵，不知道有没有命了。"

黄种强沉静着想了一想，因道："韩小姐，你既然关在城里，你们老太爷出了城也不会走远的。我现在把你送出城，找个妥当地方寄住了。然后我多多派人，四处替你去找令尊，一切费用都由我负

269

责。找得着，千好万好，找不着，战事过去，请人送你回家，你看好不好？"

小梅道："哪里又有妥当地方？"

黄种强道："离城几十里地方，有我一家亲戚，那里离大路很远，没有大兵经过，你可放心，而且我请这刘老太婆媳俩陪了你去。"

小梅本想还问他两句，转念一想何必多问。第一步，混出了城再说。因道："别的我不敢要求，你放我出城去就是了。"

黄种强见她的态度和缓得多了，便笑道："你可以原谅我，相信我是个好人吗？"

小梅瞪了他一眼道："你是个好人？哼！"

黄种强笑道："我是北洋军阀手下一条走狗，我替你说了。"

小梅道："我不能说哪一个，反正像你这样念了一二十年书的人，学出来的能耐，我不敢恭维。"

黄种强将胸脯一挺道："说到这一点，我没有什么惭愧，令尊也很赞许我是一个有为的少年军官。哪一个国家没有兵也不能生存。有兵就有军事学。学军事怎么就不能受恭维？世上多少伟人，不都是军事出身的。"

小梅道："我跟着我父亲，也读过几本历史。人家做伟人，都是枪口朝外吧？就算朝内，人家也是革命行为。你们干的是什么？升官发财抢地盘，还有就是糟蹋老百姓了。我听说，一二十个修电线的日本人就把你们整营人吓跑了。你们有那股子忍劲，可怜可怜老百姓好不好？再要关几天城，全城百姓都饿死了。你问问这刘老太，人家把咸菜水煮糟吃，可有四五天了。"

黄种强道："这都是令尊对你说的话吗？令尊看过我那从军日记，没有对我说过什么坏话呀！"

小梅身子一挺道："我反正是不怕，有话就说。我父亲说过，你那日记里面写的许多敌人，他就看不顺眼。你说的那些敌人，不是定国军吗？他们难道不是同胞？和你有什么仇？不就是他们的军队

270

和你们军队彼此抢地盘吗？我父亲说，敌人两个字应该老百姓来说，共和军也好，定国军也好，你们全是老百姓的敌人。冷巡阅使也好，万巡阅使也好，他们全是拿了老百姓的血汗钱养活你们这般人和他抢地盘，害得老百姓在炮火里逃命。假如你们不跟着姓冷的姓万的起哄，他两个人对打对，那就像街上拉车的吵嘴一样，就拖累不了老百姓。你分得清什么是敌人，什么是友人？你把你的老同学当犯人，把人家驱逐出境。就是我父女，往日待你也很客气，你留了我这孤苦伶仃的女孩子想欺侮我。"说到这里，她嗓子一硬话说不下去，又流下泪来了。

她说别的罢了，她说黄种强分不清敌友，他的心里倒猛可地被打击了一下。脸上红一阵白一阵，瞪了眼睛望了她。

刘老太深怕出了事，走向前拉着小梅的手，要把她向屋子里拖，说道："姑娘，别说了，黄团长是好人。我们原指望人家救我们一把呢。"

黄种强虽有一腔子怒气，看到小梅满面都是眼泪，心又软了，淡淡地道："等她说吧，反正我居心无愧。"

小梅哭着，心里又在暗想，不该把话得罪他，若是他一翻脸，不放人走，那怎么办？于是低了头只管垂泪，不再说话。

黄种强默然地坐了一会儿，对刘老太道："好吧！明天再说吧。你们耐烦着再过今天一晚。"说毕，他不再向小梅打招呼，竟自起身走了。

第二十四章

他们走上一条路

这里刘氏婆媳陪着小梅说话，却埋怨了她一顿。刘老太道："我们婆媳两个在这巷子里，看守着自己一个穷家，没有舍得离开。这几天连野菜都找不到了，正在后悔。昨天上午，我们煮了半锅猪糟粥，勉强把肚子撑个半饱。想到再过一天，什么都没有了。我们那墙脚下还有几丛老马齿苋，打算就把它拿来煮了吃了。那黄团长也不知道怎么访得了，知道我们是婆媳两个，除了许给我们吃的，还说准保我们能出城去寻一条生路。就是让我们来陪着你。这是天上落下来的救星，我们喜欢得了不得。这样的好事，我们何必弄翻。姑娘，你不信，用梯子爬到屋顶上去看看，你看城里人家的烟囱，还有几处冒烟的？什么委屈我们只得受着，出了城再说呀！"

小梅自也知道城里的情形严重，自也不忍再说什么，免得阻塞这对可怜妇女的希望。但黄种强临走时，说了句明日再说，倒不知他明日有什么举动，心里究不免有个疙瘩。可是这日并无举动，黄种强也不会来，提心吊胆过了一天。到了第三日早上，黄种强只派了个勤务兵来说今天又开城了。不过开城要提早一小时，出城的人由城门向里排着队，开城时，顺了秩序走，免得临时拥挤。你们收拾东西，早早去排队吧。今天以后，也许不再开城了。

刘家婆媳听了这话，立刻回家，抢着收拾东西去了。小梅虽只有一个现成的小包袱，可是心里那份焦急并不比人少一点，索性提了包袱在大门口等着。半小时后，她两人就来了。除了两手各提了一个小包袱而外，肩膀上还背了一个大包袱，那老太六十多岁年纪，周身负担过重，走着歪歪倒倒。

小梅就接过她一个小包袱道："老人家，我替你拿一个吧。你不会少带一点吗？"

她流着泪道："真是你说的，他们……"说着回头看看，才继续着道，"他们才是老百姓的敌人呢。几十年挣下一份家，不容易啊！说声逃命全丢了。再回来，知道还有家没家呢。好好的年头，打什么仗，不都是中国人吗？"

刘大嫂道："别说了，走吧，到城门口去等着。东西带得太多了，别拥不出城吧。"她说着，周身带了三个大小包袱，走了向前。刘老太和小梅就也跟着走。

到了西门城洞下一看，早是四个人排，拖着一条很长的长蛇阵。人队的旁边，来往有扛枪的士兵弹压着，不让队伍纷乱。小梅一行三人在队伍尾上站着，去城门就有几十家店面。老太把包袱放下，先念了一句阿弥陀佛，因道："排了队伍，这大概可以出城了。幸是得了消息，来得早哇。"

小梅心里也就想着，黄种强总也不是十分的坏人。若不是他一早地派人来通知，今天也许又走不成。他说明天再说的话，大概是句气头上的话，一出城，大概这笔账就勾销了。可是他又说了，托刘家婆媳送我到一个地方去安身，然后再派人寻我爹。他生了我的气，大概这件好事，他不会再做了。

她放下包袱，坐在包袱上，只是呆呆发想。去开城门的时候还早，又怕黄种强临时会变卦，更使出什么诡计。好处想想，坏处也想想，兀自心神不定。不过等着出城的人越来越多，队伍的尾子拖长着，已经让人回头看不见。这也就想到，众目昭彰之下，黄种强也许不能用什么手段来压迫人，因此也就比初来时安定一点。

最后突然人声一阵哄起，队伍前面也就波动着。立刻在两边逡巡的兵士手里拿着鞭子乱晃，口里喊道："不许挤，挤的就拖出来，不许出城。"

这样，小梅知道是开了城了。拿起包袱，跟着前面的人一步步地向前。当走到城门洞里的时候，看到两扇城门大开，心里说不出来的是一种什么愉快。在人浪里糊里糊涂地出了城，便看到人群四散，有的继续着走，有的在路旁空野地里整理行李，有的站在路旁树荫下等人。

那刘老太看到一棵小槐树，在地上散出了一片树荫，一口气奔向那里，将肩上包袱、手上包袱一齐放下，随身也就坐在草地上，喘了口气道："好了，这条老命又可以过几天了。"

小梅和刘大嫂也都来到树荫下歇着。休息了一会儿，刘大嫂道："城是出来了，我们朝哪条路走呢？"

小梅道："现在我们还没有到安全地带，过去不远，就是定国军围城的防线。必定要穿过那防线以后，才可以放心。"

刘老太道："那么我们就走吧。别是城外人向里打，城里人向外打，两头儿夹攻，那才糟呢。"她这么一说，好像真有其事似的，立刻背起大包袱，提着小包袱就向前走。同行两个人自是即刻跟着。

这时，他们也没有什么目的，看到逃难的人顺了大路向前走，她们也就随了人群走。可是她们提拿的东西全是过重的，走不到半里路，就要歇两三回，看看同路出来的人都是上了前，后面的人可越来越少了。

小梅站在路的一边，望了她婆媳俩，因道："老太，我看你要牺牲一点东西吧？我们出城还没有走到两里路，大家就累得不得了，前面的路还长着呢。"

她两人正也是上气不接下气，全身都出着汗，把包袱放在路上，呆望了出神。刘老太道："带是带不动许多，丢下哪一样呢，天！"

小梅看她那份惨然的样子，也不忍心再逼她，呆站了不作声。

就在这时，嘚嘚的一阵蹄声，就有两个人骑着两头驴子奔到前面来，前面一个人穿的是旧灰布夹袍，一顶半旧呢帽向前斜斜地戴着，罩了半截脸。小梅正要怪他怎么骑了牲口向人前撞，那人兜住缰绳，跳下驴背来，这才看清楚了，却是黄种强。

小梅呀了一声，他低声道："不要作声，我来送你们穿过防线。"

这时，后面那个骑驴的人也跳了下来。他戴了草帽，穿身青布短衣，倒像个粗人。黄种强道："这是我的勤务黄得胜，不是外人。你们这些包袱可以放在他的牲口背上。姑娘，你就骑我这头驴子。"

刘家婆媳听了这话，真是喜从天降，眉开眼笑地正要向黄种强说话。他摇了两摇手。那黄得胜一点也不怠慢，立刻将地面上的包袱向驴背上去捆着。只捆了三个包袱，便摇着头道："不能再加了，牲口驮不了，老太，其余的，你们自己拿着吧。"

小梅道："黄团长，谢谢，我不骑驴。现在都是难民，谁也不比谁高一等，这一头牲口也驮着包袱吧。我们空了手走就是神仙，人别不知足。"

黄种强看她那一脸子正气，料是她不肯骑驴，也就帮着把所有的包袱，分在两头驴背上载着，捆束好了。后出城的人也都快走完，路上只有零落的几个人。大家不敢再耽误，赶了驴子就走。

过去二里路，就是定国军的防线。难民都捏着一把汗向前走，渐渐地发现放哨的兵。路上虽是陆续不断的人，就没有一点嘈杂的声音，就是牵着抱着的小孩也没有吵闹的。

到了一个村镇路口，那里果然有军队把守。大家在一排扛枪的军士面前走过，全都低了头。黄种强早已通知了同行的人，兵士若要盘查，由他回话，因之谁都低了头，将眼看着面前的路，慢慢过去。好在过路的人多，守军也来不及盘查，只睁了眼看了人过去。正有几个穿得整齐的和带了箱子的人被截留在一边。黄种强趁了他们注意那边时，闷住一口气，穿了过去。

小梅看那守军后面一间民房里，箱子包袱堆得比屋檐齐，倒和刘老太这几个包袱担忧。直待穿过了这村镇，面前没有了兵，才抬头向她俩看看。她俩也是四目相射，走出了村口。

难民慢慢分散了，黄种强突然叫一声道："站住，请稍等十分钟，我和黄得胜去料理一件事。"说着，扯了黄得胜，复回到市镇上去。

小梅不知道什么缘故，只好站在路边。果然只有十来分钟，黄种强又来了，但来了只是他一个人。他道："不用说话，走吧。"说着，就赶着驴子，离开了大路。

秋初的天气，高粱长得很高，一行人就钻进了青纱帐里。除了看到最近的前后，有三五难民行走，已看不到别的。

小梅实在忍不住了，张口说了个黄字，黄种强拦住道："别叫黄老板，叫名字吧。"

小梅会意，低声问道："我们走过了防线吗？"

他道："再走十里路再说吧。"

大家看了他那份紧张的样子，又只好不说什么。在高粱地里也不知走了多少路，渐渐走上一带小土岗子，上面也有百来棵杂树，成了个荒落的林子。林子下有个小土地庙，他们到时，正有一群人休息过了刚走。

刘老太走到土地庙的石桌边，手扶了它就坐下来，念了一声佛道："我长这么大年纪，一口气哪里走过这样多的路哇？"

黄种强向四周张望了一下，才有了笑容，答道："好！大家休息一下吧。"说着，他拉住了驴子。

小梅站着也喘了口气，问道："现在离开了防线吗？"

黄种强道："防线两个字包括太广，只可以说是离开步哨线了吧。"

小梅在身上抽出一方大手绢，擦着额头上的汗，然后将手绢当扇子，在胸前拂着，因道："刚才大家不说话，憋住了一口气走，我也不知道是危险是平安，心里怪惊慌的。"

那刘大嫂也是走一步蹶一步，扶着土地庙石墙，在石桌上坐下，四处望望道："这样跑着逃命，真是受不了，以后我们慢慢地走吧。"

小梅道："慢来，逃出了虎口，我们向哪儿走呢？我们不能没有目的地四处乱跑呀！"

黄种强道："姑娘，你打算向哪儿走呢？"

她道："我要去找我爹。"

黄种强道："兵荒马乱，遍地是难民逃走的路，你向哪儿去找他？"

小梅道："那我不管，天涯海角……"她这句话不曾说完，回头看到土山下，高粱地里，有一张竹椅子在高粱秸上抬出来，上面坐着一个人，好像自己父亲，于是睁了两眼，很注意地望着。那人叫了一声小梅，她一颗心喜得由腔子里要跳到口里来，叫道："那真是我爹呀！"她二话不说，像疯子一样，迎着飞跑了向前去。

椅子抬出了高粱地，看清楚了，就是二秃和黄得胜两人，将两根木杠抬着一张椅子，椅子上坐的就是韩乐余。小梅手抓了椅子，跳着道："爹，你是怎么会来的？我高兴死了。"

韩乐余道："还不是多靠黄团长吗？"说时，轿椅歇在土地庙前。

韩乐余走下椅子来和黄种强握着手道："多谢多谢。我父女重逢，都是团长之赐。"

黄种强笑道："这也不是晚生的力量，一切巧合罢了。"

小梅扯了父亲的衣襟道："爹！这是怎么回事？你快说呀！"

韩乐余道："我先简单地说吧。我那天挤出了城，和你分了手，我是想再进城去的。可是这铁山城，只许老百姓出来，不许老百姓进去的。你在城里，我又怎能走远？我晓得出城的人一定要经过这个镇市上的，我就在这镇市上一家无人的小茶馆里住下来，等着你出城。这个地方，当然不许难民停留，可是一挤一急，那天我又病了。这里的军队尽管来盘查我多次，看得我年纪大，又是个病人，也就容留下来了。我总是坐在这椅子上守在门口，整天看过来过去的人。一开城，有难民出来，我更是眼睛也不眨一下。昨天开城，这位黄大哥他在镇市上找着了我。"

说着，指了黄得胜，继续地道："黄团长真是热心呀！他暗下派了五六名弟兄，化装老百姓四处找我。我怎么知道呢？后来又遇到了两名找我的弟兄了，他们就告诉我，千万在这里等着，不是今天，就是明天，黄团长会送你出城。又说我走不动路，可以把椅子扎成轿子，他们会找夫子来抬。我自然欢喜得了不得，他们自然有法子进城去。我还托这位黄大哥给你带个口信，让你放心呢。刚才你们经过那街上，我早看到了，你低了头，可没看到我。黄团长和我摇摇手，叫我不作声。这是人家敌对军事区域，我当然不敢声张了。我真没想到黄团长亲自送你出城呀！我也等不及夫子了，拿了小包袱就远远地看着你们跟下来。可是黄团长、这位黄大哥又回去了，一定让我坐上这把椅子，难得这位黄大哥出力，他就和二秃抬着我。我也想着，我们这一群，又是牲口，又是轿子，太让人家注意，就依然落后，远远地跟着。这些话黄团长没对你说吗？"

黄种强笑道："我有心让令爱意外惊异一下子，所以在这十里路上简直没说。"

韩乐余笑道："多谢多谢。"说着，只管抱拳。

小梅把恨黄种强的心事已是去了个干净。走向前去一鞠躬，又向黄得胜一鞠躬。刘家婆媳坐在一边看得都呆了。

刘老太道："我说怎么着？姑娘，黄团长是好人呀！"韩乐余才要小梅介绍一番。

黄种强道："要这两位同来，我是有深意的，万一大家出了城，找不着老先生，青年男女同路，那是多不方便呢，我就特意加上这两位女同伴了。"

韩乐余又拱拱手道："多谢仁兄设想周到，可是现在我们父女团圆，又离开了火线，不敢烦劳护送。"

黄种强笑道："没关系，现在我和你们一样是闲人。"

韩乐余道："这话怎么说的？"

黄种强道："实不相瞒，我开小差了。"

韩乐余吃惊道："那为什么？现在是军事紧张时期呀！"

黄种强道："老先生，这是你令爱感动着我的。我念了一肚子军事学，我犯不上从事内战，去做一条北洋军阀走狗。我决计摆脱这坑害人民的内战生活，另走一条路。"

韩乐余还没有话，小梅站在一边，脸可红了，因道："黄团长，过去的事，请你不必计较了。"

黄种强摇摇头笑道："我决不计较，我请你也不必计较。脱离军阀路线，我早有此意，我不是早已对老先生说过，我要到广州去吗？那里是开革命之花的地方。"

韩乐余望了她道："你得罪过黄先生吗？"

黄种强道："不要多心，没什么事，回头我们详细地说吧。"

韩乐余道："李守白先生的病好了吗？"

黄种强道："他前天已出城了。我们再说吧。"

韩乐余看大家脸上都有些勉强的笑容，这就想着，里面也有一段曲折的文章，也就不问了。大家休息了一会儿，就计划着向哪条路上走。

黄种强指着树林梢上一段青青的山影子道："你看，那里不是有一带远山吗？远山下面是我的家，那是现在两方军队所不争取的地方，我把各位送到我舍下去住几时。舍下颇有点粮食，空房也很多，足够各位歇脚的。等军事时期过去了，各位再回家。舍下也无多人，除了我一位老母外，我还有一弟一妹，不会让客人感到烦恼。"

韩乐余沉吟了道："那不大好吧？"

黄种强道："老先生，你自己家里现在是不宜去的。若不是为了一点外交关系，两军暂时停战，那么，你府上早给炮火毁了。你不回家，到任何一个地方去，也是暂时躲避风雨，又何妨到我那里去躲几天？"

刘老太道："黄团长，我们不便去打扰吧？"

黄种强笑道："我现在不是团长，你别这样称呼了。我不是那种过河拆桥的人，用得着你娘儿俩的时候就答应你一处逃难，用不着你的时候，半路里就把你丢了吗？你几个包袱占了我两头驴子，你若不和我走，你怎么办？"说着，他望了这两位妇人，又看看背着包袱的两头驴子，笑着打了个哈哈。

刘老太把脖子伸了，恳切地望了小梅道："姑娘，黄团长真是个好人啦。你瞧，我又叫团长。他这番好心，将来怕不会当总司令。"

黄种强笑道："要走，我走条路向前去当了总司令，我也不称其为好人了。"

279

刘老太道："那是啥话儿呢？当兵的人，有个不想当总司令的吗？"

黄种强笑道："这理由你自然不懂，可是你又不应该不懂。中国若没有这些个总司令督军巡阅使，你们也就不逃难了。"

老太点着头道："你这样一说，我就懂了。黄团长你真是个好人啊。"

她老是这样一句话，小梅前后一想，也咯咯地笑了。站在这里的人也都跟着笑。这时，各放下了一颗不安的心，大家都十分高兴，就依了黄种强的话，暂时到他家里去躲避一时。此地到他家，还有六七十华里，有了老弱同行，走得很慢。韩乐余坐一程轿子，又要下来缓步几里，走得就更慢。当日只走了三十里，就在一个小镇市上投宿了。

这里去战场远了，难民聚集在这里的不少，几乎每家店铺里都住下了人。这一行人多，找不着歇脚的地方。黄种强对于这条路比较熟，就引着他们到镇市外一座古庙里来借住。他们自己或者没有什么感觉，可是他们既是驴子又是椅轿，很像是一家富贵人家。他们经过镇市一条小街，惹得全街人都向他们注意着。这注意的人里面，就有个李守白。

原来他那天被师部派人强迫押解出城后，他打听得只有这条向山里进行的路比较安定。为了身体还没有恢复健康，他就向这条路走。到了这镇市上，他需要休息，找个小客店投宿了。那押解的人在城门口就回去了，他便骑着一匹孤马，和一个挑行李的夫子又恢复了自由。原意在这镇市上住，自然也就可以住下。住了三天胃不痛了，脚伤也大致好了，这就打算着再过一两天向安乐窝去看看。心想也许韩乐余回了家，可以给他送个信，也许孟贞妹还在那里，可以和她解决了婚姻问题。他抱定了个计划，就安心住在这小镇市上。

这日下午，坐在小茶馆里泡了一壶茶，闲望着过路人消磨这无聊的时间，却随了全茶馆的人注意，也向路上行人看着。他见轿马行人一大群，有男有女，也为之注目。这一注目，发现了黄种强、韩乐余、韩小梅都在其内。而且各人都带有欣慰的样子，这不由他不大大地惊异了一下子。他心里原存了一个黄、梅有结合可能的念头，看到这种情形，他就很敏感地觉得这是个已成的局面。黄种强用了调虎离山的计划，把小梅把握到了手心。这一个卑鄙的朋友，简直不必再和他见面了。只是韩乐余对这种局面怎么会参与了，却是一个谜，应当去和他谈谈。不过大家见面之后，言语不合，也许会发生冲突。那么，怎么处置小梅呢？心里踌躇着。考虑了有十分钟，最后他还是由茶馆里追了出来。遥远地看到他们出了大街，走出镇市，向半里路外的一所古庙去。

看看太阳已经落土，晚霞照着那古庙红墙，红墙上一株古槐落着几只老鸦，呱呱地叫，充分表现出了晚景。料着他们必在那里投宿，于是就在路边一个风雨亭子上坐下，默默地计划着应当怎样和他们见面，而在相见之后，又和他们谈些什么。他越是这样想着，他就越不愿立刻去见他们。抬头看看，大半轮月亮已在深灰色的晴空亮起，心里说不出是一种什么凄怆滋味，他就坐在亭子石凳上，始终不曾走开去。

第二十五章

予遗弃者以遗弃

这个风雨亭子敞着四周，立在镇市头上不远，还是来往行人必经之处。

李守白坐在那石凳上，在斜照的月光下，正涌起如潮的幻想，有两个人谈话声走了过来。其中一个，声音颇熟，注意看时，月光下看得清楚，那人是黄种强的勤务兵黄得胜，便叫住了他，他呀了一声，表示很吃惊的样子，问道："李先生，你怎么也到这里来了？"

李守白道："这是一条逃难的太平路，我为什么不来呢？你们团长怎么有工夫出城来？"

黄得胜道："他告假回家一趟。"

李守白道："打仗的时候，怎么告得动假呢？"

他笑道："人家回家办喜事，和师长有交情，为什么告不动假呢？你没听说吗？为了一致对外，说是不打仗了。"

李守白道："黄团长自己办喜事吗？"

黄得胜笑道："是的，岳丈和新娘都在一路。那新娘子是你熟人啦。"说着，他打了个哈哈。

李守白听了那话，几乎要晕倒过去，退了一步，扶了亭子的木柱，问道："这喜事快得很啦。"

黄得胜笑道："谁说不是？我们全住在圆月寺里，你过去谈谈吧，过去的事，不必介意了。"他不说这句话也罢了，听了他这句话，勾起了他一腔恨，便道："我不去了，各干各的吧。"

黄得胜道："李先生住在哪里？"

李守白道："我住在街中间李家小店。"

黄得胜道："找着你的本家。我还要到街上去买点东西，还要打酒呢，回头见。"说着，他和那个引路人走了。

李守白昂起头来，对月亮叹了一口长气道："原来如此，果不出我之所料。"在亭子上又坐了一会儿，心想，黄得胜回庙去一报告，黄种强或者不愿见我，韩老先生一定会来的，那也很好，我可以单独地和他谈谈，我已有妻，我也不好打断他们的婚姻。但黄种强这种对付老同学的卑劣手段，我一定得在老先生面前发几句牢骚。于是下了决心，不去庙里和黄种强相见，立刻回到小客店里去等候着。谁知等了两三小时，全客店里人都安歇了，韩乐余不曾来，其余的人也不曾来。想再追到庙里去，可是夜又深了，未免引人大惊小怪。好在他们夜里不能走，明天一大早去见他们吧。掏出表来看看，已是十点钟。在这乡镇上，确是深夜，只得安定了那七上八下的心事，安心在客房里上床睡觉。但他心里各种不同的思想，绝不肯停止一下，他也就没法子可以睡着。最后他想得了一个结论，便是和黄、韩两方面都见面了，有什么法子可以阻止他们两家的结合。无论怎样，自己也不能否认自己是订了婚的男子。既然见面没有什么结果，走去见面，徒然是增加大家一番难堪。于是他把所有原定见面的计划全部推翻了。两眼合着蒙眬了一会儿。睁开眼来，窗户已经发白。他不再睡了，起来叫醒那个挑行李的夫子，给了他几天的工资，把他遣走了。牵出那匹老弱的马，把两件小行李缚在马背上，然后漱洗一阵，向店伙要了一壶粗茶，坐在店门口吃几个大烧饼当早餐。

他一面吃着，一面看那背了行李的马，拴在门口柱子上，一面又向街那头看看黄、韩两方是否有人来，以便说几句最后的话。然而太阳在街头上透露出阳光了，静悄悄的镇上渐渐难民拥了出来，并没有什么人来探访，自己原来天亮就走的，这又耽误两小时了。心想，除非黄得胜回去不告诉见了自己，不然，韩乐余不会不来的。可能是黄种强拦住了黄得胜这个报告，也可能是小梅有点难为情，不让她父亲来。然而不管什么理由，他们这暗暗表示绝交，是无疑问的。他立刻又是一阵怒火涌上了心头，不再犹豫了，起身牵了那匹马，就走出市镇来。他已打听得清楚，经过那风雨亭子向南有一条路，可以走向安乐窝。他走到那亭子里，手牵着缰绳，又呆站了一会儿。可是大路上已开始有行人了，经过的人都向他看着，他觉得人家在予以无言的讥笑。对着那去古庙的一条小路看了一看，绿的槐树，红的庙墙，静静地在小土岗子上高峙着，那前面路上竟没有个人行走。他把这最后一线希望也抛弃了，立刻牵了马向另一条路上走去。

自己走上了小路，心里像放下了一副千斤重的担子，倒安定了许多。这条路上虽一般有人走，却只是很零落的几个人，空荡荡的一条路绵延在庄稼地里。他想着这里不受到战争影响吗？成熟地里的庄稼缺乏着人收割，人口繁密的村庄静悄悄地蹲在大平原上，这里面显然都包含着一把辛酸泪。要写新闻哪里不是新闻？他牵着马缓缓地走，看到路上零落逃难的民众，看到萧条的乡镇，看到不戴肩章符号的游勇，不必问，也不仔细去观察，经过眼前，立刻就可以想到这内战所给予国家的创伤是一种什么浮影，若能更深刻地去搜索检讨一下，这里面有多少含着血和泪的人间惨史。以往关在城里，虽是受了环境的限制，未尝不是为了在追求女人，把这条身子限制住了。好了，现在脑筋清醒了，把小梅丢到了一旁，自己还是去找那个有恩惠的孟贞妹吧，万一找不着，再去干着自己的，不要再以女人为念了。

他孤独地旅行，自己新的感想鼓励着自己的进取意志，不但精神健旺，身体也随着健旺起来。不过他的路线渐渐由西转向了东，渐渐又踏上了军事区域。走了三四十华里，到了个小镇市上，在人家黄土墙看到有白石灰写的字：茅店。在地图上看到过，这里去安乐窝三十五里，要走路程，已经走了一半，心里想着，且到镇上去找家小客店打个中尖。那一截路，在人饱马饱之后，也许有半天就可赶到。于是牵了马，走进市集。

不想这个市集比上午所经过的更要荒凉，两旁的人家全都关了门，有些人家门上还贴有定国军几师几团字样。关了门的人家，有的院墙被推倒，有的窗户成了个窟窿，由外向里看看，都是空洞洞的。不但不见人影，也听不到人声。中原式城市的黄土街上，到处是马粪麦草。人家墙里伸出来的枣树，剩了些残败的老叶点缀在枯枝上，正是枣子成熟的时候，却不见一枚枣子。街旁的槐树和白杨树在西风里摇撼得瑟瑟作响，不住向街上落着黄叶。还有几棵树被砍削了，刀斧痕还是新的。半边树倒在地上，难民经过这里，也很少人落脚，只有六七个人围住街头一口井，似乎在商量着想法找一口井水喝。而井边一个辘轳架子还在，却没有了绳索，更不会有水桶。

李守白肚子实在是饿了，看这样一个死去的乡镇，喝井水尚有问题，哪里去打中尖？但他不肯就绝望，看到街边，一爿关了门的店铺，门墙上的纸市招还有油盐杂货一切诸全的字样。想到这是家乡村杂货店也许可以搜罗到一些吃的。于是将马牵到屋檐下，两手将门使劲推了几推。那门关得不怎样紧，有些摇撼。索性用力一推，门就开了。原来并无门闩门杠，里面只是用些破烂桌椅抵挡的。

他将桌椅移开，不敢离了背着东西的那匹瘦马，牵了马走进店去。看时坛罐一切翻倒，随便乱放在柜台内外，似乎经人搜罗已不是一次了。店里有几间房子，黑洞洞的，借了关闭窗户的窗缝一线漏光，看着屋子里面除旧木器家具外，也只是麦草和纸屑散了满地。

这屋子后面有一个院落，牵马走进去，更糟蹋得不像样，门窗户扇一齐拆散了，倒了两间屋。地上倒有好几堆人粪。旁边猪圈里有半边死小猪，血肉和毛杂乱地腐烂了，大苍蝇成群地飞舞上下，臭气猛可向人冲了来，一阵恶心上涌，止不住要呕吐。他牵了马赶快向外跑，连连地吐了几阵口水。到了门口，站着凝神了一会儿，这条荒落的乡镇依然是静悄悄的。只有人家院墙里的秋树纷纷地向下落着树叶。对面人家墙上正贴着一张六言韵语的告示，第一行大字写着"本部出发宗旨，原在救国救民"。李守白淡淡地笑了一笑，觉得这里实在无可留恋，便牵了马走出市镇来。

这镇市两头有堡垒式的围墙，各开着一个栅门，出得栅门，孤零地有两幢斜对着的小民房，全是秫秸夹的墙壁，灰泥糊的平式房顶。一幢歪倒了，一幢还在，半开掩着两扇黑板门。有个穿翻出棉絮旧袄子的老年人坐在门外石磨架上，晒那带病态的黄色太阳。李守白看到，觉得这是市镇上唯一的存在者了，便牵了马走到他身边，先道了一声劳驾，然后向他道："老人家，我和你商量商量，我出点钱，你能分出一点什么吃的东西来吗？"

那老人战战兢兢地站起，便是他胸面前一部苍白胡子都有点颤动。他道："长官，我们实在是穷，什么东西都没有了。我这屋子里，老总们检查过的。"

李守白笑道："我不是官，我也是过路的难民。我不吃不喝，实在是不能走路了。"说着，在身上掏出一块银币塞到那老人手上，笑道："你先拿着，无论给点什么东西我吃都可以。"

那老人颤巍巍地握住那块银币，又对李守白周身上下看了一遍，问道："先生你就只一个人吗？"

李守白道："我就是一个人，你放心。"

老人向他点点头道："你进来。"

李守白将马绳拴在门框缝里，进去一看，这人家也实在穷。一张土炕上面堆了一堆破棉花絮，炕头摆了几个空箩和两只空罐子。对过是一只土灶，配着水缸和几样农具，连桌子也没有一张，只有两只矮凳子，便叹了口气道："老人家，你真是穷。"

他道："不穷，还在这里住得下去吗？"说着，拨开灶角上一堆秫秸，在里面捧出一只瓦钵子。钵子上倒有一只木盖，掀开来，里面是大半钵不稠不稀的小米粥。

他指了粥道："这是留着晚上和我儿子两人共吃的。先生，你要肯吃，就是这个。"说着，他掀开灶上的木盒子，取出一只粗碗和一只灰黑的木筷子，又道："对不起，可没有下饭的菜。"

李守白道："我吃了你的，你们晚饭怎么办呢？"

老人道："有你这块钱，等我孩子回来，他可以到远一点的村庄里去，对付两三天的粮食了。"

李守白也实在不能谦逊，便将碗舀了小米粥，坐在矮凳子上喝，因问道："你儿子出去做庄稼去了吗？"

老人道："也是让一帮过路客人拉着赶大车去了。昨天下午去的，说是三十多里地，这也就该回来了。"

李守白和他谈着话，喝了两碗粥。看到他太可怜，就不忍再吃他的了。和他商量着，烧半锅开水喝。老人自在灶上烧火，李守白却搬了小凳子坐在门口，看守着马匹。不多大一会儿，却有两个人走了过来。一个是青蓝破旧短衣，一个穿了灰色制服。正因为这里有马匹行李，引起那两个人注意。

那穿灰衣服的道："呀！这不是李先生，你好？"李守白看时，认得他，乃是前次送自己到铁山去的余乃胜。便笑着向他握手道："幸会幸会，你怎么会到这里来呢？"

余乃胜踌躇笑了一笑，却没有答复。

那个同来的人答道："他给人家护送家眷来着。"说时，老人出来了，大家一说话，原来这就是他的大儿子。李守白看到余乃胜有点不自然的样子，便不再问他。

水已经烧开了，大家喝着水，余乃胜问他向哪里去。

李守白道："我到安乐窝去瞧瞧。"

余乃胜道："那村子都废了，你还去瞧什么？村子上人全没有了。"

李守白道："常营长那一营人还驻在那里吗？"余乃胜含糊答应了一声，将碗送到屋子里。

那老人的儿子还在门外，找了一些草料给喂马，便代答道："这送的不就是常营长的家眷吗？"

李守白看到余乃胜那说话吞吞吐吐的样子，更有点疑惑。可是晓得他是一个嘴快的人，且不忙问他，等他出来了，问道："余大哥你到哪儿去？我们能同一截路吗？"

他笑道："怎么同一截路？我们简直是一条道儿。"

287

李守白道:"那好极了,有个伴了。"说着,向老人父子道了谢,就和余乃胜同走。走了两里路,说些闲话。

余乃胜谈起铁山的情况,笑道:"李先生,你怎么没带着韩小姐同回来呢?"

李守白道:"大概铁山没有什么事了,我把她送到城外一个乡村里去了。"

余乃胜走着路,向他脸上看看,笑道:"你娶了韩小姐比孟家那姑娘好得多哇!"

李守白脸色动了一动,摇摇头道:"你别瞎说。"

余乃胜笑道:"你别瞒着呀!老邓夫妻俩说,你们同住在一起很久了。"

李守白道:"你在哪里看见他们?"

余乃胜道:"上半天我们还在一处呢。你的事他全说了。"

李守白道:"哦!你送家眷,就送的是他们,怎么刚才那位大哥说,又是常营长的家眷呢?"

余乃胜扛了两下肩膀,笑道:"李先生,咱们相交不坏,我也不瞒你,反正那孟家姑娘,你也不要了。"

李守白道:"我明白了,必然是老邓夫妻到了安乐窝,把这些话告诉你的。"

余乃胜笑道:"可不就是。你既不要人家,人家没什么想头了,现在的常营长在候缺,可不就补上了吗?"

李守白听说,心里已是一阵乱跳,便故作镇静的样子,笑道:"常德标娶了她了。她父女俩跑走了的,怎么又回安乐窝来了呢?真是姻缘凑巧了。那也好。"

余乃胜笑道:"反正咱们走这一段长路,怪闷的,闲聊聊吧。"于是把孟家父女在安乐窝经过的情形说了出来。原来那天李守白被强执忠关闭起来了,贞妹的二哥孟广才还在村子上。他悄悄地给孟老板送了一个信,说:"师长生了气,要抢人了。抢了去可不会给面子,你们赶快找个地方避避吧。"

孟老板听到这个抢字也就没了主张，父女二人抢着收拾两个包袱，就向村子后面跑。当日并没有走远，就在山上一个古庙里藏着。这庙里根本就有许多逃难的乡下人围聚在一处。以前呢各人吃着各人的干粮，后来干粮吃完了的，也就向别人匀着来吃，直等着干粮吃光了，大家各逃生命，都向着进山的小路再向里走。依着孟老板的意思，也要躲到山里面去。贞妹却是不肯，说是再往里走，李守白回来，就不容易遇着了。到了这时孟老板是一身之外，什么东西也没有，无论在哪里藏身都是逃难，就在这里多住几天。

那个时候不过是刚交秋季，衣服穿在身上，昼夜都够了。认为还有问题的，便是每日两餐食粮。因之每日父女两人睁开眼睛来，不想别的，便是到满山头去找寻吃喝的东西。头一两天，在山地里找着两处番薯地，虽是经人刨挖多少次，但是仔细寻找，土里头总还有人家不曾刨干净的。父女二人用手指当了锹锄，蹲在地上乱刨乱扒，居然也就找出几斤番薯来。山上没有锅灶，也没法子煮熟来吃，只是就山草里烧着一把火，用筷子把番薯穿着，伸到火焰上去炙烤。这样吃了三天，番薯根也找不到一条了。没有法子，父女二人又满山满谷去找寻食物。在他们找了一天之后，却在山洼里找着一棵栗子树。这个日子，栗子是刚刚长熟，打了下来，敲破了蓬毛，生的可以吃，放在草里烧熟了也可以吃。吃了又打，倒不为粮食恐慌了。在庙里住着，也并没有什么侵扰。这样过了七八天之久，依然是太平无事地住着。贞妹就和孟老板商量，也许山下并没有什么事，不妨到山下去瞧瞧到底有什么变动没有，假使没有变动，我们就可以下山去过着，何况这山上住着也是消息不通的。孟老板也没有什么话说，因道："因为你不愿离山下太远了，所以不上不下地在这里住着，吃了许多天的冤枉苦。唉，你这样吃苦，都为的是李守白，他能不能够明白你这一番心意呢？"

贞妹被父亲反问着，也是没有话说。但是他二人都这样委屈无话可说的时候，不得不彼此压迫着，走下山去。

二人到了山下，那平野是静悄悄的，一点声息没有。在山麓上走着，远远地看那安乐窝时，在萧疏的树叶里面，人家屋顶上竖着一面小军旗。此外不但没有什么别的东西的影子，就是天上的鸟雀也很稀少地由那边天空中经过，大地只是沉沉地睡了过去。

到了安乐窝一看，十家房屋就有九家是倒坍的。他们正在路上徘徊着，突然有人从破墙冲了出来，大喝一声，回头看时，乃是一个士兵，手提上了刺刀的步枪，凶狠狠地走向前来。孟氏父女在战场上转了这样子久，对于军人接近得太多了，所以虽是突然受着一喝，心里还镇静，便站住了脚，把自己实在的情形告诉了他。

士兵道："你若真是逃难的，胆子也就太大了，你们说的话我们不能全信，要带去见一见我们的营长。"

孟氏父女对于他们当然是丝毫不能抵抗的，也就只好跟着他们去见营长。他们去见营长的所在也就是当日李守白见营长的所在。这位营长依然是常德标原人，还不曾走开。彼此相见之后，都不由得惊异起来，常德标先啊哟了一声道："你们父女两人还在这地方不曾走吗？"

孟老板真也不料今天所遇到的还是常德标，除了不受惊骇，而且还笑了起来。常德标笑得只用手去摸半边脸腮，笑道："这真是好极了的事，我正要打听你们的消息，你们也就来了。"说着将两只眼睛只管注射在贞妹的脸上。当然贞妹和他是很熟的人，也就不用躲闪，很大方地向他微笑了一笑，嘴唇略微动了一动，表示着说话的意思。

常德标笑道："你现在相信我是一个好人了吗？"

贞妹知道做了营长的人，权威是更大的了，便掉过脸来向孟老板道："爸，我们在这里没有什么话可说了吗？若是没有什么话，我们就可以走开了，人家办公的人也没有工夫和我们闲话呀。"说毕，就做个抽身要走的样子。

孟老板还不曾跟着移脚呢，常德标却向她摇摇手道："不用害怕，就是在我这里多耽搁两三小时，我也不能把你们吃下去了。"他说话时，脸上虽然还带着笑容，但是向人瞪了两只大眼，很像生气的样子。

孟老板是领略过了常营长脾气的，知道他一发了脾气，不容易拦阻的，只得回身依然向常营长站定。常德标微笑道："你们记得以前的事，以为我做了营长，又要发出威风来吗？我这个人就是这样，说了的话不会反悔的，你们安心在这村子里住着，我还是你们一个好朋友。我把事情办完了，就来找着你们闲谈个天儿，也算是他乡遇故知啦。"

孟老板看看他的神气，又听他还是朋友的话，这才道："营长，这个地方还能容我们永久地住着吗？"

常德标对他们望着，微微摇了头道："就凭你们两个人，这前线上就可以爱怎么跑就怎么跑吗？这个地方，前后左右差不多都是战场了。韩家那屋子倒还有几间好的，还是到那里去住着吧。若是没有吃的，倒可以在我这里分些军米去。"说着望了他们，又微笑道："大概这个地方，沾了军营两个字，你们大概有些害怕，我也不久留你们，你们自己到韩家去安排歇脚的所在。走是走不得，在村子前后都有我的兵把守着，糊里糊涂让你们闯进来了，他们就够疏忽的了，还能让你们走了出去吗？"

孟老板道："这村子里，现在不就是常营长为大吗？只要常营长一句话，我们也就走了。"

常德标微笑道："你以为我肯说那句话吗？我让你们走，就是送了你们的性命了。"

孟老板听他说得如此严重，也摸不着头绪，只是后悔不该走下山来。当时带了贞妹走出营部，再向韩乐余家走，他们的大门却是向外虚掩着。用手将门推开，向里一看时，这倒不由得人笑了。原来大门还是那样好好的，大门里面却都是破烂歪倒，仅仅是旁边厢房还算是全好的。他父女两人正在这里打主意，一阵脚步声，却有些兵士拥了进来。贞妹首先吓了一跳，他们为什么来着。定睛细看他们不是徒手的，有的拿着大口袋，有的拿了床板凳子，有的手上捧了锅碗炉子。

一个兵笑道："喂！这是我们营长让我们给你带来的，你和我们营长是至亲吧？"

孟老板由破砖堆里走了出来，看到这些东西，问道："啊哟！这是常营长送给我们的吗？那口袋里大概是米。吃的睡的全有，你们常营长替我们真想得周到，谢谢。"

孟氏父女自己安置床铺炉灶，两野人又变成难民了。到了晚上，常德标又派人送了两床旧被和两卷草席来。

孟老板道："想不到常营长那样一个脾气暴躁的人，一变好了，待人就是这样仔细周到。"

贞妹摇了头冷笑着道："据我看，这人待人太好了，恐怕里面有点作用。"

孟老板道："这些东西，他们手底下都很方便的，分拨些给我们，那也不值什么啊。"

贞妹道："不值什么吗？遭难的人也多着啦，他怎么不分些东西给别个人呢？"

孟老板听了这话，仔细一想却是也有些道理。只是常营长口里没有说什么，当然也就猜不出人家是什么意思。自这天起常营长就不断地送着东西来。他军事很忙，两三天才有一次到这里来看看他们，来了之后也只用几句平常的话，并不耽搁，立刻就走了。好在这村子里还有十几名未逃走的难民，贞妹觉得不寂寞，也不一定要走。她心里想着：李守白总有一天会回来到这村子里来找我的，我有了两三个月的工夫，在这里等着他。设若我这里一走，他恰是来了，这个机会失落得多么可惜呢。因为如此，她一天挨一天，那位李守白先生的消息却是渺然。

这一天父女二人在阶石上坐着闲谈，常德标走进门来了，他们站起来招呼。常德标将手摇了两摇道："二位请坐，我有几句话要和你们商量商量。"

贞妹一听这话心里就跳了两下。常德标斜伸了一只脚，向他们站着，先笑着，然后又正了颜色道："我把二位留在这里，老实说不

292

是什么好心眼。我从见大姑娘起，到现在为止，我都想她。你们这次又来了，我是欢喜得了不得，可是我有话在先，不能做那非礼之事的，我就不能反悔，所以我在五六个月里头，只管和你们交朋友，让你们看我的心眼好不好。现在我究竟是个好人，是个坏人，你们总看得出来了。干脆，就是一句话，你觉得我是个好人就把姑娘给我，我若不是个好人呢，算拉倒。这几句话，我闷在心里好几个月，现在实在闷不住了。"

贞妹不等孟老板开口，就抢着道："常营长，那算对不住，我有了人家了，我父亲早把我许配给李先生了。我受尽了千辛万苦在这里熬着，他没来，你又不让我们走。"

常德标听了这话，却一点不以为意外，向着她笑道："你等到哪一辈子去也是白等，他早娶了亲了。"

贞妹红了脸道："我不信！"

常营长道："那实在是真事呀？我要说谎，不是他妈人养的。"

贞妹道："你说这话，有什么凭据呢?"

常德标道："我自然有凭据，我没有凭据肯立下这个誓吗？你等着，我给你找证据去。"说着，他转身走出大门去，不一会儿，却把老邓夫妻引了进来。

第二十六章

再去找太平花的种子

李守白一路默默地走着，只听余乃胜滔滔地说着孟家父女的情形。听到这里，不由得一顿脚道："糟了，完了！"

余乃胜笑道："李先生，你也知道这消息包不住了。我们这些人就是心直口快，心里搁不住事。"

李守白道："你说，以后怎么样呢？"

余乃胜道："当然大家亲戚见面，高兴得了不得。常营长知道老邓是我姐夫，把我也叫到一处谈话。"

李守白道："你姐夫说我一些什么呢？"

余乃胜道："他当然为着亲戚，他告诉孟家父女，你和韩家小姐住在一处，小两口儿怪好的。他见你们一间屋子里刚刚穿衣起床，一个洗脸，一个梳头，简直离不开。孟家姑娘听说，气得真哭了。这样，大家都劝她，一句话说的婚姻，吹了就吹了吧。过了两天，常营长就说，他得了消息，快停战了，安乐窝住着没意思，他不久也要调防，就和大家商量着，把老邓夫妻、孟家父女都送到常各庄去住。那里是常营长家乡。常营长在家乡虽没有多少产业，那里是他一族人。凭他这个营长字号，要吃要住全有。昨天我们一大早由安乐窝起程，经过茅店，到常各庄去了。没想到回来就遇到了你。你来迟一步也好，要不，大家见了面，怪不合适的。"

李守白想了一想道："那不见得贞妹就是嫁了常德标哇。"

余乃胜笑道："他把人都送到老家窝子里去了，就不嫁他，也跑得了哇?"

李守白道:"他们为什么肯去呢?"

余乃胜道:"她又凭什么不肯去呢?原来说是等你,你娶了亲了,人家还等什么?"

李守白听了这个报告,身子软了半截,走不动了,要求着余乃胜就在路边大树荫下坐着休息。余乃胜坐在草地上,取了根草在手上,搭讪着撅着,笑道:"你若见了常营长,可别说我告诉了许多话。"

李守白笑道:"我根本不把这事放在心上。"

余乃胜道:"老邓还说呢,你在铁山,根本不愿承认有这头亲事,那也是真的?"

李守白摇摇头道:"一切是我的错,该!我应当有这个结果。余大哥,你先走一步吧,我不愿到安乐窝去了。"

余乃胜道:"你向哪里去呢?上省,安乐窝是一条大路啊。"

李守白道:"前面好像是个市集,我想先在那里休息半天,明天再走。"

余乃胜道:"常营长那个脾气,我不敢惹他。我今天得赶回去销差。"

李守白道:"好吧,我们明天在安乐窝见面。"到了这时,他说话是特别地无精打采。起身又勉强走了两里路,是个小市集,虽然荒落得像茅店一样,还有几户人家未曾逃走。

李守白找了一家小客店住下了,和余乃胜告别。他又再三叮嘱见了常德标不可提这些话。余乃胜慨然答应了。所投宿的这家小客店还有点吃的。李守白又先交给店老板一块钱,请他预备晚餐。居然用荞麦粉烙出几张饼来,又炒了几个少油的鸡蛋,另外还有一大碗大麦糊。李守白饿了一天,也就吃得很舒服,坐在店堂里向外的一张桌边,和闲坐的店老板谈天。

店老板道:"好了,苦过去了,战事快停了。"

李守白道:"你怎么会知道的呢?"

他道："昨天有一位客人经过，带了几份省里的报纸来，报上登着战事快结束了。"

李守白道："是吗？报上怎样说法？"

店老板道："那几份报客人送给我们了。这里前后几里路都有人跑来看报，闹了一天，刚刚人才走清，报我还留着呢。"

李守白大喜，赶快要报看。店老板在钱柜子里拿出几份报，当海内孤本书似的，双手捧着交给李守白。他一看时，果然是前五天的报。天天都有战事将停止的消息。有一份，头一条新闻大字标题说："内战即可结束。"另有小题说："外交严重不容再事阋墙。"那新闻说：

> 据确息，定国军共和军两方为防地纠纷，盘马弯弓准备军事已有三月。因战区交通有国际条约关系，日本方面一再声言须出兵保侨。且滨海各区今年又遭荒旱，大军所过之处，十室九空。经国内名流奔走双方，竭力调停，为息事宁人起见，表示愿将所占之十余县防地一律让出。定国军已于前三日停止前进，静候接防。至于所引起之日本交涉，只须国内无战事，自可由外交途径解决。

此外还有几段消息，都和这大同小异。省城报纸受军事机关直接统制，新闻当然不会十分明朗，但就这简单的新闻的产生地看来，绝不是谣言。当时把几份报看了，心里安定了许多。就决定了经过安乐窝先回省城，然后搭火车回京。当天把一切的事情丢开，安心睡了。

次日睡得日高三丈，又吃了一顿早餐，从从容容地上道，向安乐窝来。大半上午，离着目的地已很近了，站在高坡上一看，深秋的天气，应该是乡村收种的时候，可是一片荒野，全是些荒芜的短草。就是树木，因为阻碍射击线，也被人砍光了。四周的村庄房屋光秃秃的，在远处也平摊在荒地上，不见一缕村烟。安乐窝变了凄凉乡了。

他孤独地长叹了一声，牵着马向前走，将近村口，还不见兵士，静悄悄的，倒让人有些奇怪。正踌躇着，一个老人手拿棍子，肩上扛了个空口袋走近前来，因向他点了个头道："老人家，这村庄上还有老百姓吗？"

他向李守白周身看看，因道："你先生是过路的客人啊，村子上还算逃出命来了。大兵今天都走了。"

李守白道："我知道，你们这儿驻扎了一营人啦？"

老人道："是的，今天一大早开走的。不开走也没有意思，这什么都没有了。我还不是出去找粮食度命吗？"

李守白听说常德标一营也走了，心里倒扫除了一件不痛快的事。向老人道谢着，牵马走进村子来。一路上树砍了不少，人家的墙屋也有几处倒塌的。除了几处地下挖着大小工事，就是马粪，别的是看不见什么。一直到了韩乐余家，大门是虚掩着的。走进屋子，院子里石缝里长出两尺长的草，破墙倒壁，各屋子门全都洞开。不但是细软，连桌椅也只孤零残破的几张，随处乱丢。三间厢房却是床铺桌椅摆得整齐。临窗桌上有一盏油灯，还有一把茶壶。虽是地面上也有散碎东西，屋子里并没有霉味，自是有人住着，不久才走。那住着的人当然是孟家父女了。

寂寞的村子，残败的人家，自己脚步移动，都觉得有沉重的声音发出来，心里这份酸楚滋味竟让人神经感触到一番恐怖。李守白发了一阵呆，且把马背上的行李取下，放在厢房里的空床铺上，马就拴在院子里一棵小树下。扶起堂屋地上一把木椅，吹去上面的灰，静坐了一会儿。心里想着：人一个不见，残败的屋子，看了只让人增加一种难受。可是心里头对于这里一块石头都有点留恋。坐在这里，尽管无味，好像立刻走开有些过于忍心似的。于是下了决心，在这残败的屋子里再住他一宿。走到厨房里去，锅灶都在，柴水也都是现成的，于是烧了一锅开水，将厢房里那留下的茶壶盛了。把被褥展开在床铺上，静静地躺了一会儿。这个村庄真是死过去了，什么声音都没有。环境越是静止，他的心却更是思潮起伏，一点也不能安定。于是起来在屋子里徘徊一阵，又到了大门口站着闲望一阵。晚餐是在各屋子里搜罗得了半瓦钵面粉，又得了一些盐粒，就煮了半锅麦糊吃了。

忍耐地睡了一晚。到了第二日早晨，实在是不能忍了，将紧要的东西收拾了在一只小皮包里，随身带着。把韩家大门关了，自己用桌子搭了脚，在短墙上翻跳出去，然后顺了村子里的路，随处观察一番。在一棵歪斜的树下站了一下，正悼伤这棵树也是个劫余之物，却有一阵歌声送入耳来：

太平花，太平花，年年开在山底下，去年花儿真正好，今年花儿有点差。春光恼坏了穷人家。去年花下娇儿女，今年花下没了爹和妈。我眼里看着花，心里怨着它。多少村子变成了渣，多少田地没人做庄稼。乱世人不如牛和马，太平花你开来做什么？

他一想，这不是太平花歌吗？调子一样，词可变了。这么一想，四处张望，却是两个半大孩子，穿了破旧衣服，赤了双脚，在地里找野菜，一面工作，一面唱。他心想，这歌词充满了怨恨，不是初听时那温柔滋味了。这就想到普渡寺里那一丛太平花，不知道做了什么样子，决计去看看。于是顺了向庙里去的路继续向前走。走不多路，便有一道屈曲向前的大战壕，这壕不过五六尺深，却有八尺来阔，壕底上有好几道车辙，似乎这里面曾走过车子。顺了这壕向前走，约有一里之遥，突入一道横壕，顺了庄外的高坡，蜿蜒而去。壕的前方用鹅卵石砌着短垣，约高出土面一尺，向外露着窟窿。壕里刚够一人深，二人并肩可走。在壕的上面，用粗树铺了直壕，拦着横梁，再盖上大小石板，石板上还铺了一二尺深的浮土。这个时候，浮土里长出来的青草已是很深。出了这壕，约有一二百米远，又是一道壕沟。这壕挖得更深，上宽下窄。在壕底土里面都插着又尖又密的木钉，钉子约莫有一尺来长。这沟里面却卧倒了两具枯骨，穿在那木钉子上。过了这道壕，便是一道电网，由缺口的地方穿出去，又现一道小沟。小沟外面便是鹿角。所谓鹿角，乃是将大树枝砍来，将树尖朝外，倒放在地上，列成一排，和战壕成平行线。

他经过了许多层防御物，由暗中惊讶着道："这地方戒备如此的森严，真还有安乐窝吗？"如此想着，依然顺了战壕走去，听得流水潺潺的声音，随着原野的清风，有一声没一声，断断续续地送进到耳朵里来。走近前来，这乃是一道河沟，这大战壕恰好把这道河围到了里面去，沟上架了一块平平的石板桥，低头看到河沟里的流水和石头撞击作响。李守白猛想起来，去年初到安乐窝来的时候，不是在这里首先听到太平花的歌词吗？为时几何，山水如旧，村庄上是破坏得不堪了，太平花的人是不见了，太平花的歌也变成了凄惨的怨声，却不知道普渡寺的太平花荣枯如何。恐怕也不会是以前那种样子了。这战壕正是绕了山坡，直到山脚下去，由此上山，原来人行的大路都长了蓬乱的草，草长着繁密的地方，几乎找不出道路来。

到了普渡寺前，那一丛竹子却有一大半被人烧糊，庙的大门坍了半边。守着大门的那一尊弥勒佛只剩了下半截两条腿。佛座前却蓬蓬松松地拥了一大堆土。进得前殿，一方的屋子都倒坍了。院子里的大樟树也只剩了几枝凋零的老干。再进后殿，连墙基都看不到。围着一个大天井，堆了三处瓦砾。天井中间那个青石砌的花台已经坍下来了，和着残砖乱石，变成一摊土，约莫离地面还高出一二尺来。土上焦黄的旧蓬蒿和嫩绿的青草几乎把原来花台的形迹都给埋没尽了。

李守白站在瓦砾丛中，自己呆想了一下，原来栽太平花的地方不是在这里吧，莫不是还在最后一个殿里。正待再向后走，一阵风来，将那一摊土上乱草吹着分散开来，现出几片长叶，在草里头闪动。走向前，分开草来一看，里面一根柔枝横卧在地上，绿的叶子依然相对地列在枝上。仔细看时，正是上次赏鉴的太平花呀。

这花台上原有五株花。若是不看花只看枝叶，像一大丛小叶竹子长遍这个天井。于今却只剩了一小枝，埋没在这深草堆里，越显凄凉。这稀世名花此地所认为是一件宝的，不过是这一点点了。然而由理想来揣测，这五株太平花所剩下来的绝不止这一点点，还当寻寻看。于是用手分开了深草，低头再看一遍，这倒寻着了太平花了，有一丛完全死了，剩了些枯条，上面缠绕着麻线般粗的野藤；有一丛毁除了一半，一半倒卧地上，还有些枝叶；其余的几丛在土面上，略微露出些短桩子，明年春来，恐怕不会再开花了。

自己站起来，对了这个天井，不免怔怔地望着，对天井太平花的花台怅望了许久。又对配殿正殿看看，只西南角上还秃立着两堵败墙，在两墙交界的钉上还架了几根椽子、一角屋顶。然而陪衬着满地瓦砾，更显得荒凉了。

这也不知是有人故意的，或者是有别的原因，在西南墙角下，倒将四五尊泥塑的罗汉丛聚在一处。李守白对佛像点点头道："佛菩萨，整个的庙都毁灭了，这一角之地就能躲避风雨吗？"他看了一遍，更是凄怆丛生。皮包里现成的笔墨，就拿出来在殿壁上写了四句诗道：

劫火无情甚，烟消十万家。
佛光变荆棘，埋葬太平花。

年月日，李守白再游普渡寺，感而赋此

笔还不曾停，却听到身后有脚步声，回头看时，是一位穿青呢学生服的青年。正惊讶着，他笑道："李先生，你雅兴不浅呀！"

李守白就近一看，想起来了，是北京学生联合会里的代表——高进展，在北京时彼此常接触的。于是握着手笑道："幸会幸会，不想在这里遇见。"

高进展道："我知道你到过这里。"说着，看了墙上的题诗道：

"你感慨良深啦。那位太平花小姐呢?"

李守白道:"你也晓得她?"

高进展道:"我也是此处人家,去普渡寺不到十里。你们有点罗曼斯,我也听说了。"

李守白道:"那就难怪了。可是烽烟遍地,你怎么会回来的呢?"

他道:"特为此回来看看,过两天,我也就走了。"

李守白道:"回北京吗?好极了,我们可以同路。"

他道:"我先回北京,回京之后,还有一程很远的路。"

李守白笑道:"难得相遇,请到山下去畅谈一番,好不好?"

高进展道:"这里人跑光了,我也苦闷得很,畅谈是最欢迎的了。"

李守白大喜,将他引到韩家,自越墙进去,开了大门,迎他到屋子里共坐。

高进展一看这屋子情形,因道:"你住在这里,未免太寂寞了,搬到我家去住吧。"

李守白道:"暂时不必了,我还在这里借住一天。"

高进展道:"这主人无恙吗?"

李守白道:"他们很好。太平花女郎也嫁了个军官了。"

高进展笑道:"怪不得你说埋葬太平花了。可是现在这个多事之秋,我们有为的青年根本不必把这事挂在心里。"

李守白道:"谁又挂在心里呢?我是到这里搜罗新闻。"

高进展道:"我要问你了,你搜罗哪一项新闻呢?"

李守白道:"我取材有点和人不同。他们这内战的谁胜谁败,只有那些靠内战升官发财的人关心。我是想把老百姓因为内战而家破人亡、流离痛苦的事都写一点。这不见得就能让军阀停止了内战,可是让国人多知道一点内战的罪恶,慢慢引起国人的注意,那是有意思的。只可惜一个人力量薄弱,不会发生好大的影响。"

高进展将桌子一拍道:"对极了!这种内战等于吸吗啡一样,昼夜戕伤自己的身体,有一天真引起了外祸,我们真会亡国灭种的。"

李守白道："我昨天在路上看到最近的报，共和军、定国军两方面为了怕引起严重的外交，已经妥洽议和了，你知道这消息吗？"

高进展道："我知道这消息，但我不相信北洋军阀会有这个觉悟。他们暂时言和，也许为了别的原因。这十几年来，日本就用着一贯的手段，让中国军阀互相厮杀，削弱中国的命脉，断伤中国的元气。等到我们杀得精疲力竭了，他可以顺手牵羊，把中国囊括了去。现在日本制造的这个局面，还没有成熟，我想他也不会大干。"

李守白想了想，点头道："你这个观察是正确的。你觉得这个厄运我们中国人可以避免吗？"

高进展道："可以避免。四十以上的老朽分子，多半是无用了，他们没有知识理解这个危机，也就不会去想办法来挽救。这个担子，我们青年应当担当起来。"

李守白道："你觉得要怎样才能免除这亡国灭种的危机呢？"

高进展站起来，头一昂道："简单。推翻军阀，扫除北京这军阀支持的腐败政府。"

李守白道："那是革命了。"

高进展道："你觉得除此以外，还有办法吗？"

李守白也站起来，拍了他的肩膀道："你是个有血气的青年。我不如你。"

高进展道："李兄，别说这样的话，热血是人人都有的哇。实不相瞒，我也因为家乡受着内战的祸害，给了我很大一个刺激。我回来看看家人之后，我要做一个遥远的旅行，希望学点什么知识回来，再做一点事业。我自己知道，我的热情够了，学识还差得远呢。"

李守白道："你打算出洋留学？"高进展微笑着点了点头。

李守白在这地方，本来极为苦闷，有一个这样的热情青年谈话，很是高兴。当时就留住他，共去搜罗些粮食，共同在厨房里做了一顿中饭吃。高进展直谈到日落西山方才告辞。到了次日早上，他提了一筐馒头、咸菜、茶叶等等，又来和李守白做竟日之谈。最后他也就告诉李守白，他要经过西伯利亚到欧洲去。他说，革命种子要自己的。但培养它开花结果，要去学点别人经验。譬如兴办实业，原料可以在自己家里找。怎么适合社会的需要，也当在家里考察。可是科学精神、科学方法，我们家里根本没有，必得到外面去输入。

李守白因为他说得头头是道，大为兴奋，鼓了掌道："高兄，我让你说服了。我还有点积蓄，我陪你坐一趟西伯利亚火车。"

高进展道："你真去，你不想念太平花了吗？"

李守白道："想的，不过我希望将来遍地开着太平花的时候，我随处可找，不必把它当了稀世奇珍去找。"

高进展笑道："你的确有这个意思，不迷恋这个残败的安乐窝？"

李守白道："我迷恋安乐窝，不过是个大的、不自私的、容得下四万万多人的。"

高进展哈哈大笑，和他紧紧地握着手，便约了今日回去收拾行李，明日和他一路起程北上。

到了次日，他自己用根扁担，挑了两件简单的行李来，和李守白同行。李守白见他这样实干，越发钦佩。将行李共分成大小四件。两件大的捆来在马背上。两件小行李做了两个小包袱，各背着一个，赶着这匹马，走出安乐窝。

天气很好，太阳高高地升着，蔚蓝的晴空没有遮掩，地面上也没有灰尘被风刮起，走在马后，向前途一看，一条大路直达水平线上的天脚。

秋日的天气不寒不热，人走着正是适意。村外野田里找野菜的孩子将青叶子陆续地送进带来的篮子里，口里唱着歌："乱世人不如牛和马，太平花开来做什么？"这两位少年互相看了一眼。

李守白道："歌谣是最能反映人民心理的。"

高进展道："解放他们不做牛马，另觅太平花的种子，这责任在我们青年啊！"

他们点点头，继续地向前走。天边上飞出几朵白云，有点像开时的太平花，象征着他们一定可以寻得伟大的太平花的。

图书在版编目(CIP)数据

太平花 / 张恨水著. — 北京:中国文史出版社,2018.6
(民国通俗小说典藏文库·张恨水卷)
ISBN 978 - 7 - 5205 - 0025 - 8

Ⅰ. ①太… Ⅱ. ①张… Ⅲ. ①长篇小说 - 中国 - 现代
Ⅳ. ①I246.5

中国版本图书馆 CIP 数据核字(2018)第 010542 号

整　　理:萧　霖
责任编辑:卢祥秋

出版发行:**中国文史出版社**
社　　址:北京市西城区太平桥大街 23 号　邮编:100811
电　　话:010 - 66173572　66168268　66192736(发行部)
传　　真:010 - 66192703
印　　装:廊坊市海涛印刷有限公司
经　　销:全国新华书店
开　　本:720×1020　1/16
印　　张:20.25　　字数:282 千字
版　　次:2018 年 6 月第 1 版
印　　次:2018 年 6 月第 1 次印刷
定　　价:59.80 元